돌소리 바람소리

돌소리 바람소리

고홍철 시사평론집

도화

머리말

"기자는 바람을 먹고 사는 직업이야. 바람이 보람으로 보일 때는 할 만한 일야…." 햇병아리 기자 시절, 선배들로부터 입버릇처럼 듣던 말이다. 때로 위를 올려다보기도 하고 좌우를 에둘러보면, 가려진 것으로부터 바람소리는 물론 돌소리까지 들린다 했다. 그럴 때쯤이면 말단이 선단으로, 지엽枝葉·말엽이 본줄기로, 변방이 본방本邦으로 다가온다는 얘기였다.

그런저런 직필정론直筆正論의 방담이 지방기자의 압박감과 서러움을 호기롭게 위장한 말들임을 모르지 않았다. 그러면서도 정색하고 "기자는 간난艱難하다고 해서 기죽어서 안 되며 세상이 불편한 것을 걱정해야 한다(不患貧而患不安)"는 너스레를 떨었다.

기자의 길은 숙명이고 필요적 선택임을 그들로부터 강요받아야 했고, 때론 강박을 느껴야 했다. 새내기 때는 양심이 술병에 가려서 그랬는지 몰라도 그들 말이 선뜻 가슴에 와닿지 않았다. 햇병아리 부리가 제법 커지고 단단해지면서 차츰 그 가려진 곳으로부터 침묵의 소리, 아우성이 잡히기 시작했다. 인간의 보편적 삶을 옥죄던 냉전 이데올로기가 해체되는 것과 함께였다. 그리고 그것은 세기 말 세기 초, 전환 시대의 논리로 자리잡는 듯했다.

이 책은 바로 그 시대에 필자의 귀에 들린 '돌소리, 바람소리'의 편린들이다. 대부분 신문에 게재했던 칼럼들을 간추린 모음집이다. 신문의 속성상 정해진 지면, 정해진 글자 수와 마감 시간의 압박으로 다소 거친 표현과 논리의 비약이 없잖다. 이 점 양해 바란다.

큰 틀은 몇 가지 핵심 화두에 초점을 맞춰 총 6부 17장으로 짜였다.

제1부는 냉전 시대, 정치판의 사상 논쟁과 지역감정 등 이른바 색깔론 중심으로 엮었다. 제2부는 가깝고도 먼 나라 일본과 멀지만 가깝게 착시錯視하는 미국에 대한 애증의 단면을 담았다. 제3부는 국권과 민권의 소리다. 20세기 냉전 시대의 최대 희생물인 '제주4·3', 세기의 민중과 혁명을 꼭지로 삼았다. 제4, 5부는 지방화 시대의 빛과 그늘, 지방자치에 대한 단상斷想들이다. '지방이 바로서야 천하가 편안하다'는 관점에서였다. 마지막 6부는 '자연자원, 자연자본'에 대한 고민의 일단을 반추한 글이다.

술이부작述而不作이라고 했던가. 부끄럽고 염치가 없어 보인다. 더군다나 오래전에 쓴 글들이어서 망설였다. 그래도 민낯을 내민 것은 고향의 대선배이기도 한 고시홍(소설가) 선생님의 힐난과 격려에 용기를 얻어서였다. '노병은 사라지지만 기자는 사라지지 않는다.'며 원고까지 출판 언어로 다듬어줬다. 여기에 고용완 화백님이 장章마다 삽화로 방점을 찍었다. 두 분과 '도서출판 도화'에 거듭 감사드린다.

그리고 책의 행간은 언론인으로서의 지난한 세월 동안 버팀목이 되고 힘을 보탠 아내 조화심 여사와 딸 윤지, 윤아, 윤설 이름으로 채워졌음을 고백한다.

2022년 가을 고 홍 철

차 례

제2장 기울어가는 '3김 시대' …… **49**

제3장 풀잎과 바람의 정치 …… **79**

제2부 먼 나라 이웃나라

제3부 민권과 국권, 그리고 '제주4·3'

제4부 출발, 지방자치

제5부 비틀거리는 지방자치

| 제1부 |

정치, 바른 것을 바르게

제1장
정치판의 색깔 논쟁

1. 박정희는 색깔론의 최대 수혜자

논쟁의 진원지 제주·호남 몰표로 턱걸이 당선

정적을 '빨간색'으로 물들여 궁지에 몰아넣는 '매카시즘'은 냉전의 산물이다. 2차대전을 거치면서 보수우익이 진보를 공격하는 논리다. 구세력이 새로운 정치 세력을 공격하는, 또한 기득권 세력이 도전 세력을 제압하는 무기이기도 하다.

5·16쿠데타로 정권을 잡은 박정희 대통령. 그는 매카시즘의 피해자이자 최대 수혜자였다.

군정에서 민정으로 넘어가는 과도기인 1963년 제5대 대통령선거.

쿠데타 집권자인 박정희 후보(공화당)는 선거 내내 고전을 면치 못했다. 상대인 윤보선 후보(민정당)가 박 후보의 '색깔'을 들고나오면서였다. 대선 최대 쟁점이 됐던 이른바 '사상 논쟁'이 그것이다.

논쟁의 발단은 윤 후보의 전주 유세가 기폭제였다. 윤 후보는 호남 유세 중 박정희 의장(국가재건최고회의)의 사상과 성분이 의심스럽다고 문제를 제기했다.

그는 유세에서 "여수·순천 반란 사건의 관계자가 우리 정부 안에 있다"고 운을 떼고, "박정희 의장의 민족사상 민주주의 신봉이 의심스럽다"고 거세게 몰아부쳤다.

여기에 "여순반란 사건 때 박 의장이 군사재판에서 무기징역을 받았다"고 폭로, 선거 정국을 경색시켰다.

그러나 정치권과는 달리 유권자들의 반응은 냉담했다. 적어도 겉으로는 그랬다. 새로운 정치 세력인 박정희의 집권에 대한 열망이 그리 크지 않던 시점이었다. 그렇다고 구 정치권으로 대표되는 윤 후보에 대한 기대 또한 별반 없던 시절이었다.

선거 결과는 박 후보의 박빙 승리였다. 아이러니컬하게도 색깔 논쟁의 진원지인 호남과 제주 덕이었다. 박 후보가 두 지역에서 몰표에 가까운 지지를 받으면서 턱걸이 당선이 된 것이다. 그야말로 색깔론의 최대 수혜자가 되는 순간이었다.

1963년 5대 대선은 사상논쟁으로 윤 후보가 선거유세 전반에 걸쳐 대세를 잡아 나가는 듯했다. 그러나 윤 후보의 사상 논쟁은 부메랑이 되어 되돌려졌다. 개표가 시작되면서 새벽까지도 윤 후보가 시종 앞서 나갔다. 그러나 4·3의 본고장인 제주와, 여순 사건의 호남지역 개표가 진행되면서 전세가 역전됐다. 두 후보 간 당락의 표 차이는 불과 15만 6천여 표로 역대 대통령선거 중 최소였다.

최근 한나라당이 부산 정치집회에서 색깔론을 들고나왔다. '빨치산 수법' 운운하면서 김대중 정부를 거칠게 몰아세우고 있다.

내년에 있을 총선을 의식해서인지 정치권이 민감하게 반응하고 있다. 여권에서는 매카시즘의 구태라고 정치 쟁점화하고 있다. 야권에서는 과민반응이라고 맞받아치고 있다.

기를 쓰고 치고받음이 30여 년 전 대선 때와 다를 바가 없다. 장소가 전주에서 부산으로, 박정희에서 김대중으로, 대선이 총선으로 뒤바뀌었을 뿐 양상이 오십보백보다. 하지만 일반 국민 반응은 아직 썰렁하다. 색깔 시비가 전가傳家의 보도寶刀처럼 정략의 도구로 이용됐었음을, 또 그들만의 이전투구임을 잘 알고 있어서일 터다.

그러함에도 용어의 파괴력 때문일까. 기를 쓰고 색깔론의 득실을 따지고 있는 여야 정치권.

21세기를 목전에 두고서도 변함이 없는 그들의 병아리 셈법에 그저 입맛이 씁쓸하다. 〈1999. 11. 9.〉

2. 전가(傳家)의 보도(寶刀) '색깔 논쟁'

색깔 논쟁, 사상 논쟁은 오래전부터 정치권의 속앓이로 자리했다. 사회 전반에 깔린 이른바 매카시즘에 의한 '레드 콤플렉스'가 그것이다.

정치 권력은 이 같은 레드 콤플렉스를 선거에 적절히 이용해 왔다. 그리고 가시적인 수혜자는 언제나 기득권층이었다. 이를테면 여권이 수혜자이고 야권은 피해자였다. 대개는 우파(보수)가 이익을 보고, 좌파(진보)가 손해를 봤다.

색깔론은 대개 여권에 의해 전가의 보도처럼 휘둘려졌고, 주효했다. 그러나 반드시 그런 것만도 아니었다. 색깔론, 사상론에서 야권이 여권을 몰아세우고, 여권이 야권으로부터 곤욕을 치르던 때가 없지 않았다. 5·16 쿠데타 직후인 박정희 군정 시절 치러진 1963년 대통령선거가 그랬다.

"박정희 후보의 사상은 이질적이며, 그는 위험한 인물이다…."

당시 야권 간판 주자인 윤보선 후보 측에서 색깔 시비에 화약을 집어던졌다. 이른바 황태성 간첩 사건, 여순사건과 관련, 박정희 후보의 연루설 등으로 유세가 달아오르던 시점이었다.

지리멸렬해 보이던 야당은 이 사상 논쟁으로 유세의 주도권을 잡아 나갔다. 사상 논쟁의 소용돌이 속에서 윤 후보가 득을 보고, 박 후보는 손해를 보고 있었다. 적어도 겉으로는 그랬다.

그러나 특정 지역 특정 층에서는 박 후보가 리드하고 있음을 정보기관에 의해 포착되기도 했다. 색깔론의 동병상련을 앓고 있는 지역의 유권자로부터 상당한 지지를 받고 있음을 감지한 것이다. 이를테면 제주와 호남의 표심이 박정희 후보 쪽으로 기울고 있음을 막연히 감을 잡고 있었다.

결국 사상 논쟁에 휘말려 승산이 없어 보이던 박정희 후보가 윤보선 후보를 누르고 당선됐다. 그야말로 15만여 표 차이의 신승이었다.

그리고 당선을 이끈 표심의 분석 결과는 선거 직전 정보기관이 감지했던 것과 일치했다. 제주와 호남에서 몰표에 가까운 지지가 있었다는 사실이다.

이들 특정 지역이 박 후보에 기울었던 데에는 까닭이 있었다. 두 지역이 색깔론, 사상론의 극심한 피해 지역이어서 동병상련을 앓고 있는 박 후보를 지지했던 것으로 분석되고 있다. 이른바 제주는 4·3으로, 호남은 여순사건으로 인한 연좌제 피해 등이 그것이다.

연말 대통령선거를 앞두고 예의 색깔 시비, 사상 논쟁이 뜨겁게 달아오르고 있다. 여와 야가 뒤엉켜 진흙탕 싸움을 벌이고 있다. 역시 여당인 신한국당이 야당 후보를 거세게 몰아세우고 있다. 김대중 후보의 사상이 불투명하다고 빨간 색칠을 하기에 여념이 없다.

이에 맞선 야권에서는 이른바 '총풍'으로 맞불을 놓고 있다. 여권에서 북에다가 남南을 향해 총 한 방 쏘아달라고 했다는 것이다. 유권자들의 안보 심리를 자극하고 있다는 주장이다. 아직 논쟁의 진위 여부는 알길이 없다. 다만 소모적인 색깔 논쟁이 여전히 대선판을 흔들고 있다는 사실이 있을 뿐이다.

과연 이 시대 색깔론, 사상론의 수혜자는 누가 되고, 속죄양은 누가 될 것인가. 다람쥐 쳇바퀴 돌 듯한 선거판 색깔 논쟁에 민초들의 속만 시커멓게 타들어 가고 있다. 〈1997. 7. 22.〉

3. 시대의 두 얼굴, 박정희와 장준하

성공한 쿠데타와 좌절한 민중혁명

숙명적 라이벌이자 시대의 풍운아였던 박정희와 장준하. 그들은 '성공한 쿠데타'의 주인공으로, 좌절한 '민중 혁명가'로서 서로가 명암을 달리한다. 질곡의 역사 속에 서로 다른 길을 걸어온 시대의 '두 얼굴'이기도 하다.

태생에서부터 그들은 대각으로 엇갈려 있었다. 박정희는 1917년 한반도의 동남단 경북 선산에서, 그리고 장준하는 1915년 한반도 서북단 평북 선천에서 태어났다.

청년 시절 박정희. 그는 한때의 교직 생활을 접고 일본 군관학교와 육군사관학교에 들어가 우등생으로 졸업했다. 그리고 악명 높은 일본 관동군 장교로 만주에 배속된다.

비슷한 시기 장준하. 그는 일본 신학교 재학 중 학도병으로 중국으로 끌려간다. 신혼의 부인에게 탈출 암호 '돌베개'를 남기고서였다. 그리고 그는 부인과의 약조대로 입영 6개월 만에 일본 군영에서 탈출에 성공, 상해임시정부 광복군에 투신했다.

동시대 한 사람은 독립군으로, 또 다른 한 사람은 일본군 장교로서 서로 총부리를 겨눴다. 그들의 숙명적 대결은 해방이 돼서도 지속됐다.

장준하는 임시정부 김구 주석의 비서가 되어 환국했다. 그는 언론계와 정치 일선에서 한국의 양심, 행동하는 지성으로서 4·19의 산파역을 맡기도 했다.

박정희 역시 비슷한 시기 귀국, 육군사관학교에 재입학하면서 훗날 군부의 실력자로 거듭났다. 5·16 군사쿠데타를 주도, 장기 집권의 발판을 마련했다.

마침내 그들 둘은 정면 대결을 벌였다. 3선개헌, '10월 유신'과 긴급조치 발동에 서로가 불꽃을 튀겼다.

장준하, 그는 유신 치하인 1975년 8월, 귀밑 예리한 상처를 남긴 채 등산길에서 의문의 변사체로 발견됐다. 그리고 박정희 그는 4년 뒤인 1979년 10월 궁정동의 총성과 함께 불귀의 객이 되고 말았다.

시대의 두 얼굴은 세기가 바뀌면서도 그 명암이 달라지지 않았다. 암울한 시대 민족에 총을 겨눴었고, 독재자로 생을 마감한 장본인에 대해서는 거창한 '기념관' 건립이 추진되고 있다.

그 시절 일제의 총검에 온몸으로 맞서고, 독재에 항거한 혁명가의 죽음은 진상규명마저 제대로 안 된 상태다.

시대의 명암은 대물림에서도 크게 비껴가지 않고 있다. 한편에서는 화려한 스포트라이트 속에 '박정희 기념관' 건립의 목청을 돋우고 있다. 다른 한편에서는 기념관 반대 '나 홀로 시위'를 벌이고 있는 2세들 간 엇갈린 명암.

1세의 후광에 힘입어 차세대 주자까지 떠오른 양지의 얼굴. 그리고 극장 광고판을 떠멘 샌드위치맨처럼 초라해 보이는 음지의 상반된 얼굴….

'시대의 두 얼굴'이 어찌 그들뿐일까. 〈2001. 3. 15.〉

4. 국회의사당의 이승만 대통령 동상

색깔론의 원조(元祖), 이승만은 의회주의자인가

이승만 전 대통령 동상이 여의도 국회의사당에 의젓하게 자리잡고 있다. 대한민국 헌정사에 혁혁한 공을 세운 의회주의자라고 해서다.

과연 이승만은 의회민주주의를 신봉한 의회주의자이며 혁혁한 공로자인가. 그는 대한민국 초대 대통령으로서 건국의 아버지라고 추앙되고 있다. 열화와 같은 그의 신봉자 또는 찬양 지지자(총칭해서 극우라고 하자)들로부터다.

건국의 공로와 국부 칭호에 대해서는 나름의 생각이 없지 않으나 논외로 하자. 다만 그가 의회주의자라는 점에 대해서는 얼른 동의할 수 없다. 정말로 그는 민의의 전당 국회에 기념 동상을 세울 만큼 그가 의회주의자였던가. 한마디로 곤혹스럽다. 의회주의자와는 전혀 다른, 독재자란 이미지에 비추어 볼 때 그렇다.

역사는 그가 의회민주주의자라는데 결코 손을 들어 주지 않고 있다. 불과 한 달여에 그쳤던 일천한 의정 활동과 국회에 대한 파렴치한 행동에 비춰 봐서 그렇다. 사례를 들어보자.

이승만 정부 시절 지방자치가 처음 실시됐다(1960년 5·16쿠데타로 중단됐다).

6·25 전쟁 와중인 1952년 5월, 초대 시·도 의회 구성을 시발로 역사적인 지방자치는 시작된다. 지방자치 도입은 이승만 정부의 업적이 아닐 수 없다. 풀뿌리 민주주의 착근이라는 관점에 보면 그렇다. 그러나 지방자치 실시 동기는 그렇게 순수하지 않았다. 전쟁 중임에도 지방자치를 강행한 데에는 그만한 까닭이 있었다. 의회민주주의 본당 국회에 대한 대항 세력 구축이 그 배경이었다.

제헌국회에서 간선으로 초대 대통령이 된 이승만. 그는 정부 출범 이후 줄곧 국회와 관계가 원만치 않았다, 시일이 지나면서 국회 내에 그를 지지하는 세력보다는 반대하는 세력들이 많아졌다. 그런 만큼 의회 또는 의원들에 의해서는 도저히 대통령에 재선될 가망이 없어 보였다.

초조하고 조급해진 그는 자신을 지지해 줄 또 다른 정치 기반이 절실해졌다. 지방의회의 구성은 바로 그의 새로운 세력 기반을 구축하기 위한 수단이었던 셈이다.

결국 그렇게 출범한 지방의회는 훗날 그의 뜻대로 국회의원 소환 운동을 벌이는 데 앞장을 섰다. 한편으로는 직선제 개헌의 선봉에 세워져 재집권에 한 몫을 거들었다.

전쟁 중임에도 지방자치 실시를 강행한 이승만 대통령. 그는 자신의 정치 도박을 위해 지방의회를 십분 활용했다. 그의 의도대로 시·도 지방의회가 전면에 나서 국회를 압박했다. 국회해산을 요구하는 결의문을 채택, 국회의원 주민소환 운동을 벌였다. 일부 자유당과 기관단체 출신의 이들은 임시수도였던 부산으로 대거 집결했다.

그들은 국회를 무력화시키면서 정치파동의 소용돌이 한가운데 섰다(발췌 개헌, 사사오입 개헌에 이르는 이른바 부산 정치파동).

당시 제주 읍내 제주극장에서 열렸던 '내각책임제 반대 도민대회' 등은 같은 부류의 정치 시위였다.

이승만 대통령이 의회 경시와 민의를 거스른 역린이 어디 그뿐이던가. 근거 법률도 없이 계엄령이란 미명으로 제주 온 섬을 빨갛게 물들여 양민학살을 자행한 일, 정부 출범 초기 국기 확립 차원의 반민법 제정과 이에 근거한 반민특위 활동을 무력화시킨 일, 장기 집권을 위한 사사오입 개헌….

헌정사에 오점을 남긴 굵직굵직한 사건들이 수를 헤아리기 어려울 정도다. 그 중심에 이승만이 있었다.

결국 그는 민중혁명에 의해 독재자란 오명과 함께 불명예 퇴진했다. 그러함에도 그가 의회 신봉자이며, 공로가 혁혁한 의회주의자라니…. 그야말로 역사를 우롱하는 처사가 아닌가.

물론 그 자신이 한 시대를 풍미했던 정치지도자로서 나름대로 공과가 없을 수는 없다. 그리고 그 공과에 대한 역사적 평가는 학자마다 서로 주장이 다를 수 있다. 하지만 그가 의회주의자란 말은 어불성설이다.

규모의 크고 작음을 떠나 의회를 개인의 정치 도구화하고, 의회정치를 유린한 그다. 그런 그가 국회에 의젓이 공적 선정의 동상이 세워졌다? 그야말로 역사의 아이러니다. 〈2000, 5. 22.〉

5. "나는 미 정보부 요원(CIC)이었다"

백범 김구 선생의 암살 배후

백범 김구 선생을 시역弑逆한 육군소위 안두희. 1959년 8월 3일, 그에 대한 군법회의가 서울지법 대법정에서 열렸다. 법정에 선 암살범 안두희는 마치 자신이 확신범이라도 되는 것처럼 당당했다.

그는 검사의 심문에 백범은 반역자요, 자신은 애국자라고 맞섰다. 백범은 자신이 가장 숭배하는 위대한 인간이지만 민주 정부 육성에 장애가 되는 인물이라고 했다. 국가의 장애물이기 때문에 군인으로서 이의 타도는 당연하다는 논리였다. 각본에 짜인 듯한 그의 거침없는 진술. 그러나 때때로 검사의 예리한 심문에 기가 꺾이는 대목도 없지 않았다.

그는 군인으로서 가장 중요시하는 것이 무엇이냐는 검사의 신문에서 "상관 명령에 복종하는 것"이라고 호기 있게 대답했다. 하지만 백범 암살 또한 상관의 명령에 복종한 것이냐는 추궁에는 고개를 숙인 채 침묵으로 버텼다.

백범 암살의 배후에 대해서는 오랜 세월 끊임없이 의혹이 제기되어 왔다. 가까이는 그를 한독당에 입당시킨 주변 인물에서부터(그는 군인 신분의 비밀 당원이었다), 멀리는 백범을 못마땅하게 생각했던 미국 정부까지, 세인들의 입에 두루두루 오르내렸다. 그러함에도 실체적 진실은 언제나 '소신에 의한 단독범행'에 가려져 왔다. 간혹 시대가 바뀔 때면 안두희 자신이 심경 변화를 일으키기도 했다. "백범 암살은 소문보다 사연이 복잡하다.", "나는 미국 정보요원(CIC)이었다"는 말로 배후가 있음을 시인하는 듯했다. 하지만 시간이 지나면 보이지 않는 손의 작용으로 예의 '단독범행'으로 되돌아서곤 했다.

최근 백범 암살과 관련한 베일이 한 겹씩 벗겨지고 있다. 미국 국립문서기록 관리청의 '김구 암살에 관한 배후 정보'라는 문건이 그것이다.

재미在美 사학자인 방선주 교수가 발굴한 이 자료에 따르면, 안두희는 미국 정보요원이었음이 사실로 드러난다. 더욱 놀라운 것은 자료를 발굴한 방 교수의 다음과 같은 코멘트다.

"미 주한 방첩대원의 증언 문서 중에는 백범 암살의 최후 배후가 이승만 대통령이라는 확신들도 서술되고 있다."

굴절과 질곡의 우리 현대사에 또 다른 핵폭발을 예고하는 대목이다.

〈2001. 9. 6.〉

6. 또 다른 색깔론, 지역감정의 원조(元祖) 시비

'불 지르면 이긴다'는 필승의 선거 지리학

김대중 대통령이 3·1절 기념사에서 "지역감정은 5·16 이후에 생겼다"고 운을 떼면서 시비가 붙었다. 자민련의 김종필 명예총재가 "지역감정은 1971년 DJ의 대선 출마"라고 맞받아 치고 나오면서다. 한마디로 네가 지역감정의 원조元祖지, 내가 원조냐고 따지고 있다.

김 명예총재의 말꼬리 잡기는 일파가 만파를 부르고 있다. 정치권이 마치 이를 기다리기라도 했다는 듯 논쟁을 가열시키고 있다. 총선 가도에 때아닌 '지역 색깔론', '지역감정 책임론'이 일고 있음이 그것이다.

선거철이면 어김없이 불거져나오는 반민족적이고 반민중적인, 그래서 망국적이라는 지역감정론.

꼭 집어 말하기는 어려워도 그것이 과거 박정희 대통령 시절부터라는 데에는 다수가 공감한다. 그 이전 이승만 시절이나 장면 시대에는 없던 일들이다.

그래서 5·16 이후 '지역감정'이 생겼다는 김 대통령의 말은 크게 책잡힐 말은 아니다. 5·16이 한 시대의 분수령이라고 보면 그렇다. 분명 5·16쿠데타를 시발로 집권한 박정희 시대에 지역감정 차원의 대결이 없지 않았다. 그리고 그것이 정치 도구화되기도 했던 것이 엄연한 사실이다.

물론 반론이 없지는 않다. 5·16 직후 치러진 대통령선거는 그렇지 않았다는 주장이 그것이다.

전라도 사람들의 전폭적인 지지로 경상도 출신이 당선됐지 않았느냐는 반론으로 맞는 말이다.

박정희의 첫 대통령 당선은 호남의 전폭적인 지지에 힘입은 것이 사실이다. 박 대통령은 전라도와 제주도의 전폭적인 지지에 편승, 아슬아슬한 승리를 거뒀다. 당시 선거의 한복판에서 가슴을 쓸어내렸던 JP가 누구보다도 잘 아는 사실이다.

제주와 호남 유권자들의 지역감정이 작용됐다면 굳이 영남 출신 박 후보에 몰표를 던질 까닭이 없다,

선거에 있어 동서 지역정서, 지역 색깔의 표출은 박정희 정권 때 그 조짐이 나타났다. 박정희 장기집권 발판이 된 1967년 대통령선거 때다.

이 선거에서 박 후보는 가까스로 재집권에 성공했다. 경상도 대통령이란 말을 들을 만큼 영남지역의 몰표를 받고서였다. 당시 경쟁 후보와 전체 표 차가 116만 표에 불과했다. 하지만 박 후보는 영남권에서만 무려 136만 표나 앞섰다.

이 선거를 통해 집권층은 지역 세를 업으면 선거에 이길 수 있다는 자신감(?)을 얻었다. 지역정서, 지역감정에 편승하는 것이 또한 장기 집권의 관건이라는 선거 지리학을 터득했다. 영남의 유권자 수가 호남의 유권자를 압도하고 있음을 간파한 것이다.

지역감정, 지역정서의 정치 도구화 조짐은 바로 여기서 그 떡잎이 자라기 시작한 것이다.

한 달 뒤에 치러진 6·8 총선에서 여당인 공화당은 영남에서 전체 의석을 싹쓸이하다시피 대승을 거뒀다. 그리고 박 대통령은 이 선거에서 동서 지역감정의 골을 넓히는 악수를 뒀다.

박 대통령은 목포 현지에 내려가 선거전을 직접 지휘할 만큼 이 지역에 각별한 신경을 썼다. 당시 두각을 나타내기 시작한 국회의원 후보 김대중을 떨어뜨리기 위해서였다.

그러나 박 대통령의 '김대중 죽이기'는 김대중 그를 자신의 강력한 정치 라이벌로 부상시켰다. 결국 4년 뒤인 1971년 대선에서 그 둘은 숙명의 대결을 벌였다. 경상도 출신 박정희 후보와 전라도 출신 김대중 후보의 맞대결을 벌이면서 영호남 지역감정의 골이 깊어졌다.

JP가 언급한 이른바 '지역감정 원조론'은 바로 여기에 터 잡고 있다. 한편 수긍이 가는 일이기는 하다. 그러나 사안이 수면 위로 드러난 빙산의 일각만을 보고 원조로 몰아세움이 합당치는 않아 보인다.

지역감정의 원인행위 제공 과정을 접어두고 결과만을 두고 '원조'의 책임을 떠넘기는 것은 설득력이 없어 보여서다.

무엇보다 원인행위 제공 차원의 '원조 책임론'에서 JP는 결코 자유롭지 못하다.

그 자신이 5·16의 중심에 서 있었고 공화당 창당을 주도해 박정희 시대를 연 장본인이기 때문이다.

그러함에도 김 대통령의 말은 경솔했다. 망국적인 지역감정 해소 차원이라는 원론적 주장임을 감안하더라도 그렇다. 그것이 지역감정을 부추길 수 있는 단초를 제공했기 때문이다. 더더욱 JP의 입장에서는 지역감정에 편승해서 손해 볼 일이 없다. 어쩌면 기다렸던 말인지도 모른다.

저간의 사정을 알면서도 지역감정의 책임소재를 언급한 대통령의 발언. 이 또한 의구심이 없지 않다. 지역감정에 울고 웃던, 정치 9단끼리 주고받는 부창부수夫唱婦隨가 아니냐는 생각이 그것이다.

〈2000. 3. 6.〉

7. 정치판의 양김(金), 3김(金) '성(姓) 타령'

서울 남산에서 돌을 던지면 김金, 이李, 박朴 3성 씨 중 한 사람이 맞는다고 한다. 한국의 성씨 중에는 김, 이, 박 씨가 그만큼 많다는 얘기다. 대성大姓인 만큼 이들 성씨를 가진 사람 중에는 집단으로 도마 위에 올라 까닭 없이 뭇매를 맞는 유명 인사들도 많다. 정치판의 '김씨 타령'도 그중 하나다.

정치판의 '성姓 타령'은 역시 김대중, 김영삼 두 사람이 주역인 '양김兩金 타령'이 유명세를 떨쳤다.

1970, 80년대를 풍미했던 양김 타령은 본시 집권자 주변의 은어였다. 그러던 것이 세간으로 흘러나와 사람들 입에 오르내렸다.

유신정권의 심장 박정희 대통령에게 양 김씨는 언제나 눈엣가시였다. 그의 입에선 언제나 양 김씨를 향한 못마땅함이 신음처럼 새어나왔다. 그리고 그 타령은 유행가 노랫말처럼 곧잘 퍼졌다.

“양 김씨는 경제 발전의 걸림돌, 국가 안보의 암적인 존재….”

유신정권이 종말을 고하던 1980년대 들어서는 ‘양 김 타령’이 ‘3김 타령’으로 개작됐다. 양 김씨에 또 다른 김씨인 JP 김종필이 끼어든 것이다(김종필은 박 대통령의 그늘에 있을 때까지는 김씨 타령의 주역은 아니었다).

박 정권의 몰락과 함께 3김씨는 ‘서울의 봄’을 구가하는 듯했다. 그러나 그들은 새로운 군사 정권 창출의 속죄양이 되어야 했다. 이른바 전두환 철권 통치를 전후해서다.

“3김씨는 대통령병 환자, 지역감정의 화신, 정치 불안의 원흉….”

김씨 타령은 1980년대 후반 들어 더욱 드세졌다. 이른바 ‘1노盧 3김金’이 접전을 벌였던 1987년 대통령선거와 연이은 13대 총선을 전후해서다.

대선의 결과는 양 김의 분열과 지역감정을 교묘히 활용한 노태우 후보의 승리였다. 패자인 김영삼, 김대중 후보는 양 김 씨란 이름으로 여론의 뭇매를 맞았다.

이어진 총선에서는 3김씨가 영남, 호남, 충청 지역에서 각각 세를 얻으며 지역 황금분할 시대를 구가했다. 그리고 정치판의 김 씨 타령은 일반에도 널리 합창 됐다. 민주화 세력을 향한 아쉬움과 문책의 타령들이었다.

세기말에 와서도 정치판의 ‘김씨 타령’은 여전하다. 질시와 원망과 선망이 뒤섞인 김씨 타령은 예나 지금이나 크게 달라진 것이 없다. 선거 때가 되면 권좌 주변에서부터 흘러나오는 시대의 유행가. 늘 그랬듯 ‘김

씨 타령'은 내년 대선 가도에서도 어김없이 국민합창으로 이어질 기세다. 〈1996. 3. 14.〉

8. 선거판의 '싹쓸이 신화'

백발백중 십중팔구의 지역정서

금정산과 무등산 자락에 자리한 부산과 광주.

금정산과 무등산에 올라 도시 한복판을 향해 돌을 던지면 그 돌에 어떤 사람이 맞을까.

부산에서는 십중팔구 경상도 사람이, 광주에서는 백발백중 전라도 사람이 맞을 확률이 높다. 그 말이 그 말 같으나 확률 80~90%와 확률 100%라는 산술적 차이가 있다. 바꿔 말하면 광주와 비교해 부산이 토박이 점유율이 낮은 데서 비롯되는 기댓값이다.

사실이 그렇다. 토박이 인구밀도는 호남의 상징도시 광주가 부산보다 훨씬 높다. 타 시·도로부터의 유입인구가 부산이 광주보다는 많아서일 터.

이 같은 양상은 각종 선거에 반영된다. 이를테면 대통령선거 때 두 도시 간 YS와 DJ 지지율이나, 국회의원 선거에 있어 특정 후보에 대한 토끼몰이식 지지 양상이 그것이다. 다만 지지율이 70% 선이냐 90%냐 하는 것은 토박이 점유율의 차이에서 비롯된다.

한마디로 각종 선거판에서 초록이 동색인 점은 영남이나 호남이나 다를 바 없다.

오히려 싹쓸이 정서에서는 영남 쪽이 더하면 더 했지, 덜하지 않다. 극명한 사례가 지난 12대 총선이다.

'5공' 위세가 하늘에 뻗치던 1985년의 2·12 총선.

부산에서는 가히 혁명적인 사건이 벌어졌다. 부산시민들이 집권 여당인 민정당 후보들을 모조리 낙선시켰다. 대신에 신생 야당인 신민당 후보들을 모두 당선시키고 말았다.

YS와 DJ가 배후에서 바람을 넣었다고는 하나, 예상치 못한 결과였다.

당시 선거제도는 한 선거구에서 두 명을 선출하는 제도였다. 같은 선거구에서 2등을 해도 당선되는, 구도였다. 같은 시각 광주에서도 유권자 표의 반란이 일어났다. 하지만 양상은 부산과 달랐다. 거의 모든 선거구에서 신민당 후보들이 1등 당선을 차지했다.

반면에 2등 당선은 집권 여당인 민정당의 몫이었다. 비록 지지율에 있어서는 큰 차이가 있었으나 당선자 숫자만 놓고 볼 때 여야의 차별성이 없었다.

이 같은 현상은 집권당인 민정당이 1구 1인의 소선구제를 버리고 1구 2인인 중선거구로 바꾼 속셈의 반영이기도 했다. 물론 부산의 선거 결과는 그들의 속셈을 간파한 것이었다.

DJ와 YS의 정치적 고향인 광주와 부산.

광주에서는 표심이 오로지 1등 당선으로만 몰렸다. 그러나 부산은 달랐다. 전두환 정권에게는 2등 자리마저 내줘서는 안 된다는 오기가 발동했다. '아빠와 오빠는 박OO 후보, 엄마와 누나는 김OO 후보'식의 구호가 선거판을 쓸었다.

결국 그들은 야당 후보 '싹쓸이 당선' 신화를 만들어 냈다. 그리고 그들은 말했다. 광주사람들은 배알도 없다고, 그렇게 당하고서도 전두환 정권의 하수인들을 뽑아 줬다고….

이 같은 총선 싹쓸이는 부산시민의 독재정권에 대한 저항정신의 소산이었다.

유신독재 타도를 외쳤던 '부마항쟁'의 자긍심과 '10·26' 직후 '서울의 봄'을 앗아간 전두환 정권에 대한 저항이었다. 그랬기에 그들은 광주를 향해 연민(?)의 질책을 보낼 수 있었다.

부산의 오기, 싹쓸이 신화는 16대 총선에서도 유감없이 발휘됐다. 4·13총선에서의 '한나라당 싹쓸이'가 그것이다.

하지만 선거 후의 분위기는 12대 때와는 사뭇 다른 것 같다. 일당 싹쓸이 양상은 12대 때와 다를 바 없으나, 그 기상은 당시처럼 당당해 보이지는 않은 것 같다.

"한나라당이 좋아서 그랬냐, DJ 심판 때문에 그랬지", "어디 우리만 그랬냐, 민주당 몰표는 광주 쪽이 우리보다 심했지 않으냐."는 등의 물귀신 항변이 그렇다.

호남사람들이 DJ 편향적인 것과 영남 사람들의 반 DJ 성향은 비단 어제오늘 새삼스러운 얘기는 아니다. 단지 십중팔구냐, 백발백중이냐는 차이일 뿐 방향성은 두 지역 모두 오십보백보다. 그러나 달라진 느낌이 없지는 않다. 광주를 질책하는 부산의 목소리가 과거처럼 당당하지 못함이 그것이다.

선거 결과 예측이 언제나 백발백중인 광주의 침묵과 십중팔구였던 부산의 낮은 목소리들. 그것은 서로가 지역 이데올로기의 노예였음을 고백하고 자성하는 소리로도 들린다. 어쩌면 다음 선거에서는 부끄러운 '싹쓸이 정서'들이 사라질지도 모른다는 기분마저 든다. 나만의 착각인가. 〈2000. 4. 17.〉

9. 영원한 2인자 JP

"공산당이 아니면 누구하고라도 손잡겠다"

순응과 변신의 노회한 정치인, 기회 포착의 명수, 처세의 대가, 사라지지 않는 정치무대의 노병, 쿠데타 원조, 영원한 2인자….

김종필 전 총리에게 따라다니는 음과 양의 숱한 수식어들이다,

5·16쿠데타와 함께 나는 새도 떨어뜨린다는 중앙정보부를 창설했던 장본인. 3공과 4공화국에서 오랜 세월 2인자로서 무소불위의 권력을 향유했던 JP 김종필.

그의 2인자 생활은 5공 출범과 함께 막을 내리는 듯했다. 하지만 1여 3야의 시대를 맞으며 집권 여당의 대표로 화려한 변신을 했다. 1여 3야의 지역 황금분할 시대 3당 통합을 통해서 당당하게 재기했다.

그러한 그도 YS 문민정부로부터는 축출당해 중원의 군소 제후로 밀려났다. 하지만 당시 왕따 야당이었던 국민회의 김대중 총재와 손을 잡으면서 또다시 기세를 떨쳤다. 이른바 DJP연합 전선을 구축하면서다. 결국 그는 DJP연합으로 정치사 반세기 만에 여야의 수평적 정권교체의 대역사를 일궈냈다.

그의 변신은 계속되고 있다. 지난 4월 치러진 16대 총선에서 그는 공동 여당이기를 거부했다. 충청도를 기반으로 한 신보수주의 깃발을 세우고 야당 선언을 하며 또 한 번의 변신을 시도했다. 그러나 결과는 총선 참패의 쓴잔을 들고 말았다. 그러한 그가 엊그제 제주에 왔다. 국민의 정부로부터 집요한 공동 여당 복원의 추파를 받으면서다.

제주에 온 그가 아직은 일련의 정국과 관련해서는 입을 꽉 다물고 있다. 하지만 제주 체류가 향후 그의 또 다른 변신의 계기가 될 것이란 관측은 어렵지 않다.

지난 대통령선거 1년여를 앞두고 그가 제주에 왔을 때다. 그는 제주에 올 때마다 경세제민經世濟民을 떠올린다고 했다. 제주의 '제濟'는 '민民'을 다스린다는 제민의 뜻을 담고 있기 때문이라고 했다. 선조들이 모범적인 나라, 제민 역할을 기대하고 지은 이름이 아니냐는 반문이었다.

JP에 대한 제주 사람들의 정서는 그야말로 애와 증이 함께한다. 1960년대 제주 돌밭을 일궈 감귤 산업 발전에 기여한 것에 대한 연민이 있다.

그리고 5·16 쿠데타에 의해 제주의 한인 '4·3' 진상규명 작업이 중단됐던 것에 대한 미움도 있다. 특히 지난 16대 총선에서는 신보수주의의 기치를 들면서 제주4·3특별법을 폄하하기를 서슴지 않았다. 그런 만큼 제주 사람들은 냉가슴앓이를 해야 했다.

공산당이 아니면 누구와도 손을 잡겠다고 호언하는 JP. 그가 제주를 떠나면서 과연 누구와 손을 잡고 2인자의 자리를 지킬 것인지. 사라질 줄 모르는 노정객의 운신과 행보는 시대가 바뀌어도 여전히 세인들의 관심사다. 〈2000. 5. 23.〉

10. YS의 DJ 때리기

내가 하면 로맨스, 네가 하면….

DJ를 향한 YS의 독설이 또다시 포문을 열었다. 김영삼 전 대통령이 국세청의 언론사 세무조사와 관련, "재집권을 향한 언론탄압"이라고 직격탄을 날렸다.

엊그제 기자회견을 자청한 그는 "현 정권에서 벌이는 언론 말살 사태야말로 독재자 김대중 씨가 음모하고 있는 재집권 쿠데타 서막"이라고 치고 나왔다. 그러면서 “DJ가 언론탄압을 한다고 해서 모든 언론을 북한의 노동신문처럼 김정일 찬양 일색의 기관지로 만들 수 없다”고 일갈했다.

그리고 자신이 김정일 서울 답방을 반대한 까닭에 대해서는 “서울에 와서 얻을 것이 없을뿐더러 남쪽에서 이북에 퍼주기만 하는 것이 불안해서”라고 했다.

그의 이 같은 발언들은 마치 그가 지나간 세기 독재와 반공의 투쟁 일선에 서 있을 때를 연상케 한다.

하지만 일반의 관심과 의아심은 DJ 때리기에 동원된 살벌한 언어만은 아닌 듯하다. 과연 YS가 그런 말을 할 처지가 되냐는 비난과 함께, 그가 왜 이 시점에서 그렇지 하는 것들이다.

특히 독설의 소재가 언론사 세무조사인 점과 남북 관계의 민감한 부분을 거론하고 있음이 그렇다. 때가 때인 만큼 ‘색깔론 공방’에 군불을 지피고 있는 것은 아니냐는 하는 의혹들이 그것이다.

사실 YS는 언론사 세무조사와 ‘색깔론’으로 부터 그 자신이 결코 자유롭지 못하다. 언론사 세무조사는 문민정부 시절 이미 그가 암암리에 거사(?)를 벌였음은 세상이 다 알고 있다.

당시 세무조사를 벌여 적당히 세금을 깎아주고 그 결과를 공개하지는 않았다. 이를 두고 자신이 덮어 준 것은 잘한 일이고, 누가 세상에 드러내 보인 것은 잘못이냐는 비난이 없지 않은 것이다.

색깔 시비만 해도 그렇다. 남북을 오가는 일에 대해서는 그 자신이 DJ보다 한발 앞서 추진했던 일이다. 그의 집권 시절 남북정상회담이 거의 성사 단계에서 김일성의 사망으로 무산된 아쉬움을 갖고 있다.

북에다 퍼주기만 한다는 말도 또한 그렇다. 동구권 외교가 유행병처럼 번지던 노태우 정부 시절을 잠시 뒤돌아보자. 당시 집권 여당인 민자당 대표였던 그의 행적이 어떠했던가. 당내 또 다른 실력자와 앞서거니 뒤서거니 경쟁을 벌이며 동구권에 돈을 쏟아부었다. 그리고 그것이 자랑거리로 내세우던 시절이 분명 있었다. 경협자금이란 명분으로 수십억 달러를 날리면서다.

YS의 독설이 과거 실패한 경험자로서 어깨 너머 훈수이기를 바란다. 하지만 만에 하나 '내로남불'의 독설이라면 국가적으로 불행한 일이다. 〈2001. 7. 5.〉

11. 정당(政黨)과 도당(徒黨)

정치판의 삼국지 '영남당, 호남당 충청당….'

여론은 일반적인 민중의 소리와는 다르다. 조직화, 통일화됨으로써 비로소 가치화할 수 있다. 정당은 바로 이 같은 여론의 조직화, 통일화, 가치화라는 세 가지 기본적 욕구를 충족시키는 정치 도구다. 대중의 여론을 기반으로 민주정치가 대의정치, 정당정치라고 하는 까닭도 여기서 비롯된다.

정당의 기원은 멀리 고대 그리스시대로 거슬러 올라간다. 정치학자들에 따르면, 정당은 기원전 6세기경에 그 형태를 갖추기 시작한다. 직접 민주정치를 했다는 이른바 솔론의 시대부터다.

당시 그리스에는 세 개의 정치집단이 존재했다. 아테네를 중심으로 지리적 환경에 따라 자연스럽게 자리한 정치집단이었다. 이른바 평원도시를 기반으로 한 평원당, 산악지대의 산악당, 바다가 기반인 해안당이 그것이다. 평원당은 도시의 귀족들이 중심이 되었다고 해서 귀족당이라고도 했다. 산악당은 농업이나 목축을 하는 집단으로 농민당이라

불렸다. 또 해안당은 지중해를 발판으로 한 상인 집단이 중심이 되었다고 해서 상인당이라고도 했다.

이들 집단은 오늘날 근대적 의미의 정치집단인 정당과는 엄밀히 구분된다. 단순히 지역을 기반으로 한 헤게모니 쟁탈의 이해집단이어서 그렇다. 일종의 도당徒黨인 셈이다. 다시 말해 정치적 주의와 정책에 앞서 지역의 보수들에 의한 지역적 이해관계에 집착했기 때문이다.

그러고 보면 오늘날 우리의 정당들은 고대 그리스의 도당범주를 크게 벗어나지 못한 것 같다. 적어도 지리적 지역적 정서와 이해관계에 얽매어있는 점에서 보면 그렇다. 물론 민주적 정강 정책이 없는 것은 아니다. 그러함에도 하나같이 지역감정의 천박한 이데올로기에서 벗어나지 못한 현실. 그것이 도당의 범주임을 웅변해 준다. 민중의 소리를 여론화하는 도구이기에 앞서, 말초적 지역정서에 편승해 온 영남당, 호남당, 충청당이란 빈정거림의 실제가 그렇다.

최근 이 같은 민중의 소리를 여론화하려는 정치권 일각의 자성이 없지 않다. 여야의 소장 정치인들을 중심으로 한 정치개혁의 목소리들이 그것이다. 특히 집권 여당인 민주당의 대선후보 상향식 공천 등 일련의 정당 민주화 정치실험은 시대적 관심이다. 자구의 때늦은 몸부림이기는 하나, 이제 비로소 그리스 도당에서 벗어나려는 노력이 가상해 보여서다. 〈2000. 12. 7.〉

12. 선거와 돼지 갑옷

지역감정 앞세운 총선 가도

약육강식의 동물 세계에서도 동물 나름의 싸움법과 생존방식은 있다. 호랑이는 호랑이식 싸움법이 있고, 멧돼지는 멧돼지 나름의 싸움방식이 있다. 생명을 거는 것인만큼 나름의 지혜가 동원됨도 물론이다.

불가佛家의 우화 한 토막.

어느 날 산돼지 대왕이 부하들을 거느리고 길을 나섰다가 호랑이와 맞닥뜨렸다. 싸우자니 힘이 달리고, 물러서자니 부하들에게 체면이 말이 아니다. 산돼지가 어렵게 말을 꺼내 들었다.

"여보게 호랑이, 싸울 의향이 있으면 한판 벌이고, 그렇지 않으면 나와 부하들을 통과시켜 주게나." 호랑이가 가소롭다는 듯이 대꾸했다.

"암 싸워야지, 절대로 이 길을 그대로 지나갈 수는 없지." 혹시나 했던 산대지 대왕으로서는 낭패가 아닐 수 없었다. 하지만 순간적으로 지혜가 떠올랐다.

"그럼 잠깐만 기다려 주게, 그래도 조상 전래의 갑옷은 입고 싸워야 할 것 아닌가." 산돼지 대왕은 잽싸게 부하 돼지들 속에 들어가 몸을 굴려 온몸에 똥을 발랐다. 그리고는 호랑이 앞으로 걸어나가며 기세 당당하게 외쳤다.

"준비가 됐으니 싸워보세. 싫으면 길을 비켜 주고…." 돼지 대왕의 꼴을 본 호랑이 왈 "야 이 치사한 놈아, 귀중한 내 이빨이 아깝다. 어찌 똥 냄새나는 돼지를 먹겠나, 길을 열어 주겠으니 빨리 사라져라."

미친한 것을 상대하지 않으려는 것은 역시 호랑이다운 기개다. 미천하지만 그 같은 호랑이의 자존심을 읽고 있었던 산돼지 대왕의 지혜 또한 기막히다.

호랑이를 물리친 똥 묻힌 멧돼지의 지혜는 오늘날 현실 정치판에서도 동원되고 있는 듯하다. 일단의 정객들이 '지역감정'이란 갑옷을 입고 죽기 살기로 총선 가도에서 버티고 있음이 그것이다.

이를테면 전직 총리가 대통령의 말꼬리를 물고 늘어져 지역감정에 시동을 걸었다. 뒤를 이어 딴살림을 차린 몇몇 정객들이 '영남 정권 창출론'을 들고나와 물의를 빚고 있다.

킹 메이커임을 자처해온 중견 정치인 K씨는 "TK(대구, 경북)와 PK(부산, 경남)가 협력해야 영남 정권을 만들 수 있다"고 치고 나왔다.

같은 당의 중진인 부산 출신 K씨는 "확실한 지지 기반이 있는 영남에서 대통령 후보를 내세워야 한다"고 거들었다.

K씨는 "신당(민국당)이 실패하면 영도다리에 빠져 죽어야 한다"고 극단적인 표현까지 동원하며 지역감정을 한껏 자극하고 있다.

반민족적이고, 반민중적인 그래서 망국적인 지역감정. 그것을 알면서도 그들이 그러고 있는 까닭은 다른 데 있지 않다.

조상 전래의 '돼지 갑옷'을 빌려서라도 정치판에서 살아남겠다는, 멧돼지 대왕의 지혜 동원과 다름이 아닐 터. 〈2000. 3. 7.〉

13. 황장엽의 '블랙리스트'

김일성 주체사상의 원조

'황장엽黃長燁 북한 노동당 비서 북한 탈출, 한국으로 망명 희망….'

1997년 2월 12일 오후, 북경으로부터 날아든 급전은 지구촌 구석구석 촉각을 곤두세우게 했다.

황장엽 그가 누구인가. 북한 노동당 당서열 3위, 두 차례에 걸친 최고인민회의 의장 역임, 김일성 주체사상의 이론적 원조, 김정일의 스승….

그의 망명을 두고 세계는 '김일성 주체사상'의 망명이라며 충격으로 받아들였다. 그렇지만 국내의 관심은 엉뚱한 곳으로 쏠렸다. 국내 친북 인사 명단인 이른바 '황장엽 리스트' 얘기가 불거져 나오면서부터다.

정치권을 비롯한 나라 안이 온통 벌집을 쑤셔놓은 듯했다. 오랫동안 레드 콤플렉스에 주눅이 들어 있는 국민이 아닌가. 그런데다 국내 실정법과 직결되는 사안이었기에 더욱 그랬다.

북한과 내통하고 있는 고위층 인사들은 과연 누굴까. 그야말로 초미의 관심사가 아닐 수 없다. "가까운 시일 내에 북한은 식량난으로 수백만 명이 굶어 죽을 것"이라는 충격적인 황黃의 이야기는 뒷전인 채였다.

그러나 '정태수 리스트'에 이은 '황장엽 리스트'의 존재 여부에 대해서는 부정적인 견해도 없지 않았다. 황은 첩보 관련 업무를 담당하지 않았다. 그런 그가 극비리에 진행되는 대남공작 사업을 어떻게 소상하게 알겠냐는 것이었다.

미국 측의 시각이 그렇고, 한국 정부 당국 역시 딱 부러지는 답을 하지 않고 있다. 다만 권영해 안기부장이 언젠가 "황장엽 리스트는 전혀 없다. 만약 조사과정에서 문제의 리스트가 나오면 일반수사 절차에 따라 처리할 것"이라고 말해 여운을 남기고 있을 뿐이다.

그러던 황장엽 그가 마침내 국민 앞에 모습을 드러냈다. 지난 2월 북경에서 한국으로 망명을 희망한 지 근 5개월 만이다. 우여곡절을 겪은 끝에 그는 제3국인 필리핀을 거쳐 80여 일 전에 서울로 들어왔다.

황장엽은 그동안 안가에 머물면서 독서와 집필로 소일했다. 일반인들의 눈을 피해 주마간산한 것으로도 알려진다.

과연 그는 겨레와 민족 앞에 무엇을 어떻게 고백하고 기여할 것인가.

황장엽 리스트에 대해서, 그리고 굶주려 죽어가고 있는 북녘의 동포와 실정에 대해서 어떤 생각을 가지고 무엇을 증언할 것인지 그것이 궁금하다. 〈2001. 8. 23.〉

14. 조갑제의 '황장엽 모시기'

"황장엽은 선비, 김대중은 독선자"

월간조선 편집장인 조갑제 씨의 '황장엽 모시기'가 지극 정성이다. 그는 북한 망명객 황장엽을 선생이라고 부른다. '선비 중의 선비'라 하며 '행동하는 지성'으로 모신다.

그가 어째서 김일성 주체사상의 창시자라고 알려진 황장엽을 예찬하고 나설까. 이른바 색깔론의 대가로서 공산주의라면 눈 뜨고 못 봐주는 그가 아닌가. 조갑제의 인터넷 홈페이지 '황장엽 어록'을 잠시 들여다보자.

"독재자는 폭력으로 육체적 고통을 주지만 독선자는 정신적 고통을 준다. 그래서 김대중 선생이란 말을 들으면 역겹지만, 황장엽 선생이란 말을 들으면 마음이 편해진다."

"그는 선비다. 조선조와 함께 사라진 선비가 어찌하여 북한의 수령지배 체제하 궁전 속에서 살아남아 있었을까…."

과연 그가 황장엽의 선생 됨됨이를 역설하려는 것인지, 김대중을 폄훼하기 위한 것인지. 그리고 북한 체제를 부러워하고 있는 것인지, 조롱하고 있는 것인지 도무지 종잡을 수가 없다.

체제이론의 대가인 황장엽 그를 두고 '고고한 선비로 체제 속에서 수년을 살아왔다'는 뭘 암시하는가. 북한의 체제가 '고고한 선비'를 있게 하는 체제임을 말하고 싶은 것인가.

평소의 그와는 다른 역설들이다.

그의 황장엽 모시기는 김대중과 김정일을 다음과 같이 끌어들이면서 대미를 장식하고 있다.

"김정일의 폭력과 김대중의 환상과 친북 지식인들의 위선에 맞선 황장엽의 말과 글에 담긴 지성至誠의 지성知性을 이 민족은 기억해야 할 것이다. 행동하는 양심이란 바로 황장엽 선생을 두고 이른 말일 것이다."

'선생' '행동하는 양심….' 그러고 보니 어디서 많이 들어본 소리다. 오랜 세월 김대중에게 따라붙었던 호칭과 좌우명이 아닌가. 궁금증은 엊그제 조씨가 일본의 극우 신문 산케이에 기고한 '내년 대선 좌우파 대결 가능성'이란 글에서 업그레이드된다. 내년 대선은 김정일이 좌파를 지원하고, 우파는 미국의 부시 정권에 도움을 요청할지 모른다며 좌우 대결을 부추기는 듯한 그의 칼럼.

그가 하필이면 왜 역사 교과서 왜곡에 앞장선 산케이 신문에 기고했을까. 그리고 지난 반세기를 옥죄어 왔던 '색깔론'을 굳이 들고나온 까닭이 무엇일까. 느닷없이 김대중을 끌어들이며 주체사상의 원조를 무등을 태운 까닭은 또 무슨 연유인가.

20세기 석양에 진 냉전 시대 이데올로기 부활을 바라서일까. 마치 죽은 공명이 사마의를 쫓아냈듯, 그래 주기를 바라는 속셈이 있어서 그런가. 〈2000. 8. 23.〉

15. 지역감정과 세기(世紀)의 여왕들

엘리자베스, 이사벨…. 세계 경영으로 갈등 대립 극복

어느 사회이든 사람과 사람이 살아가는 곳에 갈등과 대립이 존재한다. 가진 자와 못 가진 자, 계급과 계급, 민족과 민족 간에 갈등과 대립이 있게 마련이다.

이 같은 집단적 감정은 집단과 집단 사이 대화합을 이루면서 해소되기도 한다.

지역 간의 대립과 갈등이 불거지는 지역감정이라고 예외는 아니다.

정도의 차이는 있겠지만 지역감정은 나라마다 존재한다. 영국의 경우를 보자. 그들의 지역감정은 역사가 깊다. 앵글로 색슨족이 외부로부터 상륙하면서 골이 깊어졌다. 아이리쉬와 스콧트 사이 끊임없는 갈등과 대립이 그것이다.

그러나 엘리자베스란 걸출한 여왕이 등장하면서 내부의 갈등과 대립은 잠복기를 맞았다. 엘리자베스가 내부 갈등과 대립의 에너지를 밖으로 분출, 오로지 세계 경영에 몰두하면서다.

다소 유형은 다르지만 지역 갈등과 대립 구도에 있어서는 스페인과 이웃 일본도 크게 다르지는 않았다.

국토의 절반이 이민족 지배 아래 있던 스페인. 14세기까지는 지역 세를 기반으로 한 내부 소왕국 사이에 대립과 갈등이 심했었다. 그러나 아라곤 왕국의 페르난도와 카스틸리야 왕국의 이사벨이 정략 결혼하면서 사정이 달라졌다. 두 왕국 간 통일국가를 이루면서 내부의 대립과 갈등을 극복해 나갔다. 급기야 그들은 이민족(아라비안)이 지배하고 있던 남부지방까지 회복했다. 에스파냐 제국은 그렇게 탄생했다. 대제국의 건설로 세계 경영에 나서면서 내부의 갈등과 대립을 자연스럽게 아울렀다.

일본 역시 전국시대와 막부시대에 이르는 시기, 지역 간 갈등의 골이 깊었다. 도요토미 히데요시가 나라 밖으로 눈을 돌려 내부 대립과 갈등 해소에 나섰다. 정명가도征明假道를 빌미로 조선 침략에 나선 것이 그것이다.

물론 이들 여러 나라가 과거의 지역감정을 완전히 치유했다고 말할 수는 없다.

그러나 세계 경영에 집착하는 동안에는 동과 서, 남과 북 사이의 내부 지역감정, 지역 갈등은 크게 작용하지 않았다.

최근 지역감정을 주제로 한 세미나가 화두에 올랐다. 엊그제 제주에서 열린 '지역 갈등 해소와 국민 대통합을 위한 대토론회'가 그것이다.

주제발표자들은 나름대로 국민통합 방안을 논했다. 하지만 내부 에너지 소모에 집착하고 있다는 생각에 아쉬움이 없지 않다.

그들은 동서東西 지역감정의 근본적 원인이 정치적 구도에서 비롯되고 있다고 진단했다. 그러면서도 치유책으로는 '3김 청산', 영호남 지방정부 교류, 내각책임제 등이 고작이었다. 세기의 여왕들을 흉내내 세계 경영을 말하는 사람은 아무도 없었다. 야 3당의 정책위의장이란 직책 때문인지 몰라도 그야말로 아전인수 격의 자리였다. 차라리 우물가에서 숭늉을 찾음만 못했다. 〈1999. 10. 11.〉

제2장
기울어가는 '3김 시대'

1. 지역감정과 대통령선거

"YS가 광주에서, DJ가 부산에서 출마한다면…."

광주에서 YS가, 부산에서 DJ가 국회의원 출마하면 당선시켜 줄까.

대답은 한마디로 아니올시다다. 국회의원은커녕 지방의원으로 나서도 떨어질 것이란 게 일반적인 관측이다. 이 같은 얘기들은 뿌리 깊은 지역감정에 근거를 두고서 하는 말들이다.

영남과 호남, 두 지역 사이 지역감정은 역사를 거슬러 올라간다. 멀리 삼국시대까지 이어진다. 그러나 지역감정이 대중을 지배하는 이데올로기로 자리잡기는 최근이다. 1971년 대통령선거에서 당시 박정희 대통령과 정치 기린아 김대중 씨가 맞대결을 벌이면서부터다.

그 이전까지만 해도 일반적인 선거 양상은 도시는 야당을, 농촌은 여당을 지지하는 이른바 여촌야도與村野都였다. 이때만 해도 호남 출신이 영남에서, 영남 출신이 호남에서 출마하고 당선되는 일이 대수롭지 않았다. 사실 박정희는 경상도 사람이면서 전라도 사람들의 전폭적인 지지로 대통령이 됐다.

군정을 이끌었던 박정희 장군은 1963년 10월 15일 대통령선거에서 고전을 면치 못했다. 개표 다음 날까지만 해도 윤보선 후보에게 뒤져, 패색이 짙었다.

결국 그는 15만 표의 근소한 표 차로 윤 후보에 신승했다. 막판 호남지방에서 29만여 표 차이로 압승을 거둬 기사회생했다. 그로서는 호남사람들이 그야말로 정치 은인이나 다름이 없었다.

그러한 그가 장기집권을 위해 영호남 지역감정을 볼모로 삼았다는 것은 역사의 아이러니다.

그는 4년 후인 1971년 대선에서 "전라도 사람이 집권하면 경상도 사람 모두 망한다"고 지역감정을 한껏 부추겼다. 결국 그는 쪽수가 많은 영남 표를 몰아 당선됐다.

지역감정에 편승한 대권 몰이는 박정희 이후에도 계속됐다. 1980년 김대중 내란음모' 조작사건과, '광주 학살'을 통한 5공화국 출범, 1987년 6·29 직후 1노盧 3김의 대권 다툼 역시 지역감정이 대중 지배의 이데올로기로 자리했다. 여야 3당 합당 직후 1992년 말의 대통령선거전은 아예 호남대 비호남의 대결 구도였다. 와중에 유권자들은 이 같은 지역감정에서 결코 자유로울 수가 없었다.

20여 년 동안 유권자들을 구속해온 지역감정. 오랜 세월 선거 지리학으로 자리해온 영호남 지역감정.

그 큰 물굽이가 바뀔 조짐이 없지 않다. 집권 여당의 차기 대선 후보가 비영남권 출신으로 결말이 나면서 기존의 정치 지리가 달라지고 있기 때문이다(여당인 신한국당의 대선후보가 충청권인 이회창 후보).

한국정치발전의 발목을 틀어잡아 온 반민족적, 반민중적인 지역감정. 이제 달라진 정치 지형이 그 사슬을 풀어줄까. 〈1997. 7. 24.〉

2. 검은돈과 '정태수 리스트'

사람들은 색깔을 특정한 사물이나 감정과 연관짓기를 좋아한다. 일반적으로 검은색은 길한 것보다는 불길한 조짐을 연상시킨다.

초기 기독교인들과 인디언들에게 검정빛은 죽음을 의미했다. 또한 힌두인들에게는 검정빛이 위대한 파괴의 색깔로 받아들여졌다. 이 같은 검은색의 패러독스는 여러 가지 신조어를 만들어 내기도 했다.

로마인들은 '검은 글자의 날(Black-letter Day)'이라고 해서 운이 좋은 날은 흰색으로, 운이 좋지 않은 날은 검은색으로 달력에 표시했다.

중세 영국에서는 농민들로부터 토지 임대를 은銀 대신 곡식이나 저질 주화로 지불하는 것을 '검은 임대료(Black-mail)'라 했다.

또한 교회와 사사건건 대립했던 영국의 헨리 8세는 '검은 책(Black Book)'을 만들어 수도원의 토지를 몰수했다. 이를 모방해서 상인들은 외상값 받기가 어려운 사람들 명단을 만들어 '블랙리스트(Blacklist)'라고 불렀다. 최근 들어서는 부정하고 떳떳하지 못한 돈을 '검은돈(Black money)'이라고 부르고 있다.

'검은돈'을 받은 정치인들이 국회 한보청문회에서 도마 위에 올려지고 있다. 청문회 신조어도 등장하고 있다. 이른바 한보의 검은돈을 받은 정치인들의 명단인 '정태수 리스트'도 그중 하나다.

검찰은 뒤늦게 이들 블랙리스트에 오른 정치인들을 소환, 조사를 벌이겠다고 벼르고 있다. 그러나 '정태수 리스트'는 새삼스러운 것은 아니었던 것 같다. 검찰이 이미 확보해 놓고 있다고 밝힌 것이어서다.

검찰은 문제의 리스트를 확보하고 있으면서도 그저 바라만 보고 있었다. 아마도 사회 곳곳에 '만연된 부조리는 칼을 들이대지 않는다'는 그들의 불문율(?) 때문이거나, 몸체가 워낙 커서 그런지 모르겠다.

"청문회 진술이 신빙성의 결여로 자칫 정치인들에게 치명적인 것이 될 수 있다…."

검찰의 얘기다. 말인즉 "몸체가 아닌 깃털에 불과한 몇몇 정치인들에게 면죄부를 주겠다"는 것으로도 들린다.

그러나 이들 정치인은 '블랙리스트'에 오른 것만으로도 정치적 사형선고를 받은 것이나 다름이 없다. '검은돈', '검은색'의 저주를 받아서다. 〈1997. 1. 20.〉

3. 누가 스타일을 구겼나?

여야 영수(領袖) 회담 "택도 없다"

파국으로 치닫던 '파업 시국'이 여야 영수 회담을 계기로 한 굽이를 틀고 있다.

연두 기자회견에서 "여야 영수 회담 택도(?) 없다"던 김영삼 대통령.

그러한 그가 한발 물러서서 야권의 수뇌들을 불러들이면서 뉴스의 초점이 되고 있다.

한편으로는 우습고 한심스러운 일이기도 하다. 국가 간 정상회담도 아닌 국내 여야 영수 회담 그 자체가 뉴스의 초점이 되고 있음이 그렇다. 정치 일상에서 흔히 있어야 하는 일을 두고 일방이 조르고, 또 다른 일방이 '택도 없다'고 거부함이 또한 그렇다.

그러함에도 청와대 쪽에서는 자존심이 상하고, 통치 스타일을 구겼다고 안스러워하는 모양이다. 원치 않던 여야 영수 회담 성사가 자의가 아닌 타의에 의해 이뤄진 것이기 때문일 것이다. 노동법과 안기부법 개정을 전후해 표출된 국민적 저항에 못이긴, 마지 못한 선택이었기에 더욱 그렇다.

과연 누가 그토록 자존심을 상하게 하고, 스타일을 구기게 했을까. 다름 아닌 그들 자신이다. 국회에서 '새벽 날치기' 법안 처리를 감행, 국제적 망신을 당하게 한 장본인들이 그들이다. 이미 예고된 노동계 대파업을 애써 외면한 것도, 그래서 '파업 시국'을 자초한 것도 자신들이다.

민주국가에서 중시하는 절차를 무시한 채 국민을 규율할 일련의 법들을 날치기 처리하고도 무사하리라고 생각했다면 그건 넌센스다.

"모든 사회현상은 하나하나가 역사적으로 돌이킬 수도 없는, 살릴 수도 없는 과거 사회적 조치의 누적된 결과다."

국내 반주류 경제학의 태두 변형윤 교수의 말이다. 그의 말을 빌린다면, 국가적 치부를 드러내고 국민적 저항을 부른 것은 '일련의 사회적 조치에 따른 누적된 결과'일 따름이다. 문민정부 출범 이래 간단없이 행해진 독선과 독주 독단의 조치에 따른 자업자득이란 얘기다.

정말로 자존심이 상하고 스타일이 엉망이 된 자는 그들이 아니다. 문민정부를 믿고 따른 무지렁이 백성들이다. 〈1997. 1. 23.〉

4. 흔들리는 국제신용등급

OECD 가입국의 현주소

일반적으로 국가나 지방자치단체, 기업들이 해외에서 채권을 발행하기 위해서는 일정 등급 이상의 신용등급을 받아야 한다. 그리고 이들 등급은 공표되는 것이 일반적이다. 공표됨으로써 국제금융시장에서의 주요한 투자 지표로 활용된다.

그렇다면 국제신용등급은 어떻게 측정되고, 한국의 등급은 어느 정도 수준인가.

국제신용등급은 국제적으로 공인된 평가기관에 의해서 이뤄진다. 국가 또는 기업과 같은 채권발행자의 경제, 재정, 채무 상환능력 등에 대한 신용도를 차별화해서 등급을 매기는 것이다. 즉 투자 대상으로 안전도가 높으면 A급으로, 낮으면 B급, 채무 불이행 수준이면 C급으로 나뉜다.

또한 같은 A급이라도 안전도에 따라 안전도 최고 트리플(AAA), 매우 높은 안전도 더블AA. 높은 안전도 A 등으로 평가된다. 다시 각 등급은 플러스(+). 제로(0), 마이너스(-)로 세분된다.

이 같은 기준에 의한 한국의 신용등급은 더블 에이 플러스(AA+)급으로 매우 높은 편이다.

지방자치단체인 제주도 역시 최근 해외증권 발행과 관련한 평가에서 더블 에이 플러스를 받았다. 세계적인 기업 삼성그룹 국제신용등급은 더블 에이로 알려지고 있다. 그러고 보면 제주도가 한 등급이 높은 셈이다.

그러나 최근 한보 부도 사태로 한국의 국제신용이 크게 흔들리고 있다.

'한국 금융기관 요주의', '차입금리 상승', '한국 돈 평가절하', '외환보유고 급감….'

그야말로 불길한 소식들이 꼬리를 물고 있다. 와중에 신용평가기관인 영국의 IBCA가 최근 한국의 국제신용등급을 더블 에이 마이너스(AA-)라고 공표했다. 한꺼번에 두 등급이 내린 셈이다.

IBCA는 더 이상 한국의 신용등급이 내리지는 않을 것이란 주석을 달고 있다. 한보 부도 사태로 야기된 한국의 정치, 경제적 혼란에도 불구하고 그렇다는 얘기다.

IBCA 말대로 여전히 높은 등급을 유지하고 있는 것은 사실이다. 지금의 혼란 상태를 반영한 것이라고 하니 한편으로 안심이 되기도 한다. 그러나 한꺼번에 2등급이 내린 상황이 더 없을 것이란 보장은 없다. 더더욱 한보 사태가 끝이 안 보이는 상황이 아닌가.

일개 기업군의 부도 사태로 경제와 정치권이 뿌리째 흔들리고 있는 나라. 그것이 선진국 대열인 OECD 가입국, 우리의 현주소다.

〈1997. 2. 6.〉

5. 대통령 YS의 침묵

김영삼 대통령(YS)의 뚝심과 순발력은 명성이 나 있다.

때로는 답답하리만치 오랜 침묵으로, 때로는 폭발력이 지닌 순발력으로 정국의 물굽이를 틀어 왔다. 20대에 정치에 입문, 오늘의 대통령에 이르기까지 그의 정치행로가 이를 입증한다.

그는 1970년대 '40대 기수론'을 들고나와 기성 원로 정치인들을 압도했다.

'10월 유신'의 칠흑 같은 어둠 속에서 "닭의 모가지를 비틀어도 새벽은 온다"며 '부마 사태'와 '10·26'의 한가운데 있었다.

5공화국 초반 철권통치의 칼날 아래 실시된 12·12' 총선에서 신당(신민당)을 창당, 민권의 승리를 이끌었다.

그는 언제나 정국의 한가운데 있었다.

1987년 대선에서 참패, 한때 제3당의 당지기에 머무르기도 했다. 그러나 그 특유의 뚝심과 순발력은 1990년대까지 이어졌다. 3당 합당을 감행, 집권 여당의 대표가 되면서 제3당의 허물을 벗어 던졌다.

6공 초반 공안정국의 회오리와 함께 제1야당의 총재(DJ)가 곤욕을 치르고 있을 때였다. 그는 동구권 외유와 제주 칩거 등 3개월여에 걸친 오랜 침묵을 깨고, 집권 여당인 민정당, JP 김종필의 자민련과의 3당 합당을 이뤄냈다.

집권 여당의 대표 자리는 결코 순탄한 것이 아니었다. 3당 합당 때 '내각제 합의 각서'는 일파만파를 불렀다(합당 당시 이면 약정인 내각제 합의 각서는 그의 아킬레스건이기도 했다).

처신이 곤란해진 그는 대표 자리를 마다하고 고향 거제도로 잠적, 버티기에 들어갔다(그는 차기 대권의 유력한 잠룡이었다). 그 특유의 침묵과 뚝심은 결국 집권 여당의 대권 주자로 낙착됐고, 대통령의 자리에까지 올랐다.

그의 이 같은 뚝심과 순발력의 원천은 과연 무엇인가. 그것은 그의 탁월한 '민심 읽기'와 영남 출신이라는 정치 지리학상 약간의 어부지리라고 이해가 된다.

그러나 대통령 자리에 오르고 난 뒤 그의 '민심 읽기'가 제대로 작동되지 않고 있다. 적어도 정국이 요동치고 있는 최근 들어서는 더욱 그렇다. 작금으로 이어지고 있는 정국이 국가적 위기 상황임에도 침묵으로 일관하고 있다.

민심이 들끓고 있고, 여기에 북녘 동포들의 눈 뜨고 볼 수가 없는 참상에 세계가 연민과 비웃음을 보내고 있다. 하지만 그는 이렇다 할 순발력을 보여주지 못하고 있다.

세계의 이목은 이제나저제나 하고 대통령의 입을 주시하고 있다. 임기 말년이지만 여전히 그는 일국의 대통령이기 때문이다. 털어낼 것은 훌훌 털고, 주워 담을 것은 담아야 할 책임이 아직도 그에게 있다.

〈1997. 5. 22.〉

6. 정치인(政治人)과 정치가(政治家)

정치를 하는 사람이라고 해서 모두가 정치가는 아니다. 정치가와 정치인은 구분이 된다. 영어의 스테이츠맨(statemen)과 폴리티션(politcian)의 구분이 그렇다.

스테이츠맨은 우리말의 정치가를 이르는 말이다. 보통은 '위대한',

'훌륭한'의 수식어가 따라붙는 말로서, 우러러보는 정치인을 두고 하는 말이다. 이에 반해 폴리티션은 정략가, 또는 정상배의 냄새가 짙게 풍기는 말이다.

연말 대통령선거 연기론을 들고나와 평지풍파를 일으키고 있는 자민련의 김종필 총재.

그의 스테이츠맨, 폴리티션론이 또 다른 말꼬리를 잇고 있다. "나라를 큰 틀에서 다시 세워 새 출발을 하자는 데 반대하면 정치가가 아니고 정략가에 불과하다"란 JP의 화두가 그것이다.

김영삼 대통령에게 내각제개헌을 촉구하며, 연말의 대통령선거를 연기하자는 자신의 폭탄선언과 함께 불거져 나온 말이다. 이른바 'DJP 공동집권'의 파트너인 국민회의 측이 반발하지 않겠냐는 주변의 지적에 대한 대답이기도 했다.

듣기에 따라서 그의 말은 내각제개헌을 위한 대통령선거 연기에 DJ가 협력하지 않는 다고 하면 정치가가 아니란 말로도 해석이 된다.

그의 대선 연기 발언의 배경에 대해서는 억측이 구구하다. 그중에서 그럴듯하게 들리는 얘기 중 하나가 보수 대연합론이다. DJP연합에 의한 기약 없는 공동집권보다 집권 여당과의 보수 대연합에 의한 공동집권이 보다 확실하고, 실리가 있지 않겠냐는….

덩치는 크지만 지리멸렬해진 YS의 집권 여당. JP의 도움 없이는 수평적 정권교체가 사막의 신기루에 불과하다는 생각을 갖고 있는 DJ.

그야말로 작금 여야 정치환경을 꿰뚫어보고 던진 JP의 주사위인 셈이다.

오월동주吳越同舟 격이겠지만 수평적 정권교체를 위해 DJ와 공조의 틀을 유지해온 JP.

그러한 그가 내각제개헌만 한다면 집권 여당의 손을 들어 주겠다고 나서고 있다. 국민적 합의를 빙자해서 코앞에 다가선 대통령선거까지도 제쳐버리자고 팔을 걷어올리고 있다.

과연 그의 이 같은 주장이 정치가로서의 정견인지, 정략가로서의 식견인지, 정치 9단인 그 자신이 스스로 물어봐야 할 말이 아닌가.

〈1997. 8. 6.〉

7. 또 하나의 대선(大選) 정객

이인제 경기지사가 연말 대통령선거 출마를 공식 선언하고 나섰다. 향후 거취를 놓고 국민적 관심을 모아오던 그가 마침내 대선 리그에 정식으로 뛰어든 것이다.

그의 출마 결정과 함께 대선정국이 일대 소용돌이에 휩싸이고 있다. 그의 등장은 곧 집권 여당의 분열을 의미하기 때문이다.

그러나 대선 마운드에 그의 등장은 새삼스러운 것만은 아니다.

그는 이미 홈런을 맞고 비틀거리고 있는 이회창 대표의 구원 투수임을 자처해왔다. 그러면서 일찍부터 불펜 피칭을 계속하며 때를 기다려왔다. 투수 강판하면 게임을 뒤집을 수 있다는 일각의 소리도 없지는 않았다.

그렇다고 집권 여당인 신한국당이 선발투수를 끌어내릴 수는 없는 일이다. 이미 경선 룰을 거친 팀의 에이스이기 때문이다.

이인제 지사의 등판 의지가 강해지면서 주변의 회유가 끈덕지게 이어졌다.

집권 여당의 총수이자 그의 정치적 대부인 김영삼 대통령이 출마 포기를 종용했다. 에이스인 이회창 대표 역시 그의 소맷자락을 잡고 매달렸다.

그러나 그는 모두를 뿌리쳤다. 그의 말마따나 '정치적 둥지'였던 신한국당을 떠났다. 이회창 대표와의 후보 경선 시, '승자의 손을 들어주고 결과에 승복하겠다'고 했던 그였다. 그런 그가 정치적 약속을 무자비하게 내던지고 딴 살림을 차렸다. 그렇지만 정치권 그 누구도 그를 탓할 자격은 없다.

대선주자들은 물론이거니와 그의 정치 대부라는 YS라고 해서 예외는 아니다. 권력 앞에서, 그것도 대권 앞에서 정치적 신의는 무력했다. 그것은 이미 정치 선배들이 가르치고 닦아 놓은 길이다. 왕도가 될지, 패도가 될지 그 누구도 알 수 없는 일이지만 그 길을 가는데 누가 탓할 수 있을 것인가. 대권이 눈앞에 가물거리는데, 절대권력이 손에 잡힐 듯한데 신의가 다 무엇인가.

신의를 헌신짝처럼 던져 버리는 대선 정객들. 그들에게 정치를 맡겨야 하는 무지렁이 백성들이 가련할 뿐이다.

연말 대선이 코앞에 다가섰다. 혹시나가 역시일진 모르나, 때가 되면 골라는 잡아야겠지. 어차피 선거란 최선이 없으면 차선을, 차선이 없으면 최악을 피해서 차악을 고르는 민주주의 게임이 아니던가.

〈1997. 8. 13.〉

8. '홍역' 앓는 집권 여당

반세기에 이르는 우리의 헌정사는 정치권의 정변과 민중항쟁의 연속이었다. 그리고 정변과 항쟁의 시류에 따라 절대권력이 창출됐다. 그리고 그 절대권력의 부침에 따라 정치집단은 이합집산을 거듭했다.

그러나 집단의 '여與'는 언제나 '여'로 끝이 나고, '야野'는 '야'로서만 이합집산을 거듭했다.

12년 집권 여당이었던 이승만 정권의 자유당.

자유당은 4·19 민중혁명과 함께 '여'의 정치집단은 더 이상 존재하지 않았다. 5·16 군사정변으로 집권한 공화당의 운명도 그랬다. 또한 12·12 쿠데타와 5·17 정변에 의해 창출된 집권 여당 민정당의 운명도 크게 다를 바가 없었다.

절대권력의 본산이었던 자유당과 공화당, 그리고 민정당은 우리에게 '야'의 얼굴을 보여주지 못했다. 반세기 헌정사에 똬리를 틀고 앉아 있으면서도 주연으로만 자리하려 했고, 조연이길 거부했다. 그것은 바로 자기의 운명을 재촉하는 것이기도 했다.

오늘의 주연이 내일의 조연일 수 있다. 민주주의 본 무대가 이를 보여준다.

내각책임제의 본산 영국을 보자. 그들은 수 세기 동안 보수당과 노동당이 주류 정치집단으로서 여와 야의 얼굴을 번갈아 왔다. 대통령중심제의 본산인 미국 역시 공화, 민주 양당 체제로 그 얼굴을 번갈아 왔다.

이들은 내일의 주역이 되기 위해 조역을 마다하지 않는다. 주역일 때도 항상 조역을 준비하고 있다. 서구민주주의 발전의 원동력은 그들 스스로가 주역과 조역을 동시에 사랑할 줄 아는 지혜에서 비롯되고 있는지 모른다.

연말 대선을 앞둔 정치판의 움직임이 심상치 않다. 집권과 함께 민자당에서 신한국당으로 간판을 갈아 단 집권 여당의 행보가 그렇다. 집단의 한 귀퉁이가 떨어져 나가 딴살림을 차리고 있고, 나머지 세력 역시 핵분열 조짐을 보이고 있다.

대권을 목전에 둔 여권의 행보.

의례 '여'는 힘을 더 끌어모아 융합을 하고, '야'는 내분과 분열을 거듭하던 과거와는 사뭇 다른 양상이다. 마치 '여'와 '야'가 뒤바뀐 듯한 착각마저 드는 대선정국이다. 과연 이 같은 현상들이 정치발전의 조짐인지, 퇴행의 조짐인지는 더 두고 볼 일이다. 〈1997. 8. 27.〉

9. 구한말과 '신한국'

"명백한 절망으로 죄어진 계급들의 무관심, 타성, 냉담, 생기 없음의 마비 상태…. 개혁에도 불구하고 한국은 아직도 단지 두 계급, 즉 약탈자와 피약탈자로 구성되어 있다. 면허받은 흡혈귀인 양반계급으로부터 끊임없이 보충되는 관료계급, 그리고 인구의 나머지 4/5인 문자 그대로의 하층민인 평민계급이 그것이다…."

1백 년 전인 1897년 이사벨 버드 비숍의 구한말 한국 스케치 중의 일부다. 영국의 왕립지리학회 회원이기도 한 그녀는 당시 영국 여성들의 우상이었다고 한다.

그녀는 은둔의 나라 한국에 대해 무척 연민의 정을 가졌던 친한파의 한 사람이었다. 고종황제와도 친근하게 지냈다.

당시 황실은 물론 조선팔도를 돌아다니며 민중들의 삶을 발로 체험했다. 그녀는 이 같은 체험을 바탕으로 『한국과 이웃 나라들』이란 저서를 남기기도 했다. 앞의 인용문은 저서 내용의 일부이다.

그녀가 다녀갈 무렵의 한반도는 세계열강들의 각축 속에 알몸을 드러내놓고 있었다. 개방과 수구, 부패와 개혁의 소용돌이에 휘둘리고 있었다.

이 무렵 무력한 군주 고종황제는 러시아 공관으로 성천聖遷해 있었다. 그야말로 외국의 보호 아래 있던 치욕의 시대였다. 그런 와중에 국내 일부 개화 세력에 의해 은둔의 나라 한국의 개혁이 시도되던 시절이었다.

러시아 공사 웨베르 역시 개혁을 거든 한사람이다. 그러나 그는 지나친 내정간섭과 국정농단으로 대내외의 반발을 샀다. 대원군이 고종을 대신해 수렴청정을 했듯, 푸른눈의 이 러시아인도 고종황제를 비호하며 국정을 주물렀다.

그의 국정 농단은 보수 세력에게 반동의 빌미를 제공했다. 결국 구한말의 개혁과 개방은 저지되고 말았다. 비숍이 갈파한 약탈자, 황제의 총신과 관리들에 의해서였다. 그리고 피약탈자인 백성들의 무기력과 타성에 의해 망국의 길을 가야 했다.

1백 년 전의 구한말과 지금의 신한국 사정이 묘한 대비를 이루고 있다.

문민정부의 개혁. 개방의 시작과 끝, 억대를 넘어 조 단위로 치닫고 있는 부정부패, 대통령 주변 사람들에 의한 국정농단, 대통령의 무능과 무기력, 국민의 피와 땀이 분탕질당하고 있는 것에 대한 허탈감 등등이 그것들이다.

외세에 휘둘려 아군끼리 총을 겨눴던 개혁과 반동의 구한말. 그것마저 닮아서는 안 된다. 서로 살리되 죽이지 말며(生以勿殺), 서로 주고받기는 하되 빼앗지 말아야 한다(予而勿奪). 그래야 한반도의 봄기운을 이어갈 수 있다. 〈1997. 5. 8.〉

10. 정치권의 합종연횡

대권 진흙탕 싸움 '김심(金心), 당심(黨心) 흔들기'

합종合從과 연횡론連橫論은 다스리는 자들의 논리다. 천하가 어지러워 군웅이 할거할 때 곧잘 등장한다.

합종은 약자끼리 뭉쳐 강자에 대항한다는 논리다. 연횡은 약자가 강자에 의지, 자기 안위를 도모하고자 함이다.

이 같은 합종설의 원조는 중국 전국시대 연나라 책사 소진蘇秦이다. 연횡설의 대가는 동시대 진나라 책사인 장의張儀다.

일곱 나라가 중원의 패권을 다투던 전국시대의 얘기다.

소진은 약소국인 여섯 나라가 동맹해서 강대국인 진나라와 맞서자고 제후들을 설득하고 나섰다. 그럼으로써 정국의 안정을 기할 수 있다고 주장했다. 그리고 소진은 그의 합종의 동맹이 깨질 것을 우려, 장의를 이용한다. 절친한 친구 사이였던 장의를 자극, 강자인 진나라를 움직여 열국의 긴장을 풀지 않도록 한다.

그러나 장의는 생각이 달랐다. 그는 여섯 나라가 강자인 진나라를 섬기는 것만이 열국의 안위를 도모할 수 있다고 유세하고 다녔다.

소진과 장의의 합종연횡 대의명분은 천하 안정이었다. 그러나 속셈은 천자를 등에 업고 천하를 제패하는 것이었다. 결국 양자의 천하 대세론은 장의의 승리로 귀결됐다. 그의 세 치 혀는 합종론을 무력화하고, 열국의 제후들을 차례로 무너뜨렸다. 결국 진나라가 중원통일을 이루는 토대를 마련한 셈이다.

그러나 천하를 거머쥔 진나라도 오래 가지는 못했다. 연횡론으로 제후들을 제압하는 데는 성공했으나 천하 민심을 얻지 못했기 때문이었다.

시공을 달리하지만 정치권 합종연횡이 갈수록 가관이다. 대권을 겨냥한 여권의 이른바 '용들의 싸움'이 그렇다.

대세론을 앞세운 이회창 대표의 연횡론과 당내 '반이反李' 합종 세력들의 진흙탕 싸움. 대권을 겨냥하고 있는 그들에게는 백성들의 생각은 안중에도 없는 듯하다.

오로지 자신들의 입지를 위해 김심金心과 당심黨心 등에 업기와 흔들기에 열을 올리고 있다. 나름대로 합종의 완성과 연횡의 대가가 되기 위해 혈안이 되어 있다. 정치권의 대권 싸움에 백성들의 눈이 다 어지럽다. 합종도 좋고 연횡도 좋지만 도탄에 빠진 민생이 뒷전이어서 그렇다. 김심과 당심을 얻는다고 해서 과연 민심 없이 천하를 얻을 수 있을까. 〈1997. 5. 29.〉

11. 아리송한 대통령의 행보

3김 청산 외치는 자당(自黨) 후보 질책

"김대중 씨의 승리는 우리들의 승리며, 나의 승리다…."

1970년 제1야당인 신민당 대통령 후보 지명전에 나섰던 김영삼 씨의 말이다. 지명획득 실패 직후의 일성이기도 했다.

당시 YS는 대통령 후보 지명획득을 자신하고 있었다. 유진산 당수를 비롯한 신민당 주류들의 지원을 등에 업고 있었기 때문이었다. 그는 투표 몇 시간을 앞두고서 지명 수락 연설문을 쓰고 있었다. 그만큼 여유가 만만했던 그였다.

그러나 결과는 숙명의 라이벌이 된 DJ 김대중의 승리였다. 1차에서는 YS가 앞섰으나 2차 결선투표에서 역전패를 당했다. 하늘처럼 믿었던 유진산 부대의 반란 때문이었다.

그로서는 도무지 믿기지 않는 결과였다. 그러나 그는 '모두의 승리'란 말로 경선 결과에 깨끗이 승복했다. 그리고 경쟁자의 손을 높이 추켜올렸다. 정치발전의 한 페이지를 장식하는 순간이기도 했다.

4반세기 전 YS의 목소리가 신한국당 전당대회장에서 불거져 나왔다. 신임 총재로 추대를 받은 이회창 후보의 입을 통해서다.

그는 총재취임 연설을 통해 그 자신에게 총재 자리를 물려준 김영삼 대통령을 한껏 추켜올렸다. 27년 전 김 대통령이 DJ와의 대통령 후보 경선 결과에 대한 승복의 미덕을 상기시키면서였다.

이회창 후보의 연설은 당을 뛰쳐나가 딴살림을 차린 경쟁자를 겨냥한 것이기도 했다. 한편으로는 김 대통령의 지원사격을 바란 양수겹장의 발언이기도 했다.

그러나 기대했던 김 대통령의 화답은 시큰둥했다. 대통령의 치사는 정권 재창출을 역설하면서도 자신의 지론인 '변화와 개혁'에 더 톤을 높였다.

자유당 정권의 건국 세력, 공화당 정권을 의식한 산업화 세력, 문민시대 민주화 세력, 그리고 신세대를 겨냥한 정보화 세력을 결집시키겠다는 이회창 후보의 연설.

김 대통령의 치사는 이른바 보수 대연합을 염두에 둔 이회창 후보의 연설은 안중에 없었다. 1987년 대선 때 "필요하면 나를 밟고 가라"는 전두환 노태우의 묵계와도 사뭇 다른 목소리였다.

YS의 치마폭을 감돌고 있으면서도, '3김 청산'을 외치고 있는 자당의 대선 후보를 질책함인가. 아니면 단순히 자신의 문민 정책의 계승만을 강요함인가. 대선을 목전에 둔 김 대통령의 '뚝심'에 또 다른 관심이 쏠리고 있다. 〈1997. 8.〉

12. 흔들리는 대선 축제

선거는 민주주의 꽃이요 축제다. 우리는 짧지도 길지도 않은 반세기 헌정사에 숱한 선거를 치러왔다. 그러나 축제다운 축제 분위기의 선거를 치른 기억이 별로 없다. 잔칫상에 오르는 요리가 언제나 변변치 못했고, 뒤맞이가 상큼하지 못했다.

일제의 압제로부터 벗어나서 처음 치러진 우리의 민주주의 축제는 시작부터 파란의 연속이었다. 민주 공화정의 첫 출발을 알리는 5·10 총선거부터가 그랬다.

북쪽에 소련이, 남쪽에 미군이 진주하면서 축제의 전야는 살벌하기만 했다. 좌우 대립, 요인 암살과 같은 혼란 속에 결국 남쪽만이 민주주의 축제를 치렀다.

단선單選 단정單政을 반대하는 만만치 않은 저항 속에 치러진 축제의 장에는 피비린내가 진동했다. 피바람 속에서 그렇게 민주주의 꽃은 피고 졌다. 그러함에도 민주의 축제, 우리의 선거문화는 아름다운 꽃으로 피어 보지 못했다.

축제답지 못했던 축제의 장에는 언제나 반독재의 구호가 난무했다. 흑색선전과 험구가 난무했다. 축제의 여왕이 되고자 하는 후보들은 저마다 제 잘난 것 뽐내기보다는 남 못난 것을 들춰내기에 용을 썼다. 상대를 깎아내려야 내가 확실히 커 보이고, 상대의 발목을 잡고 늘어져야 내 발을 뻗을 수 있다는 생각이 전부였다. 마치 그런 것들이 선택의 기준이 되는 것처럼 그렇게 했다.

유권자들 역시 그런 그들과 부화뇌동이었다. 막걸리 한잔이면 내 사람의 큰 흠집도 작아 보였다. 고무신 한 짝에 희희낙락했다. 선거 때나마 주인 대접받는 것 같아서 그런 자신이 그저 대견스러웠다. 그렇게 선민과 유권자의 부창부수 속에 부정과 부패가 싹이 자라고, 국리민복이 찌들어 왔다.

시대가 바뀌어도 축제 분위기는 크게 달라지지 않고 있다.

선거 여론조사, TV토론 등 제법 모양새를 갖춰가던 대선 가도였다. 하지만 예의 상대 흠집내기로 선거판이 흔들리고 있다. 여야 유력후보들이 서로가 바지가랑이를 잡고 늘어지는 작금의 행태가 꼴불견이다.

정책과 정견의 비교우위를 뽐내기보다 서로 흠집내기 폭로전이 도를 넘고 있다. 축제의 귀감이 되어야 할 대통령선거전이 난장이니 안타까운 일이다. 〈1997. 12.〉

13. '베니스의 상인'과 IMF 시대

베니스의 상인 안토니오는 친구를 위해 얻은 빚 때문에 목숨을 잃을 뻔했다.

안토니오는 친구 바니사오의 구혼자금을 위해 고리대금업자 샤일록으로부터 돈을 빌렸다. 자신의 선박을 담보로 하고서다. 무역 나간 선박이 잘못됐을 때는 대신 안토니오의 허벅지 살을 한 근 떼어줘야 한다는 샤일록의 주문에 서약하고서였다.

그러나 상환기일이 지났는데도 배는 돌아오지 않았다. 빚 독촉을 받은 안토니오는 영락없이 자신의 생살을 떼어줘야 할 판이었다.

생사기로에 선 안토니오는 바니사오의 약혼녀 포샤의 도움으로 다행히 목숨을 건졌다. 재판관을 자처한 그녀가 "살은 떼어내도 피를 흘리게 해서는 안 된다"는 명판결을 내리면서다. 서약서에는 살 얘기만 있었지 피 이야기는 없다는 것이었다. 결국 법정에서 칼을 들이댔던 샤일록은 주저앉을 수밖에 없었다.

셰익스피어의 희곡 '베니스의 상인'의 줄거리다.

'베니스의 상인'은 중세 자본주의 시대상을 풍자한 작품이다. 시대적 배경이 도시국가 베니스를 중심으로 상업자본주의가 흥기할 무렵이었다.

이 무렵 장사밑천이 아쉬운 상인들을 상대로 한 고리대금업 역시 판을 치고 있었다. 돈 앞에서는 사람의 목숨도 파리 목숨과 다를 바 없었다. 그만큼 돈의 위력은 대단했다.

셰익스피어 작품은 바로 황금만능의 상업자본주의의 병폐를 꼬집고 있다. 그들의 논리를 빌어서다. 그러나 셰익스피어의 기지는 단순히 돈에 억눌린 빚쟁이의 카타르시스일 따름이다.

돈의 논리는 예나 지금이나 대단하다. 더욱이 남의 돈은 개인의 운명은 물론 국가의 흥망성쇠까지 좌우했다.

사방팔방으로부터 빚 독촉이 쏟아지면서 나라 경제가 뿌리째 흔들리고 있다. IMF의 구제금융에 의지해 보려 하지만 밑 빠진 독에 물 붓기다. 그야말로 경제대국의 꿈이 외국의 빚 앞에 힘없이 무너져 내리고 있다. 외채에 살도 떼이고 피도 흘리고 있다. 빚 알기를 우습게 안 우리의 업보다.

IMF 시대는 바로 분수에 넘치게 빚 얻어 기업하고, 나라 세우던 시대가 지났음을 일깨워 주고 있다. 살도 떼이고 피도 흘려야 하는….

〈1997. 11. 15.〉

14. '탁치(託治) 시대'의 대선 주자들

보름 앞으로 다가선 대선 가도가 꽁꽁 얼어붙고 있다. 가도를 달리는 대선 주자들이 안간힘을 쓰고 있지만, 연도의 유권자들은 그들에게 눈길을 집중하고 있지 않다. 대통령선거가 국가 대사임에도 이제 더는 이 나라의 톱뉴스가 아니다. 국가적 부도 위기를 맞은 연도의 유권자들에게 대선이 안중에 있을 리가 없다.

푸른눈의 이방인들이 내 나라 안방 살림을 샅샅이 들춰내고 있는 총체적 난국 속의 대한민국. 경제신탁 시대를 바라보는 유권자들의 허탈한 시선. 국가적 자존과 생존 바탕이 깡그리 무너지고 있는 눈앞의 현실.

대선주자들은 과연 무엇을 생각하고 있을까.

불행한 시대의 대선주자라고 자조하고 있을까. 아니면 "탁치 시대 신탁관리인이면 어떠냐, 시켜만 다오" 하는 애원이 앞서 있을까.

어쩌면 경제탁치 시대를 이끌어야 하는 이 시대 정치인들은 불행한 사람들인지 모른다.

그러나 그것을 바라보는 백성들은 더없이 처연하다. 1센트짜리 코인을 꼭 쥐고 은행 모금함으로 몰려드는 고사리손들의 행렬, 그들을 바라보면 더욱 그런 생각이다. 국민소득 1만 달러 시대 우리의 자화상이라고는 도무지 믿어지지 않는다.

그러나 엄연한 현실이다. 1만 달러 시대 1센트를 우습게 여긴 자업자득의 결과다. 깨우치고 미래를 열어주지 못한 정치인들의 업보다.

오늘날 금융위기와 정치 관련해서는 이미 오래전 선각자들의 경고가 있었다.

유럽에서 미국으로 통화와 자본이 몰리던 1930년, 런던 이코노미스트지의 경고가 그것이다.

이코노미스트는 "경제 분야 실적이 정치 분야의 발전을 앞지르고 있는데도 정치가 변화에 대응하지 못하고 있다"고 일갈했었다.

우리의 정치인들을 겨냥한 듯한 반세기 전의 지적. 그것은 고도성장의 그늘에서 기십, 기백, 수천억짜리 떡고물을 받아먹을 줄만 알았던, 그런 정치권에 대한 경구에 다름아니다. 경제신탁 시대의 대선 주자들, 그나마 그들이 푸른눈의 이방인이 아닌 것만 해도 다행인지 모른다.

〈1997. 12. 1.〉

15. 문민정부 창업, 시작과 끝

수나라를 멸하고 당 제국을 창업한 당 태종이 신하에게 물었다.

"예로부터 창업주의 후사 문제로 분란이 이는 경우가 많은데 무슨 까닭인가."

신하가 답하기를, 부왕의 후광으로 부귀를 누려온 어린 군주가 세상사에 밝지 못해서라고 했다. 태종이 반론을 폈다.

"경의 말은 책임이 군주에게 있다는 말로 들리는데 오히려 신하에게 있지 않은가."

당 태종의 반론은 계속된다.

"수나라의 양제는 공신인 우문술의 아들들에게 높은 벼슬자리를 주었다. 그러나 그의 아들들은 훗날 수양제를 살해하는 것으로 보답했다. 임금의 총애를 받은 그들이 어이 반역자가 되었는가?"

제왕학의 교본이라 일컫는 『정관정요貞觀政要』의 한 대목이다.

새삼 고사의 기억을 떠올림은 어제오늘이 크게 달라 보이지 않아서다. 역사의 수레바퀴가 시공을 초월하고 있음에 고소를 금치 못해서다. 역사의 거울에 비춰 본 문민정부의 창업주와 대선 주자들. 그리고 그 휘하 군상의 면면이 그렇다는 얘기다.

그들 대다수가 문민 창업의 일역을 맡고 부귀를 나눠 가졌던 사람들이다. 그러나 그들은 이제 와서 창업주를 탓하며 등을 돌리고 있다. 창업주로부터 대표직과 그 가문으로부터 대권 주자의 바톤을 물려받았음에도 그렇다.

그들은 창업주를 가문에서 축출했고, 문패까지 갈아달았다. 또 한 신하(?)는 가문을 버리고 일가 창업의 깃발을 높이 들고 있다.

그들의 문패 갈아 달기와 가출은 나름의 계산을 앞세운 것이다. 대업을 이루는 데 창업주가 보탬보다는 짐이 된다는 생각에서다.

그러나 이들 이산가족을 바라보는 무지렁이 백성들의 심경은 처연하다. 어미 배를 가르고 나오는 살모사들을 보는 듯해서다.

역사를 아는 자는 무너지는 담장 밑에 서지 않는다고 했던가.

무너지는 담장 밑에 선 무지렁이 백성들, 상처뿐인 그들에게는 널린 담장을 또다시 주워 올리는 일이 남아 있다. 눈앞에 치러야 할 대통령선거가 그것이다. 언덕 위로 시도 때도 없이 같은 바위를 굴려 오르고, 내리곤 하는 시시포스의 일과처럼…. 〈1997. 11.〉

16. DJ의 애틋한 부정(父情)

"아아, 하늘이 나를 망쳤구나, 하늘이 나를 망쳤느니라!(天喪予, 天喪予)"

공자가 수제자 안연이 32세의 젊은 나이로 요절하자 하늘을 원망하며 슬퍼한 대목이다.

대를 이을 유력한 후계자가 젊은 나이에 세상을 하직했으니 어찌 아니 슬펐을까. 그는 안연의 죽음이 자기가 죽은 거나 다름없다 하여 '천상자! 천상자!'라고 대성통곡을 했던 것이다. 오죽했으면 말리는 사람들에게 이 사람을 위해 통곡하지 않으면 누구를 위해 통곡하냐며 슬픔을 이어갔을까.

하지만 그는 이 같은 인간적 면모와는 달리 일의 처리에 있어서는 이성과 예를 잃지 않았다.

초상집 분위기에 고무된 망자의 부친 안로.

그는 감히 공자가 타고 다니는 수레로 아들의 덧관을 만들어 주기를 청했다.

공자가 대답하기를 "재주가 있고 없음을 떠나서 자식에 대한 정은 똑같다. 얼마 전 우리 집 아이가 죽었을 때도 관은 있되 외관(덧관)을 만들 수 있었다, 그러함에도 그러지 않았다. 비록 말석이지만 대부의 반열에 있는 나로서는 수레 없이 걸어서 다니는 것이 예가 아니기 때문이었다."

공자의 말은 사랑하는 제자의 죽음이 자식의 죽음 못지않으나 공인으로서 그 신분을 중시하지 않을 수 없다는 얘기다. 그러하기에 공자는 장례를 후하게 지내자고 해도 단호하게 '옳지 않다'고 말렸다. 장례 또한 사회적 규범으로서의 법도인 만큼 정도를 지나쳐 서는 안된다는 말이다.

최근 청와대가 각종 게이트에 휘말려 줄초상 분위기다. 와중에 김대중 대통령의 세 아들에 대한 애틋한 부정이 심심치 않은 얘깃거리가 되고 있다.

김 대통령의 세 아들은 초등학교 때 세상을 떠들썩하게 했던 '김대중 납치 사건'을 겪었다. 중학교 3년 동안은 아버지가 감옥에 있었다. 고등학생이 되어서는 사형선고를 받은 아버지의 죽음을 기다려야 했던 그들이다.

대통령 가족들의 수난사에 누군들 연민의 정이 없을까. 하지만 게이트 사건이 연일 불거지는 이면에는 김 대통령의 애틋한 부정父情이 작용하고 있는 듯하다. 자식에게 지나치리만큼 인간적인 정으로 얽매어있다는 지적이 그렇다.

하지만 어제는 옥중 수인이었지만 오늘에 와서는 청와대 옥좌의 주인 신분이다. 그러하기에 사사로운 정은 청와대 밖에서나 찾아야 하는 것 아니냐는 것이다.

그렇다. 수제자의 요절이 애통하다 하여 공자가 수레를 팔지는 않았다. 하여 부정이 애틋하다고 해서 국민의 내준 옥좌를 함부로 하고, 세상의 법도를 외면할 수는 없을 터. 〈2002. 4. 26.〉

17. 건국 세력, 근대화 세력, 민주화 세력

이회창 총재의 주류와 비주류론

학문으로서의 역사가 길지는 않지만, 경제학의 역사적 메인스트림(main stream), 즉 주류主流는 크게 세 부류로 구분한다. 아담 스미스를 태두로 리카도·J.S밀 등의 고전학파, 그리고 제번스·멩거·마셜과 같은 신고전학파, 케인즈에서 새뮤엘슨으로 이어지는 신고전학파종합 등이 그것이다. 이들 경제 학파들은 길게는 1세기, 짧게는 반세기에 걸쳐 오늘날 경제이론의 본류를 형성해오고 있다.

고전학파는 최초의 경제학서라고 하는 『국부론』을 원전으로하고 있다. 그들은 18세기 후반서부터 100여 년을 주류로서 자리해왔다.

뒤를 이어 '한계혁명' 이론을 바탕으로 한 신고전학파가 20세기 초반까지 주류로 자리했다. 이와 함께 케인즈의 수정자본주의 이론이 등장하면서 신고전학파종합이 오늘날까지 주류자리를 지키고 있다. 학파 간 다소 이름을 달리하고는 있지만 모두 자본주의 이론에 뿌리를 같이하고 있는 한통속이다. 물론 이들 주류세력에 대한 반주류反主流 세력이 없지는 않았다.

고전학파에 대해서는 리스트를 비롯한 역사학파가, 신고전주의에는 마르크스주의가 맞서왔다. 하지만 그들은 주류세력, 본류를 형성하지 못하고 비주류 또는 이단으로 밀려났다. 고전적 자본주의에 뿌리를 같이하지 않고서는 설 땅이 없다는 말이다.

최근 정치권에서 때아닌 '사회 주류론(main strem)'이 불거져 나와 정치 쟁점이 되고 있다. 한나라당 이회창 총재가 일본 특파원들과의 간담회 자리에서 한 말이 불씨가 됐다.

"차기 대선에서 우리 사회의 '주류세력'이 현 정권에 대해 심판을 내려 새 정권을 만들어 줄 것"이라고 주장한 발언이 그것이다.

정권 창출과 결부시킨 것이기에 해석에 따라서는 오해의 소지가 없지 않은 발언이다. 말인즉슨 현 정권은 비주류이며 이단인 '비주류 정권'을 심판해달라는 말로도 들릴 수 있어서다.

파문이 번지면서 한나라당이 적극적인 해명에 나서고 있다. '메인스트림'은 주류와 비주류로 구분하는 경제학적 개념이 아니다. 그보다는 '본류'에 해당하는 역사학적 개념이라고 함이 그것이다. 이를테면 나라의 건국과, 근대화, 민주화 과정에 참여해온 모든 세력을 총칭하는 개념이라는 강변이다(그러함에도 그의 해명은 '어'하고 '아'가 달라 보인다. 마치 과거 양반사회를 연상케 하는 착각이 들어서 그렇다).

모든 세력의 총칭이라고 하니 그 실체 또한 아리송하다. 국민적 관심을 일으킨 만큼 명쾌한 해명이 있어야 한다. 기왕지사 대권 주자인 발언 당사자는 건국 세력, 근대화 세력, 민주화 세력 중 과연 어느 쪽인가라는 궁금증에 답을 덧붙여서…. 〈2002. 2. 19.〉

18. 정치와 집단의 생각

'3김'은 가고 민심은 끓어오르고

집단이 어떤 생각을 갖고 있는지에 대한 과학적 접근 중의 하나가 여론조사다.

조사 방법이 과학성이 입증되면서 사회 일반에 확고한 뿌리를 내리고 있다. 특히 집단의 생각을 가장 궁금해하는 정치와 비즈니스 분야에서는 대단한 위력을 떨친다.

최근 그 위력을 어림할 수 없는 여론조사가 세인들의 시선을 끌고 있다. 차기 대통령선거와 관련한 연합뉴스 여론조사 결과가 그것이다.

여론조사 결과로는 한나라당 이회창 총재가 내년 대선의 유력한 후보로 나타나고 있다. 후보자 간 가상 대결에서 여당인 민주당의 예비 후보군을 앞서고 있다. 적게는 10% 포인트, 많게는 32% 포인트 차이로 우세다. 특히 영남권에서 여타의 후보군보다 높은 지지율을 보이고 있다.

반면에 20, 30대 젊은층의 지지율은 이와 달라 주목된다. 이 총재와 여당 후보군 간 반전 현상을 보이고 있음이 그것이다.

그러나 보다 더 특별히 시선을 끌고 있는 대목이 따로 있다. 후보군 간 가상 대결이 아니라 선거 구도에 대한 응답이다.

응답자의 절반 이상(51%)이 '정계 개편 또는 신당 창당 등을 통해서 차기 대선을 치러야 한다'는 생각을 피력하고 있다.

유력후보의 지지율이 41% 턱걸이인 것에 비하면 결코 평범한 생각이 아닌 듯하다. 특히 이 같은 욕구는 수도권과 젊은층에서 높게 나타나고 있다. 다수 집단의 생각은 한마디로 정치권의 지각변동을 바라고 있다는 얘기에 다름아니다.

정치구도 변화를 바라는 욕구가 큰 것은 기성 정치권에 대한 불신의 반영이기도 하다. 과거에는 곧잘 이 같은 집단의 욕구, 즉 민심을 읽어내는 정치인들이 없지 않았다.

1980년대 5공화국 시절의 12대 총선. 당시 '신당 바람', '신민당 돌풍'을 읽어낸 이른바 양 김씨(YS, DJ)가 그들이다.

정치 감각과 순발력에 있어 타의 추종을 불허했던 양 김씨. 그들은 누구도 예측하지 못한 신당 돌풍을 몰아세우며 정치 구도를 바꿔 놓았다. 그리고 그들의 시대를 견인해냈다. 하지만 이제 그들은 정치적 황혼녘에 접어들었다.

시대 또한 새로운 변화를 바라고 있다. 적어도 과학적 접근이라는 여론조사에 따르면 그렇다. 민심은 끓어오르고 있는데, 과연 집단의 생각을 이끌어갈 시대의 견인차들이 있기는 한 걸까. 〈2001. 11. 15.〉

제3장
풀잎과 바람의 정치

1. 국회의장의 단상(壇上) 질타

"국민을 두려워할 줄 알라"

벼슬 가진 자, 그 직분을 다하지 못하면 자리를 박차고 나가야 한다고 했던가.

춘추전국시대 맹자는 사사士師라는 벼슬자리의 제齊나라 사대부를 이렇게 몰아세웠다.

"사사라는 자리는 왕에게 간언하는 자리다. 그러함에도 자리에 앉은 지 몇 달이 되도록 아무 진언한 바가 없으니, 당신은 벼슬을 하는 사람의 책임을 저버린 것 아닌가."

자극을 받은 사대부가 왕의 잘못을 간하는 데 앞장섰다. 하지만 왕이 그의 말에 귀를 기울이지 않자 벼슬자리를 훌훌 털고 낙향하고 말았다. 주변에서는 본의 아니게 벼슬을 버린 사대부에 대한 동정론과 함께 맹자에 대해서도 비난이 없지 않았다.

"남의 일이니까 그렇지, 맹자가 자기 일이었다면 과연 그렇게 할 수 있었겠느냐. 자신이 표방하고 있는 왕도정치가 이뤄지지 않는 이유는 또 무엇이냐"는 비아냥이었다.

맹자가 해명에 나섰다. 진언의 책임이 있는 사람은 그 진언이 채택되지 못하면 그 자리를 벗어나는 것이 당연하다고 역설했다. 그러면서 벼슬자리도 없고 진언의 책임도 없는 자신의 진퇴와는 무관한 것이라고 했다.

맹자의 이 같은 유세는 관직에 있는 자로서 직책을 다하지 못하면 마땅히 그 지위를 책임질 수 있는 자를 위해 자리를 비워 줘야 한다. 그리고 자신은 제나라 왕의 손님으로 와 있을 뿐 나라의 녹을 먹는 관리는 아니라는 항변이었다.

정치가 무엇인지 선동하고 가르칠 도의적 의무는 있으나 그에 대한 책임은 없다는 말로 들린다.

몇천 년 전 맹자의 유세는 21세기에도 이어지고 있는 듯하다.

엊그제 이만섭 국회의장이 정기국회 개회 연설에서 개혁파의원 총궐기를 촉구하고 나섰다.

“16대 국회에는 그 어느 때보다도 정의감과 애국심에 불타는 의원들이 많이 들어와 있다. 이제 정의롭고 양심적인 의원들이 진정한 용기를 가져야 한다. 언제까지 당론 정치와 정당 이기주의의 볼모가 돼 민생을 외면해야 하는냐…. 국회가 더 이상 편협하고 무책임한 소수 강경파에 끌려다녀 서는 안된다. 민의를 대변하는 의원들은 국민을 두려워할 줄 알아야 한다. 국민이 겉으로는 말을 하지 않으나 정치인들의 행동 하나 하나를 예의주시하고 있다는 사실을 깊이 깨달아야 한다….”

단상에 선 그의 읍소와 질타는 흡사 춘추전국시대 맹자의 유세를 연상케 한다. 민생을 접어둔 채 당리당략에만 몰두해 있는 이 시대 사대부들을 향해 대오각성을 촉구하고 있음이 그렇다.

물론 이 말이 그 시대 맹자의 선동과는 다소 다른 점이 없지 않다. 그 자신이 맹자와는 달리 빈객이 아닌, 책임 있는 시대의 사대부란 점에서 보면 그렇다.

하지만 맹자의 그것이나 국회의장의 질타가 크게 다를 것은 없다. 민생안정을 제일로 하는 민본주의 정치이념 구현을 강조하고 있어서다.

맹자가 역설하는 왕도정치이든, 국회의장이 읍소하고 있는 의회민주주의는 그 궤를 같이한다. 모두 민본사상을 근본으로 하고 있다는 점에서 그렇다.

그의 연설은 국민을 위한 정치와 신뢰 회복이 절박하며, 그렇지 않을 때는 집권으로부터 멀어진다는 자성과 경종이다.

장내 분위기를 숙연케 한 국회의장의 연설은 의정 혁명에 대한 실낱 같은 희망을 주는 사건이다. 연설이 있고 나서 이른바 '386세대'를 중심으로 한 소장파 의원들이 자성하는 목소리 또한 고무적이다.

민의의 대변자로서 직분을 걸어야 한다는 여의도 한 귀퉁이의 선동. 과연 얼마나 주효한 선동이 될 것인지. 노회한 국회의장은 그것을 혈기 방장하고, 정의감에 불타는 여야의 젊은 의원들에게 기대고 있다.

여민동락의 정치를 다짐하는 의정 혁명이 어찌 몇몇 의원들만의 몫일까.

하지만 제 몫을 다하지 못해 자리를 박차고 나온 제 나라 대부의 용기라면 못 이룰 바도 아닐 터. 〈2000. 9. 4.〉

2. 거수기 국회와 행정부의 시녀

386세대, 표결 실명제 교차 투표제 시동

우리의 국회의원들은 개개인이 헌법상 보장된 기관이면서도 의사결정이 자유롭지 못하다. 정당정치의 근간이라고 하는 당론에 빌미를 잡혀서다. 국회의원은 거수기擧手機란 비아냥거림은 여기서 비롯된다. 당론을 거역하는 것은 곧 항명이요, 정치적 사망을 의미하기도 했다. 우리의 헌정사와 의정사가 이를 웅변해 준다.

1969년 3선개헌이 불거져 나오던 와중에서 발생한 '4·8 항명 파동'과 '신민당 해산'이 대표적인 사례다.

4·8 항명 파동은 권오병 문교부 장관 해임건의안이 직접적인 계기였다. 당시 원내 비주류를 이루던 친 JP(김종필)계 의원들 다수가 해임건의안을 낸 야당에 동조, 가결 처리됐다.

최소한 40명 안팎의 여당 반란표가 야당에 가세한 뜻밖의 사건이었다. 공화당 총재인 박정희 대통령이 크게 노했음은 물론이다. 결국 박 대통령의 특명에 따라 반란(?)을 주도했던 양순직, 예춘호 의원 등 다수가 출당조치를 당했다.

야당 의원이라고 해서 당론으로부터 자유로운 것은 아니었다. 4·8 항명이 있던 해인 1969년 9월, 제1야당인 신민당은 당명을 거역한 3인의 자당 의원을 응징하기 위해 당을 해산하기까지 했다. 3선개헌 저지 투쟁을 벌이고 있는 와중에 성낙현 등 현역의원 3명이 성명을 내고 3선 개헌 찬성으로 돌아섰기 때문이었다.

비록 일순간이지만 신민당이 간판을 내린 것은 이들 의원을 제명하기 위한 것이었다. 당 해산 시 의원 자격이 자동 상실된다는 실정법을 이용한 것이었다. 그야말로 빈대 잡기 위해서 초가삼간을 태운 격이었다.

일사분란을 빌미로 국회의원의 자유로운 의사결정을 구속해 온 당론. 또 정치 보복이 두려워 당론에 맹종해온 국회의원들. 결국 그것들은 국민의 대표, 대의기관인 국회를 행정부의 시녀와 노예로 만들어 버렸다.

물론 순기능이 없는 것은 아니었다. 야당으로서는 그것이 대여 반독재 투쟁 과정에서 불가피한 수단이기도 했다. 여당으로서도 정책수행의 원활을 위해 필요악으로 여겨졌다. 그러나 대부분은 국민과 국가이익 이전에 체제 유지나 집단의 이익을 위한 '전가의 보도'처럼 악용돼온 것이 우리의 헌정사다.

시대가 달라져서일까. 책임정치 실현을 위해 표결 실명제와 교차투표를 정착시켜야 한다는 여론과 호응이 없지 않은 듯하다. 4·13 총선에서 대거 국회로 진출한 이른바 386세대 등 정치신인들이 그 주역들이다.

과거라고 이 같은 움직임이 없었던 것은 아니다. 하지만 "정치 보복을 염두에 두지 않겠다"는 그들의 호언에서 그 의지가 달라 보인다. 당론보다 무서운 여론을 의식한다면 결코 못 이룰 일은 아니니 두고 볼 일이다. 〈2000. 4. 24.〉

3. 언론의 386세대 사냥

차악(次惡)을 범했다고 최악이 미소 짓게 해서야….

일찍이 프랑스를 구하라는 신의 계시를 받았다는 잔 다르크. 그녀는 전의 상실의 프랑스군을 일으켜세워 위기의 프랑스를 구했다. 열일곱 살의 시골뜨기 소녀에 불과했던 그녀는 일약 구국의 전사로서 프랑스의 국민적 영웅이 됐다. 그러나 그녀는 한순간에 마녀로 몰려 화형에 처해졌다.

국민적 영웅이었던 그녀의 마녀 혐의는 정략의 산물이었다. 이른바 정치적 희생양인 셈이다.

당시 프랑스 왕실 주변은 왕위 계승을 둘러싸고 다수파 부르고냐와 소수파인 아르마냐크가 대립하고 있었다.

부르고냐는 다수파란 위세 외에도 배후에 막강 대영제국을 업고 있었다. 그들은 프랑스 왕실의 인척인 영국 왕 헨리 5세를 프랑스 왕으로 옹립하려 했던 세력이었다. 반면 아르마냐크는 신의 계시대로 왕위를 차지한 샤를 왕세자의 추종자들이었다. 하지만 그들은 정치권에서는 소수파에 불과했다.

다수이면서도 왕위 쟁탈전에서 소수파에 잠시 밀렸던 부르고냐파. 그들은 종교재판을 열어 잔 다르크를 마녀로 몰아세웠다. 여기에는 샤를 왕의 권위와 세력들을 동반 추락시키려는 다수파의 음모가 깔려 있었다. 그리고 잔 다르크의 마녀재판 이후 마침내 유럽은 '마녀사냥'의 광풍에 휩쓸렸다.

한국 정치의 새 희망이라고 하는 이른바 386세대 정치인들이 뭇매를 맞고 있다. 5·18광주민주화운동 기념일 전야에 단란주점에서 술판을 벌였다고 해서다. 때와 장소를 구분하지 못하고 권주가까지 불렀으니 박수를 받을 일은 결코 아니다. 도하 언론 모두가 그들을 몰아세우고 있다.

하지만 그것이 실망감과 허탈을 넘어 격분과 비난을 쏟아내는 언론들의 표현에는 고개가 갸우뚱거려진다. 마치 중세기 마녀사냥을 연상케 해서다.

작금 언론으로부터 뭇매의 대상이 된 박 모, 김 모씨 등등. 그들 중 몇몇은 그래도 어둠의 시대를 불살라 오늘의 광주기념일이 있게 한 주역들이다.

광주의 비극이 5공 치세에 묻혀 있던 1985년. 미문화원 점거를 통해 그날의 비극을 국내외에 알렸고, 광주민주화운동의 동력을 제공한 장본인(?)들이다. 그들의 일순간의 일탈이 과연 언론으로부터 치도곤을 당할 만큼 큰 잘못인가. 술자리 크게 마다하지 않는 우리의 술자리 문화가 그렇게 큰 죄악인가.

정치권의 386세대, 그들은 그나마 막가파식 우리 정치판에서 희망이라면 희망이다. 최선은 아니더라도 차선次善의 기대주들이다. 그들이 어쩌다 차악次惡에 다가섰는지 그 자초지종을 모른다. 다만 차악을 범했다고 해서 그들을 최악最惡으로 몰아 '진짜 최악'이 미소 짓게 하고 있음이 안쓰럽다. 〈2000. 5. 29.〉

4. 집권 헌법과 민주헌법

평균수명 5년의 '누더기 헌법'

대한민국 제헌 헌법의 초안은 애당초는 대통령중심제가 아니었다.

유진오 박사가 기초한 것으로 알려진 헌법 초안은 영국의 내각책임제 헌법이었다. 그 헌법 초안이 갑자기 미국식 대통령중심제로 유턴했다. 당시 제헌국회의장이던 이승만 전 대통령의 고집에 의한 것이었다.

5·10 총선이 끝나면서 그해 6월부터 헌법기초위원회의 심의와 3차례에 걸친 국회 독회 끝에 선포됐다. 반세기 전인 1948년 7월 17일 바로 오늘이었다. 그러나 그것은 한 달여 만에 졸속으로 마련된 헌법이었다. 그래서 그런지 제헌 헌법은 태어나기 무섭게 시련을 겪었다.

제정 4년 만에 개헌을 단행한 것을 비롯해, 모두 9차례나 뜯어고쳤다. 한마디로 '누더기 헌법' 신제이자, 그런 헌정사였다. 그 대부분이 '민주헌법 다듬기'가 아닌 권력자 욕심에 의한 '집권 헌법'이었다.

반세기가 넘는 헌정사에 뜨고 지던 이들 헌법.

평균수명이 고작 5, 6년에 불과한 것은 이 같은 저간의 사정을 담고 있다. 이승만 정권에서의 두 차례에 걸친 발췌개헌과 헌정사에 회자가 돼온 사사오입 개헌. 박정희 정권 시절의 3선개헌과 유신헌법 개정(기존의 헌법을 파괴했다고 해서 헌법제정이라고도 했다), 전두환 정권의 5공 헌법 등이 대표적인 집권 헌법이다.

이들 헌법개정은 그 자체로 위헌 소지를 지녀 시비가 없지 않았다. 그러기에 더러는 역사적 심판을 받기도 했다. 이승만 대통령의 불명예퇴진, 박정희 대통령의 비명횡사, 전두환 대통령의 백담사행 등이 그것이다.

하지만 집권자의 욕심이 아닌 주권자인 국민 욕구에 의한, 그야말로 주권재민의 개헌이 없지도 않았다. 1960년 내각책임제 개헌과 1987년 대통령직선제 개헌이 그것이다.

1960년에 있었던 개헌은 이승만 대통령을 하야시킨 4·19 혁명의 산물이다.

또한 1987년의 대통령직선제 개헌 역시 민중이 쟁취한 개헌이었다. '6·10' 민주항쟁이 철권 전두환 정권으로부터 받아낸 6·29 항복선언의 결과물이었다.

1960년 내각책임제 개헌은 독재의 온상이었던 대통령제를 폐기하는 국민적 열망에 의한 민주적 개헌이었다.

1987년의 개헌 역시 내 손으로 대통령을 직접 뽑아야 한다는 국민 여론의 절대적 지지를 받은 민주헌법이었다. 독재의 온상인 장기집권을 방지하기 위해 대통령 단임제의 안전장치를 하고 서였다.

그나마 이 민주헌법도 최근에 와서는 흔들리는 듯하다. 정치권 내부에서 일고 있는 또 다른 대통령중심제 골자의 개헌논의가 그것이다. 여야 정치권 다수가 개헌에 거부반응을 보이지 않는다고 한다. 그래서 조만간 개헌 문제가 국민 가시권에 들어 올 조짐이다.

최근의 개헌논의는 남북화해 시대에 있어 헌법도 달라져야 한다는 것이 대의명분이다. 그러함에도 여야 공히 집권 차원의 병아리 셈이 없을 수는 없을 터.

또 하나의 집권 헌법 논의가 될지, 국민적 열망에 따른 민주헌법 개헌 논의가 될지는 더 두고 볼 일이다. 〈2000. 7. 17.〉

5. '검찰에 의한 정치개혁' 일파만파

"정의가 옳은 것은 신(神)이 좋다고 해선가"

"정의가 옳은 것은 신神이 그것을 좋다고 하기 때문인가. 아니면 정의가 옳아서 신이 좋다고 하는 것인가."

무던히도 정의에 집착했던 고대 그리스 철학자 플라톤.

그는 이 같은 그의 자문에 다음과 같은 자답으로 결론을 내리고 있다.

"정의는 그것이 옳아서 신이 좋아하는 것이다. 신이 그것을 좋아하기 때문에 옳은 것은 아니다"는…

플라톤의 이야기는 '정의가 옳다'는 진리 때문에 정의에 충성하는 것임을 강조하는 말로 이해된다. 결코 전지전능한 신의 권위 때문은 아니라는 것이다.

이 같은 고대 철인의 정의에 대한 자문과 자답은 시사하는 바가 크다. 오늘의 우리 검찰 현주소에 비춰 보면 그렇다. 사회정의 구현을 최고의 선으로 내세우고 있는 검찰. 그러한 검찰이 정의의 사도라기보다 정치 권력의 시녀로 매도되고 있는 현실이 그것이다.

검찰이 정치 권력의 시녀라는 논란은 최근 '검찰에 의한 정치개혁'으로 일파만파를 부르고 있다. 검사 출신인 민주당 이원성 의원의 발언이 그 진원지다.

그는 "검찰 재직 시 검찰의 힘을 빌려서라도 정치판을 개혁해야 한다고 생각했다"고 한다. 같은 맥락에서 "몇몇 검사들에게 그런 방안을 연구하라고 지시까지 했다"고 하니 정치권이 아연실색할 만도 하다.

발언 당사자가 검찰의 핵심 간부 출신이어서 파장은 더욱 큰 듯하다. 발언의 당사자를 국회에서 퇴출시켜야 한다는 제명론까지 대두되고 있음을 볼 때 그렇다.

이 같은 정치권의 공세는 물고 물리는 판에 박힌 정치공세일 수도 있다. 그렇다고는 해도 당사자 일방인 검찰로서는 심히 난감한 일이 아닐 수 없다. 가뜩이나 검찰 총수가 탄핵소추를 당할 위험에 놓여 있다, 그런데다 '옷 로비 사건' 재판으로 스타일이 구겨질 대로 구겨진 검찰이 아닌가.

따지고 보면 검찰의 정치 관여 문제가 검찰만을 탓할 일은 못 된다. 검찰의 권력 지향성과 정치성은 태생부터 그 색깔을 지녀왔다. 검찰 제도란 것이 본시 '국왕의 대관代官'으로부터 출발했음에 비춰 그렇다.

물론 그것은 절대 왕정 시대의 얘기다. 분명 국민주권 시대 민주검찰 제도와는 거리가 있다. 그러함에도 검찰의 정치개혁에 대해서는 관심의 일단이 없지 않다. 정치권이 작금 개혁의 대상이 되고 있다는 분명한 사실 때문이다.

기실 정치개혁이란 명제가 국민적 공감을 얻고 있음은 어제오늘의 새삼스러운 일은 아니다. 이 같은 공감대 형성은 우리의 정치권이 부정과 부패로 찌들어 왔기 때문일 것이다.

사실이 그렇다면 검찰이 개혁의 칼끝으로 작용하는 것은 자연스러운 일일지 모른다. 권력의 주체인 국민과 국가로부터 권한의 일단을 위임받은 국가기관이기에 그렇다. 사회 부조리 척결에 있어 정치권이 예외일 수 없는 이유에서 더욱 그렇다.

다만 그 개혁의 칼끝이 정치적 세력의 자의에 의해 종종 농단을 당해 왔다는 사실이 문제라면 문제다. 인과관계를 따지기에 앞서 권력층과의 인간관계에, 실체적 진실보다는 현실적 주변 정황에 휘둘려 왔음이 그렇다.

정치권에서 일파만파를 부르고 있는 '검찰에 의한 정치개혁'.

그 발언이 분명 주제넘은 것이기는 하다. 정치 일각의 주장대로 문제의 발언이 실정법에 반하는 것일 수도 있다. 하지만 실정법이 검사들의 정치 관여를 금지하고 있는 까닭이 무엇인가. 정치세력에 의한 농단을 스스로 경계하기 위한 것이 아닌가. 그것이 만연된 정치권 부조리에서 시선을 떼라는 얘기는 아니지 않은가.

'만연된 부조리는 손대지 말라'는 것이 검찰 내부의 불문율이라고 했던가. 정치권 구석구석에 부조리가 또아리를 틀고 있다는데…. 검찰은 언제까지 이 같은 불문율에 온존하고 있을 것인가.

정치권에 대한 검찰권 행사가 주제넘은 일만은 아니다. 사회 부조리 척결이, 사회정의 구현이 검찰 본연의 업무란 관점에서는 그렇다. 적어도 신神이 옳다고 해서 칼끝을 들이대겠다는 것이 아니라, 정의가 옳기 때문이란 확신에 찬 것이라면 그렇다. 〈2000. 11. 13.〉

6. 불자(佛者)의 독설과 야당 총재

"그 사람 집권하면 보복 정치할 사람"

조계종 종무원장인 정대正大 큰스님 발언이 정가에 일대 파문을 일으키고 있다. 엊그제 신년 대법회를 전후해 쏟아놓은 정치판에 대한 일련의 비판이 근원이다.

이른바 "그 사람 집권하면 희대의 보복 정치가 난무하지 않는다는 보장이 없다"는 독설에 가까운 발언이 그것이다.

정대 스님이 말하는 그 사람은 한나라당 이회창 총재를 지칭하고 있는 듯하다.

당사자인 이 총재는 물론 한나라당 전체가 찬물을 끼얹은 것처럼 넋이 나간 표정들이다. 이 총재가 일언반구 없이 수덕사를 찾은 것이나, 당 대변인이 불편한 심기를 내비쳤음이 그렇다.

"참으로 믿고 싶지 않은 말이다. 사부대중四部大衆을 구하고자 하는 큰스님이 해서는 안 되는 말"이라는 대변인 논평이 그것이다.

그도 그럴 것이 정대 스님이 누구인가. 한국 최대 종단인 불교 조계종의 행정수반이 아닌가. 또한 한국불교 종단협의회 회장직을 맡고 있는 한국 불교계의 대표이기도 하다. 그러한 그가 이 나라 제1야당의 총재를 몰아세웠으니 청천벽력이 아닐 수 없다. 더더욱 정권 창출이라는 대사를 목전에 둔 당사자들로서는 속이 아리고 섭섭한 일이다.

"1천억 원이 안기부 돈이든 정치자금이든 안기부에서 나온 것이 문제 아니냐…, 여야 정쟁 이제는 끝내야 한다. 국민 마음속을 편안하게 해 줘야 한다. 정치 잘하면 10년이면 어떠하고 100년이면 어떠냐. 인기 없다고 대통령(김영삼 전 대통령 지칭)에게 당을 떠나라고 할 수 있나. OOO이, OOO이 공천 아니 주는 것 봐라. 얼마나 독한 사람이냐. 단군 이래 희대의 보복 정치가…."

일각에서는 이 같은 발언이 종교 지도자로서는 점잖지 못하다는 지적도 없지 않다. 편향된 시각이란 비판도 있다. 여와 야로 갈려 정쟁의 한복판에서 바라보면 그런 시각과 비판이 맞을지도 모른다. 하지만 정치권 밖에서 바라보는 시각은 반드시 그렇지만은 않다. 막말로 하지 못할, 해서는 안 될 말을 한 것도 아니다.

언젠가 정치의 한 중심축에 서 있던 인사가 개탄했듯, '개판'인 것이 우리의 정치판이다. 정쟁과 무관한, 정치권에서 한발 벗어나 있는 누구라도 '개판'을 나무랄 수 있는 일이다. 개판인 정치판으로 인해 국민이 불편해한다면 더욱 그렇다.

사중四衆을 구원해야 하는 불가라고 해서 예외는 아닐 것이다. 국민이 불편해하는데, 중생이 고통을 받고 있는데, 불문의 스승이라고 해서 점잖만 떨고 있을 수는 없는 일. 때로는 독설이라고 해도 그것이 몸에 좋은 양약이라면 극단의 처방을 내릴 수 있는 문제다.

물론 하필이면 '나'이고, '우리'냐는 항변이 있을 수 있다. 하지만 일련의 발언들이 특정 정치인, 특정 정당만을 꼬집어서 한 말은 아니라고 믿고 싶다.

그렇다. 불자의 이 같은 독설은 직격탄을 맞은 한나라당만을 향한 것은 아니다. 일시 반사적 이익을 취하고 있는 여당에 대한 질책이기도 하다. 불편한 국민을 전제로 한 말머리의 발언이 그렇고, 대법회에서 정치 지도자의 길과 상생을 강조했음이 그렇다. 그 길을 가지 않는 정치인들을, 불제자들이 감시해야 한다는 말에서도 감지가 된다.

불가에서 불쑥 터져 나온 큰스님의 독설. '개판'인 정치판에 오히려 양약이 될 수도 있다. 특히 천하대세를 얻으려는 정치 지도자에게 이 이상의 약은 없다. 먼지 자욱한 정쟁의 한가운데서 벗어나 스스로를 비춰 볼 수 있는 기회이기에 그렇다.

같은 맥락에서 자신을 타박한 불문의 큰스님을 찾아 자신을 반추하고 있는 야당 총수. 그의 처신에서 지도자로서의 새로운 면모를 본다.

그렇다. 옛 성현의 말에, 민의에 귀 기울이면, 그래서 민심을 얻으면 천하대세를 손안에 넣는다고 하지 않던가. 〈2000. 1. 22.〉

7. 천기(天氣) 관찰에 소홀한 김대중 정부

곤강산에 불이 나면….

옛날에는 천체의 운행을 살펴 사계절을 다스리는 것이 정치의 가장 중요한 일로 여겨졌다. 천체의 운행과 사철의 변화가 민생의 근본인 농사와 결코 무관하지 않아서다. 이 때문에 하늘의 움직임에 밝지 못하면 이를 맡은 관리는 물론 '나랏님'까지도 그 책임을 면치 못했다.

고대 중국 하夏나라 시대의 얘기다. 전체의 운행과 사계절의 다스림을 맡은 의화라는 제후가 있었다. 그는 직무에 태만한 죄로 조정으로부터 토벌을 당하게 됐다. 그 사연은 천지 광명이 그 빛을 잃은 일식을 사전에 알지 못했다는 것이었다.

물론 천재지변이어서 목숨을 앗아갈 정도의 대역죄는 아니었다. 문제는 의화의 직무 태도였다.

당시만 해도 일식과 같은 천재지변은 하늘의 벌로 알았다. 그런 만큼 민심이 크게 동요하는 사건이었다. 이 때문에 성난 하늘을 진정시키기 위해 나랏님이 직접 나서 하늘에 제사를 올렸다.

나랏님이 그랬음에도 정작 의화는 구중심처에 파묻혀 있었다. 한마디로 자기 직분을 망각한 채 민심을 살피지 않은 대역죄를 범한 셈이다.

정치의 근본이 민생을 살피는 것임은 예나 지금이나 크게 다르지 않다. 국가 최고 경영자와 관료, 그리고 정치 일선에 있는 모두에게는 최우선의 직분이 민생이다.

그러함에도 그 직분을 다하지 못해 민생을 도탄에 빠뜨리고 있다. 국민의 건강과 생명을 담보하고 있는 의료보험 재정이 파탄지경에 이르렀다는 국가적 위기 상황.

정부와 여야 정치권이 한결같이 오늘의 사태를 두고 '의화 토벌'의 목청을 돋우고 있다. 김대중 정부가 뒤늦게 '내 탓이오'를 자성하며 관계 장관의 인책과 함께 개각을 들먹이고 있다.

야당인 한나라당에서는 한술 더 떠 '내각 총사퇴'와 김 대통령 '당적 이탈'의 목청을 돋우고 있다. 하지만 토벌 대상이 이 시대의 의화인 장관들만인가. 사태가 이 지경에 이르도록 한 김대중 정부, 국민을 대신해 이를 감시해야 할 국회의원. 그들 모두가 천기를 살피는 일에 소홀한 의화의 무리에 다름아니다.

정작 정치놀음에는 열을 올리면서도 예견된 국가적 위기 상황에 대해서는 애써 외면해 온 작금의 행태에 비춰 그렇다.

옛말에 이르기를, "곤강산에 불이 나면 옥과 돌이 모두 탄다"고 했다. 네 탓, 내 탓의 목청을 높이기에 앞서 '산불 진화'에 지혜를 모으는 일이 더 시급하다. 〈2000. 3. 22.〉

8. 풀잎과 바람의 정치

김대중 정부 3년, 흙바람 속 풀잎들의 수난

노魯나라 대부 계강자가 공자에게 정치가 무엇인가를 물었다. 공자가 "정치는 바른 것을 바르게 하는 것(正者正也)"이라고 대답했다.

계강자가 다시 나라 안에 도적이 많은 것을 걱정해 그 대책을 물었다. 공자가 다시 대답했다.

"진실로 당신 자신이 탐내지 아니하면 상을 준다 해도 백성은 도적질하지 않을 것입니다."

계강자가 재차 정치에 대해서 물었다. 만약 무도한 사람들을 죽여 없애고 백성으로 하여금 도를 지키라 하면 어떠냐는 물음이었다.

공자가 이르기를 "당신은 정치를 하겠다면서 어찌 사람을 죽이려고 하십니까. 당신이 선善하고자 하면 백성이 선해지는 것입니다. 군자의 덕은 바람과 같고, 소인의 덕은 풀잎과 같은 것이어서 바람이 불면 풀잎은 바람에 쏠리어 따르게 마련입니다."

선문답 같은 계강자와 공자의 대화. 공자의 대답에는 날카로운 가시가 돋혀 있다. 계강자가 누구인가. 그는 춘추전국시대가 있게 한 삼환三桓 씨의 일족으로 당대 노나라 정권을 농단하고 있었던 인물이다. 첩의 아들로서 본처의 아들을 죽이고 가계를 이은 부정한 과거를 갖고 있었다. 대부의 자리를 차지하고, 전횡과 가렴주구를 주저치 않아 임금보다도 더 많은 부를 축적한 그였다. 정치적 근본이 바르지 못하고, 스스로가 재물을 탐하는 큰도둑이었으니 어찌 가소롭지 않을까.

공자의 말은, 위정자는 모름지기 그 스스로가 올발라야 함을 가르치고 있다. 올바르지 못하면 세상 또한 바로잡기가 힘든 일임을 역설하고 있다. 위정자가 탐욕스러우면서 가난한 백성의 작은 도둑질을 크게 탓할 수는 없다는 말이다.

위정자는 언제나 바람과 같은 덕을 펴서, 풀잎과 같은 백성을 다스려야 한다는 공자의 말씀.

비록 제도는 옛것이 아니라고는 하나 오늘의 정치환경이 예의 그것과 크게 다르지 않다. 반세기가 넘는 우리 헌정사와 근대 정치사에서 풀잎 위를 스쳐가는 부드러운 정치 바람을 본 기억이 별로 없다. 풀잎을 편안하게 해주는 정치 바람은 없고, 언제나 계강자의 바람에 농락당해온 기억만이 남아 있다.

해방공간의 제주4·3과 6·25의 피바람, 편향된 반공 이데올로기의 광풍, 두어 차례에 걸친 정치군인들에 의한 쿠데타 바람 등등이 그것이다. 풀잎들의 수난은 오늘 또한 이어지고 있다.

모처럼 여와 야의 수평적 정권교체로 기대에 부풀었던 김대중 정부. 그 정부라고 해서 예외는 아닌 것 같다. '흙먼지 바람'이 여전히 풀잎들을 불편하게 하고 있다. 집권 여당이 강한 정부를 빌미로 야당을 거세게 몰아세우고 있다,

야당은 야당대로 DJ 정부를 무능한 정부, 실패한 정권이라고 맞받아치고 있다. 그야말로 풀잎은 안중에 없는 정치 대부들만의 싸움이다.

작금 정치 대부들이 벌이는 흙먼지 바람이 이제 금도를 넘어서고 있다.

"김대중 정권 3년은 치욕의 세월이었다"는 야당 대변인의 독설. 그리고 앞으로도 2년이나 더 이 같은 세월을 보내야 하느냐는 정치판의 조급함. 그야말로 '政은 正'이라는 공자의 가르침이 무색해지는 시점이다.

국민적 지지를 받고 출범한 DJ 정부가 어쩌다 이 지경이 됐을까.

우리는 그것이 정권의 교만에서 비롯된 것임을 알고 있다. 개혁의 기치를 내세웠으나 겉과 속이 달랐음을, 정권 주변이 어느새 개혁 불감증에 걸려 있었음을, 풀잎들 또한 개혁 피곤증에 시달려야 했음을….

정작에 풀잎 같은 국민은 외면한 채, 정치 대부들만이 계강자의 게임을 즐긴 데서 비롯된 일들이다.

이제라도 늦지는 않았다. 바람의 방향을 바꿔야 한다. 바람과 바람의 맞짱이 아닌, 바람이 풀잎들을 향해 부드러움으로 다가서야 한다.

정치 대부들에 둘러싸인 패권 제후 김대중 대통령. 그가 금명간에 까마득히 잊고 있었던 '국민과의 대화'를 갖는다고 한다. 모처럼 바람과 풀잎의 만남이니 지켜볼 일이다. 〈2000. 2. 26.〉

9. 위정자들의 '민심 읽기'

"감히 국민을 훈계하려 하다니…."

"국민이 지켜보고 있는데 이럴 수 있나."

"열심히 하고 있는데 격려는 못 할망정 정치인을 이렇게 비하해도 되나.”

“다시는 이 같은 TV프로에 나오지 않겠다….”

엊그제 방영된 모 방송의 심야 인기 시사 토론 현장에서 쏟아낸 말들이다.

정치권의 ‘민심 읽기’를 주제로 한 이날 토론은 끝내 목불인견의 광경을 연출하고야 말았다. 토론 내내 가시 돋친 설전을 주고받던 여야 중진 의원들. 그들이 토론 말미에 한 방청객을 몰아세우는 광경이 그랬다.

그 장면은 민심을 앞에 두고, 민심을 질책하는, 한마디로 토론주제가 무색해지는 순간이었다.

발단은 방청석으로 마이크가 옮겨지면서였다. 마이크를 넘겨받은 방청객이 다소 상기된 표정으로 출연자들을 힐난하고 나섰다.

방청객은 토론이 마치 요즘 인기 절정의 영화 ‘친구’를 보는 듯하다고 말문을 열었다. 이어 정치권의 행태를 꼬집은 뒤, “정치인들이 TV에 나오는 것조차 역겹다”고 했다.

발언이 끝나기 무섭게 토론 참여 정객들이 상기된 표정으로 발언을 쏟아내기 시작했다.

“국민의 대표를 면전에 두고 이럴 수 있나. 국민이 국민의 대표를 우습게 보는 것은 국회를 경시하는 처사다. 국회의원에 대한 경시는 곧 정치 비하에 앞서 자기 비하가 아니냐….”

적어도 그 순간만큼은 여야가 한목소리였다. 그러나 그것은 푸념이나 하소연을 넘어 훈계조였다. 못 볼 것을 봤다면서도 은근히 부아가 치미는 것은 바로 이 대목이다.

국회의원에 대한 경시가 곧 자기비하란 말이 목엣가시처럼 걸려서였다.

물론 방청석의 발언이 다소 돌출적 발언인 측면이 없지 않았다. 그렇다고는 해도 그것 역시 민의가 아니었나. 그럴진대 감히 국민을 훈계하려 들다니 어처구니가 없다. 그 자리가 어떤 자리인가. '민의 어떻게 읽고 있나'란 토론 자리가 아닌가.

주제가 시사하듯 정치권이 얼마나 민의에 귀기울이고 있나를 알아보는 자리였다. 그러함에도 그들은 현장에서 쏟아져나온 민의에 아랑곳하지 않았다. 가시 돋친 훈계조로 국민 앞에 다가서려 했다. 일이 이 지경이면 그야말로 항변을 넘은 민의에 대한 도발이다.

사실 정치권에 대한 불신은 어제오늘의 새삼스러운 일은 아니다. 민생을 접어둔 채 당리당략에만 몰두하고 있는 정치권이 마냥 고울 일이 있는가. 그들에 대한 대다수 국민의 시각은 경멸에 가깝다고 해서 지나친 말은 아니다. 정치인들은 혹여 그것을 믿고 싶지 않을지 모르겠지만 현실이다. 각종 여론조사에서 나타나고 있는 결과들이 그렇다.

여야가 서로 제 잘난 듯 얼굴을 붉히고 있으나, 국민 편에서는 그렇게 이뻐 보이지 않는다. 토론 현장의 돌출 발언은 바로 이 같은 국민 정서의 반영이라 해서 크게 틀리지 않는다.

사실이 그러함에도 정치인들이 현장의 민의를 겸허하게 받아들이려 하지 않는다면…, 국민을 향해 권위로 다가서려 한다면…. 한마디로 착각이다.

아마도 이번의 TV토론 '민심 제대로 읽고 있는가'는 바로 이 같은 소기의 목적을 바라고 했던 자리일 터. 그러함에도 공염불이 되고 말았다니 과연 누구를, 무엇을 탓해야 할까.

'민심 제대로 읽기'에 출연하고서도 민심 읽기를 애써 외면하는 우리의 위정자들.

서경에 이르기를 '백성은 나라의 근본(民惟邦本)'이라고 했다. "백성을 가깝게 할지언정 얕잡아 보아서는 안 된다(民可近 不可下)"고 했다.

소위 나라의 주인인 국민을 위한다는 정치인. 그들이 민의를 가까이 하려는 노력은 마다하고, 국민을 우습게 알고 있으니 참으로 난감하다.

〈2000. 1. 7.〉

10. 민심 다루기의 귀재(鬼才) '태조 왕건'

두 번째로 한반도 통일국가 대업을 이룩한 고려 태조 왕건.

그는 누가 뭐래도 한반도 역사의 중심축에 우뚝 서 있는 위대한 인물임에 틀림이 없다. 건국 신화를 등에 업지 않은 국가 창업의 당사자로서, 그리고 단군 조선 이래 한민족 초유의 민족통일 국가를 이룩한 인물이란 관점에서 그렇다.

그는 출신 성분부터 그 이전 역사 속의 창업자들과 색다르다. 그리고 과거 삼한三韓의 여러 왕처럼 신격화된 인물도 아니다. 조상 대대로 해상무역에 종사해온 지방의 호족 출신임을 당당하게 여기는 인물이다. 해상 호족 출신답게 지상 전투는 물론 해전에도 능했다고 한다.

그러나 그가 특별히 능숙했던 솜씨는 전투가 아니라 처세술과 '민심 다루기'였다. 특히 전투에 능했으면서도 피비린내 나는 싸움은 피해 갔다.

민생안전 도모가 그 명분이었다. 이를테면 궁예 휘하에 있으면서도 그 세력을 자기 것으로 만들어 새로운 나라를 세웠다. 또한 피 한 방울 흘리지 않고, 그것도 겸양의 미덕을 발휘해가면서 기울어가는 통일신라를 접수한 솜씨 등이 그렇다.

민심을 지나치게 예의주시하는 그였기에 측근으로부터 우유부단하다는 평도 없지 않았다. 고려 건국의 거사마저도 마누라의 성화에 등 떠밀렸다고 하니 알 만하다.

그는 신라 귀족이 아닌 지방호족 출신이었기에 민심잡기가 더러는 수월했는지 모른다. 어쨌거나 그는 신라 왕실의 골품제도에 저항하는 이른바 반체제 세력, 신라 왕실과 귀족들의 수탈에 항거하는 농민들을 끌어안는 데 성공했다. 천하를 함께 다투던 후백제의 견훤은 이 점에 있어 왕건보다 한 수 아래였다.

견훤 그는 신라 왕실을 습격, 쑥대밭을 만들었다. 이 때문에 신라 왕실로부터 적개심과 함께 공포의 대상이었다.

반면 왕건은 겸양지덕을 앞세웠다. 경순왕이 신하의 예를 갖추고 항복을 자청하고 나서도 얼른 받아들이지 않았다. 그러고도 천하를 거머쥐었다. 천하의 근본인 민심이 가까이 있었기 때문이다.

역사 속에 위대한 인물임에도 태조 왕건은 우리에게 이방인처럼 보여 왔다. 조선왕조의 건국 시조인 태조 이성계나, 심지어 삼국시대의 인물들에 비해 상대적으로 각광 받지 못했다. 역사의 아이러니가 아닐 수 없다.

이제 시대가 달라져서인가. 엊그제부터 시작된 KBS의 대하 역사물인 '태조 왕건'은 그래서 특별한 의미가 있다. 단순히 역사 속의 인물 조명 차원에서만은 아니다.

베일 속의 '위대한 시대', 고려 건국에 대한 접근이라는 점에서 귀추가 주목되는 것이다. 〈2000. 4. 4.〉

11. 변화의 물결 '국민 참여 국민 경선'

차악(次惡)에서 차선(次善)의 선택으로

'모든 권력은 국민으로부터 나온다'.

이른바 주권재민의 사상으로 민주주의 국가의 근간이다. 그리고 그 주권의 행사는 선거를 통해 이뤄지는 것이 보통이다. 하지만 우리의 선거제도가 주권재민의 사상을 철저히 반영하고 있는가는 생각해 볼 문제다.

주권자인 국민은 선거를 통해 그들의 권한을 집권자에게 일부 위임하거나 대신 행사토록 한다.

하지만 결과는 국민의 의사와는 거리가 있거나 딴판일 때가 많다. 그것이 대통령선거이든 국회의원 선거이든, 대다수의 국민은 결과에 대해 꺼림칙하게 느껴본 경험이 있을 법하다. 모든 선거가 항상 국민의 의사를 충분히 반영됐다고 보이지 않아서다.

사실이 그렇다. 선거 때마다 유권자 선택의 폭은 대개 제한을 받아왔다. 유권자의 선택에 앞서 그 선택의 대상은 이미 특정인, 특정 정치집단에 의해 만들어져 있어서다.

이미 그들에 의해 만들어진 후보나 인물에 대한 선택만이 있을 뿐이다. 주권자인 국민은 오로지 그들이 정해 놓은 후보에 대한 선택 여부를 강요받을 따름이다.

물론 특정인이나 특정 정치집단의 후보 선정은 차후의 국민적 선택을 염두에 두고 있기는 하다. 집권을, 또는 당선을 목표로 한 것이기에 그럴 것이다.

하지만 그 과정이 또한 문제가 없지는 않다. 후보 선정 과정에 있어서 특정인에 의해 좌지우지하여 왔음이 그것이다.

이 같은 전횡은 국민 의사를 담기는 고사하고 그들 집단의 의사조차 무시되기 일쑤였다. 이른바 작금에 와서 화두인 제왕적 대통령, 제왕적 총재 등에 의한 선택의 강요가 그것이다.

정황이 그런 만큼 주권자인 국민에게 있어서는 최선이나, 차선의 선택을 기대하기 쉽지 않다. 원초적으로 강요된 선택이어서 그저 최악을 피해 가기 위해 차악을 선택하는 정도가 고작이다.

그리고 그것은 정치 불신, 정치적 무관심을 은연중 키워 왔다. 결국 신성해야 할 국민주권 행사는 그들만의 축제가 되고, 결국 주권자인 국민은 들러리가 되고 만다.

사실 따지고 보면 제왕적 요소는 대통령제의 원조인 미국의 경우가 우리보다 더하면 더했지 덜하지 않다. 그러함에도 미국이 이 같은 비난으로부터 자유스러운 것은 국민의 폭넓은 참여와 선택에 의한 검증을 받기 때문일 것이다. 대통령선거의 경우 정당마다 후보를 내세우기에 앞서 전국적인 예비선거를 통해 국민에게 후보 자격부터 물어보고 있음이 그것이다.

이제 우리의 정치판에도 변화의 물결이 일고 있는 듯하다. 집권 여당인 민주당이 공직선거에 국민 참여, 국민경선제를 도입한다고 함이 그것이다.

민주당은 연내에 있을 대통령선거에 앞서 이 제도를 가동한다고 한다. 그동안 제한되고 강요된 주권 행사에서 벗어날 수 있다 하니 분명 새바람이다. 이제 비로소 주인 된 행세를 하게 될 것이라는 기대 또한 없지 않다.

물론 이 같은 시도가 여야 정당이 공히 실시되는 것은 아니다. 그러하기에 변화의 바람을 실감하기에는 아직 거리가 있다. 그러함에도 변화의 물결은 국민적 공감을 불러일으키면서 정치권 전반으로 확산하는 듯하다.

특히 엉거주춤한 상태이기는 하나 다수당인 한나라당이 관심을 보이고 있음은 고무적이다. 문제는 이 같은 국민적 관심이 국민적 참여와 선택으로 이어질 것인가의 여부다.

비록 최선의 선택에는 못 미쳐도, 그동안 강요된 차악의 선택으로부터 자유로울 수는 있을 것이다, 차선의 선택이나마 할 수 있는 길이 열려 가고 있기 때문이다.

그리고 그것은 국민 참여 여하가 성패를 가름할 것이다. 무엇보다 제주도가 그 시발점이라고 하니 결코 '강 건너 불구경'만은 아니다.

〈2002. 2. 4.〉

12. 한국판 '뉴햄프셔 주(州)'

대선 풍향계 '제주의 선택'

미국의 대통령선거는 본선에 앞서 정당별로 예비선거(primary)를 거친다. 지역별(주 단위)로 일반 유권자 투표를 실시, 당의 본선 후보를 선출하는 제도다. 그리고 예비선거는 '뉴햄프셔 주州'에서부터 시작된다.

뉴햄프셔 주는 면적 2만여 킬로미터에 인구가 90만 안팎에 불과하다. 미국 북동부 대서양 연안에 자리한, 미국 내에서는 아주 작은 주이다.

하지만 이곳의 예비선거 결과는 전체 대통령 선거 판도를 좌우하는 풍향계 구실을 한다. 이곳에서 1등을 하지 않고서는 좀처럼 당선되기가 힘들다. 지난 50년 동안 클린턴과 조지 부시 대통령 정도가 예외였을 뿐이다. 비록 당선되기는 했어도 예비선거와 본선 내내 고전을 면치 못했다.

그런가 하면 미국 대통령선거 역사상 선거를 치르고도 당선자를 얼른 결정하지 못하는 새로운 징크스를 만들기도 했다(조오지 부시 vs 엘고어).

뉴햄프셔 주 예비선거가 미국 대선 풍향계로 작용하고 있는 것은 이곳의 독특한 정치 성향에 기인한다. 이곳 주민들은 당 색깔이 없다. 기존의 정치적 인습이나 권위에 매달리지 않고 오히려 강한 거부감을 가지고 있는 곳으로 알려져 있다.

이른바 무소속, 부동표 집단으로 그만큼 선거에 냉정성과 객관성을 유지하고 있다는 얘기로도 들린다.

한국 헌정사상 처음으로 민주당이 대선과 관련한 예비선거제를 도입한다. 그 첫 출발지가 제주도여서 제주가 한국판 '뉴햄프셔 주'로 떠오르고 있다. 예비선거가 치러질 16개 시도 중에 그 규모가 가장 작을뿐더러, 정치적 성향 또한 뉴햄프셔州의 그것과 비슷하다고 해서다.

그러고 보면 역대 대통령선거에서 제주의 선택은 곧 한국의 선택과 궤를 같이했다. 이승만 대통령 시대는 물론이거니와 박정희 대통령 시대에도 그랬다. 특히 3공화국 때 박정희 후보가 선거 내내 고전을 면치 못하다가 제주에서 몰표를 받아 가까스로(16만여 표 차) 기사회생하기도 했다.

그런가 하면 지난 1997년 15대 대선 때는 제주지역 유권자들의 높은 지지를 받은 김대중 후보가 당선, 반세기 만의 여야 수평적 정권교체가 이뤄지기도 했다.

그러기에 처음으로 실시되는 제주 예비선거에 특별한 관심이 모아지고 있다. 과연 21세기 첫 대권의 향배를 가늠해보는 '2002 대선 풍향계' 제주의 선택은 어디로 향할 것인지. 〈2002년 1. 10.〉

13. 찻잔 속의 태풍

제3의 정당 개혁신당과 박근혜 신당

정치판을 바라보는 국민은 언제나 불안하다. 그리고 그 불안감은 정치집단의 불안정에서부터 온다.

반세기에 걸친 우리 헌정사에 수도 없이 헤아릴 수 없는 정치집단. 그들이 이합집산과 부침을 거듭했음이 이를 반증한다. 그리고 그것은 정치가 안정된 선진제국과는 달리 우리의 정치집단이 하나 같이 여與에서 야野이길 거부했기 때문인지도 모른다.

반세기 정치사의 주역으로 자리했던 우리의 집권 여당은 불행하게도 하나같이 일과성에 그쳤다. 12년 아성의 자유당이 그랬고, 18년 아성의 공화당이 그렇다. 철권 통치의 민정당, 문민정부임을 자처한 민자당 등등이 크게 다르지 않았다. 집권 말기가 되면 하다못해 당명이 달라져도 달랐다.

장기집권의 거대한 권좌의 그림자가 여與의 그림만을 남겼다. 마치 모래 위의 쌓은 누각처럼 인물 따라 사라져 갔다. 집권의 종식과 함께 당 간판이 여지없이 내려졌다. 권력의 중심이었던 대통령과 함께였다.

길지 않은 헌정사에 하나 같이 집권당이 대통령과 운명을 같이 한 데에는 태생적 배경을 갖고 있다.

과거의 집권 여당들은 정치집단으로서 정권 창출의 주체가 아니었다. 집권자의 필요에 따라 만들어진 종속물이었다. 다시 말해 당이 있고 나서 권력이 서는 것이 아니었다. 이미 권력이 있고 나서 당이 비로소 있었다. 이승만 정권이 그랬고, 박정희 전두환 정권이 그렇다.

절대권력을 장악하고 나서 당이 있었다고 해도 지나친 말은 아니다.

그러기에 집권자와 당은 주종의 역학관계로 그 운명을 같이할 수뿐이 없었다. 한마디로 당은 정치 권력을 창출한 권력의 모태가 되지 못했다. 이 때문에 집권 담장이 무너지면 더이상 당은 존재하지 않았다.

기존의 집권 여당에 기생한 민자당, 전통 야당이라고 자처하는 민주당까지도 그랬다. 집권하고 나면 하다못해 당명이 달라져도 달랐다. 야당이 행태 또한 크게 다르지 않았다. 인물 따라 시류 따라 얼굴 바꾸기와 이합집산을 거듭하기는 마찬가지였다.

지난 세기 일과성에 그쳤던 집권 여당의 부침과, 간단없는 정당의 이합집산은 새로운 세기에도 계속되고 있다.

작금 정치판 동향이 심상치 않다. 정계 개편 문제가 거론되고 있다. 제3의 신당 창당과 기존 정당들이 세포분열 조짐을 보이고 있다. 한나라당 박근혜 총재의 탈당으로 촉발되고 있는 이른바 '박근혜 신당', '개혁신당' 등의 창당 움직임이 그것이다.

물론 이 같은 조짐들은 정치권 지각변동에 크게 미치지 못하는 '찻잔 속의 태풍'일 수도 있다. 하지만 제3신당 창당에 대해서는 사계의 주목을 받고 있다. 신구 정치 세력과 재야의 민주화운동 세력까지 아우르고 있어서다.

특히 이 같은 조짐들은 각종 여론조사를 통해서 공지된 국민 여론이 뒷받침하고 있다. 이 점에서 폭발력마저 있는 듯하다. 이를테면 기존의 여당도 야당도 대안 정당으로 자리매김을 하지 못하고 있는 점, 여기에 제3의 정치세력을 갈구하고 있다는 여론조사 결과물이 그것이다.

연말로 다가선 대통령선거에서 과연 정권 창출의 종속물이 아닌, 그 모태가 될 수 있는 제3의 정치세력이 새롭게 등장할 것인가.

정치집단의 또 다른 이합집산을 예고하는 것이 아니겠냐고 하면 그만일 수 있다.

하지만 새로운 정치실험이 시도되고 있음에 귀추가 주목되는 것도 사실이다. 작금의 이 같은 조짐들은 분명 과거와는 다른 양상이기 때문이다.

막강한 정치권력자나 정치적 카리스마에 의해 일사불란하게 움직여 왔던 것이 과거 양상이다. 반면에 최근의 정치판은 다르다. 밑바닥 민심과 새롭게 분출되는 시대적 욕구가 동력으로 다가서고 있다.

시대적 욕구 속에 집권 여당을 비롯한 기성 정당들이 어떻게 명멸해 갈 것인가. 기성의 정치판을 대신할 수 있는 새로운 정치 세력은 과연 탄생할 것인가. 정치권을 바라보는 국민들 시선이 예사롭지 않다. 과거와는 달리 불안이 아닌 호기심 어린 눈으로 정국을 주시하고 있음이 그렇다. 〈2002. 3. 2.〉

14. 선거판의 '줄서기, 줄 세우기'

"무리 속에 있어도 편당하지 말라(群而不黨)"

우리 사회는 부정선거, 불법 선거에 대체로 관대하다. 실정법에 저촉되는, 반드시 배격되어야 할 사회 부조리임에도 그렇다. 왜 그럴까.

그 답은 간단하다. 당사자인 유권자와 후보자 공히 선거 부조리에 함께 발을 담그고 있어서 그렇다. 말하자면 유권자와 후보자 모두가 불법 선거로부터 자유롭지 못하다.

그들 대다수는 각종 사회규범으로부터 구속받기 앞서서 금품으로부터, 권력으로부터, 연줄로부터 자유롭지 못하다. 이 같은 구속들은 한마디로 유권자와 후보자 간 공범이기를 강요한다. 그리고 공범의 협의가 있는 한 추상같기 이를 데 없는 선거법은 있으나 마나다. 그러하기에 선거법 위반은 더 이상 형벌로서 위하력을 지닐 수 없다.

너와 나, 우리 모두가 범법자이고, 그래서 전과를 예비하고 있다. 그런데 누가 죄의식을 느끼고 규범에 매달리려 하겠는가. 너와 나만의 부조리가 아니기에 공명선거의 밴드를 울려대지만 헛수고다.

전가의 보도처럼 휘둘러대던 실정의 법규는 신성한 주권 행사가 끝나고 나면 대개는 허명의 문서다. 사회 전반에 걸쳐 만연된 부조리기에 법의 잣대 또한 관대하다. 유권자와 후보자 사이 부조리한 관계는 지방자치 지방선거를 거듭할수록 그 골이 깊어 가고 있다. 특히 공직사회를 근간으로 하는 '줄서기', '줄 세우기'가 편당화되고 있음은 심각한 문제다.

몇 차례 지방선거를 치르면서 이 같은 '무리 짓기'는 공공연한 사실처럼 되어 버렸다. 줄서기, 줄 세우기에 혈안이 된 지방선거.

이쯤 되면 축제가 되어야 할 선거는 어느새 공직 자리를 내건 '생존게임'으로까지 번진다. 마치 창과 방패를 마주하고 늘어선 벌판의 전쟁터처럼 살벌하다.

그리고 이 같은 살풍경은 공직사회의 담을 타고 가정으로, 이웃으로 번지면서 끝내는 지방자치의 근간마저 흔들어대고 있다. 난마처럼 얽히고설킨 선거판의 부조리는 비단 공직사회만의 유죄는 아니다. "만연된 부조리를 낸들 어쩌란 말이냐"는 우리의 선거문화가 또한 공범이다. 온정적 법의 잣대에서 언론까지 모두가 시대의 공범이며, 그 책임에 있어서 자유롭지 못하다.

만연된 부조리와 공범 관계로 얽히고설킨 우리의 선거문화. 이를 두고 사정기관 일각에서조차 "만연된 부조리는 손을 대지 않는다"며 세월을 낚기가 십상이다.

그렇다고 새로운 선거문화 정착이 마냥 '세월이 약'일 수만은 없다.

먼저 산술적 시간을 셈하기에 앞서 입후보자와 정당 유권자 의식이 새로워져야 한다. 무엇보다 깨어 있는 유권자의 몫이 크다. 그 같은 기대 또한 없지 않다. 잘못된 선거문화 청산을 위한, 깨어 있는 유권자들의 목소리가 있기에 희망은 있다.

엊그제 일선 공무원들이 직장 단위로 협의회를 결성, '줄서기', '줄 세우기' 배척 운동에 나서고 있다. 상하 간 특별권력 관계에 놓여 있는 공직자들의 선도적 행동이기에 신선한 충격이다.

군이부당群而不黨. 그렇다. 무리 속에 있되 편당하지 않음이 군자의 도리라고 하지 않던가. 무리와 어울리기는 하지만 '편 가르기' 하지 말라는 옛 성현의 가르침. 편당과 줄 세우기가 부질없는 짓임을 깨닫게 하라는 말이다. 또한 그것이 '편 가르기', '줄 세우기'에 대한 자기방어 수단이기도 하다. 유권자와 후보자 간 잘못된 만남으로부터 자유스러워지는 방편이다.

목전에 다가서고 있는 4대 지방선거와 16대 대통령선거. 선택에 앞서 '군이부당'이란 성현의 말씀을 상기시켜준 공직자들의 용기는 참으로 감동이다. 모처럼 '시대의 군자'인 그들의 용기 덕택에 해방된 유권자의 즐거움을 누릴 수 있다는 생각에 더욱 그렇다. 〈2002. 5. 7.〉

제4장
남과 북, 한라에서 백두까지

1. 조선책략과 햇볕정책

'소수의 선각자는 있어도 다수의 선동자는 없었다'

20세기 길목에 놓여 있던 구한말 한반도는 그야말로 세계 열강의 각축장이었다.

그 와중에 한반도의 주인인 대한제국은 주변 강대국들과 나름 유대 강화를 모색했다. 친중親中, 결일結日, 연미聯美의 이른바 『조선책략』을 교본으로 한 외교전략이 그것이다.

『조선책략』은 본시 주일 참사관이었던 중국 청나라 사람 황준헌의 저서다. 동양 삼국인 한, 중, 일이 서로 지키고 보호하며, 미국과는 연대함이 상책이라는 것이 책략의 골자다.

청나라 사람인 그가 어떤 연유로 이 같은 책을 저술했는지 그 내막은 알지 못한다. 다만 이웃 나라의 외교관으로서 조선의 일이 남의 일 같지 않았을 것이다.

청나라 또한 세계 경영의 일선에 나선 서구 열강으로부터 곤욕을 치르고 있었다.

당시 일본에 수신사로 갔던 구한말의 개혁파 김홍집. 그는 이 책을 황준헌으로부터 직접 입수, 고종황제를 알현했다.

김홍집은 조선책략을 대한제국의 생존전략으로 채택할 것을 역설했다. 황제는 쾌히 이를 받아들였다. 황제는 대신들에게 조선책략을 외교전략의 교본으로 삼을 것을 지시했다. 책의 주요 내용을 복사해 전국 유생들에게도 나눠 주는 나름의 노력도 경주했다. 세계 열강들의 틈바구니에서 살아남기 위한 노력의 일환이었다.

그러나 황제의 조선책략은 좌절되고 말았다. 쇄국정책을 견지해온 수구 기득권 세력이 완강히 반대했다. 여기에 유생들의 치열한 저항이 더해지면서 조선책략은 무력해졌다. 바람 앞에 촛불 같은 제국의 앞날에 황제의 장탄식만이 이어졌다.

물론 황제의 이 같은 외교전략의 실패는 국내 사정 때문만은 아니었다. 동양 삼국의 생각이 각기 달랐다. 서구 열강들의 생각도 달랐다. 특히 신흥제국주의 미국의 생각은 크게 달랐다.

미국은 서구 열강의 아시아 대륙진출을 견제코자 했다. 대한제국 대신 일본을 무등태우고 그들을 견제하려 했다.

황제의 '연미聯美'는 한낮 짝사랑에 불과했다. 대신에 일본은 대륙침략의 발판을 마련, 기세가 자못 당당해졌다(미국으로서는 훗날 사자 새끼를 키운 격이 되기는 했지만).

지금 한반도를 둘러싼 주변의 절박한 사정이 100년 전과 크게 다르지 않은 것 같다. 김대중 정부의 햇볕정책이 '신新조선책략으로 자리를 잡아가면서 파생되고 있는 국내외 사정이 그렇다. 간단없는 외교안보 압력 속에 남북을 넘나드는 미국. 이를 등에 업고 군국주의 부활을 꿈꾸는 고이즈미 일본 내각의 오만. 여기에 교과서 왜곡 문제와 같은 일본의 '반 아시아' 노선. 1세기 전 제국주의 일본의 얼굴을 떠올리게 하고 있는 것들이다.

국내 사정 또한 어떤가. 햇볕정책을 비롯한 일련의 개혁정책들이 빛바래지면서 때아닌 '색깔 논쟁'마저 고개를 들고 있다. 그리고 이 같은 논쟁들은 '대북 포용 정책에 대한 딴지걸기'란 지적이 없지 않다. 황제의 조선책략이 좌절됐던 1세기 전 과거사를 연상시킨다.

한편에서는 미래 지향적인 일이 도모되고, 그 다른 한편에서는 과거 지향적 소모적인 논쟁이 속절없이 이어지고 있다. 안타까운 일이다. 논쟁의 수혜자는 누가 될 것이며, 속죄양은 또 누가 될 것인지 불을 보듯 훤한 일이라 더욱 그렇다.

역사는 언제나 선각하고, 선동했던 자의 편이었다. 구한말 소수의 선각자는 있었으나 다수가 선동에 서지 못했다. 이 때문에 한반도는 새로운 질서 재편의 희생양이 되고 말았다. 오늘에 와서도 실패한 과거의 역사를 되풀이하는 것 같아 안타깝다. 〈2001. 7. 16.〉

2. 공자의 질책과 베를린 메시지

"나라 다스리는 자 가난보다 불안함을 더 걱정한다"

"가난함을 불평하지 않고 편안하지 못함을 걱정한다(不患貧而 患不安)"

논어 계씨편에 나오는 말이다. 계씨 즉 계손은 공자의 나라인 노魯의 대부다. 그는 노나라를 네 개의 영토로 나누어 그 반을 차지하고 있었다. 그러함에도 노의 보호 아래에 있는 전유를 토벌하여 자기 수중에 넣을 생각을 하고 있었다.

그의 야심이 여기에 미치자 계씨의 가신인 염유와 계로가 양심의 가책을 느꼈다. 그들은 스승인 공자를 찾아서 의논했다.

공자가 그들을 질책했다.

"나라를 다스리는 자는 가난을 걱정하지 않고 불안함을 걱정해야 한다. 화목하면 부족하여도 불평이 없고, 편안하면 나라가 기울 염려가 없다. 정치가 공평하면 내외 인민이 복종한다. 먼 곳 백성이 복종하지 않으면 문화와 도덕을 베풀어 모여들게 해야 한다. 민심이 이탈되고 나라가 쪼개지는데도 이를 막고 지키지 못하면서, 도리어 한 나라 안에서 무기를 동원하여 동포를 칠 계책을 하다니 참으로 한심하다."

공자의 질책은 시공을 초월, 반세기 넘게 대치해온 남과 북의 현실로 이어진다. 같은 얼굴 같은 언어를 사용하고 있는 남과 북. 그들이 서로를 헐뜯으면서 경국지세를 넘나들고 있다. 그러기를 반세기가 훌쩍 넘었다. 무력을 앞세운 통일의 구호가 난무했음이 노나라의 어제와 크게 다르지 않다.

이들 구호는 춘추전국시대 계씨와 그 가신의 생각에서 크게 벗어나지 않는다. 크고 작음이 차이가 있을 뿐이다.

살벌한 구호가 슬며시 평화란 이름으로 바뀌기는 최근의 일이다. 국민의 정부가 표방하고 있는 이른바 '햇볕 정책'이 얼굴을 내밀면서다. 그 햇볕정책이 이제 '베를린 선언'으로 이어지고 있다. 김대중 대통령의 '베를린 4대 선언'이 그것이다.

김대중 대통령은 독일 방문 중 정부 차원에서 북한 경제난을 적극 지원할 용의가 있다고 밝혔다. 비록 북의 요청이란 단서가 딸려 있기는 하다. 하지만, 그것이 있어 오히려 기대가 더 크다. 일방적이 아니라 상대방의 의향을 조심스럽게 묻는 것이기 때문이다.

베를린 선언이 '내외 인민'이 따르는 선정인가는 더 두고 볼 일이다. 하지만 작금 인민들이 편안치 못한 북의 사정에 비춰 메아리가 없지만은 않을 듯하다.

사회주의 체제 아래서 주민들이 아사 직전에 몰려 있는 북. 그리고 이를 방관해 온 남과 북의 대부들이 그 책임의 일단에 서 있기 때문이다.

'나라 다스리는 자 가난보다는 불안함을 걱정한다'는 옛 성현의 말씀.

가난과 불안을 자초하며 그동안 역사와 민족 앞에 공동의 범죄를 저질러 온 남과 북의 대부들이 새겨들어야 할 명구名句가 아닌가. 베를린 선언이 그들을 자유스럽게 해주는 메시지였으면 하는 마음이다.

〈2002. 3. 12.〉

3. 분단 반세기 만에 첫 만남

남북정상회담을 환영한다

남과 북, 두 정상이 조만간 평양에서 만난다는 소식이다. 분단 반세기 만에 처음 있는 일로서 그야말로 역사적 사건이다. 그런 만큼 설렘과 기대 또한 크다. 반목과 갈등 속의 대결로 고착되어온 남과 북이 이제 민족 화해와 협력의 길로 들어서는, 일대 전환점을 마련했다는 생각에서다.

김대중 대통령과 김정일 국방위원장 간 평양 정상회담 소식은 대사건임에 틀림이 없다. 물론 김대중 국민의 정부가 햇볕정책을 추구해 오고 있는 만큼 전혀 뜻밖의 일은 아니다. 남북교류에 앞서 언젠가는 남과 북의 정상이 만날 것으로 감지가 됐던 사안이다. 김대중 대통령 스스로 연말 정상회담 가능성을 내비치고 있어서 더욱 그런 예측이 가능했다.

그러함에도 어제 남과 북이 동시에 발표한 평양 정상회담은 그 자체로 상징적 의미가 각별하다.

사실 남북 대화 노력은 그동안에도 없었던 것은 아니다. 1972년 상호화해 불가침 교류와 협력을 표방한 7·4 남북공동성명이 있었다. 공동성명을 토대로 1990년대 초 남북 간 기본합의서가 작성됐다. 김영삼 문민정부 시절인 1994년에는 남북정상회담 직전까지 갔었다. 하지만 북한의 핵 개발과 김일성 주석 사망 등으로 무산됐다. 남북 간에는 여전히 갈등과 반목이 지속되어 왔다.

오는 6월로 예정된 평양회담은 바로 교착상태에 빠진 남북 관계 진전에 새로운 돌파구다. 특히 민족의 비극인 6·25 전쟁이 있었던 6월에 벌어지는 일이다. 남과 북의 정상이 분단 이후 처음으로 머리를 맞댄다는 것만으로도 상징적이며 획기적인 일이다.

남과 북의 발표에 미묘한 반향이 없지도 않다. 하필이면 4·13 총선을 목전에 두고서냐는 일각의 시선이 그것이다. 정부 측도 이점을 의식, 남쪽보다는 북쪽에서 서둘렀다고 말하고 있다. 하지만 그렇게까지 애 둘러 갈 필요는 없다. 7천만 민족의 대화해 장정에 총선이 걸림돌이 될 것으로 보지 않기 때문이다.

정부 측 얘기의 진위와는 무관하게, 남과 북의 책임 있는 당사자들의 상봉은 앞당겨야 한다. 거기에 정치권의 병아리 셈이 있어서는 안 된다.

〈2000. 4. 11.〉

4. 제주의 미래 시장, 북한

남북 정상 회담, '평화의 섬 제주'로 이어져야

남과 북의 정상들이 마침내 내일 평양에서 만난다. 반세기 넘게 대결과 반목으로 점철된 과거사의 갈등을 걷어내고 민족 대화합의 길을 열어간다. 실로 역사적인 순간이다. 처음으로 얼굴을 맞대고 민족화합과 민족 공영을 논의한다는 것 그 자체가 민족사적인 대사건이기 때문이다.

남북정상회담에서 무엇을 논의하고 어떤 합의가 있을 것인가는 더 두고 보아야 할 것이다. 하지만 핵심적 의제들에 대해 서로 공감하고 있다. 그런 만큼 바람직한 결과가 나올 것으로 믿어 의심치 않는다. 김대중 대통령이 천명했던 베를린 선언에 대한 북한 측의 긍정적 호응과 그동안의 남북 실무협의 과정에 비춰 볼 때 그렇다.

구체적인 내용은 회담 이후 상세히 밝혀질 것이다. 그리고 그것은 민족 대화합과 경제협력의 큰 틀에서 비껴가지 않을 것으로 짐작된다. 다시 말해 남북 대화와 교류협력의 활력이 핵심일 것이다. 이를 통한 상호 신뢰 구축과 관계 개선 등이 기본바탕에서 크게 벗어나지 않을 것이다.

물론 남북의 정상들이 만났다고 해서 만사가 해결되는 것은 결코 아닐 것이다. 서로 얼굴을 맞댔다고 해서 반세기에 걸친 분단의 장벽이 일거에 무너질 리는 없다. 그러함에도 남북정상들의 만남은 그 자체로 민족 대화합, 남북협력의 출발선이기에 특별한 관심과 애정이 없을 수 없다.

민족사적 최대 비극, '제주4·3' 치유의 서광.

이번 평양에서의 남북정상회담이 민족 대화합의 장이 될 것이란 데 특별한 의미 부여와 함께 기대가 크다. 우리 스스로가 특별한 지역, 특별했던 역사로 각별한 정서를 가져왔었기 때문이다. 미증유의 민족사적 비극이었던 제주4·3의 응어리가 그것이다.

새삼스러운 얘기지만 제주4·3은 민족의 비극이면서도 반세기 이상을 역사의 뒤 안길에 묻혀 왔다. 반목과 대결만이 있게 한 냉전 이데올로기에 휘둘려져서다.

한반도는 바로 그러한 냉전체제의 중심이었다. 그리고 지구촌 마지막 남아 있는 냉전의 최전방이기도 했다.

제주는 바로 이 같은 냉전 시대, 냉전 구도 속의 최대 희생양이었다. 냉전의 살얼음 속에서 수만 명의 양민이 무고하게 죽어갔다.

이제 더 이상 한반도가 냉전의 전장이 아님을 만천하에 공언하게 될 것이다. 그리고 그것은 제주도민들이 오랜 세월 가위 눌려온 냉전체제로부터 비로소 자유로울 수 있다는 얘기도 된다.

남북정상회담을 바라보는 우리의 시각이 각별한 연유는 바로 여기에 있다. 냉전체제의 청산은 곧 제주인의 한恨, 4·3을 치유하는 데 서광으로 비칠 것이기 때문이다.

어두운 과거로부터의 해방.

평양에서의 남북정상회담은 어두운 과거로부터의 해방과 함께, 미래에 대한 밝은 희망을 심어 주고 있다. 남과 북이 한마음인 '경제협력과 경제공동체 건설'의 부창부수가 그렇다.

남북 경제협력 경제공동체 건설은 곧 이 시대 우리 민족이 나아갈 바이자 공동선이라고 해서 지나치지 않다. 이제 그것이 현실로 다가서고 있다.

굳이 편협한 잇속을 챙기자면, 남북경제협력 시대 북한은 제주의 큰 시장일 수도 있다. 당장은 아니더라도 먼 훗날 제주의 생명산업인 감귤과 관광산업 재생의 특효약이 될 수도 있다.

지구촌 최대의 대륙과 인접하고 있으면서도 분단의 장벽에 가로막혀 사실상 대륙 속의 섬이나 다름없던 한반도. 이제 그 한반도가 분단의 장벽을 허물며 비로소 대륙을 향해가고 있다. 우리는 머지않은 장래에 이 같은 기대를 확인하게 될 것을 믿어 의심치 않는다.

지난 반세기 대립과 대결의 냉전 시대 제주는 최대 피해자였다. 하지만 향후 남북경제 협력 시대에 있어서는 특별한 수혜자일 수도 있다. 반드시 그렇게 되어야 한다. 그러하기에 이번 남북정상회담의 성공적 개최에 성원과 기대를 보내지 않을 수 없다. 결코 일회성 만남이 되어서는 안 된다. 평양에서의 만남이 서울에서도 이뤄지고, 평화의 섬 제주로 이어져야 한다. 〈2000. 6. 12.〉

5. 두 손 맞잡은 남북 정상

'한민족 공동운명체' 확인

마침내 남과 북의 두 정상이 손을 맞잡았다. 대한민국의 김대중 대통령과 북한의 김정일 국방위원장이 2000년 민족의 고도 평양에서 역사적인 상봉을 했다. 김 대통령의 말처럼 너무도 긴 세월을 돌고 돌아서였다.

어제 두 정상의 첫 만남은 감동으로 겨레의 가슴에 다가서며, 희망에 부풀게 하고 있다. 반세기에 걸친 분단의 장벽을 넘어 이제 비로소 화해와 협력, 그리고 평화통일의 시대가 열리고 있다는 믿음 때문이다.

이 같은 믿음은 김 대통령이 북한의 땅을 밟는 순간 확인되고 있다. 북한의 김정일 위원장이 공항에 직접 나와 영접을 하고, 한 핏줄인 평양 시민들의 따듯한 환영을 통해서다.

김 위원장의 공항 영접은 뜻밖의 일이다. 그가 공항에서 외국 고위 인사를 직접 영접한 것은 이번이 처음인 것으로 확인되고 있다. 이를테면 지미 카터 전 미국 대통령의 평양방문 때도 북한의 부총리를 내보내 공항에서 맞이했다. 그 자신이 직접 나선 것은 이번이 처음이라고 한다. 김대중 대통령에 대한 공항 영접이 그만큼 파격적이란 얘기다. 그리고 그 파격의 정도는 일전에 클린턴 미국 대통령과 김영삼 대통령의 제주 정상회담에 비춰서도 짐작이 된다. 당시 김 대통령 대신 신구범 제주도지사가 제주공항에서 클린턴 대통령을 영접, 회담 장소인 제주 신라호텔로 안내한 바가 있다.

김 위원장의 파격적인 공항 영접은 곧 이번 정상회담에 임하는 북한의 자세가 어떤 것인가를 짐작하게 한다. 남북화해와 협력의 시대에 대한 긍정적 시각은 바로 이 같은 북측의 적극적인 자세에 터 잡고 있다.

평양 남북정상회담은 두 정상이 만나는 것만으로도 역사적인 사건이다. 김 대통령 또한 평양으로 출발하기에 앞서 그 같은 의미를 부여했다. 하지만 평양 순안비행장에서의 북측의 환대는 그것 이상의 기대를 걸게 하고 있다.

김 대통령이 평양 도착 성명에서 밝힌 '한민족 운명공동체'에 대한 확인과 다짐이 그것을 더욱 부풀리고 있다.

우리는 이 같은 확인과 다짐, 그리고 북녘의 환대가 남북화해와 협력의 시대를 활짝 열어갈 것으로 기대한다. 더 나아가서는 겨레가 하나가 되는 평화통일을 견인할 것으로도 믿는다. 그러기 위해서도 남북 두 정상의 역사적인 첫 만남은 향후 지속적인 상호방문으로 이어져야 한다.

〈2000. 6. 14.〉

6. 하나 된 민족, 하나 된 나라를 향한 행진

남북정상 평양회동, 세계가 주목

역사적인 평양 남북정상회담이 막을 내렸다. 대결과 반목으로 점철되온 한반도의 역사를 화해와 협력의 새로운 시대로 바꿔 놓고서였다.

지구촌 마지막 민족분단 국가인 남과 북의 새로운 출발에 세계는 아낌없는 박수를 보내 주고 있다. 남과 북이 민족분단의 높은 장벽을 걷어내고 이제 비로소 어깨를 함께하고 세계를 향해 나아가고 있기 때문이다.

평양회담은 남과 북이 화해와 협력의 시대를 열고, 공동번영의 길로 나섰다는 데 역사적 의미가 있다. 한반도는 냉전 이데올로기의 종언에도 불구하고 지구촌 유일의 민족분단 국가다. 그리고 지구촌 마지막 냉전 지대로 여전히 남아 있다.

그러나 구시대의 유산인 한반도 냉전체제는 녹아들고 있다. 긴장의 연속이었던 한반도가 이제 시대착오적인 냉전의 기운을 걷어 내고 새로운 봄날이 도래하고 있다는 얘기다. 남북의 화해는 또 남북 간 차원 높은 교류와 협력을 견인했다. 그런 점에서 역사적 의미와 성과가 적지 않다.

물론 그동안 민간차원의 직간접 교류가 없었던 것은 아니다. 그러함에도 정부 차원의 교류와 협력을 해나가기로 함으로써 한민족 공동번영의 기틀을 다졌다. 이를테면 정부 차원의 인적교류를 위한 실무위원회 구성에 합의한 것 등이 그렇다. 하지만 이 같은 역사적 의미를 담고 있는 회담의 결과도 실천하려는 지속적인 노력 없이는 허명의 문서에 불과하다. 일회성, 일과성의 것이 되어 서는 안된다.

평양회담은 '또 하나의 사변'이다.

한반도 문제의 당사자는 누가 뭐래도 남과 북이다. 그러함에도 한반도 문제는 주변 국가에 휘둘려져 왔고, 또 의존해 왔다. 민족자존은 물론 주권국가로서 체면이 서지 않는 일이다. 하지만 평양 남북회담은 주변 국가가 아닌, 남과 북의 책임 있는 당사자들에 의해 주체적으로 이뤄졌다. 세계는 이 점을 경이롭게 보고 있다.

평양회담을 두고 일부 주변 국가의 한 책임 석은 '또 하나의 사변'이라고 표현했다. 이처럼 지구촌이 평양회담에 기립박수를 보내는 까닭이 무엇인가. 자주적 결정과 노력에 의한 성과물이기 때문이 아닌가.

남과 북의 두 정상은 이번 평양회담에서 한반도 문제와 관련, 당사자에 의한 자주적 해결을 강조한 것으로 알려진다. 그렇다고 한두 차례의 정상회담으로 한반도 문제가 해결될 것으로 기대하지는 않는다.

동서독의 경우를 보아도 그렇다. 베를린 장벽이 걷어지기까지는 10

여 차례가 넘는 정상들의 만남이 있었음을 기억한다. 민족 화해와 협력 그리고 공동번영을 이루기 위해서는 남북정상의 끊임없는 만남이 이뤄져야 한다.

"북한에 왜 왔는지" 대답을 줘야 한다.

평양회담에서 북한 김정일 위원장의 던진 시대적 의문부호는 시사하는 바가 크다. 김대중 대통령과의 환담에서 김 위원장은 "세계가 김대중 대통령이 북한에 왜 왔는지, 김 위원장은 왜 승낙했는지에 대해 의문부호를 갖고 주목하고 있다. 이에 대해 2박 3일 동안에 대답을 줘야 한다…"는 대목이 그것이다.

그의 이 같은 발언은 평양을 방문한 김 대통령에 대한 의미 있는 주문이었다. 동시에 김 위원장 자신에 대한 책임의 일단을 피력한 것으로 이해된다. 그러기에 평양회담에 대한 겨레의 기대와 설렘은 더욱 크다.

그가 던진 시대적 물음에 대한 답은 그리 오래 걸리지 않았다. 2박 3일간의 정상회담이 매듭지어지면서 윤곽이 드러났다.

남북 간 화해와 통일, 긴장 완화와 평화 정착, 이산가족 상봉, 경제.사회.문화 분야 교류협력 등의 2차 단독정상회담 결과가 그 성과물이다. 물론 구체적이고 가시적인 방안이 도출된 것은 아니다. 그러하기에 만족할 만한 부호 바뀜이 아닐지는 모른다. 사실 평양회담은 굳게 닫혀 있는 남북의 창을 활짝 열었다고 말할 수는 없다. 그러나 대문의 빗장은 서로가 풀었다.

이제 빗장이 풀린 만큼 화해와 협력, 그리고 민족공동 번영의 길로 나아가기는 그리 어려운 문제가 아니다. 70년대 미국 닉슨 대통령의 중국 방문을 상기해보면 그렇다. 그들의 만남 그 자체로 동서 냉전체제의 해빙을 가져왔음을 우리는 잘 알고 있다.

역사적인 평양회담은 이제 막이 내렸지만 하나 된 민족, 하나 된 나라

를 향한 남북의 행진은 지금부터 시작이다. 〈2000. 6. 15.〉

7. "백두산, 한라산 관광객 교환하자"

제주 기점 남북관광 교류 정부 차원 추진

제주를 중심으로 한 남북한 관광교류 확대 방안이 정부와 민간차원에서 추진되고 있다. 박지원 문화관광부 장관이 최근 남에서 백두산 관광객을 모집하고, 북에서 한라산 관광객을 모집해서 교환하자고 함이 그것이다. 남북화해와 협력의 시대를 실감케 하는 참으로 반가운 일이 아닐 수 없다.

정부의 이 같은 생각은 우선 두 가지 측면에서 긍정적으로 생각된다. 그 하나는 남북 화해와 협력의 시대 상징적인 사업이 될 수 있다는 점이다. 다른 하나는 제주 관광개발은 물론 지역경제 활성화에 기여할 것이란 기대 때문이다.

새삼스러운 얘기지만 제주는 남과 북의 분단 시대에 있어 한반도의 상징적인 곳이다. 민족의 영산인 '한라에서 백두까지'는 통일시대를 향한 남과 북의 염원이 담겨 있다. 남에서 백두로, 북에서 한라로의 남북 행진이 이어짐은 대립과 갈등의 분단 장벽을 극복하는 디딤돌이 될 수 있다. 남북정상회담에서 북의 김정일 국방위원장이 제주도와 한라산에 대한 각별한 관심을 표명한 것도 같은 맥락이라고 보인다.

시작만 하면 남과 북의 관광교류가 남북화해 분위기 조성에 크게 기여할 것으로 확신한다. 또한 제주의 대북한 개방은 대외적으로 국제관광지 이미지를 제고시켜 줄 것이다. 제주가 '평화의 섬'임을 국내외에 각인시켜줄 것이기 때문이다.

남북 관광교류는 제주 관광 발전은 물론 남북협력의 시대 견인차가 될 수 있다. 정부 고위층이 밝히고 있듯, 한라산은 민족의 영산으로서 북한 주민들이 가장 동경하는 곳이다. 또한 이웃해 있는 중국 역시 선호하는 곳임은 두루 알려진 사실이다.

한라에서 백두산 금강산을 연계하는 관광코스가 개발되면 북한 주민만이 아닌 중국의 관광객들까지 팩키지 관광에 나설 수 있다. 이 말은 곧 제주에 기존의 관광객 외에 새로운 내외 관광객을 유치할 수 있다는 얘기다. 그뿐만 아니라 남북 관광교류 확대는 일반 물류 교역으로 확대될 것으로도 기대된다. 감귤을 비롯한 제주의 농수산물의 집중적인 교류가 이뤄질 수 있다는 희망을 갖게 한다.

그러지 않아도 제주산 씨앗 북한 지원 등으로 이미 제주 기점의 남북교류는 열려 있다. 여기에 남북한 관광교류 확대가 이어진다면 그 이상 금상첨화일 수는 없다.

다시 한번 정부와 민간차원의 남북 관광교류 확대 추진을 쌍수 들어 환영한다. 조속한 시일 내에 그것이 실현되었으면 한다. 〈2000. 8. 1.〉

8. '서울-원산-평양'으로

되살아나는 고종황제의 원대한 꿈

'언제나 편안하고 나른한 오후의 해변. 푸른 언덕, 연중 몇 달은 눈으로 덮인 멋진 산, 바다가 속삭여 주는 동굴, 꽃으로 감춰진 절벽, 그 발치로 끝없이 펼쳐진 하얀 모래밭과 잔물결….'

구한말의 영국인 지한파 버나드 비숍. 여류작가이자 지리학자였던 그녀는 『한국과 이웃나라들』이란 저서에서 원산의 바닷가를 이렇게 묘

사했다.

세기말의 격변기, 서울에서 금강산을 넘은 그녀는 동해의 관문 원산을 보고 한눈에 반한 것 같다. 금강산을 배후로 한 그곳이 언젠가는 유명한 휴양지가 될 것이란 예감과 함께다.

원산의 정취에 흠뻑 취해 있던 그녀는 당시 '조선의 원대한 꿈'에 대해서도 잠깐 언급하고 있다. 동양 3국의 주요 도시를 잇는 이른바 '북로전신선北路電信線'에 대한 내용이다.

북로전신선은 조선 정부가 비밀리에 추진한 국제통신 선로 개설계획이다. 서울에서 시작하여 원산-평양, 그리고 일본의 고베[神戶] 나가사키[長崎], 러시아의 블라디보스토크, 중국의 텐진[天津] 상하이 홍콩을 연결하는 이른바 '꿈의 통신선'로였다.

1891년 8월 개설된 이 통신선로는 앞서 개설된 서로전신선, 남로전신선과는 의미가 사뭇 달랐다. 즉 제물포를 기점으로 서울 평양 신의주를 잇는 서로전신선, 그리고 '서울-대구-부산'의 남로전신선은 청국과 일본이 주도권을 갖고 있었다. 그만큼 두 전신선로는 한반도에서 각축을 벌이던 외세와 깊은 연관이 있었다. 이를테면 외국의 매판자본에 의한 것으로, 당연히 운영권이 그들에 의해 휘둘려졌다. 이에 반해서 북로전신선은 청.일의 외세를 견제하고자 한 것이었다. 민족자본으로 개설, 조선이 비로소 세계를 향해 웅비하려 했던 계획이다.

하지만 고요한 아침의 나라 조선의 꿈은 좌절되고 말았다. 일제가 시설을 강점, 대륙침략의 발판으로 삼으면서다.

100여 년 전 아쉬움 속의 '북로전신선'이 이제 환상처럼 다가서고 있다. 북한이 오는 4월 말 평양에서 열리는 '아리랑 축전' 기간에 서울에서 금강산-원산-평양을 잇는 육로 개방을 제의해 왔다.

비록 한시적 개방이기는 하나 길은 뚫리다 보면 넓어지는 법. '언제나 나른하고 편안한 오후의 해변' 원산. 이제 그곳에서 낭만에 젖어 볼 날도 멀지 않았다는 얘기에 다름아니다. 〈2002. 1. 24.〉

9. 달리고 싶은 '철마(鐵馬)', 임진강 건넜다

동북아 대관문 경의선 철도, 도라산까지

서울-신의주의 경의선 철도는 태생부터 시대적 아픔을 지니고 있다. 구한말에는 일제 침략의 교두보로, 6·25 이후는 분단의 상징으로 자리해 왔다.

총연장 499km의 경의선은 당초 대한제국이 외세를 배격하고 직영하려 했던 철도사업이다. 하지만 노일전쟁을 전후해 일제는 경의선 부설권에 눈독을 들였다. 끝내는 군대를 앞세우고 50년간의 임대조약 형식으로 강탈해 갔다. 경의선 부설권 강점은 일제가 대륙진출의 날개를 단 격이었다. 1905년 일제는 서울-평양-신의주 간 한반도 종단철도를 완성했다. 그리고 신의주를 교두보로 압록강 건너 만주벌판과 중국 대륙까지 유린했다.

훗날 일제가 패망하고 남과 북이 갈라지면서 동북아의 대 관문인 경의선은 그 문을 걸어 잠가야 했다. 반도와 대륙을 종횡무진하던 철마 또한 멈춰 섰다. 서울-문산의 46km 구간에서 더는 나가지 못하게 됐다. '철마는 달리고 싶다'는 분단의 상징과 함께다.

멈춰 선 철마가 최근 길고 긴 잠에서 깨어나 기지개를 켜고 있다. 민족의 큰 명절인 설날, 경의선 철마가 비로소 임진강을 건넜다. 비록 기동 거리는 임진각-도라선까지 3.7km에 불과했다. 그러나 분단의 강을 건너기는 52년 만의 처음 있는 일로, 그 의미가 크다.

경의선 철마의 기침은 한반도뿐 아니라 주변국에서도 특별한 관심으로 다가서고 있다. 엊그제 러시아의 한 방송은 경의선 철마의 임진강 도강 사실을 다음과 같이 주목하고 있다.

"오늘 한국은 반도의 이북 조선 영토를 지나 중국으로 뻗어나가 시베리아 횡단철도와 연결되어야 할 자기(남측) 구간의 철도를 개통했다. 러시아는 이미 시베리아 횡단철도와 이 철도 연결에 참가할 용의를 표시했다."

동북아의 대관문이 다시 열리고 있는데 대한 각별한 관심 표명에 다름아닐 터. 비록 구간개통이기는 하지만, 그것이 단순히 평양만을 향한 것이 아님을, 러시아의 심장을 향하고 있음을 반기고 있다.

특히 1세기 전 철마의 주인은 일본이었다. 그러나 지금은 한반도란 사실이 우리로서는 반가운 일이 아닐 수 없다. 시대의 아픔이었던 경의선 철마가 이제 민족의 영광과 자존으로 다가설 수 있다는 생각에서 그렇다. 〈2002. 2. 14.〉

10. 북한 가는 제주산 씨감자

통일 작물로서의 역할 기대

감귤에 이은 제주산 우량 씨감자가 북한에 무상 지원됐다. 씨감자 기술지도를 위한 제주도의 관계 공무원까지 북한이 현지 파견을 요청하고 있다. 한마디로 가슴 뿌듯한 일이 아닐 수 없다. 제주가 민족 공동번영을 위한 남북협력 시대에 선봉에 서 있다는 생각에서다.

제주도 농업기술원은 최근 제주산 씨감자 기본종 3천 개를 북한에 제공했다고 밝히고 있다. 사회복지 법인 소속으로 북한 돕기 운동에 관여하고 있는 서울의 모 대학 교수의 요청에 따른 것이라고 했다.

기본종의 작은 씨알이니만큼 몇 차례의 육성과정을 거쳐야 할 것이다. 그러함에도 이 정도의 물량이면 향후 4년 이내에 5백여 톤 이상의 씨감자를 생산해 낼 수 있는 규모다.

제주산 씨감자가 향후 북한의 식량난을 해소하는 데 일조할 것이다. 더 나아가서는 통일 작물로서의 역할이 크게 기대된다. 물론 농기원의 이 같은 조치는 독자적인 판단에 의한 것만은 아니다. 제주도를 비롯한 남북 정부 당국과도 이미 교감을 이룬 것이다. 가까이는 우근민 제주도지사가 이달 초에 있었던 도민과의 대화에서 밝힌 바 있다. 북한이 감자를 식량 대체 농업으로 육성할 것임을 밝히고, 이에 따른 지원요청을 받았다는 것이다.

제주산 감귤과 씨감자의 북한 상륙은 인도주의적 견지에 입각한 교류임은 물론이다. 그러나 그 의미는 특별하지 않을 수 없다. 제주산 씨감자가 실질적 남북교류의 매개가 되고 있다는 사실이 그렇다. 무엇보다 한라의 정기가 백두까지 뻗어나가고 있다는 사실이 마음 뿌듯하다.

〈2000. 7. 24.〉

11. '감자 전쟁'과 굶주린 한(恨)

남의 일 같지 않은 '아일랜드 분쟁사'

끊임이 없는 테러와 복수극으로 점철된 아일랜드 분쟁 역사. 때때로 지구촌을 공포 속으로 몰아넣은 그들의 분쟁 역사는 결코 짧지도, 단순하지도 않다. 멀리는 앵글로색슨족의 영국 본토 상륙에서부터, 가까이는 영국 정부의 무력 진압과 직접 통치에서 비롯된 저항의 역사다. 오래된 이민족 간의 갈등과 신.구교의 종교갈등이 그 배경임은 물론이다.

그러나 오래된 갈등 구조에 화약을 집어넣은 것은 식량 원조를 둘러싼 감정 대립이다. 아일랜드의 식량 원조 요청에 영국이 이를 거부한 이른바 '감자 전쟁'이 그것이다.

1백50여 년 전 일이다. 감자가 주식인 아일랜드가 전례 없는 흉작을 맞이했다.

영연방의 일원인 아일랜드는 영국에 감자 원조를 간청했다. 그러나 영국이 이를 외면했다. 이 바람에 1백만 명이 넘는 아일랜드 국민이 굶어 죽었다. 또 2백만 명이 넘는 아일랜드 인들이 조국을 버리고 해외로 탈출했다.

오늘날 아이리쉬들이 대거 미국으로 건너간 이민의 역사는 바로 이 같은 사태를 배경으로 하고 있다. 이때부터 아이리쉬와 영국인들 사이에는 전쟁과 테러, 살인극이 치열해졌다.

세계적인 테러리스트로 악명을 떨쳤던 무장단체 아일랜드공화군(IRA)의 탄생 또한 이와 무관치 않다.

죽고 죽이는 아일랜드 분쟁 역사가 이제 그 막을 내리려 하고 있다. 분쟁의 중심인 북아일랜드 개신교와 얼스터 연합당이 엊그제 평화협정 이행 합의안을 공식 추인하면서다.

이민족과 종파 간에 얽히고설킨 정치 세력들도 이 같은 평화 무드에 서서히 시선을 주고 있다. 무력 통치해온 영국 또한 실질적인 권력을 북아일랜드에 이양할 계획임을 밝히고 있다. 양국 간 평화 무드는 연전에 집권한 토니 블레어의 결단이 촉매제가 되고 있다.

영국 수상인 블레어는 집권하자마자 아일랜드에 사과했다. 1백 50년 전 식량 원조를 외면했던 것에 대한 공식 사과다. 그의 사과는 길고 긴 분쟁 역사에 종지부를 찍고, 평화의 무드를 한껏 조성해 가고 있다.

외국의 과거지사를 들먹임은 오늘의 한반도 현실과 무관치 않다는 생각에서다.

작금 전례 없는 식량난으로 굶주림에 허덕이고 있는 북녘의 동포들. 간간이 전해오는 북녘의 사정은 차마 눈 뜨고 볼 수 없는 정경이라고 한다. 사실이 그러함에도 북한 정부나 우리의 정부는 서로 눈치만 보고 있다. 지구촌 먼 곳의 '감자 전쟁'이 우리에겐 반면교사가 되고도 남을 일임에도 그렇다. 〈1999. 11. 30.〉

| 제2부 |

먼 나라 이웃나라

제1장

가깝고도 먼 나라 일본

1. '쪽발이'와 '조센징'

한국인들이 일본을 대하는 감정은 유별나다. 일본인들이라고 별 다를 바 없다. 우리에게 그들은 언제나 '쪽발이'고, 그들에게 있어 우리는 항상 '조센징'이다.

두 나라는 지리적으로 가장 가까운 나라이면서 먼 이웃으로 자리하고 있다. 이 같은 감정은 오랜 역사적 앙금에서 비롯한다.

역사적으로 한국은 일본에 있어 문화 정복자로서 자리해 왔다. 한반도의 앞선 문화와 대륙의 문명을 전수해 줬다는 자부심이 그것이다. 적어도 근세 이전까지는 그랬다. 그러나 근세기에 들어 우리는 피정복 민족이었다. 우리가 우습게 여기던 일본으로부터였다. 문명의 이기로 무장한 그들은 한반도를 두 번씩이나 유린 했다. 16세기 임진년의 대난리와 20세기 초 한반도 강점이 그것이다.

두 번의 역사적 사건은 한국인들에게 배은망덕의 감정으로 깊이 자리했다. 부모가 자식에게, 선배가 후배에게, 스승이 제자에게 당한 쓰라린 감정에 다름아니었다.

반면에 일본인들의 감정은 이전과 달라졌다. 두 번의 역사적 사건은 문화 피정복자로서의 대한對韓 열등의식을 극복시켜 줬다. 그것은 바로 극한克韓의 길이었고 툭하면 정한征韓을 들먹일 정도의 자신감으로 발전했다. 그리고 그들은 세계로 눈을 돌렸다.

우리가 그들을 증오하고 멀리하는 사이에 자신들의 부족함을 강하고 부한 나라로부터 열심히 듣고 배웠다. 그들은 구미 선진국들에 비해 과학기술이나 경제력이 크게 떨어진다는 사실을 알고부터였다. 그 순간부터 그들에게 고개 숙여 배우고 흉내 내기를 마다하지 않았다. 사무라이의 낡은 칼 대신 서양의 책가방을 둘러멨다. 그리고 그들은 마침내 그들의 스승인 서구를 앞질렀다.

독도 문제로 전국이 야단법석이다. 마치 전국 방방골골의 선비와 무지렁이 백성들이 나서서 섬나라를 성토하던 구한말을 연상시키는 듯하다.

하지만 감정적 대응만으로는 소용없는 일이다. 그때도 그랬고, 지금도 크게 다를 바가 없다. 무작정의 성토에 앞서 일본을 바로 알고 바로 배워야 한다.

극일克日의 길은 반일 구호에 앞서 학일學日 구호가 첩경이다. 그것은 '쪽발이'와 '조센진'이란 서로의 비아냥에서, 진정한 '한국인', '일본인'으로 거듭나는 길이기도 하다. 〈1997. 2. 15.〉

2. 3·1절 단상(斷想)

구한말, 일제의 치밀한 전쟁 준비

한반도 강점 위해 '쌀 사재기'

서구열강들이 각축을 벌이던 구한말. 일본의 한반도 강점을 위한 준비는 치밀했다. 그리고 그 야심은 청나라와 러시아를 상대로 한 두 전쟁을 통해 달성됐다. 청일전쟁을 통해서는 한반도에서 독점에 가까운 지위를, 노일전쟁을 통해서는 거의 배타적인 지위를 확보했다.

일제는 두 전쟁에 앞서 군량미 확보에 혈안이 됐었다. 전쟁에 대비한 한반도에서의 쌀 사재기가 그것이다.

당시 일본은 장사꾼들을 앞세워 쌀을 찾아 삼천리 방방골골을 누볐다. 그 결과 일본으로 실려 나가는 쌀자루들이 해안가를 덮힐 정도였다. 그리고 그것들은 한 됫박도 빠짐이 없이 전쟁을 위해 비축되었다. 그러나 당시 그것이 전쟁 비축미라고 생각한 사람들은 아무도 없었다.

동학혁명을 빌미로 청나라와 일본은 한반도에서 격돌했다. 치밀하게 전쟁을 준비해온 일본을 노쇠한 청나라가 당할 수는 없었다.

이 전쟁을 통해 일본은 요동과 대만을 전리품으로 얻었다. 한반도에서는 조선을 청으로부터 정치적 독립을 시켜주겠다는 빌미로 조선 내정에 깊숙이 발을 들여놓았다. 말이 그렇지 그것은 조선을 청으로부터 '떼어 놓고 챙기겠다'는 한반도 강점의 전략에 다름이 아니었다. 조선에서 중국을 떼어놓은 다음 한반도에서의 특별한 권리를 확보하겠다는 드러내지 않은 속셈이었다.

그러자 러시아가 일본 견제의 선두에 나섰다. 그러나 일본은 제정러시아를 정확히 읽고 있었다.

일본은 러시아의 국내 정정의 불안과, 군사력을 쉽게 극동으로 집결시킬 수 없다는 그들의 약점을 직시하고 있었다.

결국 러시아와 일본의 격돌은 일본이 승리로 끝이 났다. 지리적 여건과 러시아의 혁명 분위기 등에 편승해서였다. 아울러 한반도의 주권도 그들의 수중으로 떨어지는 수모를 겪어야 했다.

한반도를 둘러싼 최근 열강들의 움직임이 심상치 않다. 이웃 일본이 느닷없이 독도문제를 들고나와 신경을 곤두서게 하고 있다. 미국마저 북한이 하와이와 알래스카까지 닿는 미사일을 개발하고 있다는, 알 듯 모를 듯한 얘기를 흘리고 있다.

역사의 시곗바늘이 1백 년 전으로 되돌아가는 것인가. 착각이 환청처럼 다가오는 3·1절 아침이다. 〈1997. 3. 1.〉

3. 정신대 할머니들의 '작은 목소리'

"일본의 사죄 없이 눈 감을 수 없다"

한일 양국이 국교를 맺은 것은 박정희 정부 시절의 일이다. 하지만 시작부터가 좋은 관계는 결코 아니었다. 시대적 강요에 의한 '특수 관계'로부터 출발했다. 그리고 특수한 관계의 배후에는 미국이 있었다.

한반도를 동서 냉전 시대 반공의 방파제로 삼으려 한 미국의 전략이 도사리고 있었다. 구소련과 중국을 견제하기 위한 이른바 '한·미·일 삼각 안보체제'가 그것이다. 미국은 그들이 구축한 삼각 안보체제를 통해 우리에게 반공 외교를 강요했다. 일본에게는 반공과 함께 과거사를 빌미로 한 '원죄 외교'를 강요했다. 반공이 한·미·일 3국 외교관계에 최대 공약수로 자리했다.

이와 같은 삼각 안보 체제 속에 한국이 한때나마 '특수'를 누리기도 했다. 박정희 정권 시대 한·일 국교 정상화를 미끼로 한 기억 달러의 경제협력, 전두환 정권 시절의 수십억 달러의 경제협력을 얻어냈던 것들이 그것이다. 그러나 이와 같은 삼각 반공안보 체제와 특수는 냉전의 종식과 함께 막을 내렸다.

'특수한 관계'에서 벗어난 일본은 한국의 경제협력 요구에 과감히 'NO'로 응답하고 있다. 과거사에 대한 사죄 요구에 대해서도 냉담으로 일관하고 있다. 오히려 '혐한嫌韓'의 감정으로 한술 더 떠 관계가 원만치 않다.

한·일 관계에 있어 새로운 패러다임이 자리하기 시작한 것은 최근의 일이다. 김영삼 문민정부가 들어서면서 시도되고 있는 '선린외교'의 외침이 그것이다. 그리고 한·일 간의 선린외교는 제주에서 그 꽃을 피웠다. 제주의 허벅술로 마주했던 김영삼 대통령과 하시모토 일본 수상 사이의 제주 정상회담이 그것이었다.

제주에서 꽃망울을 터뜨렸던 한·일간의 선린외교는 김대중 정부가 들어서면서 동반외교로 발전하고 있다. 엊그제 김종필 총리와 오부치 일본 수상이 참석했던 한·일 각료 간담회의는 오는 2002년을 '한·일 국민교류의 해'로 지정하고 막을 내렸다. 정부 차원은 물론 양 국민 사이가 동반자임을 선언하는 자리인 셈이다.

간담회 자리를 취재했던 언론들은 찬바람이 일던 종전 분위기와는 사뭇 달랐다고 했다, 그야말로 가을 햇살처럼 따스한 속삭임으로 일관했다고 전한다.

하지만 그 시각 가을 햇살의 응달에서는 또 하나의 '작은 목소리'가 신음처럼 흘러나오고 있었다. "일본이 사죄하기 전에는 결코 눈을 감을 수 없다"는 정신대 할머니들의 항의 시위가 그것이다.

냉전의 산물인 '반공 외교'에서 '선린 외교'로, 그리고 동반외교로 발전하고 있는 한·일 관계. 같은 날짜 신문 사회면 한 귀퉁이를 장식한 '응달의 작은 목소리'는 한·일 관계가 여전히 정부와 정부 차원의 속삭임일 뿐이라는 것을 웅변하고 있다. 〈1999. 10. 8.〉

4. 히틀러와 히로히토 천왕

동시대 같은 배를 탔던 독일의 아돌프 히틀러와 일본의 히로히토 천왕. 그들은 2차대전 참화의 원죄로부터 결코 자유롭지 못하다. 그러함에도 한쪽은 인류로부터 저주받은 인간으로, 다른 한쪽은 국민 속에 신적인 존재로 군림해온 그 까닭이 무엇일까.

그 불가사의를 이노키 마사이치 교수는 다음과 같이 설명한다. 이른바 일본판 '용비어천가'라 할 수 있는 그의 저서 『천황폐하』를 통해서다.

그는 히로히토 천왕과 히틀러를 정통 군주와 참주僭主로 대비한다. 고대 철학자 아리스토텔레스의 '군주론'을 인용해서다. 이를테면 그는 히틀러가 권력을 찬탈한 참주에 불과하다고 말한다. 히틀러가 실업으로 인해 심리적 혼란에 빠진 독일 국민을 기만과 선동으로 유혹하고, 공작정치로 정권을 탈취했다고 주장했다.

이노키 교수는 히틀러가 승전을 거듭하면서 한때 국민적 환호를 받았다고도 했다. 그러나 패전을 목전에 두고서는 히틀러가 흉포한 참주의 실체를 드러냈다고 말한다. 독일 국민을 자살의 동반자로 삼으려 했다는 것이다. 참주였기에 그랬다는 얘기다.

그렇다면 일본 그들의 천왕은 어땠을까.

이노키 교수의 정통군주론은 다음과 같이 계속된다.

"히로히토 천황은 옥쇄를 주장하는 군부의 주장을 단호히 뿌리치고 항복의 결단을 내렸다, 더 이상의 국민 고통, 국토의 초토화를 염두에 두어서다. 그것은 일본 천왕이 참주가 아니라 2000년 역사와 전통을 가진 정통 군주이기 때문에 가능한 결단이었다. 패전상황에서도 일본인들이 천왕을 중심으로 흔들리지 않은 까닭이 바로 여기에 있다…."

이노키 교수의 '용비어천가'는 다시 히로히토의 황태자 시절까지 거슬러 올라간다. 히로히토가 황태자 시절, 그의 사부가 나폴레옹을 찬양했을 때 다음과 같은 반론을 폈다고 했다.

"나폴레옹의 치적은 화려하고 위대하다. 그러나 그 동기는 불순하다. 인류를 위한 것이 아니라 단순히 자기의 명예심을 만족시키려 했다. 그의 업적에는 감명받을 만한 것이 있지만 지도자로서는 존경할 수 없는 인물이다…."

이노키 교수의 이 같은 지론은 일본의 천왕제가 민본사상을 바탕으로 하고 있으며, 더 나아가서는 지구촌의 모든 사람, 인류를 포용하고 있다는 얘기에 다름이 아니다. 과연 그런가.

그의 말대로 히틀러란 참주는 몰락했다. 하지만 독일과 그 국민은 히틀러가 저지른 '과거사'에 대해 참회하고 인류에 사죄했다. 그러함에도 정통 군주의 나라 일본은 과거사 잔재 청산에 반세기가 지났어도 인색하다. 민의 고통을 우선하고 인류를 위한다는 신적인 지도자와 제도가 건재하고 있음에도 그렇다.

'신의 나라', '정통 군주'의 나라 일본이 과거사 속죄를 외면하고 있다. 속죄는커녕 오히려 '역사 왜곡'으로 주변 국가들의 상처받은 자존심을 덧나게 하고 있다. 아직은 그들의 신, 천왕의 하명이 없어서인가.

〈2001. 4. 12.〉

5. 일본의 원초적 본능

"용감하면서도 비겁하고… 순응성 강한 민족"

용감하면서도 비겁하고, 예의 바른 것 같으면서도 불손하고, 완고하면서도 순응성이 강한 민족.

일본에서 대사를 지냈던 미국의 경제학자 라이샤워 교수는 알고도 모를 것이 일본의 국민성이라고 혀를 내두른 바 있다. 언제나 집단으로 행동하며 집단의 결정에는 양순하게 복종하고, 집단을 위해서라면 맹목적일 만큼 자기희생을 기꺼이 감수하는 이중적 사고와 행동양식을 두고 한 말이다.

일본인들의 집단에 대한 강한 소속감과 순응은 그들의 좋지 못한 생존환경에서 비롯된 것인지 모른다.

일본은 예로부터 태풍 지진 해일이 연중 끊이지 않는 천재天災의 나라다. 이 같은 악조건 속에서 살아남기 위해서는 집단에 의지하는 것이 극히 자연스럽다.

인문환경 역시 마찬가지다. 일본은 본시 반도와 아시아 대륙으로부터 유입된 세력들이 많다. 그리고 그들은 대개가 반도와 대륙으로부터 밀려난 지배계층들이 대종을 이룬다. 이를테면 고구려와 백제 유민들의 정착 등이 그것이다.

당시 그들은 한반도에서, 대륙에서 높은 수준의 지배계층이었다. 그들은 높은 문명 수준을 바탕으로 자연스럽게 일본열도의 지배계급으로 자리했다. 그리고 밀려나온 반도와 대륙에 대해서는 특별한 감정을 가졌음 직하다.

그들의 특별한 감정은 내부 집단 간 에너지가 결합했을 때는 어김없이 밖으로 분출됐다. 전국시대를 통일한 도요토미 히데요시의 조선 침략, 그리고 메이지 유신을 전후해 공공연히 고개를 쳐든 정한론 등이 그것이다.

그들이 유난히도 한반도에 집착을 보이고, 한때 아시아 근린 제국을 유린한 이면에는 이와 같은 일본의 원초적 본능이 자리하고 있는지 모른다.

최근 일본의 집단의식, 원초적 본능이 다시 일본열도를 휩쓸고 있다. 역사 교과서의 수정 거부, 지배계층의 군국주의 본산인 신사 참배 고집, 그리고 이를 당연시하는 일본의 총체적 정서가 그것이다.

문제는 부분적 소집단이 아니라 고이즈미 총리를 중심으로 한 대집단의 정서라는 데 예사롭지 않다. 원초적 본능에 자리한 그들의 집단의식. 그것이 극에 이르면 반드시 근린 제국에 치명적인 해를 끼쳐 왔기에

더욱 그렇게 보인다. 〈2001. 7. 12.〉

6. 광신적 이데올로기의 '야스쿠니 신사(神祠) 참배'

"총리 헌법 한번 읽어 보시오"

"총리 헌법을 한번 읽어 보세요"

고이즈미 일본 총리의 야스쿠니 신사 참배와 관련한 아사히 신문의 최근 사설 제목이다.

아사히는 총리의 헌법준수 의무를 들어 고이즈미 총리의 신사 참배를 만류하고 있다. '나라와 그 기관은 어떤 종교적 활동을 해서는 안 된다'는 이른바 일본 평화헌법의 조문을 상기시키면서다.

아사히가 헌법을 들먹이며 야스쿠니 신사 참배에 우려를 표명하고 있는 까닭은 무엇일까. 아마도 그것은 야스쿠니 신사가 잠재하고 있는 폭발성 때문일 것이다.

도쿄 한복판에 자리하고 있는 야스쿠니[靖國] 신사. 일종의 종교재단으로, 전쟁에서 죽은 전사자들을 위령하는 곳이다. 당초 출발은 그 의식이 19세기 중엽 일본에서 유행한 '어령御靈 신앙'이라는 민간신앙에서 비롯됐다고 한다. 비정상적인 죽임을 당한 자, 혹은 원한을 품고 죽은 인간이 사후에 재앙을 일으키는 것을 방지하기 위해 신으로 모신다는 일본의 민간신앙이 그것이다.

이는 전몰자 야스쿠니 합사 그 자체가 전쟁터에서의 죽음이 정상이 아님을 인정하고 있다는 말에 다름아니다. 억울한 전쟁 희생자들을 죽어서나마 '평화로운 나라(靖國)'로 안내하자는….

시도 때도 없이 전쟁을 즐겼던 그들로서는 일견 죽은 자를 신으로 떠받듦으로써 신자들 또한 위무 받자는 원초적 본능이 작용했을 것으로 미뤄 짐작이 간다. 하지만 문제는 이곳이 일본 군국주의와, 천왕제 국가신도 체제의 본산으로 자리해 왔다는 사실이다. 다시 말해 야스쿠니 신사는 일본 국민을 천왕의 군대로 결속시키고, 나아가서는 국민통합의 강력한 이데올로기 역할을 해왔다.

그렇다. 일본이 일으킨 청일전쟁, 중일전쟁, 태평양전쟁 등 숱한 재앙의 원동력은 바로 야스쿠니 신사였다.

제2차대전 패전 후 한동안 풀이 죽어 있었던 그들의 이데올로기가 다시 고개를 들고 있다. 고이즈미 총리가 그 선봉에 있다. 그는 2차대전 패전일인 오는 8월 15일 야스쿠니 신사를 참배하겠다고 공언하고 있다, 그의 이 같은 행태는 근린 제국들을 긴장시키고 있다. 야스쿠니 신사 참배는 살아서 전쟁을 일삼고, 죽어서야 비로소 평화를 찾는, 군국주의 선동이어서 그렇다.

과연 일본의 광신적 이데올로기가 부활하고 있는 것인가.

〈2001. 7. 26.〉

7. 왜구(倭寇)와 바이킹

제주도가 그들의 거점이라고?

지중해 연안에는 기원전부터 집단을 이룬 해적의 무리가 들끓었다. 한때 로마제국의 영웅 카이자르가 이들 해적의 무리에 잡혀 몸값을 톡톡히 치르고 나서야 풀려난 일은 너무도 유명한 일화다. 하지만 역사 속의 해적집단으로는 뭐니뭐니해도 북구의 바이킹(Viking), 과 동양의 왜구倭寇가 악명이 높다.

스칸디나비아의 깊은 협곡을 흐르는 협강(Viking)에서 유래된 바이킹. 그들은 수 세기(8~10세기)에 걸쳐 유럽 대륙의 연안과 섬들을 유린, 공포의 대상이었다.

바이킹은 스칸드니아 반도의 세력 싸움에서 밀린 부족들의 중심이었다. 그들은 민족 대 이동으로까지 이어지면서 대서양 연안에서 대단한 세력을 이뤘다. 단순히 해적질에 끝나지 않고, 때로는 유럽의 제국을 멸하기도 했다. 그야말로 오랜 세월 유럽의 골칫덩어리였다.

왜구는 한반도와 중국 연안 등을 무대로 하여 인명 살상과 재산을 약탈해 왔던 일본의 해적집단이다.

전락한 지방호족의 무리와 무사들이 중심이었던 그들은 바이킹 못지않은 해적의 역사를 갖고 있다. 13~16세기 들어서는 그 세력을 크게 떨쳐 동아시아의 골치 아픈 존재로 등장했다. 이 때문에 조선조 세종 때는 해적들의 근거지인 대마도對馬島 정벌에 나서기도 했다. 그러면서 한편으로는 유화정책을 펴기도 했다. 부산포 등지에 왜관倭館을 설치해 벼슬까지 주며 달래기도 했다. 하지만 본시 도적의 무리인 그들의 횡포는 계속됐다. 거류지 일대서 대난리를 친 삼포왜란, 을묘왜변 등이 그것이며, 끝내는 7년 전쟁인 임진왜란의 조역을 맡기도 했다.

근세에 와서 이들 해적집단을 미화하는 시각도 없지 않은 것 같다. 일본이 과거 해적 활동을 민족 활동사 차원으로 보는 경향이 그렇다. 그렇다고 생업이 약탈과 살상이었던 해적집단의 행위가 정당화될 수는 없는 일이다. 인륜에 반하는 행위이자, 그 무리 또한 인류 공적으로서 지탄 대상이 되기 때문이다.

과거사가 떳떳하지 못함을 알고서인가. 최근 제주 사람을 해적집단의 후손으로 끌어들이려는 물귀신들이 없지 않다. 제주는 왜구의 거점이었다는 일본의 역사 교과서 왜곡이 그렇다.

조상 대대로 농경과 어로가 생업이었던 제주 사람들. 선량한 그들을 도적의 무리로 몰아붙이려는 일본의 몰염치. 그야말로 요절복통할 일이 아닌가. 〈2001. 7. 19.〉

8. 영화 '살아있는 령혼들'과 '아시안 블루'

북한판 타이타닉 '우키시마호 폭침' 만행 고발

일본의 부끄러운 과거사를 고발하는 두 편의 영화가 각별한 관심을 끌고 있다. 다음 달 추석을 전후해 국내에서 개봉될 일본 영화 '아시안 블루'와 북한 영화 '살아있는 령혼들'이 그것이다.

이들 영화가 특별한 관심을 끌고 있는 것은 동일 소재를 두고 가해와 피해의 역사를 그 당사자들이 고발하고 있어서다.

두 영화는 1945년 일본 패망 직후 한국인 징용자들을 태운 우키시마호[浮島丸]가 일본 앞바다에서 침몰당해 5천여 명이 수장된 참사를 다룬 영화다.

8·15 광복 직후인 1945년 8월 24일 사건으로 당시 이 배에는 7천여 명이 승선하고 있었다. 일본 아오모리현 등지에서 강제 노역을 당하던 한국인 징용자와 가족들이다. 그런 그들이 의문의 폭발사고로 불귀의 객이 된 사건이다.

특이한 것은 해군함인 우키키마호의 침몰이 당시 승선했던 일본 해군들이 탈출한 이후에 이뤄졌다는 점이다. 우연치고는 너무도 기이한 일이 아닐 수 없다. 이 때문에 일본군의 의도적인 '수장水葬'이 아니냐는 의혹이 제기되어 왔다.

관련해서 뒤늦게 진상규명 운동이 일고 있는 사건이기도 하다. 당시 생존자들의 증언과 여러 정황이 고의 수장을 뒷받침하면서다.

'아시안 블루'는 그런 내용을 배경으로 하고 있다. 다시 말해 일본인들 스스로 부끄러운 가해의 역사를 들춰내어 자성하며 제작한 일본 영화다.

당초 이 영화는 일본인 민간단체가 전후 50년을 되돌아보며 속죄의식으로 제작한다고 발표했었다.

제작 후에는 이를 한국의 시민단체(광주시민연대)에 조건 없이 한국내 판권 일체를 건네주면서 화제가 되기도 했다. 특히 제작 과정에는 일본 전역에서 상당액의 시민 성금이 모아졌다. 4천여 명의 시민들이 자발적으로 엑스트라 출현을 하기도 했다.

동일 사건을 극화한 '살아있는 령혼들'은 '북한판 타이타닉'으로 불릴 만큼 대작으로 알려졌다.

지난 4월 북한 현지 개봉 이후 7월 홍콩영화제와 모스크바 영화제에도 출품, 호평을 받았다. 북한 영화치고는 스케일이 큰 데다 이례적일 만큼 이데올로기적 요소가 없다는 것이 호평을 받은 이유다.

영화를 통해 일본의 만행을 고발하는 북한과 과거 자신들의 만행을 들어내 보이는 일본인. 그리고 사건의 한 당사자 측이면서도 한낱 관람객이 되고 만 한국인. 때가 때인 만큼 역사의 뒤안길에 파묻혀 온 반인륜적 범죄를 고발한 두 영화가 불러올 반향이 궁금하다. 〈2001. 8. 16.〉

9. 미국과 일본의 오월동주(吳越同舟)

'진주만 기습'과 '히로시마 원폭'의 악몽

일본이 마침내 군국주의 군사 대국의 길로 접어들고 있는 듯하다. 일본 정부가 최근 미국의 '대테러와의 전쟁' 선포를 계기로 특별법까지 만들어 자위대의 활동폭을 넓히고 있음이 그것이다.

일본이 군사 대국을 모색해 온 것은 어제오늘의 새삼스러운 일은 아니다. 금세기 들어 일본은 기회만 있으면 호시탐탐 그 길을 걸어왔다. 그리고 그 배후에는 미국이 자리해 왔다. 미국은 아시아 경영 차원의 병 주고 약 주기를 거듭하면서 일본의 등을 떠밀어 왔다.

미국은 19세기 이후 일본을 아시아 진출의 교두보로 활용해 왔다. 일본을 내세워 아시아를 넘보는 열강들을 적당히 견제하면서 대륙진출의 기회를 노려왔다. 일본으로서는 이 같은 미국의 시도가 결코 밑지는 장사는 아니었다. 미국을 등에 업고 극동의 새로운 세력으로 등장할 수 있다는 생각에서다.

미국을 등에 업은 일본은 한때 아시아의 맹주를 꿈꾸면서 동아시아를 거침없이 유린했다. 일본은 한 걸음 더 나아가 그들의 후견인이었던 미국의 뒤통수를 가격할 정도로 컸다.

진주만 기습으로 시작된 태평양 전쟁. 일본은 선제공격으로 미국의 전초 기지인 진주만을 쑥대밭으로 만들었다. 끝내는 2차대전의 중심에 선 미국이 자신에게 등을 돌린 일본에 철퇴를 가했다. 일본 본토인 히로시마와 나가사키에 원자폭탄을 투하하면서 일본을 초토화했다.

일본을 다시 수중에 넣은 미국은 이른바 '평화헌법'을 통해 일본이 영구히 재 무장을 할 수 없도록 했다. 그러나 그것도 잠시, 미국은 한국전쟁을 전후해 일본으로 하여금 자위대를 창설하도록 꼬드겼다. 후방지원 세력 확보가 빌미였다. 그뿐이 아니었다.

미국은 유형무형의 압력을 통해 방위비를 증액하도록 해가며 일본을 군사 대국으로 키웠다. 지금에 와서는 그것도 성에 차지 않아 21세기 첫 전쟁이라는 '테러와의 전쟁' 당사자로 끌어넣고 있다. 자위 차원을 넘어 전쟁 당사자로서의 동반을 강요하고 있다. 이에 일본이 발 벗고 나서고 있다. 일본의 재무장 차원에서 밑질 것 없다는 생각에서다.

유일무이한 초강대국 미국과 군사 대국의 잠재적 폭발력을 지닌 일본의 오월동주吳越同舟. 하지만 두 나라 국민은 과거 진주만 기습과 히로시마 원폭의 끔찍한 일을 기억하고 있을 것이다. 군사 대국, 군국주의의 최대 희생양이 결국은 만만한 백성들이었다는 사실을….

자기가 키운 호랑이 새끼에 뒷덜미를 물렸던 '진주만 기습'. 그 백배 천배로 값을 치러야 했던 '히로시마 원폭'의 악몽. 오늘에 와서 다시 한 배를 타려는 미국과 일본이 글쎄요…. 〈2001. 11. 1.〉

10. "일본 왕실의 뿌리는 한반도"

아키히도 일본 왕의 과거사 고백

아픈 기억, 그것도 오랫동안 금기시해온 것을 세상에 털어놓기란 여간해서 쉬운 일이 아니다. 하지만 털어놓고 보면 가슴이 후련하고 그렇게 홀가분할 수가 없다.

언젠가 자신이 동성애자라고 털어놓은, 이른바 '홍석천 커밍아웃'이 장안의 화제가 된 적이 있다.

사회구성원 다수가 금기시하는 성적 취향인 동성애. 그것도 남성이 남성을 사랑한다는 인기 연예인의 고백은 가히 충격적이었다. 하지만 정작 속내를 털어놓은 당사자는 다음과 같은 말로 담담하다.

"나는 이제 떳떳하다. 나를 속이는 일도, 또 남을 속이는 일은 없을 것이다. 그러기에 누군가를 진실하게 사랑할 수 있을 것이다."

그의 얘기는 금기사항이라고 가슴에만 묻어두면 그것이 곧 세상에 대해 더 큰 부도덕이란 고백으로 들린다. 격이 크게 다르지만 최근 일본 아키히도 천왕이 오래된 '금기'를 깨뜨려 국내외 파문이 적지 않다. 일본 고대문화는 한국으로부터 전수됐으며, "일본 왕실의 뿌리는 삼한三韓"이라는 '한반도 혈연' 고백이 그것이다.

그의 고백은 일본이 오랜 세월 금기시해 온 '천기天氣'를 누설한 것이다. 이 때문에 일본 사회가 충격으로 받아들이고 있는 듯하다.

하지만 일왕의 고백 내용이 전혀 새로운 사실은 아니다. 학계에서는 이미 널리 알려진 사실이다. 감히 그것을 거론하지 않고 덮어 뒀을 뿐이다. 일본의 정체성, 천왕 가의 권위와 무관하지 않아서다.

일본이 시도 때도 없이 '역사 왜곡', '역사 덮어두기'를 서슴지 않아 왔던 속내의 일단도 여기서 비롯된다. 멀리는 고전 역사서인 『일본서기日本書紀』에서부터, 가까이는 일제 침략기 심혈을 기울인 역사 왜곡작업, 최근의 선사 유적 조작 등등.

그들은 무던히도 과거사에 냉가슴을 앓아 왔다. 인정하자니 자존심과 정체성마저 흔들리고, 묻어 두자니 역사의 준엄한 심판이 두려워서다.

사정이 그러하기에 일왕이 과거사 고백은 결자해지의 용기 있는 결단이다. 고백함으로써 떳떳해지고, 속이고 속는 역사 인식의 원죄로부터 자유로워지는…. 이제 비로소 그들이 이웃을 진심으로 사랑하고, 사랑받을 수 있는 자격이 주어진다고 하면 지나친 말일까.

〈2001. 12. 27.〉

11. 베트남의 '과거사 해법'

"과거는 과거일 뿐이다"

베트남은 미국이 전쟁을 포기하고 물러선 유일한 나라로 그 자긍심이 대단하다. 그래서 그런지 그들은 참혹했던 '과거사 문제'에 대해서도 무척 관대해 보인다.

30여 년간 피비린내 나는 전쟁을 치르고서도 전쟁 당사자인 미국과 선뜻 수교했다. 그리고 미국과 함께 참전했던 한국과도 체제와 이념을 넘어 손을 잡았다. 그것뿐이 아니다.

최근에는 베트남전에서 서로 총부리를 맞대고 싸웠던 '따이한'과 '베트콩'이 30여 년 만에 화해의 술잔을 교환했다고 해서 화제다.

엊그제 서울에서는 베트남 재향군인회 간부들과 대한재향군인회 간부들이 자리를 같이했다. 양 단체의 회장들은 베트남전 당시 각각 부대장을 맡아 교전 경험이 없지 않은 사이라고 했다.

아픈 과거사를 가지고 있는 당사자들이기에 처음의 분위기가 어색했다. 하지만 그것도 잠시, "아픈 과거를 잊고 미래만 생각합시다"는 따이한의 건배 제의에 "아픈 과거를 생각해서라도 유대를 강화합시다"고 화답했다. 의외의 반응에 무겁기만 하던 만찬장이 금세 화기 넘치는 덕담장이 됐음은 물론이다. 베트남인들의 이 같은 순발력과 여유는 국가 간 정상외교에서도 유감없이 보여줬다.

지난 8월 베트남 국가원수로서는 처음으로 한국을 국빈 방문한 천득령 주석.

그는 베트남전 참전을 의식한 김대중 대통령의 과거사 유감 표명과 관련, '과거는 과거일 뿐'이라고 일축했다. 더 나아가 '과거는 밀쳐두고 미래를 위해 협력하자'며 여유 있는 미소를 보였다. 그리고 '한국군 참전'이란 껄끄러운 용어 대신 '박정희 용병'이란 말로 대신했다. 당시 참전이 한국, 한국인의 뜻과는 무관한 것임을 어필하는 것에 다름아니었다.

오랜 세월 무던히도 과거사에 집착해온 대한민국, 어떻게 하든 과거의 치부를 덮으려고만 드는 일본.

기껏 '사죄, 유감'의 외교적 수사에만 매달리고 있는 듯한 한일 양국의 과거사 해법. 그것은 마치 조개와 황새처럼 맞물려 퍼뜩거리고 있는 형국이다.

그러기에 베트남인들이 보여주고 있는 '과거사 해법'은 우리의 과거사 문제에 비춰 시사示唆하는 바가 크다.

'과거는 과거'라는 그들의 과거사 해법. 한일 양국 모두에게 반면교사가 아닐 수 없다. 〈2001. 10. 18.〉

제2장
물구나무서기로 본 미국

1. 포함외교와 조미(朝美) 전쟁

무력 충돌로 첫 대면한 미국 '조선은 지독한 민족'

불행하게도 한국과 미국의 첫 공식 접촉은 무력 충돌로 이뤄졌다. 이른바 역사 속에 '신미양요辛未洋擾'로 기록되는 구한말의 '조미전쟁朝美戰爭'이 그것이다.

서구 열강이 아시아 침략이 본격적으로 벌어지던 19세기 말엽인 1871년 5월.

미국은 5척의 중무장한 전투함대를 이끌고 조용한 아침의 나라 조선에 들이닥쳤다. 일단의 전함들은 강화도 일대의 해로탐사와 수심 측정 등으로 조선 정부를 자극했다. 강화도는 말 그대로 조선의 심장인 수도 한양을 방어하는 국방요충지. 때문에 무력 시위에 대한 조선의 대응은 당연한 것이었다.

미국의 전함들은 마치 이를 기다리기라도 한 듯, 막강한 화력을 앞세워 강화도를 수중에 넣었다. 조선 강화도 수군 수백 명을 전멸시키고서였다. 미국은 전쟁에서 이겼다. 하지만 그들이 의도한 한반도 선점의 목적은 끝내 이루지 못했다.

조선은 미국의 요구에 굴복은커녕 '척외斥外'의 전의를 불태웠다. 결국 미국은 조선반도 침공 두 달여 만에 군대를 철수했다. "조선군은 그 어느 군대 또 어느 민족에서 찾아볼 수 없으리만치 악착같이 싸웠다"는 로저스 함대장의 본국 보고서를 남기고서였다.

로저스의 이 같은 보고는 20여 년 전(1850년)의 사례를 염두에 둔 것인지도 모른다. 미 해군 페리 제독이 불과 5척의 함대를 앞세워 일본열도를 쉽게 굴복시켰던 역사가 그것이다.

당시 미국은 군함을 앞세운 이른바 '포함외교砲艦外交'로 짭짤한 재미를 보고 있었다. 일본은 물론 중국을 비롯한 여러 나라가 미국에 두 손을 들었다.

하지만 미국은 남북전쟁 이래 최대 규모의 병력을 동원하고서도 조선에서만은 그 뜻을 이루지 못했다. 그러니 '조선은 지독한 민족'이란 로저스의 독백이 나올 수밖에. 포함외교를 앞세운 미국의 극동 전략을 두고 역사학계의 시각은 각기 다른 것 같다.

무력을 앞세운 식민제국주의 침략이라는 시각과, 자국민 보호와 통상확대 차원의 외교전략일 따름이라는 주장들이 그것이다.

후자의 시각은 당사자인 미국의 것임은 물론이다. 그래서인지는 몰라도 대부분 미국 역사 교과서는 당시의 사건을 두고 '조선반도 탐사(expedition)'라는 표현을 쓴다고 한다. 그들의 교과서 표현대로라면 로저스 함대는 조선 침략군이 아닌 '조선 탐사대'였던 셈이다.

미국 대통령의 공식 명령까지 하달받고 한반도에서 무력 도발을 해 수많은 인명을 살상한 원정대가 탐사대라니 왜곡된 표현이다. 당시 미국 대통령인 그랜트는 조선반도 원정에 따른 훈령을 내렸음은 역사적 사실이기에 그렇다.

역사 왜곡은 비단 이웃 일본만이 아닌 한국의 혈맹국이자, 문명국가인 미국에서도 자행되고 있다는 얘기가 아닌가. 〈2001. 5. 10.〉

2. 종이 한 장 차이의 '미드웨이 해전'

한발 늦게 뺀 미국, 반발 앞서 내뺀 일본

20세기 초 제국주의 일본의 해군은 천하무적이었다. 1905년 러시아의 발틱 함대를 괴멸시키면서, 그리고 진주만 기습을 통해 아시아 태평양의 제해권을 장악하면서다. 하지만 욱일승천하던 그들의 기세는 미드웨이 해전을 계기로 꺾이고 말았다.

2차 대전이 한창이던 1942년, 일본은 하와이 관문 미드웨이 군도를 미국 태평양함대 섬멸을 위한 결전지로 선택했다. 진주만 기습의 영웅 야마모토 해군 대장을 앞세우고 서다.

일본은 그들의 모든 해군력이라 할 3백 50여 척의 대병력을 동원, 태평양함대 섬멸에 나섰다. 그러나 그들은 욕심이 지나쳤다. 끝내는 그 지나친 욕심이 종이 한 장 차이 승패의 갈림길에서 몰락을 재촉하고 말았다. 수적으로 우세한 병력과 당시 세계 제1의 거함 거포를 갖고 있으면서도 그들은 왜 참패했을까.

훗날 해전 사가들은 그 원인을 이렇게 얘기한다. 그 첫째가 천하가 내 것 인양 거드름핀 일본의 교만이다. 둘째로는 일본이 시대변화 즉 정보전에 뒤졌다. 셋째로는 성급한 판단 때문이란 분석이다.

일본이 자랑하던 거함 거포. 하지만 실제 접전장에서는 기동력과 민첩성이 뒤졌다. 큰 덩치 때문이었다. 여기에 미국은 일본군의 작전 계획을 암호 해독으로 미리 간파, 진주만 기습의 설욕을 벼르고 있었다. 그러함에도 싸움은 호각지세였다. 한치 밖을 내다볼 수 없는 안개와 포연 속에서 공방전은 우열 없이 일주일간 계속됐다.

전황에 자신이 없었던 양측은 승리보다는 패배를 직감하며 작전상 후퇴를 하기에 이르렀다. 미 해군으로부터 이외의 역공에 당황해진 일본이 반발 먼저 꽁무니를 뺐다. 역시 퇴각을 서두르던 미국이 안개 속을 빠져나가는 일본의 뒷덜미를 목격한 것은 바로 이때였다.

등을 보인 적을 타격하기란 손바닥 뒤집듯 쉬운 일. 마침내 승리의 여신은 한발을 늦게 뺀 미국의 손을 들어주었다. 천하대세 또한 역전되고 말았다(미드웨이 해전을 전후, 미국은 2차대전을 승리로 이끌었다.

동시에 아시아 극동은 물론 동아시아에서 독점적 지위를 확보하면서 한반도 남북분단의 중심에 섰다).

현재 대권 가도를 달리고 있는 한국 정치판이 반세기 전 '미드웨이 해전'을 떠올리게 한다. 야당이면서도 집권당 소리까지 듣던, 그래서 대세가 손안에 들었던 것으로 여기고 있던 한나라당과 집권 말기 몰매를 맞으며 지리멸렬해 보이던 민주당의 반전 분위기가 그것이다.

자고로 복덩어리를 지녔다고 해서 마르고 닳도록 누리고 나면, 몸이 궁해진다고 했다. 또 대세가 내 것이라 하여 마구 부리면 세력이 다할 때 원수를 만난다고 한다. 천하대세가 내 손안에 있다고 하는 대권 주자들을 두고 하는 말이 아닌가. 〈2002. 3. 22.〉

3. 구두닦이 소년과 케네디

'호황의 끝은 불황의 시작' 대공황 예감

때로는 막연한 예감이 돌이킬 수 없는 파국을 초래한다. 1929년 10월 24일 이른바 '암흑의 목요일(Black Monday)'이라 불리는 미국발 대공황이 그렇게 시작됐다.

그해 10월의 어느 날, 한 노신사가 뉴욕 월가의 뒷골목에서 구두를 닦고 있었다. 무심코 구두닦이들이 나누는 얘기를 들었다. 증권에 관한 얘기였다. 노신사는 구두를 닦다 말고 증권시장으로 내달았다. 그리고 그는 막대한 금액의 주식을 모두 내다팔았다. 주변이 이상한 시선으로 그를 예의주시 했음은 물론이다.

그는 훗날 대통령이 된 존 에프 케네디의 아버지 죠셉 케네디였다. 그는 아이레에서 신대륙으로 건너와 증권투자로 거부가 됐다. 그리고 그는 그 부富를 바탕으로 아들 존 에프 케네디를 미국 대통령으로 만든 신화적 존재였다.

주식을 한꺼번에 내다판 그의 지론은 이랬다.

구두닦이 소년들까지 주식거래에 손을 대고 재미를 볼 정도면 주식은 이미 호황의 끝이다. 그리고 호황의 끝은 불황의 시작이다는 것이었다. 하지만 그의 지론은 논리적 근거에 의존한 것은 아니었다. 오로지 막연한 예감에 의존한 것이었다. 그 막연한 예감이 줄을 서면서 뉴욕 월가는 하루아침에 파국으로 치달았다.

그랬다. 뉴욕 월가의 주가 폭락사태는 호황이 언젠가는 불황으로 돌아설 것이란 투자자들이 막연한 예감에서 비롯됐다. 앞서 노신사와 같은 투자자들이 하나둘 늘어가면서 너도나도 할 것 없이 주식을 내다 팔았다. 그러나 그들의 주식은 내놓을수록 휴지조각으로 변하고 말았다. 증권파동은 곧 금융가 전반으로 확산이 됐다. 하루에도 수십, 수백의 은행들이 쓰러졌다. 자본주의 사상 미증유의 '대공황'은 그렇게 시작됐다.

엊그제부터 전 세계 지구촌이 '암흑의 월요일(Black Monday)' 비상을 발령했다. 지난주 뉴욕 증시 대폭락에 영향을 받아 전 세계 주식 시장이 연쇄 폭락할지 모른다는 뉴욕발의 불길한 예감 때문이다.

지금으로서는 뉴욕 증시 폭락장세가 공황의 전조인지, 아니면 거품제거를 위한 조정국면인지는 더 두고 볼 일이라고 한다. 하지만 분명한 것은 지금의 자본주의 경제체제가 그때와는 다르다는 사실이다.

1920년대 '보이지 않는 손'에 의존하던 자유방임주의 체제. 이와는 달리 지금은 '보이는 손'에 의한, 어느 정도의 통제가 가능하기 때문이란다. 그런 만큼 과거와 같은 비극은 되풀이되지 않을 것이란 전문가들의 예측이다. 그러함에도 팔 것인가 말 것인가, 투자자들에게는 피를 말리는 시간의 나날들이다. 〈2000. 4. 18.〉

4. TV 토론에 웃고 울었던 닉슨 대통령

따놓은 당상, 애숭이 케네디에 덜미

워터게이트 사건으로 권좌에서 물러난 리차드 닉슨. 미국 37대 대통령인 그는 텔레비전 때문에 웃고 울었던 정치인 중 한 사람이다. 정치생명이 일찍 끊길 수도 있었던 그가 TV 덕에 살아났다. 또한 TV 때문에 그의 야망이 좌절되기도 했다. 대통령직을 건 케네디(35대)와의 TV 토론이 그것이다.

1952년 미국 대통령선거 당시 닉슨은 공화당 아이젠하워 후보의 런닝메이트(부통령)였다. 후보 지명을 전후해 닉슨은 정치적 위기에 몰려 있었다. 정치자금을 사생활에 유용했다는 비난을 받고 있었기 때문이다.

그런 그는 텔레비전 카메라를 자기 집에 불러들였다. 그의 가재도구와 생활 모두를 공개했다. 헤진 장갑을 끼고 일하는 부인의 모습까지 보여주며 자신의 청렴결백을 눈물로 고백했다. 이로 인해 그는 극적으로 위기에서 벗어났고 차차기 대통령을 넘보기에 이르렀다.

그로부터 8년 후인 1960년 35대 대통령선거에 나선 닉슨은 승리를 장담하고 있었다. 미국의 국민 역시 그의 승리를 낙관하고 있었다. 상대는 민주당 후보로 나선 애송이 케네디 상원의원이어서 더욱 그랬다. 그러나 그는 다 따놓은 당상을 젊은 케네디에게 빼앗기고 말았다. 역사적 사건으로 기록되는 4회에 걸친 TV 토론에서의 참패가 결정적이었다,

미국 국민이 젊은 케네디를 선택하게 만든 것은 바로 텔레비전 토론이었다. 토론에서 케네디는 관록의 닉슨보다 월등히 비교우위의 검증을

받았다.

각종 선거 때 후보들을 대상으로 한 TV 토론회는 오늘에 와서 후보 검증의 한 방편으로 자리잡고 있다. 유권자 입장에서 보면 후보 선택의 좋은 기회이기도 하다. 후보로서 자질과 역량이 누가 비교우위에 있는지를, 유권자들이 직접 가늠할 수 있기 때문일 것이다.

지난 6·27 지방선거에서 그랬듯이 4·11 총선을 앞둔 유권자들이 텔레비전 토론에 거는 기대 또한 크다. 그러나 어제 밤늦게 방영된 총선 후보 초청 토론회는 기대 못지않은 아쉬움도 컸다. 일국의 국회의원 후보로서 자질이 의심스러워서다. 비교검증이랄 것 없이 일부 후보인 경우는 정치공해, 선거공해란 생각마저 들게 했다.

저마다 '케네디의 반전'을 노리고 있었는지는 모른다. 그러나 유권자 검증에 앞서 스스로의 검증이 먼저다. 그러고 나서 비로소 국민 앞에, 주민 앞에 나서야 하는 것 아닌가. 〈1996. 3. 29.〉

5. 상처받은 미국의 자존심 '9·11 테러'

미국 '제2의 진주만 공격' 응징 별러

1941년 12월 7일 아침 8시 하와이 진주만.

미사의 종소리가 울려 퍼지고 있는 그 순간, 청천벽력 같은 굉음이 일요일의 평화를 깨뜨렸다. 잇따른 폭발음과 화염이 항구 전체를 뒤덮으면서 진주만 일대는 아수라장으로 변했다. 이른바 일본의 진주만 기습이었다.

1시간여 걸친 일본의 기습공격은 대성공이었다. 미국이 자랑하는 최신예 전투기 200여 대가 날아 보지도 못하고 파괴됐다. 무적 태평양함대의 전함 6척이 침몰 됐고, 10여 척은 파손됐다. 일본군은 그들의 성공 암호 '도라 도라 도라'를 타전하면서 유유히 사라졌다.

그러나 그들의 대성과는 4년 뒤 백배 천배의 응징을 받아야 했다. 미 공군 폭격기가 일본의 두 도시 나가사키와 히로시마에 원자폭탄이 투하되면서다. '진주만을 잊지 말자'는 미국민들과 "얼마의 시간이 걸리든 반드시 응징할 것"이란 대통령 루스벨트의 개전 선언의 결과였다.

그로부터 60년 후인 2001년 9월 11일 화요일 아침 뉴욕과 워싱턴.

일단의 여객기들이 동시다발적으로 미국의 심장부인 두 도시를 들이 받았다. 오전 9시 뉴욕시에 자리한 세계 경제의 중심 110층짜리 세계무역센터. 이 건물에 2대의 납치된 민간여객기가 돌진해 오면서 거대한 쌍둥이 건물은 맥없이 주저앉았다.

비슷한 시각 워싱턴 소재 국방부 건물인 팬타곤과 백악관 사이에 여객기 1대가 곤두박질했다. 이와 동시에 폭탄을 실은 차량이 돌진해 왔다. 세계 최강 미국의 심장부가 아수라장으로 변했다.

미국은 이번의 사태를 '제2의 진주만 공격'으로 여기고 있다. 충격으로 따지면 오히려 60년 전 '진주만 기습' 사건보다 충격의 정도가 더 한 듯하다. 당시는 미국 본토에서 멀리 떨어진 군사시설에 대한 공격이자, 희생자 역시 군인들이었다. 이에 반해 미국 본토가 외부로부터 사상 초유의 공격을 받은 데다 피해 정도와 희생자 수도 진주만 당시에 비교할 바가 못 될 만큼 엄청났다.

출범 때부터 강경 일변도였던 부시 미 정부. 불의의 일격에 그들의 자랑하는 미사일 방어망도 무용지물이었다. 일격을 당해 넋이 나간 그들은 이번 사태를 명백한 테러로 규정, '피의 화요일'에 대한 응징을 벼르고 있다.

상처받은 세계 최강 미국의 자존심, 이제 그 불똥이 어디로 어떻게 튈

것인지 세계가 긴장하고 있다. 〈2001. 9. 13.〉

6. 시대의 광풍 '마녀사냥'

미국, 얼굴 없는 '테러와의 전쟁' 선포

15세기를 전후해 유럽 전역에 휘몰아친 마녀사냥의 광풍은 상상을 초월한다. 누구라고도 이단자로 몰려 마녀로 지목받으면 가차 없이 생명을 내어놓아야 했다. 그리고 이 같은 광풍은 기존의 절대권력과 절대권력자들의 권위가 흔들리면서 시작됐다.

중세 교회의 궁극적 목표는 모든 인간을 유일신, 하느님의 나라로 인도하는 일이었다. 교회는 이 같은 역할 수행의 매개체였고, 로마 교황청이 절대권력자로 그 중심에 있었다. 그러나 교회는 역할과는 달리 온갖 부조리 온상이었다. 면죄부를 돈으로 팔고사는 일이 다반사였다. 성직자들의 부패와 타락상이 날이 갈수록 만연됐다.

이 같은 권력과 권위에 대한 비판 세력이 새롭게 세력을 형성해 나갔다. 교회의 절대권력 앞에 무조건적 복종을 거부하는 종교개혁 세력이었다.

절대권력이 흔들리면서 절대권력자들이 기득권 수호에 나섰다. 개혁의 움직임을 이단으로 규정하고 이를 색출하고 처단하는데 공권력이 총동원 됐다. 여기에는 교권만이 아니라 왕권 그리고 명망 있는 학자들이 연대했다. 새로운 개혁의 바람은 그들의 권력과 권위에도 커다란 위협으로 다가설 것이란 판단에서였다.

이들 연대 세력의 적은 비단 개혁 세력만은 아니었다. 이단자 색출에 혈안이 된 그들은 무고한 일반 대중을 '마녀'란 이름의 희생양으로 만들어버렸다. 그들에게는 전염병이 돌아도 이단자들 때문이요, 심지어는 절색의 얼굴을 가진 미녀조차도 마녀로 몰아세우며 유럽 전역을 공포의 도가니로 몰아넣었다. 개혁의 기운을 싹수부터 제거함으로써 기득권을 유지하기 위한 시대의 광란이었다.

실체도 없는 마녀사냥의 희생자가 적게는 30만 명에서, 많게는 9백만 명에 이르렀다고 하니 끔찍한 일이 아니던가.

시대의 광풍은 금세기에도 재연될 조짐을 보이고 있다. 동시다발 테러의 대참사를 겪은 미국이 얼굴 없는 '테러와의 전쟁'을 선포하면서 그렇다.

초강대국 미국이 실추된 권위와 체면을 되찾기 위해 지구촌을 전쟁의 공포 속에 몰아넣고 있다. 온 세계가 겁먹은 표정이다. 하나 같이 미국의 눈치를 보며 전쟁 수행에 경쟁적으로 연대를 약속하고 있다. 마치 이단자로 지목받지 않기 위해 실체도 없는 마녀 비판에 열을 올렸던 중세기 그 일처럼. 〈2001. 9. 20.〉

7. 제갈공명과 탈레반

칠종칠금(七縱七擒) 제갈공명 교훈 잊었나

역사적으로 중국은 그들 주변 국가를 오랑캐 나라 취급을 해왔다.

동쪽을 동이東夷, 서쪽을 서이西夷 또는 서융西戎, 남쪽을 남만南蠻, 북쪽을 북적北狄이라고 불렀다. 이른바 한족 우월주의 중화사상에 터를 둔 것이었다. 하지만 그들은 중화사상을 견지하기 위해 주변국들을 함부로 짓밟지는 않았다. 무력으로 제압하기보다 마음으로 사로잡으려 했다.

위魏, 촉蜀, 오吳 삼국이 중원의 패권을 다투던 시절, 촉의 제갈공명은 남만(지금의 베트남)을 제압하기 위해 원정에 나섰다. 중원의 남쪽 변방에서 남만의 왕 맹획이 반란을 꾀했기 때문이다.

맹획은 용맹한데다 강력한 리더십을 지닌 인물로서 중원에 위협적 존재였다. 그렇지만 전쟁터에서 그는 공명의 상대는 결코 되지 못했다.

공명은 싸움터에서 그를 일곱 번을 사로잡아 일곱 번을 놓아 주었다. 고사성어 칠종칠금七縱七擒의 유례다.

공명이 전쟁놀이하듯 맹획을 잡았다 놓아주기를 되풀이한 까닭이 무엇일까.

그로서는 반란의 수괴를 일거에 참하고 원정길을 되돌리면 그만이다. 그러나 제2, 제3의 맹획이 출현할 것이란 생각을 염두에 두지 않을 수 없었다.

공명은 무력이 아닌 마음으로 상대를 굴복시켜 후환을 없애려 했다. 결국 맹획은 두 번 다시 배반하지 않겠노라 진심을 두고 맹세했다. 공명은 그런 연후에야 비로소 말머리를 돌렸다. 때문인지는 몰라도 남만은 중국과 크게 부딪침이 없이 1천 년여 간을 그렇게 지내왔다.

이와는 달리 금세기 초강대국 미국이 남만을 넘보다 큰코다친 적이 있다. 이른바 베트남 전쟁에서 미국은 호치민[胡志明]의 월맹을 초토화했다. 최첨단의 무력을 앞세우고서였다. 그러나 종국에는 미국이 허겁지겁 손을 들고 그곳을 빠져나갔다.

세계 최강국, 군사 대국인 미국. 그들이 아시아 변방 베트남을 굴복시키지 못한 것은 오로지 힘만을 앞세웠기 때문이었다.

칠종칠금의 교훈에도 불구하고 초강대국 미국이 최근 세계 최빈국 아프가니스탄을 힘으로 밀어붙이고 있다. 테러와의 전쟁을 빌미로 미국에 반기를 든 탈레반을 제거하기 위해서다.

최첨단의 무력 앞에 탈레반 정권은 풍전등화다. 하지만 눈앞의 탈레

반을 무력으로 제거한다 해서 제2, 제3의 탈레반 출현까지 막을 수 있을까. 〈2001. 10. 11.〉

8. 매카시즘과 부시즘

북한은 '악의 축'

1950년 초, 미국에서 한때 소련 스파이 사냥, 미친 바람이 휘몰아친 적이 있다. 미 상원의원인 매카시가 "국무성이 공산주의자들에 의해 유린당하고 있다"고 일갈하면서다.

지방의 한 정치집회에서 행해진 그의 연설은 미 전역을 순식간에 백색공포의 도가니로 몰아넣었다. 공산주의자들의 명단까지 확보하고 있다는 그의 호언에 수많은 사람이 공산주의로 몰려 찍혀 나갔다. 하지만 호언과는 달리 스파이 명단은 존재하고 있지 않았다.

그러함에도 미국 사회 전체가 수년간을 매카시즘에 놀아난 데에는 사정이 있었다. 공산주의에 대한 위기의식 때문이었다.

2차대전을 통해 나치와 파시스트 그리고 일본의 군국주의자들을 찍어내고 초강대국이 된 미국.

당시 미국은 새로운 불안감에 직면하고 있었다. 거대한 자본주의 시장인 중국 대륙이 공산화되면서다.

급격한 공산주의의 팽창은 동서 냉전체제를 불렀다. 한국전쟁이 발발하면서 그 불안은 더욱 커졌다. 여기에 극우 보수파의 선동정치가인 매카시가 한껏 위기를 조장, 레드콤플렉스의 집단 최면을 걸었다.

"미국의 심장부에 공산주의가 활개를 치고 있다."

그의 이 같은 폭탄 발언은 미국인들의 합리적 사고를 용납하지 않았다. 모두가 불똥이 자신의 발등에 튀지 않기를 바랄 뿐이었다. 더러는 스파이 사냥의 타킷에서 벗어나기 위해 스파이 몰이꾼으로 나서기도 했다. 북과 꽹과리를 치면서 사냥꾼의 뒤를 좇듯이.

그것은 마치 중세기 수백 년간 유럽 대륙을 공포의 도가니로 몰아넣었던 '마녀사냥'을 방불케 하는 것이었다.

반테러전쟁을 앞세운 미국이 또 하나의 '마녀사냥'을 시도하고 있는 듯하다. 최근 조지 부시 미국 대통령이 느닷없이 북한을 '악의 축'으로 몰아세우면서다. 당사자인 북한이 그렇지 않다고 항변하고 있음에도 부시 정권은 막무가내다. 마녀로 지목한 이상 어떤 형태로든 찍어내고 말겠다는 태세다. 마치 매카시가 살아 돌아온 것처럼, 테러 콤플렉스에 편승한 '부시즘'의 집단 최면의 파장은 과연 어디까지 번질 것인지.

곤강산에 불이 나면 옥도 돌도 모두 탄다고 한다. 비록 남과 북이 서로 선이 그어졌다고는 하나 결코 강 건너 불이 아니다. 같은 하늘 같은 땅에 불똥이 튀어 불이 나면 남과 북이 이재민이 되긴 마찬가지다.

〈2002. 2. 7.〉

9. "부시, 자넨 정말 바보야"

악의 축으로 몰린 북한의 여유와 위트

여보게, 부시
소문 떨친 미국의 대통령 각하
자넨 정말 바보야
바보라도 아주 멋쟁이 바보지
하늘 아래 바보들을 다 모아놓고
누가 진짜 바보인지 겨루기를 한다면

그때엔 늦지 말고 자네가 나가라구
틀림없이 특등상은 문제가 없을 거네….

최근 북한의 한 주간신문에 실린 미국의 조지 부시 미국 대통령을 조롱하는 풍자시의 한 대목이다.

국내 언론에 인용 보도된 '특등 바보'라는 제목의 이 시는 마치 대화하듯 부시 대통령을 바보로 몰아세우고 있다. 북한이 부시 행정부로부터 '악의 축'으로 몰린 데 대한 앙갚음의 시임은 물론이다. 그러함에도 그동안 양측이 주고받은 핏발선 공방과는 달리 꽤 여유와 위트를 부린 풍자시다. 하지만 불편한 속내야 어디 가랴.

특대형 려객기 기습당한 그날
제 집도 못 가고 열 시간이나
군용 비행장에서 서성거렸지….

초입의 점잖은 표현과는 달리 풍자시는 중간에 들어서면서 부시에 대한 반감을 드러내고 있다. 말미에 가서는 "타 죽는 줄 모르고 불 속에 날아드는 부나비의 그 용맹이 부러웁던가" 하고 노골적이다. 그리고 이 풍자시는 대북 강경책에 대해 너털웃음과 함께 부시에게 특등 바보라고 일갈, 끝을 맺고 있다.

악에 받친 그들로서는 무슨 말인들 못 할까마는, 최근 미국의 언론들도 부시 정권을 현명한 정권으로만 보지 않는 것 같다. 미국의 뉴욕타임즈가 부시 행정부의 새로운 핵 정책과 관련 미국을 '악당국가'로 몰아세웠다.

'핵 악당으로서의 미국'이란 제목의 사설을 통해 부시의 무모함을 신랄하게 꼬집고 있다. 사설은 "절제되지 않은 핵무기 사용은 공멸을 초래한다. 무엇보다 미래세대들의 안보 자체가 위협을 받을 것이 자명하다. 그러함에도 당치 않은 전략을 들고나와 긁어 부스럼을 만드는 까닭이 무엇이냐"는 논지를 펴고 있다.

미 언론의 부시 행정부 질책은 언론과 새 정부 사이에 관행처럼 이루어져 온 '허니문[蜜月]' 기간이 만료된 것도 무관치 않은 듯하다. 그러나 9·11테러 이후 부시의 일방적 동조자였던 미 언론의 태도에 비해서는 극히 이례적인 사건이다. '바보'와 '악당'이란 독설에서 느껴지는 뉘앙스의 차이가 그렇다. 〈2002. 3. 15.〉

10. "모든 피난민은 사냥감이다"

영국 BBC, 미군의 '사살명령 문서' 폭로

'모든 피난민에게 발사하라', '대포를 포함한 화기를 총동원 산개(散開)시켜라', '모든 피난민들은 사냥감이다….'

한국전쟁 초기 미군 당국이 예하 부대에 하달한 민간인 사살 명령 문서의 일부 내용이다. 최근 영국 BBC방송이 다큐멘터리 방영을 앞두고 폭로했다. 노근리 사건과 관련한 이른바 '모두 죽여라(Killem All)'는 제목의 실록물 방영에 앞서 보도 자료를 통해 밝힌 내용이다.

보도 자료를 낸 것도 이례적이거니와, 그 내용이 가히 충격적이다. 설마 그랬으랴 하지만 믿지 않을 수가 없다. 이 같은 내용들은 기밀 해제된 미 국방성 문서와 관련자 증언을 통해 확인된 것이어서 그렇다.

자료에는 구체적 사실까지 명시하고 있다. 이를테면 당시 미 해군은 명령에 따라 민간인 수백 명을 사살했다고 밝히고 있다. 남한의 어느 해변에 몰려 있던 피난민에게 함포 사격을 가했다는 것이다.

그리고 육군의 한 부대는 사찰에 숨어 있던 민간인 수십 명을 학살했다고 했다. 이 중에는 어린이들도 상당수였다니 기가 막힐 노릇이 아닌가. 한마디로 당시 미군 당국은 피난민을 적과 동일시했다는 말로 들린다. 물론 전시였다고 하면 더는 할 말이 없을지 모른다.

사실 한국전쟁 초기만 해도 한반도 전역에 가까운 지역이 북한군의 수중에 들어 있었다. 미군 당국으로서는 한반도 전역이 적지이며, 적성지역인 셈이었다. 그런 만큼 민간인들까지 경계의 대상이었음은 당연하다. 피난민들 속에 적군이 숨어 있을 수도 있고, 이로 인해 작전과 전쟁수행에 커다란 저해 요인이 될 수도 있다. 그러나 아무리 그렇다고 해도 그것이 민간인 학살을 합리화시킬 수 있는 명분이 될 수는 없다.

분명한 것은 전쟁 수행 중이라 할지라도 민간인에 대한 공격 또는 발포 명령은 범죄 행위라는 사실이다. 특히 민간인에 대한 공격과 무고한 양민학살은 인류 양심에 반하는 범죄다.

미군 당국은 세계대전의 전후 처리를 통해 누구보다도 이 사실을 잘 알고 있었을 것이다. 그러함에도 그 사실을 반세기 동안 숨겨 왔고, 최근에 와서도 그 같은 명령이 하달된 바가 없다고 발뺌을 하고 있다.

전쟁 명분이 그랬듯, 자유민주주의 수호신임을 자처하는 미국으로서 과연 체면이 서는 일일까. 〈2002. 1. 31.〉

11. 물구나무서기로 본 미국

"치욕적인 '한미 행정협정', 한국은 그들의 속령인가"

일제의 압제에서 벗어나게 해준 나라, 누란의 위기에서 나라를 구해

준 은인의 나라, 헐벗고 굶주릴 때 우유와 빵을 지원해준 나라…. 우리에게 미국은 그런 나라였다. 그러기에 '양키 고우 홈'이란 슬로건이 지구촌 곳곳에서 드세도 한국에서만은 예외였다.

미국에 대한 이 같은 환상은 1980년대 중반에 들어 흔들리기 시작했다. 일단의 대학생들이 미문화원을 점거 농성하면서부터였다. 당시 이들 학생에 의해 반미구호가 거침없이 쏟아져 나왔다. 반미 구호는 당시로서는 불경스럽고도 생경한 것들이었다. 하지만 그들의 구호는 비로소 미국을 되돌아보게 했다.

미국은 과연 우리에게 마냥 구세주이자 천사였던가. 뒤집어 보면 반드시 그런 것 같지는 않다.

미국은 일제의 압제가 있기 전 러시아 견제를 위해 일본의 한국 지배를 도운 나라였다. 종전과 함께 그들 스스로 점령군임을 자처하며 국토분단의 민족비극을 초래한 당사자의 한 축이기도 했다. 현대사 최대의 비극이라는 4·3이 있게 한 나라였다. 한반도를 동서냉전의 최전방화한 장본인이기도 했다.

세기가 달라져도 크게 변한 것은 없다. 미국은 마치 한국을 그들 나라의 속령처럼 생각하고 있는 듯하다. 치욕적인 '한미 행정협정(SOFA)'만 보아도 그렇다. 이를테면 주한 미군은 흉악범죄를 저질러도 이에 대한 형사권은 미국 군법회의가 갖도록 하고 있다. 반면에 주한미군에 피해를 준 한국인은 미군이 구속할 수 있도록 하고 있다.

어디 그것뿐인가. 말로는 미군기지를 되돌려준다고 하면서도 그렇지 않고 있다. 오히려 한국 정부로부터 추가로 새로운 부지를 제공받아 실속을 챙기고 있다. 머지않아 용도 폐기될 전투기를, 재고 처리하듯 한국에 강매하려는 의혹까지 받고 있다. 그야말로 주권국가로서는 체면이 서지 않는 불평등이 한국과 미국 사이에 반세기 이상 지속되고 있다.

그들의 얼굴은 항상 누군가의 등 뒤에 숨어서 왔다. 4·3이 그랬고, 광주민주화운동에서도 그랬다. 국방부가, 한 점 부끄럼이 없다고 말로는 그렇게 하고 있지만 차세대 전투기 사업 역시 다를 바 없다.

'내 것은 물론 내 것이요, 너희 것 역시 내 것이어야 한다'는 미국식 정의.

'네 것은 물론 네 것이고, 우리 것 역시 네 것일 수 있다'는 한국식 관용(?). 그것이 물구나무서기로 본 우리와 미국의 현주소다.

〈2002. 4. 5.〉

| 제3부 |

민권과 국권, 그리고 '제주4·3'

제1장 진실은 지하에서도 자란다

제2장 4·3 치유와 특별법

제3장 민중과 혁명

제1장
진실은 지하에서도 자란다

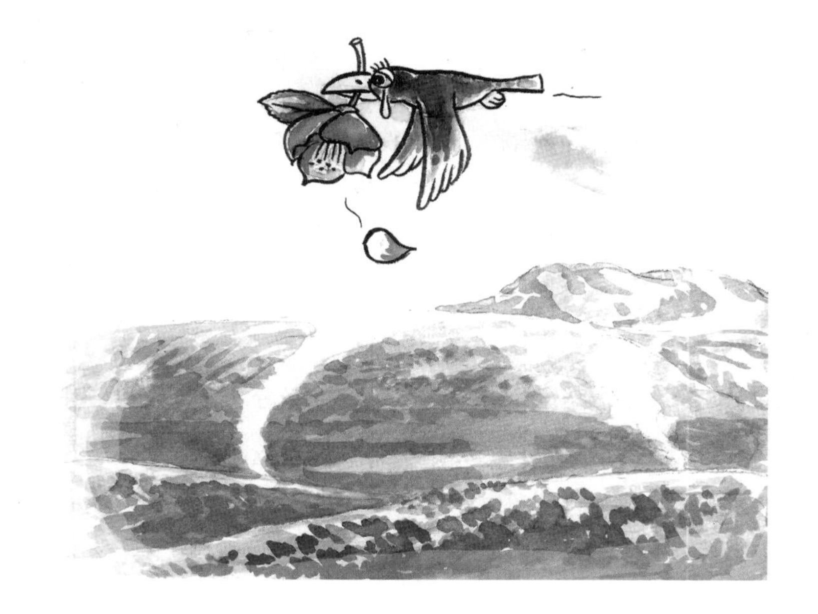

1. 진실의 태양 손바닥으로 가릴 수 없다

금단의 벽, '4·3' 진상규명 한목소리

제주 사람들에게 4월은 말 그대로 잔인한 달이다. 머리끝에서 발끝까지 '4·3'이 되살아 나오기 때문이다.

한 민족끼리 '하나 된 정부', '하나 된 국가', '통일된 조국'에 대한 섬 사람들의 염원이 온 섬을 피로 물들이게 했던 통곡의 역사. 그것은 반세기 넘게 입이 있어도 말을 하지 못하는 역사였다. 생각이 있어도 애써 외면해야 하는 현대사의 질곡桎梏이었다.

이제 반세기 금단의 장벽에 금이 가고 있다. 진실한 역사를 사랑하는, 뜻있는 이들이 부단히 그 장벽을 넘나들고 있다.

한국 현대사 최대 비극임에도 입에 올리지 못하던 제주 '4·3'.

최근 들어 언론과 시민단체가 4·3을 말하면서 전국적 관심사로 등장하고 있다. 서울대 동아리인 '봉화'의 '4·3'에 대한 앙케트 조사 결과는 이 같은 관심을 뒷받침하고 있다. 이 설문 조사는 서울지역 10개 대학에서 무작위 추출한 675명의 학생을 대상으로 하고 있다. 조사에서 응답자 대부분이 제주 '4·3'에 대해 많은 관심을 표명하고 있다. 응답자들은 '4·3'을 민중항쟁으로 인식, 이의 진상규명을 최우선 과제로 들었다.

'4·3'의 진상이 규명되지 않은 터에 그 성격까지 규정하는 것에 대해 이론이 있을 수 있다. 그러나 진상규명의 주체에 대한 그들의 의견은 시사하는 바가 크다.

진상규명에 대해 한목소리를 내고 있음은 물론, 규명 주체가 정부나 제주도민보다 국민 차원에서 이뤄져야 한다고 함이 그것이다.

'진상규명 주체가 국민이어야 한다'는 그 의미가 사뭇 심장하다. '제주4·3'이 제주만의 아픔이 아니라 국민 모두의 아픔임을 인식하고 있다는 말이다.

그렇다. 통일된 조국을 염원했던 것이 어찌 섬사람들만의 소망이었을까. 그러한 염원이 섬사람들만의 폭동으로 규정지어지고, 섬사람들의 억울한 희생으로 왜곡될 수는 없다.

"진실의 태양은 손바닥으로 가려질 수 없다. '4·3의 진실은 규명돼야 한다."

'4·3', 제주민중항쟁 44주기 추모제 공동준비위가 미국과 한국 정부에 진상규명을 촉구하는 메시지다.

그렇다. 국민의 대표인 국회가 진상규명에 나서야 한다. 책임의 당사자인 한국 정부와 미국이 그 진실에 다가서야 함은 물론이다. 〈1992. 4. 3.〉

2. '노근리 사건'과 '제주4·3'

"차마 눈 뜨고 볼 수 없었던 대학살극"

한국전 당시 미군이 무고한 양민을 집단 학살했다는 충격적인 보도가 나가면서 미국 정가가 발칵 뒤집히고 있다. 반세기 전인 6·25 전쟁 당시 미군이 저지른 이른바 '노근리 학살사건'이 미국 정부 공식문서와 미군의 증언을 통해 확인되면서다.

빌 클린턴 미 대통령은 보도 하루 만에 백악관 기자회견을 통해서 사건의 철저한 진상조사를 다짐하고 있다. 미국 정부가 사태에 행보를 빨리해 보이는 까닭이 과연 무엇일까. 아마도 세계적인 언론사인 AP 통신사의 치밀한 취재에 백기를 들 수밖에 없어서일 터.

세계적인 특종을 한 AP통신은 백악관과 국방성이 한국에 대해 공식적으로 사과해야 할 것이라고 전하고 있다. 진상조사 결과 명백한 양민학살이 드러날 경우를 전제하고서다. 이와 함께 외신들은 피해자 가족에 대한 배상 가능까지 타전하고 있어 세인들의 이목을 집중시키고 있다.

하지만 정작 우리의 관심을 끄는 대목은 다른 데 있다. 양민학살에 대한 미 국내 전문가들의 시각이 그것이다. 대부분 미국 내 군법 전문가들은 민간인에 대한 발포 명령이 명백한 불법이라고 말하고 있다. 그뿐 아니라 그 명령을 따른 병사도 군사법원 회부 감이라는 견해까지 피력하고 있다.

미 육군사관학교 게리 솔리스 교수는 한마디로 "군인은 민간인을 쏘아 서는 안된다"고 잘라 말하고 있다.

미 공군 법률전문가였던 스콧 실리먼 교수는 한술 더 뜨고 있다.

"2차대전 중 나치 행위를 제외하고는 '노근리 사건'과 같은 군사명령을 들어 본 적이 없다"고 밝히고 있다. 정말 그럴까.

여기서 반세기 전 한반도의 남단 제주 섬을 피로 물들였던 역사적 사실을 떠올리지 않을 수 없다. 미군정 하에서 발발한 '제주4·3'이 그것이다.

차마 눈 뜨고 볼 수 없었던 양민 대학살극 제주4·3. 어쩌면 대다수 미국인 그들은 이 땅에서 벌어진 참혹한 사실을 모르고 있을지도 모른다. 노근리 사건처럼 전혀 새로운 사실처럼 들릴 수도 있다.

하지만 분명한 것은 비슷한 시기, 제주에서 세기적인 대규모 양민학살이 자행됐음을 미국 정부는 예전부터 알고 있었다. 또한 '노근리 사건'처럼 기록으로도 남기고 있다. '노근리 사건'과는 감히 비교될 수 없는 '킬링 필드 제주4·3'이 있었음을.

파묻혀진 진실이 뒤늦게 알려지고 있는 '노근리 사건'에 반추되는 '제주 4·3'. 미국 정부와 소 닭 쳐다보듯 하는 국내 언론의 대응에서, 우리는 너무도 몰염치하고 초라한 우리의 자화상을 보고 있다.

〈1999. 10. 5.〉

3. 유혈의 신호탄 '제주도 메이데이'

다큐 같지 않은 다큐멘타리… 미군정 강경토벌 구실

불타는 촌락, 정체 모를 비행기의 저공비행, 들판을 가로질러 진격하는 경찰. 뒤를 이어 클로즈업되는 당혹스러운 표정의 아낙네 얼굴, 가지런히 놓인 시체 몇 구와 그 관을 짜는 장의사(?)의 오버랩….

제주4·3에 관심 있는 이들이라면 한 번쯤은 들여다봤을 법한 무성기록영화 '제주도의 메이데이'의 장면들이다.

미군정 시절인 1948년 5월 1일 군정 당국이 직접 제주 현지(지금의 제주시 오라동 연미마을) 촬영한 이른바 '불타는 오라리 사건'의 기록영화다.

영화 제목이 '제주도의 메이데이'라고 명명한 것은 이날이 만국노동자 축제일이라서 그렇게 붙여진 것 같다.

하지만 평화로운 섬 제주의 노동자와 농민에게는 결코 잔칫날이 아니었다. 이날이 현대사 최대의 비극으로 치달아 오르는 또 하나의 '4·3' 분수령이기 때문이다.

군정 당국은 '4·3'이 발발한 지 한 달이 채 안 된 이 날을 계기로 '선 선무, 후 토벌'의 현지 수습대책을 뒤 바꿨다. '무력 강경 토벌'로 선회, 온 섬을 피로 물들여 간 것이다. 당시 제주경비대장이었던 김익렬 연대장이 주도한 재산在山 무장대와의 '4·28 평화협상'을 무력화시키면서였다.

군정 당국은 무력 충돌 사건이 있었기 때문에 강경책으로 선회했다고 한다. 하지만 그것은 빌미였을 따름이다. 전대미문의 비극은 어쩌면 보이지 않는 손에 의해 연출되고 있었다.

'제주도의 메이데이'가 결코 다큐멘터리 같지 않다는 사실이 이와 같은 강한 의혹을 불러일으키고 있다(훗날 4·3 추적자들에 의해 밝혀진 사실들이지만). 영화 속에 등장하는 인물군들이 현지 주민들이 아니라거나, 사전 각본에 의해 움직이는 것 같은 장면들이 그렇다. 이와 같은 의혹들은 당시 상황이 '5·10 선거'를 코앞에 둔 다급한 시점이어서 '예정된 시나리오'가 아니냐는 심증이 없지도 않다.

사실이 그랬다. 당시 제주도민 대다수는 '5·10 선거'를 거부하고 있었다. 하나 된 조국, 하나인 정부를 갈망했기 때문이었다.

반세기 전 제주 섬에 울려 퍼졌던 하나 된 조국, 하나 된 민족으로의 함성 다시 메아리로 다가서고 있다.

메이데이인 엊그제 금강산에서 울려퍼진 남과 북 노동자들의 하나 된 만남. 그들이 오랜 분단의 장벽을 넘어 하나 된 민족, 하나 된 나라를 향해 한발 한발 다가서고 있다. 고무적인 일이 아닐 수 없다. 예나 지금이나 '하나 됨'을 폄훼하고 훼방하는 '보이지 않는 손'이 여전히 버티고 있음이 꺼림칙하기는 하지만…. 〈2001. 5. 3.〉

4. 제주4·3과 미국 정부

"미국 정부 책임없다"는 주한 미 대사

"그것은 매우 비극적인 사건(tragic incidence)이었다, 그것은 미국 정부가 제주도로부터 철수하는 과도기적 시점, 그리고 철수한 후에 일어난 일들이다. 그런 때문에 미국 정부가 책임이 있다고 보지 않는다.”

엊그제 스티븐 보스워스 주한 미국대사의 제주4·3과 관련한 발언이다. 미국 정부를 대표하는 대사로서 4·3에 대한 첫 공식 발언이다.

그러나 그의 발언은 한마디로 실망스럽고 충격적인 것이 아닐 수 없다. 그동안 제주4·3에 대해서 침묵으로 일관해온 미국 정부의 공식적인 입장표명일 수도 있다는 점에서 그렇다.

정말 미국 정부는 비극적인 4·3에 대해서 아무런 책임이 없는 것일까.

그의 발언이 비록 기자회견 석상의 단편적 질문에 따른 답변이기는 하다. 그러함에도 책임소재에 대한 인과관계因果關係를 따지지 않을 수 없다. 단도직입적으로 미국 정부는 4·3과 관련해서 상당한 인과관계에 놓여 있다. 그래서 미국은 그 책임으로부터 자유로울 수가 없다. 4·3의 시대적 배경에는 미국이 있었고, 시대적 상황에 미군정이 분명히 작용했다.

아픈 과거로 돌아가 보자.

2차대전의 종식과 함께 한반도에는 패망한 일본군이 물러갔다. 대신 미군이 진주했다. 제주도에도 미군이 상륙했다. 그 과정에서 제주 사회는 공권력의 공백 상태인 과도기였다. 그러함에도 제주지역은 자율적인 지역공동체에 의해 질서와 평온이 유지되고 있었다. 그때까지만 해도 다른 지역과는 달리 좌우 갈등도 없었다.

그러나 그러한 평온은 미군정이 들어서면서 무너졌다. 미군정이 체제 구축과정에서 우파세력, 그것도 일본제국주의 시절의 경찰조직과 행정조직, 그리고 외부의 세력을 무모하게 섬으로 끌어들이면서부터다. 그가 말하는 '비극적 사건'은 여기서부터 잉태했다.

그리고 미군정이 끌어들인 외부 세력에 의한, 예기치 않은 주민 살상이 비극의 시발이었다. 이른바 1947년 3·1절 기념행사 과정에서 있은 '3·1 발포사건'이 그것이다. 이날 외부에서 끌어들인 소위 '응원경찰'의 발포로 주민 6명이 사망하고, 주민 다수가 중상을 당했다. 그러함에도 사태에 책임이 있는 미군정은 이렇다 할 조치를 취하지 않았다. 오히려 주민들을 강경하게 탄압했고, 제주도를 '빨갱이 섬'으로 몰아 대규모 저항을 촉발했다.

이듬해의 4월 3일의 사태는 이와 같은 미군정의 강경대응책과 결코 무관할 수 없다. 사태가 벌어지자 미군정은 필요 이상의 외부 물리력을 동원 극단적인 조치로 대응했다.

미군정이 이와 같은 극단적인 조치들은 결국 대량 양민학살로 이어졌다. 그리고 이와 같은 일련의 과정들은 대개가 미군정 당시 일어난 일들이다.

물론 제주의 4·3에 대해 미국이 할 말이 없지는 않을 것이다. 당시 현지에 소요가 있었기에 그것을 다스렸을 뿐이라고 말할 것이다. 특히 48년 4월의 사태에 대해 '5·10 선거'를 반대하는 정치적 선동이 있었고, 그것은 군정 책임자로서 좌시할 수 없는 일이라고 말할 것이다. 그렇다고 해서 선량한 주민들의 욕구를 탓할 수는 없는 일이다.

주민들로서는 누가 선동해서가 아니라 일본 제국주의가 물러갔으니 이제 하나가 된 정부, 하나가 된 통일 조국을 염원한 것은 당연한 욕구다. 오히려 사태를 평화적으로 해결하려는 현지의 노력과 호응이 있었음에도 그렇지 못했다. 물리적인 힘을 동원해 사태를 전대미문의 비극으로 몰아간 데 그 잘못과 책임이 있다.

따지고 보면 비극적인 일 모두가 미군정이 원인을 제공한 셈이다. 그러함에도 미국 정부가 당시의 비극적인 사건에 대해서 책임이 없다니 안 될 말이다. 같은 맥락에서 책임이 없다는 주한 미 대사 스티븐 보스

워스의 발언은 지나쳤다.

인권과 양심을 중시하는, 우방국임을 자처하는 현지 대사가 해서는 안 될 몰염치한 언행이다. 한국민을 무시하고 국민감정마저 자극하는 발언이기에 더욱 그렇다. 〈1999. 12. 27.〉

5. 대통령의 한(恨)과 '4·3 해원(解冤)'

'행동하지 않는 양심은 악의 편'

대통령에 한恨이 맺힌 사람, 대통령이 되면 한풀이를 할 사람, 그래서 대통령이 되면 위험한 인물. 한 많은 정치인 김대중. 그는 한풀이를 경계하는 주변의 곱지 않은 시선에 누구보다도 시달려 왔다.

그러나 그는 자신만의 한이 아니며, 민족의 한임을 강조한다. 국가와 민족의 한은 목적 달성으로 풀어야 한다는 그의 한풀이 지론은 시대를 앞서 왔다.

그의 한恨이자 국민적 한恨인 수평적, 평화적 정권교체의 꿈이 헌정 반세기 만에 이뤄졌다. 그러나 풀어야 할 한은 여전히 남아 있다. '제주의 한', '민족의 한'인 '4·3 해원解冤'도 그중에 하나다.

그는 제주의 한에 누구보다도 강한 집착을 보여 왔다. 정치인으로서는 처음으로 금기시돼 온 '제주4·3'에 접근하는 용기를 보여줬다. 10여 년 전인 1987년 대선 제주 유세에서다.

"제주도민은 4·3의 비극을 겪었다. 나는 제주의 한과 고통과 희망을 함께하겠다. 집권하면 억울하게 공산당으로 몰린 사건 등에 대해 진상을 밝히고 억울한 사람들의 한을 풀어 주겠다…."

당시 그의 사자후獅子吼는 한 맺힌 제주도민들의 심금을 울렸다.

그의 이 같은 발언은 대선을 앞둔 한 후보의 정치적 수사라고 치부할 수도 있다. 하지만 그는 해를 거듭하면서 4·3 해원에 대해 톤을 높여 왔다. 그것은 '행동하지 않는 양심은 악의 편'이라는 자신의 좌우명 실천이기도 했다.

그는 제주의 4·3이 우리 민족의 아픈 역사이자, 부끄러운 역사라고 했다. 인권유린이 반공으로 정당화될 수 없다고도 했다. 반드시 진상이 규명돼야 하며, 특별법이 제정돼 억울한 원혼들의 넋을 달래줘야 하고, 유가족과 도민들의 명예를 회복시켜 줘야 한다고 했다. 특히 4·3의 정사를 새로 정립함으로써 역사적 명예 회복과 함께 제주를 평화의 메카로 만들겠다고 강변해 왔다.

그의 제주4·3 한풀이 공언은 수년간을 허공에서 맴돌았다. 도민들은 그것이 대권 도전에 대한 거듭된 실패 때문으로 여겼다. 그러나 지금은 상황이 달라져 있다. 그의 공언대로 집권의 대망을 달성, 국민의 정부 중심에 서 있다. 그러함에도 4·3의 한은 여전히 풀리지 않고 있다.

과연 무엇이 걸림돌로 작용하고 있는 것일까. 반공 이데올로기 때문인가. 크게 달라지지 않은 정치환경이 발목을 잡고 있어서인가.

그렇다고 그만한 일이 걸림돌이 될 수는 없다. 그동안의 4·3 해원과 관련해 톤을 높여 온 것이 말 그대로 정치적 수사가 아니라면 그렇다, 반세기에 이른 반공 이데올로기는 대통령의 말처럼 '반공'이란 말로 정당화될 수는 없다. 더더욱 그의 좌우명이자 철학인 '행동하는 양심'은 대북 햇볕정책까지 포용하고 있다. 이제 나라 안만이 아닌 나라 밖의 인권까지 두루 거념하고 있지 않은가.

야당인 한나라당조차도 4·3특별법안을 국회에 제출, 제주의 한을 같이하겠다고 하는 마당이다. 대통령의 공약을 집권 여당도 아닌 야당에서 앞장서 뒷받침하겠다는데 망설일 까닭은 없다. 대통령이 의지만 있다면 제주의 한이자 민족의 한인, 제주4·3 해원의 단초가 되는 특별법 제정 어려울 일이 없다.

물론 법의 제정은 입법부의 소관이라고 하면 그만일지 모른다. 그러나 최소한의 법 제정 분위기는 4·3 해원의 책임 있는 대통령이 잡아 주어야 한다. 그것은 4·3과 관련한 대통령의 공식적인 사과로 대신할 수도 있을 것이다. 이미 국회에서도 대정부질문을 통해 대통령의 '선언적 사과'를 촉구한 바도 없지 않기에 그렇다.

제주도민들은 4·3 50주년을 전후한 김대중 대통령 후보의 발언을 생생히 기억하고 있다.

"21세기 한민족의 재도약을 위해서는 제주4·3 문제가 반드시 해결돼야 한다."며 4·3특별법 제정을 당차원에서 검토하고 있다는 내용의 발언이 그것이다.

이제 그 21세기가 한 달 안팎으로 목에 차 있다. 제주의 한과 고통과 희망을 함께하겠다는 김대중 대통령. 과연 '행동하는 양심'은 '제주의 한'을 안고 갈 것인가, 밟고 갈 것인가. 〈1999. 11. 22.〉

6. '4·3 계엄령'의 법정 비화

이승만 양자(養子), 명예훼손 소송에 대한 입장

이승만 대통령 양자 이인수 씨가 명예훼손 소송을 제기했다. 반세기 전 도민 대량 학살의 법적 근거로 알려진 '4·3 계엄령'이 불법이었다는 언론 보도와 관련해서다, 망부의 명예를 훼손한 것이라 하여 그 손해를 배상하라는 것이다.

이제 우리는 사건의 당사자로서 보도의 배경과 역사적 소송에 대한 입장을 밝히지 않을 수 없다. 일반의 송사와는 달리 현대사 최대 비극인, 그래서 1백만 제주도민의 한으로 남아 있는 4·3 역사와 직접적인 관련이 있는 것이기에 그렇다.

'4·3 계엄령'은 원천적 불법이다.

혹자는 2년여 전인 1997년 4월 1일 자 제민일보 기사를 기억하고 있을 것이다.

'4·3 계엄령은 불법'이라는 제하의 기사다.

제주4·3 당시 도민 대량 학살의 법적 근거로 알려진 계엄령은 당시 이승만 대통령에 의해 불법적으로 선포되었으며, 집행 역시 불법적이었다는 내용의 기사였다.

제헌 헌법에 엄연히 '대통령은 법률이 정하는 바에 의하여 계엄령을 선포해야 한다.'고 못을 박고 있다. 그러함에도 4·3 계엄령은 법적 근거 없이 집행됐다. 다시 말해 4·3 계엄령이 선포된 해는 1948년이었지만, 헌법에 근거한 계엄법은 1년 뒤인 1949년 11월 제정됐다. 따라서 법적 근거 없는 4·3 계엄령은 원천적으로 불법이란 취지의 기사였다.

제민일보는 이 같은 근거로 취재팀이 발굴한 2건의 문서를 공개한 바 있다. 1948년 11월 11일자 '대통령령 제31호'인 '계엄포고문'과 '비상사태를 계엄령으로 잘못 알고 사용되고 있다'는 당시 주한 미군의 기밀문서가 그것이었다.

보도가 나가자 그 반향이 컸음도 우리는 기억한다. 원천적으로 불법인 계엄령이 결과적으로 제주도민 대량 학살의 도구로 사용된 것 아니냐며 모두가 충격으로 받아들였다. 물론 보도에 따른 반론도 없지는 않았다.

법제처의 한 관계자는 개인적인 의견임을 전제, 당시 제주에서의 계엄령은 '일제의 법령'에 근거한 것이라고도 했다. 이승만 전 대통령의 양자인 이씨의 이번 소송은 바로 이 같은 개인적 의견에 터를 잡은 것으로 보인다. 하지만 우리는 이 같은 주장에 결코 동의할 수 없다.

무엇보다 당시 계엄령이 일본제국주의 시대 칙령에 근거하고 있다는 주장에 경악을 금치 못한다.

일제 칙령이 도대체 어떤 것인가. 그것은 근대민주주의 국가에서 유례를 찾아볼 수 없는, 절대군주인 일왕의 명령이 아닌가.

이씨 측 주장대로라면 당시 계엄령은 이승만 대통령이 일본 천왕을 대신해서 계엄령을 선포했다는 말이 된다. 도대체 일왕의 명령으로 제주 온 섬을 죽음의 도가니로 몰아넣었다는 것이 말이 되는가.

그리고 이승만 전 대통령 양자 측이 4·3 계엄령의 법적 근거라고 주장하는 일왕의 칙령은 그마저도 그 시점에서는 존재하지도 않았다. 일제의 패망과 함께 폐지된 법령이었다. 일본에서도 폐기 처분된 법령을 이승만 정부가 원용했다는 얘기다.

일제 강점기 일본 천왕의 명령이 민주 독립 국가인 대한민국에서 여전히 효력을 갖고 있다 함이 과연 될 법이나 한 말인가.

물론 송사가 걸린 문제이기에 이에 대한 법적 판단은 유보되어 있다. 하지만 관심 있는 헌법학자들은 당시 계엄령이 초법적일 뿐 아니라 원초적으로 불법이었음을 밝히고 있다. 제헌 헌법 전문의 헌법정신이나, 개별적인 법조문의 해석에 비춰 그렇다는 주장이다.

민주주의 국가에서 재판을 받을 권리는 누구에게나 보장되어 있다. 하지만 이번의 송사는 너무도 몰염치한 것이란 생각을 떨치지 못한다. 역사적인 인물의 행위와 그 평가에 대한 법적 구제 요청도 그렇지만, 오로지 나 개인의 명예만 소중하다고 해서 그렇다. 반세기 넘게 짓밟히고 있는 1백만 제주도민의 인권과 명예는 안중에도 없다는 말이다.

분명한 것은 계엄령이란 이름으로 수만의 제주도민들이 무고하게 죽었다. 이로 인해 1백만 명이 넘는 도민들이 아직도 고통을 받고 있다. 그리고 그 무고한 죽음과 고통이 불법적이고 초법적인 계엄령에서 비롯됐다.

초법적 계엄령이 내려지면서 제주에서는 곳곳에서 무자비한 학살극이 자행됐다. 젖먹이 어린아이에서부터 팔순 할머니 할아버지들이 수없이 목숨을 잃었다. 그리고 그들은 노약자이고 양민들이었다.

그러하기에 우리의 주장과 입장은 명료하다. 식민시대 일본 제국주의 계엄령에 근거한 4·3 당시 계엄령은 불법이며, 객관적 사실에 근거한 제민일보의 관련 기사는 정당하다. 그리고 그것을 보도한 목적이 공공의 이익과 공동선을 위한 것이며, 그 내용 또한 진실한 것임을 재천명한다. 〈1999. 10. 8.〉

7. 진실은 지하에서도 자란다

"월간조선"의 '국군 배신한 국회', 시대 착오적 선동

누군가가 대한민국 국회를 규탄하고 나섰다. '제주4·3사건 진상규명 및 희생자 명예회복 특별법'을 통과시켰다고 해서다. 군경과 양민을 죽인 폭도들의 명예를 자유민주주의 대한민국 국회가 회복시켜 준다는 것이 말이나 되느냐는 항변이다.

닭이 먼저인지 달걀이 먼저인지는 모르는 일이나, 국내 유력지라고 자처하고 있는 모 종합월간지가 이것을 대서특필했다. '국군을 배신한 대한민국 국회'란 선정적인 제목을 달고서였다.

도대체 4·3특별법이 뭐가 잘못됐길래 자유민주주의를 들먹이고, 아홉수에서 헤어나지 못하고 있는 대한민국 국회를 배신자라고까지 지탄

하고 있는 것인가.

국회 규탄의 논지는 이랬다.

“한마디로 대한민국 국회가 나무만 보고 숲은 보지 못했다. 4·3으로 희생된 사람들이 나무라면, 숲은 곧 공산 폭동이다. 숲을 정돈하는 과정에서 나무가 다친 것 아니냐. 양민희생 사건이 있었다고 하지만 이유 없는 학살극은 없다. 희생자 모두가 양민은 아니지 않느냐…. 바이마르 헌법의 방심 속에서 나치 독재가 싹텄다. 자유민주주의는 피 흘려 목숨 걸고 지키는 곳에서 열매 맺는다. 그 과정에서의 희생은 당연하다….”

제주4·3을 나무와 숲에 비유함이 그럴 듯이 보인다. 하지만 숲과 나무의 논리는 보는 시각에 따라 명암이 다르다. 어제의 권력은 숲의 정돈을 구실로 숲속의 나무를 마구잡이로 잘라냈다. 그중 십중팔구는 공권력의 총과 칼날 아래 희생됐다. 절대다수가 양민들이었다. 그것도 젖먹이 어린이에서부터 팔순 노인네까지 사회적 약자들이었다. 이는 4·3의 배후에 있었던 미국도 인정하는 바다. 결코 숲속의 나무 몇 개 다친, 그런 작은 일은 아니었다.

이유 없는 학살이 있었겠냐고 반문하고 있다. 그러나 양민학살에 정당한 이유가 있을 수 없다. 비무장 양민들을, 그것도 가족 단위로 마을 단위로 하루가 멀다 하고 몰아세워 집단 학살해야 할 이유와 근거는 대명천지 그 어디에도 없다.

전쟁의 와중에는 억울한 희생자가 있게 마련 아니냐고 말하고 있다. 하지만 4·3이 전쟁상황은 아니었다. 설령 전시라고 해도 무차별 대량학살은 결코 용납될 수 없다.

‘자유민주주의가 피와 땀을 요구한다’는 얘기 또한 구차스럽다. 본시 자유민주주의가 피를 요구한다고 함은 약자의 강자 대항 논리다. 강자가 약자를 제압하기 위한 논리는 아니다. 부르주와 계급이 귀족과 왕권에, 시민계급이 막강한 권력에 대항하여 피를 흘리는 시민혁명에서 비롯되는 논리이다. 부당한 공권력의 집행이나 쿠데타 등의 논리에 적용될 말은 아니다.

바이마르 헌법이 나치의 군홧발에 짓밟혔다고 했다. 그러나 그것은 일시적이었다. 나치 통치는 사라졌으나 바이마르 헌법정신은 오늘날 세계 각국의 헌법 속에 건재하고 있다.

그리고 피 흘려 수호해야 할 진정한 자유민주주의는 자유, 평등, 박애, 인간의 존엄, 평화와 행복을 지고의 가치로 하고 있다.

반세기 전 지고지순해야 할 이 같은 가치는 존중되지 못했다. 수만 명의 섬사람이 무고하게 죽어 나갔다, 백만이 넘는 도민들이 이로 인해 아직도 고통을 받고 있다. 그리고 그러한 죽음과 고통은 불법적이고, 초법적인 계엄령이 단초였다.

프랑스의 양심, 에밀졸라는 진실이 거짓으로, 거짓이 진실로 둔갑한 드레퓌스 재판을 두고 이렇게 질타했다.

"진실이 행군하고 있으니 아무도 그 길을 막을 수는 없다. 진실이 지하에 묻히면 그 진실이 자라난다. 그리고 무서운 폭발력을 축적한다. 이것이 폭발하는 날에는 세상 모든 것을 휩쓸어 버릴 수도 있다."

그렇다. 4·3은 그 지하에 묻혀 자라고 있는 폭발물이었다. 그리고 4·3특별법은 그 폭발물에서 뇌관을 제거해 보려는 작업의 하나이다. 과거의 잘못을 아우르기 위한 오늘의 작업을 두고 '국군을 배신한 행위'라니 가당한 말인가. 특별법과 백만 도민에 대한 모독이자 시대착오적 선동이 아닐 수 없다. 〈2000. 1. 31.〉

8. 4·3 계엄령의 사법적 판단

공권력에 의한 양민학살 인정, 진상 규명 디딤돌

제주4·3 계엄령의 불법 여부와 관련한 법정 다툼이 원고 패소로 귀결됐다. 이승만 전 대통령의 양자인 이 모씨가 제민일보를 상대로 한 기사 정정보도 및 손해배상 청구를 이유 없다고 기각했다.

우리는 이 같은 제주지방법원 판결에 대해 각별한 의미를 부여하지 않을 수 없다. 현대사 최대비극인 제주4·3과 관련해 흔치 않은 사법적 판단이란 점에서 그렇다. 다시 말해 이번 소송이 제주4·3의 실체적 진상규명은 물론 제주도민들의 명예 회복 작업과도 결코 무관하지 않다는 생각에서다.

이번 소송의 쟁점은 4·3 계엄령이 불법이었는가, 그리고 4·3 계엄령에 의한 '무고한 양민학살'이 있었는가였다. 또한 이 같은 사실 보도가 명예훼손에 해당이 되는지 하는 다툼이었다.

재판부는 본건의 기사가 명예훼손으로 인한 불법행위가 성립되지 않는다고 판시하고 있다. 역사적 사실과 그에 대한 평가를 보도하기 위한 것이지, 이승만 전 대통령 개인이나 그의 양자를 대상으로 한 기사가 아니기 때문이라는 것이다. 따라서 불법행위를 전제로 한 원고의 기사 정정 청구 및 손해배상 청구는 이유가 없으므로 모두 기각한다고 판시하고 있다.

우리는 이 같은 판결이 지극히 당연한 것이라고 생각하고 또한 재판부의 판단을 존중한다. 기사 내용 자체가 역사적 사실이며, 정당한 것이라고 믿고 있기 때문이다. 이뿐만 아니라 공공의 이익을 위한 진실 보도였다고 확신하고 있어서다. 언론 보도의 자유와 독자 알권리 충족의 차원에서도 매우 바람직한 판결임은 물론이다. 하지만 보다 깊은 관심은 재판부의 4·3에 대한 시각이 어떤 것인가였다.

재판부의 판결은 4·3 당시 공권력에 의한 양민학살이 있었음을 인정하고 있다는 점에서 주목된다.

군경 토벌대에 의하여 다수의 무고한 양민이 학살되었다는 보도와 관련, "계엄령 선포를 전후한 시기에 무장대와 직접 관련이 없는 많은 주민들이 재판절차도 없이 살상당하는 피해를 입은 것이 사실"이라고 적시하고 있음이 그렇다.

이는 공권력에 의한 양민학살과 관련한 최초의 사법적 판단이란 점에서 획기적이다. 피해당사자인 도민들 역시 고무적인 판결임은 물론이다. 하지만 재판부가 4·3 계엄령의 불법 여부에 대한 확실한 판단을 내리지 않고 있음은 유감이 아닐 수 없다. 재판부는 4·3 당시 계엄령은 불법이었다는 기사 내용이 사실에 입각한 정당한 기사였음을 인정하고 있다.

그리고 4·3 계엄령의 불법 여부에 대해서는 그것이 불법이라는 데 폭넓은 지지와 공감 속에 학계 또는 국회에서조차 논란이 되고 있음도 인정했다. 재판부는 이 부분에 대해 고도의 법률적 판단을 요하는 것이라고 했다. 그런 한편으로 관련 보도가 정당한 것이라고 판시하고 있다. 일부 국회의원들이 계엄령이 불법이었음을 주장하고 있음에 비춰 그렇다는 것이다. 특히 계엄법이 제정 공포되지 않은 상태에서의 계엄령은 법령에 근거가 없는 것으로 위법의 여지가 없지 않다고 밝히고 있다. 그러함에도 4·3 계엄령의 최종적인 사법적 판단은 모호, 아쉬움이 없지 않다.

판결문에 "계엄업무 수행 과정서 많은 불법적 조치가 있었음은 별론으로 하고 계엄 선포행위 자체가 불법으로만 볼 수는 없다"고 함이 그것이다.

우리는 이 같은 판결이 있기까지 재판부의 각별한 고뇌가 있었음을 이해한다.

반세기 전의 역사적 사실에 대해, 그것도 국가 최고 통치권자의 행위에 대해 불법성 여부를 가리는 것이 결코 쉬운 일은 아닐 것이다. 반세기가 넘은 역사적 사실에 대한 재판인 만큼 결과 여하에 따라서는 국가 전반에 걸친 법적 안정성을 해칠 우려도 없지 않은 것이기에 더욱 그렇다. 그러함에도 당시 계엄령의 실체에 대한 명쾌한 결론이 없는 점에 대해서는 유감이 없을 수 없다. 4·3 계엄령이 그동안 수만 명의 희생을 초래한 집단학살의 법적 근거로 비춰졌기 때문이다.

하지만 재판부가 '4·3 계엄령은 불법이 아니'라는 원고 측의 주장을 이유 없다고 기각한 데 의미가 있다. 계엄령이 불법이었다는 사계의 주의 주장들이 유효한 것임을 반증하는 것이기에 그렇다.

특히 판결이 공권력에 의한 반인류적 양민학살이 있었음을 인정한 것은 4·3 진상 규명, 명예 회복과 관련해 사법에 대한 신뢰를 갖게하는 획기적 판결이 아닐 수 없다. 입법부인 국회의 4·3특별법 제정에 이어 이제 사법부 또한 제주4·3의 진상규명과 명예 회복에 또 하나의 디딤돌을 마련했다는 생각에서다. 〈2000. 7. 21.〉

9. 양민학살의 원죄

'민간인에 대한 발포는 명백한 불법'

대부분의 현대 군법 전문가들은 민간인에 대한 발포 명령이 명백한 불법이라고 말한다. 그뿐 아니라 명령을 따른 병사조차도 군사법원 회부 감이라는 견해를 보인다. 양민학살은 반인류적 범죄 행위란 것이다. 한마디로 '군인은 민간인을 쏘면 안 된다'는 것이다.

그러나 명백한 불법이라는 민간인에 대한 발포행위와 이로 인한 참상은 비일비재하다. 가깝게는 '5·18 광주 양민학살'에서부터, 멀리는 제주4·3 당시 양민 대량 학살이 그렇다.

이들 두 사건은 전시가 아님에도 군 명령에 의하여, 또는 책임 있는 정부 당국자에 의해 상상을 초월하는 양민학살들이 자행됐다. 광주학살의 경우는 훗날 국회청문회를 통해 진상규명 작업이 더러는 이뤄졌다.

당시 청문회의 주요 쟁점 중의 하나가 발포 명령자가 누구냐였다. 양민학살의 책임을 묻기 위한 것이었다. 그러나 정작 책임을 져야 할 명령자들이 발뺌, 국민적 분노를 샀다.

광주 양민학살보다 30여 년 전에 있었던 제주4·3.

당시 양민학살에 대해서는 지금껏 공식적인 진상 규명된 바 없다. 냉전의 논리, 국가 공권력의 힘에 눌려서였다.

하지만 지난해 말 4·3특별법 제정과 함께 그 작업이 이제 막 이뤄지려 하고 있다. 제주4·3 진상규명 및 명예 회복 작업이 그렇다.

이 역시 공권력에 의한 양민학살 부분에 대한 진상규명 작업을 피해 갈 수는 없을 것이다. 그리고 그 작업이 결코 쉬운 일은 아닐 것이다.

그런데 최근 고무적인 현상들이 안팎에서 나타나고 있다. 4·3 당시 강경 토벌을 강행했던 박진경 연대장 동상 철거 운동이 벌어지고 있다. 또한 당시 양민학살이 있었다는 최근의 제주지법의 사법적 판단 등이 그렇다.

"폭동을 진압하기 위해서는 제주도민 30만을 희생시켜도 무방하다는 사람을 어떻게 동상까지 세워 기념할 수 있느냐"

전자의 사건은 4·3 현장이 아니라, 제주 섬 밖 시민단체 들에 의해서 이루어지고 있다. 특히 이 같은 운동이 박진경 연대장의 고향에서 이뤄지고 있다는 점에서 시사하는 바가 적지 않다.

제주지법에서 있었던 4·3 소송에서의 양민학살에 대한 사법부 판단 또한 크게 다를 바 없다. 사실상 판결은 양민학살이 있게 한 4·3 계엄령이 원초적 불법이었다는 쟁점에서는 비껴갔다.

그러나 판결은 4·3 당시 계엄령이란 이름으로 공권력에 의한 양민학살이 있었음을 인정했다. 사법사상 초유이며, 같은 맥락에서 역사에 남을 판결임에 틀림없다. 반인류적 범죄와 관련한 판결이 있는 만큼, 이제 그 학살의 책임 소재 또한 밝혀 역사의 교훈으로 삼아야 할 터.

〈2000. 7. 24.〉

제2장
4·3 치유와 특별법

1. 4·3특별법, 시간이 없다

여야 '장대 밀기' 연내 처리 불투명

국민회의 제주도지부가 오랜 침묵 끝에 4·3특별법안을 마련함으로써 4·3특별법 제정에 대한 도민적 기대가 커지고 있다. 비록 도지부 차원의 것이기는 하지만 집권 여당의 공식법안으로 국회 상정을 추진하고 있어서다.

제주4·3특별법안은 야당인 한나라당 제주 출신 국회의원들에 의해서도 이미 별도로 만들어져 있기도 하다. 중앙당이 당론으로 확정, 국회 제출을 서두르고 있다. 또 도내외 시민단체들도 법안을 마련, 법 제정을 촉구하고 있다.

이번에 집권 여당인 국민회의 제주도지부가 법안을 마련하면서, 여야 그리고 시민단체들이 특별법 제정에 한 목소리를 내고 있다. 법안의 내용에 다소 차이는 있다고 해도, 법 제정에 궤를 같이하고 있다는 점에서 고무적이다. 물론 국민회의 도지부의 특별법안은 그것이 곧 집권 여당의 법안은 아니다. 앞으로 중앙당 차원의 당론 확정 과정이 남아 있다.

그러나 제주4·3특별법은 김대중 대통령의 공약이다. 당내 '4·3 특위' 가동 등을 통해 이미 당내 공감대를 이룬 것이다. 특히 그동안 여야 정치권 모두가 특별법 제정에 한 목소리였다. 그런 만큼 집권 여당이 의지만 있다면 회기 내 처리가 문제될 것은 없다. 4·3특별법안에 큰 기대를 걸고 있는 것은 바로 이 때문이다.

그러함에도 회기 내 4·3특별법 제정에 대한 일각의 의구심은 여전히 남아 있다. 혹시 내년 총선을 앞둔 면피용이 아니냐는 의혹이 그렇다. 이 같은 의구심은 정치권의 행태에서 비롯되고 있다. 그동안 여야 정치권이 서로 장대 밀기식으로 책임을 회피하여 왔음이 그것이다. 특히 국민회의 지도부의 미온적 태도가 그렇다. 그동안 특별법 제정을 촉구하는 도민들의 목소리에도 불구 오랫동안 침묵을 지켜 왔다. 따라서 집권 여당은 반드시 4·3특별법안을 당론으로 확정, 회기 내 법을 제정해야한다. 그럼으로써 일각의 의구심을 불식시켜 줄 책임이 있다.

이제 제주4·3특별법 제정의 분위기는 무르익었다. 하지만 시간이 없다. 20세기 마지막 정기국회 회기는 한 달여 앞으로 줄달음치고 있다.

금세기 일을 새로운 세기까지 가져간다고 하면 그것은 결코 바람직한 일이 아니니다. 따라서 여.야는 서둘러 법안을 국회에 상정, 회기 내 처리해야 한다. 그렇지 않을 경우, 그동안의 여야 정치권의 행보는 한낱 정치쇼로써 국민을 기만했다는 비난을 면치 못할 것이다.

〈1999. 11. 17.〉

2. '4·3특별법 제정', 이래도 되나

집권 여당, 연내 처리 막판 갈짓자 걸음

'국민의 정부'와 집권 여당은 과연 제주4·3특별법 제정 의지가 있는 것인가. 집권 여당인 국민회의가 대통령 공약인 특별법 연내 제정에 제동을 걸고 나서면서 의혹이 짙어지고 있다. 국민의 정부가 도민적 기대를 저버리는 것이 아니냐는 것이다.

알려진 바에 의하면 집권 여당인 국민회의는 4·3특별법안 대신 4·3특별위원회 구성결의안을 국회에 제출키로 했다. 불과 며칠 전 국민회의 지도부가 4·3특별법안을 마련하고, 그 법안을 국회에 제출키로 했던 것과는 판이한 것이다. 그렇기에 가히 충격적인 것으로 받아들이지 않을 수 없다.

특히 집권 여당의 국회 사령탑인 원내 총무가 4·3특별법 국회 상정에 대해 반대 입장을 분명히했다고 해 귀를 의심케 하고 있다. 한마디로 어안이 벙벙한 일이다. 야당인 한나라당까지 법안을 국회에 제출해 놓고 있는 마당에, 그동안 4·3특별법 제정을 입버릇처럼 거론해온 집권 여당이 과연 그래도 되는 것인가.

도대체 어느 세월에 특위를 구성하고, 진상을 규명해서 4·3의 해법을 찾겠다는 말인가.

두루 알고 있는 사실이지만 '4·3특위' 구성 문제는 과거 14대 국회에서도 여야 간 합의가 있었던 사안이다. 그러나 합의가 있었을 뿐 여야는 허송세월로 일관했다. 14대 국회 막바지 가서야 15대 국회로 떠넘겨졌다. 그것이 15대 국회 막장에 이르러서 재연되고 있다. 정치권의 이 같은 행태는 한마디로 4·3 해법에 대한 의지가 없다는 것이며, 국민적 기만이 아닐 수 없다.

4·3특별법 제정은 엄연히 김대중 대통령 공약 사항이자, 대 도민 약속이 아니던가. 무엇보다 야당인 한나라당마저 당론으로 확정, 법안을 국회에 제출해 놓고 있다. 그러함에도 앞장서 목청을 가다듬어 온 집권 여당이 막장에 이르러서 갈지자를 걷는 까닭이 무엇인가. 도무지 이해할 수 없는 상황이 벌어지고 있다. 하지만 우리는 지금 이 순간에도 국민의 정부에 대한 기대를 저버리지 않고 있다.

4·3특별법은 이미 법안이 국회에 제출되어 있다. 집권 여당이 의지만 있다면 그것을 토대로 여.야가 머리를 맞대지 못할 이유가 없다. 특히 4·3특별법 제정과 관련해서 김대중 대통령은 최근까지도 확고한 의지를 밝혀 왔다. 그런 만큼 김 대통령의 특단의 조치가 있을 것으로 믿고 싶다. 〈1999. 11. 20.〉

3. 4·3특별법, 빛이 보인다

국민회의, 법안 제출 연내 처리 가닥

집권 여당인 국민회의가 마침내 제주4·3특별법안을 국회에 제출한다.

이미 국회에 제출된 '4·3특위 구성(안)'과는 별도로 법을 제정하기 위해서라고 한다. 만시지탄의 감이 없지 않으나 우여곡절 끝의 천만다행한 일이다. 국민회의 결단은 쌍수를 들어 환영할만하다.

언론 보도에 따르면 국민회의가 4·3특별법안을 금주나 늦어도 내주까지는 국회에 제출한다. 이번 정기국회 통과를 위해 국민회의 제주도지부가 제출한 법안과 4·3 범국민위 수정안을 참고로 최종 손질에 들어갔다.

집권 여당의 책임 있는 관계자의 말이니 믿지 않을 수 없다. 특히 이 같은 일련의 움직임들은 청와대와 교감을 이루고 하는 일이라 신뢰가 간다. 국민회의가 특별법안을 조만간 국회 제출하게 됨으로써 일단은 연내 제정의 걸림돌은 제거됐다고 볼 수 있다.

사실 그동안 4·3특별법의 연내 제정에 대해서는 많은 의혹이 없지 않았다. 집권당인 국민회의가 특별법안 대신 4·3특위 구성안을 제출하면서 혼선이 빚어졌다. 이미 야당인 한나라당이 당론을 모아 국회에 법안을 제출했음에도 국민회의가 특위 구성안을 들고나온 것은 연내 법 제정의 의지가 없는 것이 아니냐는 것이었다.

뒤늦게나마 국민회의가 4·3특별법안을 제출한다고 하니 이제 그 의혹이 불식될 것이다. 앞으로 과제는 국민회의 내부의 일부 의견에 대한 조율과 국회에서 여.야 간 동일법안에 대한 잔손질만이 남아 있다.

물론 남아 있는 과제가 결코 쉬운 일은 아니며 사안에 비춰 낙관할 수만은 없다. 그러함에도 이미 여야 간 법 제정의 원칙에는 교감을 이룬 것인 만큼 기대하는 바가 크다. 적어도 집권 여당이 얼마 남지 않은 정기국회 기간 내에 성의만 보여준다면 결코 불가능한 기대는 아니다.

제주4·3은 1백만 제주도민의 한이자, 민족의 한이다. 금세기가 가기 전에 그 매듭을 혼쾌히 풀고, 새로운 세기를 맞이해야 한다. 그리고 4·3 해원의 매듭은 4·3특별법의 연내 제정에서부터 풀어야 한다.

기대가 헛되지 않도록 '국민의 정부'는 물론, 여야 정치권의 책임 있는 결단을 다시 한번 촉구한다. 〈1999. 11. 25.〉

4. 관료 중심의 4·3기획단, 진상규명의 걸림돌

입법 취지 퇴색, 고위공직자 아닌 민간 중심 운영돼야

제주4·3특별법 시행령에 4·3의 실체적 진상규명을 위한 장치가 필요하다는 여론이 폭넓은 지지를 받고 있다. 입법 예고된 시행령(안)이 입법 취지를 담아내기에는 미흡, 법취지에 부응할 수 있는 새로운 제도적 장치가 필요하다는 시민단체들의 지적이 그것이다.

도내 8개 시민, 사회단체로 구성된 제주시민협은 최근 4·3특별법 시행령(안)이 문제가 있다고 지적, 행정자치부에 협의회 명의의 의견서를 제출해 놓고 있다. 시행령상의 제반 규정들이 4·3 진상규명에 도움이 되지 못할 것이란 생각에서다.

다시 말해 시행령상의 위원회 또는 기획단 등 각종의 집행 또는 실무기구들이 지나치게 정부 고위 공무원 중심으로 되어 있어 4·3 해법에 오히려 걸림돌이 될 소지가 다분하다는 주장이다. 이를테면 4·3 진상규명을 하게 될 위원회의 경우 위원 절반이 정부 부처 각료로 구성된 점, 그리고 진상보고서 작성 실무를 맡게 될 기획단마저도 절대다수가 소속 부처 국장급 공무원들로 구성된 것 등이 그것이다. 제주시민협은 바로 이 같은 우려에서 앞으로 구성될 위원회와 기획단은 정부 각료 중심이 아니라 민간 중심으로 구성하는 것이 바람직하다는 의견을 제시하고 있다.

시민단체의 이 같은 주장들은 옳은 지적이며 공감이 가는 주장들이다. 물론 다른 한편에서 보면 정부 고위 공직자 중심의 기구들이 4·3 해법을 위해 무게를 실어 주는 것일 수도 있다. 하지만 4·3 문제 해결을 위해 4·3 문제에 생소한 정부 고위 공직자 중심의 위원회와 기획단이 4·3의 실체적 진실에 다가서기란 결코 쉽지 않은 일이다. 오히려 정부 자의에 의해 잘못 재단됨으로써 4·3의 진실이 왜곡되고 입법 취지가 퇴색될 소지가 없지 않다.

이미 우리는 본란을 통해서도 제주시민협과 같은 취지의 지적과 우려를 표명한 바 있다. 거듭되는 주장이지만 4·3특별법은 말 그대로 4·3 진상규명과 도민 명예 회복을 위한 법이다. 따라서 정부 고위 공직자보다는 4·3에 대한 학식과 연구 경험이 풍부한 전문가들이 실체적 진실에 보다 접근할 수 있다는 생각에 변함이 없다. 그들을 위시한 민간 중심의 위원회와 기획단이 되어야 한다는 시민단체들의 의견에 정부 당국은 귀를 기울여야 한다. 〈2000. 3. 23.〉

5. 4•3 발발 52주년

'특별법' 끝이 아닌 시작이다

4·3이 오늘로 52주년을 맞았다. 해마다 되풀이되는 날이지만 오늘의 감회는 각별하다. 지난해 세기말의 벼랑 끝에서 가까스로 '4·3특별법'이 제정, 이제 본격적인 4·3 치유 작업이 가시화되고 있기 때문일 것이다.

그동안 반세기 넘게 역사의 뒤안길에서 가슴앓이를 해온 도민들에게는 기대와 설렘이 적지 않을 것이다. 올해가 '4·3 해원' 원년이란 생각에서다. 하지만 4·3 치유 작업에 대한, 치유의 기본 틀인 4·3특별법에 대한 도민적 불안과 초조함도 없지 않다. 치유의 기본 틀이 마련됐다고는 하나 법 제정에 따른 후속 조치들이 미덥지 못함이 그렇다. 실속 없는 특별법이 돼선 안 된다.

4·3특별법이 '4·3 해원解冤'의 기본 틀임에는 틀림이 없다. 그러나 그것은 정부 차원의 진상규명과 도민 명예 회복이란 후속 조치를 전제로 한 기본법일 따름이다. 법이 '4·3사건 진상규명 및 희생자 명예회복에 관한 특별법'이라고 이름하고 있음이 그렇다. 다시 말해 4·3의 진상이 무엇인가를 규명하고, 그것을 바탕으로 희생자의 명예를 회복시켜 줄 수 있는 근거 법인 셈이다. 이 말은 또한 제대로 된 진상규명 없이는 의미가 없는, 차라리 없는 것보다도 못한 실속 없는 법이 될 수도 있다는 말이기도 하다.

그래서 '4·3특별법 제정'이란 역사적 순간에도 이를 예의주시했다. 특별법 제정이 '4·3 해원'의 대미가 아니라 시작에 불과하다는 점을 지적하면서다. 거듭 강조하지만 4·3 진상규명과 명예 회복의 기본방향을 제시하게 될 시행령의 제정 등 후속 조치에 더욱 긴장해야 한다. 도민적 염원이 담긴 법이라고는 하나 입법과정에서 숱한 우여곡절을 겪은 법이기에 더욱 그렇다.

4·3특별법은 향후 보완해야 할 과제들이 산적한 법이다. 무엇보다 4·3특별법을 받쳐줄 시행령(안)에 진상규명과 명예 회복을 위한 안전판 마련이 시급하다. 과연 그러한가. 행자부가 입법 예고한 4·3특별법 시행령안에는 유감스럽게도 법취지를 담아낼 안전판이 미흡한 것으로 지적되고 있다. 대표적인 사례가 4·3 진상규명 및 희생자 명예회복 위원회와 기획단의 구성이다.

시행령에 따르면, 위원 대다수가 정부 부처 장관이며, 기획단 역시 국장급의 중앙부처 고위 공무원으로 되어 있다. 실무팀이 지나치게 관료 중심으로 구성됨으로써 4·3 해원에 걸림돌이 된다는 것이다. 비전문가인 관료들이 진상규명의 축이란 점에서 자칫 4·3의 진실이 왜곡되고 퇴색될 소지가 없지 않다는 것이다.

도내 시민단체들이 같은 취지에서 행자부에 의견서를 제출해 놓고 있으며, 본란을 통해서도 여러 차례 지적이 되어 왔다. 거듭되는 주장이지만 위원회와 기획단은 학식과 연구 경험이 풍부한 전문가 중심으로 구성되어야 한다. 그렇지 않고서는 4·3의 실체적 진실과 그것을 바탕으로 한 희생자 명예 회복에 대한 접근이 요원해진다. 이점 '4·3 해원'과 관련, 그 책임이 있는 정부 당국이 유념해야 할 대목이 아닐 수 없다.

'4·3'의 실체적 진실은 국민적 공유가 담보되어야 한다. 1백만 도민의 염원인 4·3의 해원은 진상에 대한 실질적 진실의 국민적 공유여야 함은 두말할 나위가 없다. 4·3특별법과 시행령 등 법령은 바로 이 같은 4·3의 진상에 대한 국민적 공유를 담보해 주는 제도적 장치다. 따라서 법이 담보하고 있는 4·3의 진상규명과 명예회복을 위해서는 제도적 장치 또한 실체적 진실에 가까워질 수 있도록 전향적이고 획기적이지 않으면 안 된다.

우리는 이에 대한 정부의 의지를 여전히 믿고 또한 기대하고 있다. 이 같은 기대와 신뢰는 김대중 대통령의 발언을 통해서도 읽히고 있다. 연초 청와대 발언에서 4·3특별법이 '국민의 정부'의 대표적인 개혁 입법이라고 했다. 민주화 도상의 금자탑으로서, 인권 존중 사회의 초석이 될 것이라고 했다.

우리는 향후의 4·3 진상규명과 희생자 명예 회복 또한 대통령의 이 같은 발언과 동일선상에 있다고 믿고 싶다.

'4·3 해원'의 기본 틀인 특별법과 시행령이 인권 존중 사회의 초석이 되기 위해서도 제도적인 안전판 구축은 시급하다. 4·3 발발 52주년 자리를 빌어 다시 한번 강조하지 않을 수 없다. 우리는 그것이 4·3 전문가들이 중심이 된 위원회와 기획단의 제대로운 구성임을 믿어 의심치 않는다. 〈2000. 4. 3.〉

6. 4·3특별법이 위헌이라고?

법 본질 호도하는 우익단체, 시대착오적 발상

도무지 이해할 수 없는 일들이 벌어지고 있다. 일각에서 여야 합의로 제정된 4·3특별법을 부정하고, 법 제정에 책임이 있는 일부 정치집단이 이에 맞장구를 치고 있다.

엊그제 몇몇 우익인사들이 '4·3특별법' 위헌 소원을 청구한 것에 대해 공당인 자유민주주의연합(이하 '자민련')이 이를 전폭 지지하고 나섰다. 그야말로 '4·3특별법'의 본질을 호도하는, 공당의 실체에 의구심을 갖게 하는 처사가 아닐 수 없다.

도대체 '4·3특별법'이 어떤 법이며, 또 어떻게 만들어진 법인가. 자민련의 주장대로 특정 불순세력의 명예 회복을 위한 법이며, 있을 수 없는 법인가.

언론 보도에 따르면, 자민련은 이철승 '자유민주민족'의 대표 등 우익인사 15명이 청구한 '4·3특별법 위헌 소원'을 전적으로 지지한다고 밝히고 있다. 당 대변인을 통해 "4·3사태를 무장 민주화 투쟁으로 규정하고, 무력으로 대항한 공산주의 세력에 대해 명예를 회복시킨다는 것은 있을 수 없는 일"이라고 주장했다. 한마디로 제주4·3은 공산주의자들이 일으킨 폭동이며, 그래서 4·3특별법은 위헌이란 주장이다. 자민련 주장이 허구인 것은 '4·3특별법'의 입법 취지와 조문에서 그대로 드러난다.

법제1조는 특별법의 제정 목적과 관련해서 인권신장과 민주 발전을 통한 국민화합을 이루기 위한 것임을 명문화하고 있다. 수만 명의 희생된 4·3의 진상을 규명하고, 억울하게 희생된 제주도민들의 명예를 회복시키자는, 이른바 인권법임을 명시하고 있다.

그러함에도 자민련이 4·3특별법의 기본정신을 왜곡해 가면서까지 4·3특별법을 폄훼하는 일에 앞장서는 까닭이 무엇인지 따져 묻지 않을 수 없다. 특히 4·3특별법은 여야의 합의에 따라 제정된 법이며, 공동여당의 한 축인 자민련이 함께 찬성한 15대 국회 치적 중 하나이기에 더욱 그렇다.

4·3특별법은 자민련의 주장대로 헌법정신에 반하는 법인가.

자민련이 지금에 와서 몇몇 우익 인사들의 당치 않은 주장에 동조하고 있는 그 까닭이 무엇인가. 아마도 그들 스스로 밝힌 신보수주의 표방과 무관치 않은 것으로 짐작이 된다.

신보수주의의 정체가 무엇인지 자세히 알 수는 없다. 하지만 자유민주주의를 표방하고 있는 한 그 범주를 넘어설 수는 없다. 자유민주주의 기본 이념인 자유와 평등, 그리고 인간의 존엄성을 거스를 수는 없다. 그리고 이 같은 이념은 우리 헌법이 담고 있는 기본정신이기도 하다. 그러하기에 4·3특별법은 이 같은 헌법정신에 충실한 법임이 자명하다.

앞서 언급이 있었지만 4·3특별법은 인간의 존엄성을 중시하는 인권법의 성격을 갖고 있다. 다시 말해 반세기 전 공권력에 의해 인간의 존엄성이 무참히 짓밟힌 체 수만의 선량한 양민들이 학살됐다. 특별법은 이 같은 비극의 실상을 제대로 규명하고, 짓밟힌 인권을 회복시켜 주자는 법이다.

그리고 반세기가 지나도록 그때의 아픔과 공포에서 벗어나지 못하고 있는 1백만 도민들의 기본적 권리를 되찾아주자는 최소한의 제도적 장치일 따름이다.

사실이 그럴진대 4·3특별법이 헌법에 반하는 것이라고 한다면 도대체 자민련의 표방하고 있는 자유민주주의는 무엇이며, 신보수주의의 실체는 무엇이란 얘기인가.

자민련이 불과 몇몇 우익 인사들의 주장에 동조하고 있음은 한마디로 자가당착이 아닐 수 없다. 자유민주주의를 표방하면서 자유민주주의의 기본정신을 배격할 수는 없기 때문이다.

특히 집권 여당의 한 축인 공동여당으로서, 그리고 수권정당을 표방하고 있는 공당으로서 너무도 무책임한 행동이다. 솔직히 무책임함을 질책하기에 앞서 자민련의 4·3을 보는 시각에 대해 전율하지 않을 수 없다. 마치 반세기 전 책임 있는 한 당사자가 "제주도민은 모두 빨갱이니 한라산에 휘발유를 뿌려서라도 없애야 한다"는 주장을 다시 보는 것 같아서다.

제주4·3을 지금에 와서도 이념적 잣대로 재단하려 하고 있음은 시대착오적 발상이 아닐 수 없다. 수만 명에 이르는 양민학살이 저질러진 반세기 전의 부끄러운 역사 앞에 모두가 겸허해야 한다. 그러지는 못할망정, 1백만 제주도민의 자존심을 그렇게 짓밟을 수는 없는 일이다.

지금 이 순간에도 자민련의 주의 주장이 사실과는 다른 것이기를 바라고 있다. 일련의 주장들이 1백만 도민들이 추스르기에는 너무도 엄청난 것이기에 더욱 그렇다. 일말의 기대가 무너지기 전에, 공당인 자민련은 가당치 않은 주장을 거둬들여야 한다. 그리고 역사와 국민 앞에 겸허히 머리 숙여야 한다. 〈2000. 4. 12.〉

7. 4·3 현안과 제주도의회의 침묵

우익단체 '헌법소원', 강 건너 불구경

제주도의회가 어쩐 일인지 4·3 현안에 대해 침묵을 지키고 있다. 4·3특별법 시행령안 등을 둘러싸고 중앙 정치권은 물론 정부와 시민단체 도민들이 긴장하고 있는 것과는 너무 대조적이다.

도민 대표기관인 도의회의 '바다 건너 불구경'은 참으로 이해할 수 없는 일이다.

4·3특별법 시행령(안)이 도민들로부터 강력한 반발을 사고 있음은 사실이다. 특별법 취지를 희석 시킬 소지가 없지 않아서다. 행자부가 4·3 진상규명 위원회와 기획단의 구성을 지나치게 정부 관료 위주로 한 것이라든지, 군사軍史 전문가를 참여시켜 의혹이 불거지고 있음이 그것이다.

행자부의 시행령안은 4·13 총선 과정 내내 거론이 될 만큼 최대의 쟁점이 됐었다. 지금 이 시각에도 4·3 관련 단체 등 33개 시민단체가 항의 농성 중에 있다. 이처럼 파문이 확산되고 있음에도 도민의 대표기관인 도의회가 침묵으로 일관하는 것은 잘못된 일이다.

4·3 현안들과 관련, 제주도의회가 내부적으로는 입장이 정리된 듯도 하다. 행자부 시행령안이 확정되지 않았는데 굳이 입장을 정리할 필요가 있겠느냐는 것이다. 엊그제 도의회 '4·3특위' 간담회 자리에서 내린 결론이라고 한다. 그러나 이 같은 도의회의 인식은 일반의 그것과는 분명 거리가 있다.

행자부의 시행령안은 현실적으로 도민여론이 배제된 체 확정을 목전에 두고 있다. 오늘 차관회의 검토를 거쳐 국무회의 의결을 거치면 그만이다. 물론 대통령의 재가를 남겨 놓고 있기는 하다. 그렇지만 이 과정에서 그동안 제기된 도민여론 반영 여부는 불투명하다.

그러니 이럴 때일수록 정리된 도민의 여론, 도민의 대표 의사는 절대 필요하다. 그런데도 '시행령안이 확정된 것은 아니다'는 안일한 시각은 버스 지난 뒤에 손을 흔들겠다는 말에 다름아니다.

4·3 현안을 바라보는 제주도의회의 시각은 '4·3특별법 헌법소원'과 관련해서도 우려를 금치 못한다. 4·3특별법이 위헌이라는 주장에 대해 그것을 개인의 행위로 치부하고 있음이 그것이다. 과연 그럴까.

4·3특별법에 부정적인 일련의 행위들은 도의회의 시각처럼 그렇게 단순치는 않다. 제주4·3을 왜곡시키고 폄하하려는 계산된 도발 행위들이 곳곳에 도사리고 있다. 총선 과정에서 신보수주의를 표방하는 공당의 대변인이 4·3특별법을 폄훼하는 일들이 벌어지고 있지 않은가.

4·3특별법은 4·3 치유의 시작이지 끝이 아니다. 어려운 시절 특위를 구성, 4·3의 공론화에 앞장서 온 제주도의회가 이를 모를 리가 없다. 도민의 목소리를, 도민의 이익을 대변하는데 제주도의회가 시작서부터 끝판까지 치열해야 한다. 〈2000. 4. 20.〉

8. 4·3특별법 시행령(안) 처리의 의혹

문제의 '군사 전문가'가 '관련 전문가'로 애매모호

4·3특별법 시행령(안) 처리가 다음 주로 미뤄졌다. 일부 법령의 내용이 여전히 도민 의혹을 불식시키지 못하고 있다는 강력한 이의 제기가 잇따르면서다. 4·3특별법이 도민의 법으로 거듭나지 못하고 있다는 얘기로 안타까운 일이 아닐 수 없다.

언론 보도에 따르면, 제주지역 국회 당선자와 국회 추미애 의원 등이 행자부와 청와대 관계자들에게 시행령안에 제주도민 의견을 적극 반영해 줄 것을 요청했다. 그동안 의혹과 논란을 불러온 4·3 진상규명 위원회와 기획단 구성과 관련, 일부 내용이 수정돼야 한다는 주문이다.

구체적으로는 4·3 진상규명 위원회에 포함키로 되어 있는 '군사軍史 전문가'를 '4·3에 대한 연구실적이 있는 자중 관련 전문가'로 바꿔야 한다는 것이다. 이와 함께 15인의 정부 부처 국장급으로 구성키로 한 4·3 진상조사 기획단과 관련해서도 그 내용의 대폭 수정을 주문했다. 기획단의 숫자를 줄이는 대신 기획단장을 제외한 모든 위원은 전문성을 갖춘 일반인들로 구성해야 한다고 강력히 요청하고 있다.

이들 국회의원들의 주장과 주문은 지극히 당연한 것이며, 또한 받아들여져야 할 것이다. 4·3특별법은 도민을 위한 법으로, 도민의 의사를 중시해야 한다고 생각하기 때문이다. 이들의 주장은 곧 도민 의사의 반영이자, 4·3특별법의 모든 후속 조치들이 입법 취지에 충실해야 한다는 지적이다.

물론 행자부가 시행령안 마련 과정에 있어 도민 의견을 반영하려 한

흔적이 전혀 없지는 않다. 국무회의 상정 직전 행자부의 최종안에 그동안 많은 의혹을 불러일으켰던 '군사 전문가'를 '관련 전문가'로 바꾼 것 등이 그것이다.

하지만 애매모호한 용어 동원은 여전히 의혹과 오해의 소지를 남기고 있다. 막말로 '관련 전문가'의 범주에 군사 전문가를 포함시켰을 때 달리 제재할 방법이 없기 때문이다. 이 '관련 전문가'를 '4·3에 대한 조사연구 실적이 있는 자 중 관련 전문가'로 구체적인 명시를 요청하고 있는 것은 바로 이런 연유에 서다. 기획단의 숫자를 줄이는 대신 전문성을 갖춘 일반인들로 구성해야 한다는 요청 또한 당연하다. 4·3특별법은 4·3의 실체적 진상을 규명하고, 도민 명예 회복을 위한 법이기에 그렇다.

4·3 진상을 규명하는데 비전문가인, 연구실적이 전무한 관료들이 기획단을 차고 있어야 할 이유는 없다. 정부 관료가 아닌 4·3 연구실적이 풍부한 전문가들이 맡아서 해야 할 일들이다. 그동안의 의혹과 오해의 소지를 불식시키기 위해서라도 이 같은 당연한 이치, 당연한 요청은 겸허히 받아들여야 한다. 〈2000. 4. 26.〉

9. 닻 올린 4·3 치유 작업

4·3 진상규명과 명예 회복의 또 하나 기본 틀인 4·3특별법 시행령이 마련됐다.

일시적이지만 '시행령(안) 개악'의 논란 속에 표류하던 4·3특별법 시행령이 마침내 국무회의에서 의결됐다. 논란을 빚어 왔던 내용에 대해서는 상당 부분 도민 의견을 반영하고 서다.

도민 의견이 반영됐다는 점에서 4·3 치유에 대한 도민적 기대는 그 어느 때보다 크다. 기본 틀이 마련된 만큼 이제 관심은 4·3특별법이 어떻게 구현될 것인가다. 향후 2년간 진상규명 작업은 어떻게 이뤄질 것이며, 이에 따른 정부의 후속 조치는 또 어떻게 귀결될 것인가다.

4·3특별법 시행령은 올바른 4·3 진상규명과 명예 회복의 도민적 염원을 포용하고 있다는 점에서 4·3 치유에 대한 큰 기대를 걸게 하고 있다.

시행령 마련 과정서 많은 의혹이 불거진 것에 대한 정부의 해소 노력이 엿보이기 때문이다. 이를테면 4·3 진상규명 위원회의 당연직 위원 가운데 고위 관리 등 정부 측 인사를 줄인 대신 현대사 연구가 등 민간인 참여 폭을 넓혔다.

특히 강력한 반발을 초래했던 기획단 내의 '군사軍史 전문가'를 '관련 전문가'로 수정했다. 이와 함께 실무연구팀에 계약직 민간인 4·3 연구 전문가를 대폭 수용하고, 이들을 보좌할 일용직 조사인력을 두기로 한 것 등은 신뢰가 갈만한 부분이다.

물론 관련 전문가란 표현이 애매해 논란의 여지가 없는 것은 아니다. 관련 전문가를 빙자한 군사 전문가 등의 기획단 참여가 원천적으로 차단된 것은 아니라고 보이기 때문이다. 이 같은 부정적 시각은 비단 관련 전문가 부분만이 아니란 데에 의혹의 눈길은 여전히 남는다. 그래서 법령상 위원회와 기획단의 향후 인선 과정과 활동을 예의 주시하지 않을 수 없다.

향후의 4·3 진상규명 작업과 명예 회복은 위원회와 기획단의 구성원 선정 여하에 달려 있다고 해도 지나친 말은 아니다.

구성원이 누구냐에 따라 4·3 치유작업이 입법 취지와는 달리 도민적 기대를 저버릴 수 있는 개연성은 얼마든지 있다. 관련 전문가와 유족 대표가 누구냐에 따라, 또한 연구 경험이 풍부한 사람이 어떤 사람이냐에 따라 엉뚱한 방향으로 진행될 수도 있다.

특히 진상규명의 실무작업을 맡게 될 기획단과 소속 전문위원들의 성향에 따라 그 작업이 왜곡되고 폄하될 소지는 크다. 따라서 올바른 방향의 진상규명을 위해서는 위원회와 기획단 그리고 전문위원들의 인선은 매우 중요하다. 물론 여기에는 선정기준이 무엇이냐는 시비가 있을 수 있다. 하지만 어렵게 생각할 것은 없다. 4·3특별법의 입법 취지에 충실하면 그만이다.

다시 말해 4·3특별법은 올바른 진상규명과 희생자와 1백만 제주도민의 명예 회복을 위한 법이다. 그리고 4·3 해원과 4·3 치유를 위한 인권법임을 상기하면 그 기준은 명약관화해진다.

이 점은 또한 4·3특별법 후속 조치의 하나인 제주도 조례 제정과 도지사가 주관하게 될 4·3 진상규명 및 희생자 명예 회복 실무위원회의 구성과 인선 또한 마찬가지다.

4·3 치유 작업은 이제 시작일 뿐이다.

우여곡절 끝에 4·3특별법 시행령이 마련되면서 이제 4·3 치유 작업이 본궤도에 진입하게 됐다. 하지만 그것은 출발선에서 닻을 올렸을 뿐 최종 목적지까지의 순항이 보장된 것은 아니다. 항해 도중의 예기치 않은 암초와 악천후로부터 결코 자유롭지 못하다. 이들 장애는 4·3특별법을 반대해온 음해 세력들일 수도 있다. 4·3 치유에 매사 소극적이고 구색 맞추기에 급급해 온 관료의 타성일 수도 있다.

4·3 해원, 4·3 치유의 작업은 이제 시작일 뿐이다. 시작인 만큼 방심이 있어서는 안 된다. 방심은 곧 4·3 해원과 4·3 치유의 적이란 사실을 4·3특별법령의 입법과정에서 경험으로 체득하고 있다. "지속적인 관심과 감시활동 없이는 누군가에 의해 4·3이 왜곡되고 폄하될 수 있다"는

시민단체들의 자성은 그래서 설득력이 있다. 경험 측의 교훈인 만큼 대비책을 강구 해야 한다.

차제에 4·3특별법의 올바른 구현을 위해 시민단체 중심의 범도민적 협의체 등 체계적인 감시체제 구축 또한 방책의 하나일 수 있다. 4·3 치유의 첫걸음인 위원회와 기획단의 구성원 선정에서부터 도민적 관심과 감시의 눈길을 뗄 수 없는 일이기에 더욱 그런 생각이다. 〈2000. 5. 4.〉

10. 문턱 높은 4·3희생자 접수창구

까다로운 절차, 무성의한 접수….

까다로운 절차와 무성의한 접수로 4·3희생자 유족들의 신고가 제대로 되고 있지 않다고 하면 그것은 심각한 문제다. 특별법의 취지인 4·3 진상규명과는 거리가 먼 것인데다 도민 명예 회복에 역행하는, 결코 바람직하지 못한 처사이기 때문이다.

4·3희생자 유족 신고접수가 한 달이 넘도록 그 실적이 저조하다. 신고 서류를 교부받아 간 대상자들이 수천 명에 이르고 있지만 정작 접수된 신고자는 몇백 명에 불과하다.

실적이 저조한 까닭이 까다로운 절차와 접수기관의 무성의 때문이라고 한다. 제주도 당국이 접수창구를 행정기관으로 제한하고 있는 데다, 무리하게 내용 보증인을 내세우도록 하고 있음이 그것이다. 한마디로 어이가 없다.

접수창구를 행정기관으로 하고 보증인을 내세우도록 하는 것은 관련 업무의 편의와 정확을 기하기 위해 불가피한 것인지 모른다. 근거 역시 어느 정도는 4·3특별법에 따른 것임을 모르지 않는다.

하지만 주민편의 측면이 아닌 업무 편의가 우선임은 야속한 처사가 아닐 수 없다. 대다수가 연로한 4·3희생자나 그 유족들로서는 행정기관 나들이가 단순치는 않기 때문이다. 특히 농어촌인 읍면지역 경우는 읍내 나들이가 결코 쉬운 일이 아니니다. 그런데다 65세 이상의 주민, 그것도 세 명의 보증인이 있어야 한다니 될 법이나 한 말인가.

막말로 희생자 신고를 위해서는 노인 서넛이서 함께 동행해야 한다. 대개는 십리 밖 신작로 길을 가고서야 신고가 가능하다는 얘기다. 이러고도 과연 '주민을 위한 행정'이라고 말할 수 있을까. 어떻게 만들어진 4·3특별법인데 뒷감당을 이렇게 소홀히 한다는 말인가. 이 같은 당국의 행태가 피해자를 줄이거나 그 외 특정의 목적을 갖고서 하는 일이라 생각하고 싶지는 않다.

4·3희생자들에게 유족 접수창구를 확대하고 보증인 입회를 간결히 해야 한다. 행정기관만이 아닌 최소한 이里, 동洞 단위는 물론 지방의회나 4·3 연구단체까지 개방해야 한다. 보증인 역시 나이를 특정함이 없이 마을 이장이 대신할 수 있도록 해야 한다. 그리고 4·3 특위가 있는 도의회와 시군의회 의원들이 대신할 수 있게 해야 한다. 도민의 대표기관이 도민의 일을 대신해주는데 누가 뭐라고 할 것인가. 〈2000. 7. 18.〉

11. 일제(日帝)의 잔재 '귀잡고 빰 때리기'

4·3희생자 선정 놓고 단체, 위원회 사이 갈등

체벌이 일반적이던 학동 시절.

수업 시간에 짝꿍과 장난을 치던 두 악동이 선생님으로부터 불려 나갔다. 잠시 후 두 악동은 주눅이 든 얼굴로 각자의 자리로 돌아왔다. 빰

이 벌겋게 달아올라 서로가 눈을 흘기면서였다.

선생님에게 불려나간 두 악동. 선생은 왼손으로 상대 오른쪽 귀를 마주 잡도록 했다. 그리고 오른손으로는 번갈아가면서 서로의 뺨을 때리도록 했다. 이른바 '귀잡고 뺨 때리기'다.

처음에는 살살 상대의 뺨을 건드리다가 "더 쎄게!"라는 선생님의 엄명이 떨어지면 상황이 달라진다. 누가 먼저랄 것 없이 서서히 때리는 강도가 높아진다. 그리고 볼때기에 아픔을 느낄 때쯤이면 서로가 열을 받아 손목에 힘이 들어간다. 이쯤이면 교단 앞에 세워진 두 악동은 더 이상 짝꿍은 아니다.

아이들의 선생이 손끝 하나 대지 않고 악동들을 혼내주던 학동 시절의 씁쓸한 추억. 지금 시대 같으면 학교 폭력으로 사회 문제가 될 법한, 그야말로 잔혹하기 그지없는 체벌이었다. 하지만 그것이 일본 제국주의 시대 잔재인 것을 깨달았을 때는 먼 훗날이 되고서였다.

그랬다. 일제는 한반도 통치 수단으로 친일 세력을 앞세워 동족끼리 싸움을 곧잘 시켰다. 가급적 그들의 손에는 피를 묻히지 않고 동포끼리 치고받게 했다.

본시 제국주의 속성이 그랬다. 제국주의자들은 그들보다 약한 국가나 민족을 정복하고 동족끼리 치고받도록 충동질을 한다. 열강끼리 영토를 나눠 먹기도 하고, 식민지 백성들끼리 이간질로 가해자와 피해자로 만들었다.

귀 잡고 뺨 때리기가 비단 일제의 잔재만은 아니었다. 해방공간 또 다른 교단 위 선생에 의해 그 짓을 계속해야 했다.

한반도에 미국과 소련이 진주하면서 불어닥친 요인 암살, 광풍 노도와 같았던 '빨갱이 사냥'. 그리고 민족의 아픈 역사인 제주4·3이 그랬다. 부모형제지간에, 고을과 고을 간에 가해와 피해의 깊은 골을 파게 했다.

이제 그 4·3이 겨우 상처치유 작업을 시작한 마당이다. 그런데 또 다른 귀 잡고 뺨 때리기 재현 조짐이 있다. 4·3희생자 선정기준을 놓고 도내 4·3 단체와 제주4·3 위원회 사이 갈등이 그것이다.

도민 모두가 4·3의 피해자다. 그러함에도 그들을 두고 가해와 피해의 기준점을 잡겠다니 말이 되는가. 그야말로 '귀 잡고 뺨 때리기'가 아닌가. 참으로 씁쓸하다. 시킨 선생은 잊어버린 채 손찌검을 주고받은 짝꿍끼리 서로 미워함이 그렇다. 〈2001. 11. 29.〉

제3장

민중과 혁명

1. 루터는 민중의 편이었나

개혁과 혁명의 과실은 새 특권층의 몫

개혁과 혁명은 민중의 지지와 힘으로 이뤄진다. 그렇다고 그 성과가 반드시 민중의 몫으로 자리하는 것만은 아니다. 오히려 민중은 이용만 당하고 그 성과물은 새로운 특권층의 몫으로 자리하기가 쉽다. 역사가 이 같은 사실들을 웅변한다.

서구 기독교 중심 사회의 대변혁이라는 종교혁명은 민중의 지지가 밑힘이었다. 민중 그들은 수 세기 동안 서구사회를 지배해온 로마교회에 반감을 지니고 있었다. 16세기 농민계급이 그 선봉으로 농민폭동, 농민전쟁이 유럽 일대를 휩쓸었다.

마틴 루터는 이 같은 사회적 분위기 속에서 종교개혁, 종교전쟁을 감행했다. 그렇다고 대개혁가인 루터가 민중인 농민 편이었을까.

그는 농노제도 폐지를 외치는 농민들의 반대편에 섰다. 오히려 군주들을 부추겨 탄압하도록 했다. 그는 농민들을 저주하고 농민 반란군을 죽이도록 호소하기까지 했다. "농노제도를 반대하는 농민 반도들은 악마의 화신이니 미친개 패듯이 그렇게 해야 한다"고 주장했다.

종교혁명이 민중의 지지에 힘입었음에도 그랬다. 신흥종교 세력이란 새로운 특권계급의 탄생을 가져왔을 뿐 혁명의 끝은 일반대중의 원위치였다.

근대 시민혁명의 과정과 결과 또한 크게 다르지 않았다. 민중의 힘에 의해 혁명이 이뤄졌으면서도 성과물은 민중의 몫이 아니었다. 종교혁명이 그 투쟁에 민중을 이용했던 것처럼, 시민혁명도 그랬다. 천민 자본계급인 신흥 부르조아들이 민중을 끌어들여 벌인 군주와 봉건귀족에 대한 반란과 다름아니었다. 영국의 시민혁명이 그랬고, 프랑스의 혁명 또한 크게 다르지 않았다.

물론 혁명의 소산이 없지는 않았다. 새로운 시민계급에 의한 민주주의가 태동했다. 민주주의 꽃이라는 의회도 탄생했다. 그러나 그것은 말뿐인 국민의회였다. 소수에 의한 새로운 형태의 특권층 탄생에 불과했다. 세습하는 의회 계급, 그리고 극히 제한된 국민 참정권 등이 이를 반증한다.

오늘날 국민 참정권이 폭넓게 인정되는, 이른바 정치적 민주가 자리하기는 불과 반세기 전의 일이다.

그 시절 의회의 특권의식 잔재는 오늘날 우리 주변에도 여전히 존재한다.단적인 사례가 정치신인이나 무소속 후보들에게 유권자 접촉을 원천 봉쇄하고 있는 현행 선거법이 그렇다.

국회의원들이 불공정한 게임 법칙을 만들어낸 이유는 다른 데 있지 않다. 반민중적인 소수 특권의식, 기득권 보호에 연연해서다. 하지만 이 같은 지나친 특권의식은 새로운 개혁과 혁명을 부르고, 또 다른 계급이 그 자리를 채운다는 것이 역사의 가르침이다. 〈2000. 3. 27.〉

2. 자기희생 없이 개혁 없다

위수(渭水)를 피로 물들인 개혁가 상앙

진秦나라의 천하통일은 법치가 그 토대였다.

진시황의 선대왕이었던 효왕. 그는 개혁가 상앙을 재상으로 등용, 가히 혁명적인 조치들을 취해 나갔다.

그의 개혁은 엄격한 법치의 칼날을 세우는 것으로 시작했다. 백성들이 조를 짜서 서로를 감시하고, 또 잘못에 대해서는 연좌 책임을 지도록 했다. 범죄자를 알고도 고발하지 않는 자는 허리가 잘리는 요참 형에 처했다. 비록 귀족이라 할지라도 공적이 없으면 그 지위를 누릴 수 없었다.

개혁의 초점은 지배계급에 대한 특권층의 해체였다. 피지배 계급에 대해서는 씨족氏族공동체의 타파였다(상앙은 지배계급의 특권의식과 국가주의에 반하는 씨족공동체를 시대의 걸림돌로 여겼다).

상앙은 백성들의 믿음이 개혁의 성패를 가름한다고 생각했다. 개혁 조치를 발표하기에 앞서 묘안을 짜냈다.

그는 아름드리나무를 궁궐 앞에 세워두고 그 나무를 옮기는 사람에게는 상금을 주겠다고 공포했다.

이상히 여긴 백성들이 아무도 나무를 옮기려 하지 않았다. 상앙은 상금을 크게 올렸다. 그러자 한 백성이 밑져야 본전이라고 생각, 문제의 나무를 옮겼다.

상앙은 즉시 그에게 상금을 내렸다. '나라가 백성을 속이지 않는다'는 사실을 널리 알리려 했던 것이 그의 생각이었다.

상앙은 한편으로, 귀족의 특권의식을 불식시키기 위해 법을 엄격히 적용했다. 왕자가 법을 어기자, 왕자의 시종장인 공자 건을 엄히 처벌했다. 왕자의 교육을 맡은 공손가에게는 그의 몸에 먹글씨를 써넣어 죄인임을 밝히는, 이른바 자자형刺字刑에 처했다.

비로소 사람들이 법을 지키기 시작했다. 그러나 상앙의 개혁이 성공하기까지는 그 희생도 만만치 않았다. 요참 형이 행해지던 위수渭水가 항상 핏빛으로 물들었다고 하니 상상이 가는 일이다.

4·13 총선을 눈앞에 두고 불법이 기승을 부리고 있다. 그러함에도 영令이 서지 않고 있다. 법이 있어도 법 같지 않고, 법을 집행하는 자 역시

어디서부터 손을 대야 할지 망연자실(?)이다.

개혁의 기치를 높이 든 '국민의 정부' 품세가 그렇다. 아득한 옛날 상앙이 그랬던 것처럼, 백성의 신뢰를 얻기 위한 지혜를 동원치 못해서일 터.

그러나 아직 늦지는 않았다. 선거를 치른 뒤 당선자를 중심으로 엄한 법의 잣대를 들이대면 될 것이다.

개혁은 자기희생이 없이 쉽지 않다는 것이 역사의 교훈이다. 상앙이 결국 그 자신이 만든 통행증 제도 때문에 목숨을 내놓아야 했던 것처럼….

그렇다. 부관참시剖棺斬屍를 당한 크롬웰의 희생 없이 청교도 정신은 없다. 자신이 만든 단두대의 이슬로 사라진 로베스 피에로의 속죄 없이 프랑스의 법치는 없다.

국민의 정부 역시 선거 후 위수를 핏빛으로 물들일 각오를 단단히 해야 한다. 새천년 선거문화의 새로운 탄생을 진정으로 바라고 있다면….

〈2000. 4. 10.〉

3. 삼별초와 제주4·3

난리인가 항쟁인가?

역사 속의 사건과 인물들은 보는 관점에 따라 그 평가가 극과 극으로 자리하기도 한다. 이를테면 여몽 연합군에 저항했던 삼별초와 김통정 장군에 대한 시대적 평가는 이중적일 수밖에 없다.

고려 조정과 원나라의 시각에서 보면 그들은 영락없는 반란군이자 그 수괴다. 반면에 삼별초와 김통정의 편에서 바라보면 생각이 달라진다. 삼별초와 김통정은 반란군이 아닌 침략자 몽골과 외세에 대항한 애국 애족적 항쟁 세력이다.

역사 속의 삼별초와 김통정은 새로운 세계질서 재편의 와중에 휘말린 시대의 속죄양이었다. 이른바 몽골초원의 쿠빌라이가 유라시아 대륙을 제압해가는 과정에서다. 세계가 그에게 무릎을 꿇었다. 하지만 동북아의 고려는 그 같은 대세를 거부했다. 호국 충절을 최고의 덕목으로 삼았던 삼별초가 그 중심에 있었기에 당연한 처사였다.

물리적 힘으로는 거스를 수 없는 시대적 조류였음에도 그들은 외세에 맞섰다. 그리고 그들은 한반도의 남쪽 탐라에서 장렬한 최후를 맞이했다. 시대 조류를 거스른 탓에 그들은 오랜 세월 음지에 놓였다. 하지만 시대를 달리하면서 그들에 대한 평가는 크게 달라져 있다.

오늘의 역사는 삼별초와 김통정의 저항을 단순한 '난리'로 보지 않는다. 외세에 대항한 '항쟁'으로, 호국의 화신으로 추앙하고 있다. 변방인 제주 또한 역사 속 중심 무대로 등장시키고 있다.

제주를 무대로 했던 유사한 역사적 사건이 금세기에도 없지 않았다. 저항의 주체는 다르지만 현대사 최대비극이라고 하는 '제주4·3' 소용돌이가 그것이다. '폭동, 폭도'란 일방적 매도 속에 역사의 뒤안길에 놓여 있던 제주의 '4·3'.

시대를 달리하면서 제주의 4·3은 외세에 대한, 그리고 부당한 공권력에 대한 저항으로 새롭게 조명되고 있다. 민주화운동 기념사업회가 발족하면서 제주4·3이 민주화 운동의 반열에 올랐다. 그리고 4·3특별법이 제정되고, 4·3 진상규명과 도민 명예 회복 작업도 진행되고 있다.

그러함에도 시대착오적인 이중잣대는 여전히 자리하고 있다. 이른바 '자유민주주의 기본질서에 반하는 자는 4·3희생자가 될 수 없다'는 선정기준. 4·3 진상규명 및 희생자 명예회복 위원회의 어설픈 잣대질이 그것이다.

냉전 시대의 유물인 색깔과 역할에 따라 4·3의 희생자 여부를 가리겠다니, 그야말로 역사의 순리를 외면한 주제넘은 판단이다.

〈2002. 3. 29.〉

4. 제주4·3과 불령도인(不逞島人)

시대적 속죄양, 언제까지 전과자 범죄자로

옛 호적을 들여다보면, 이름 위에 붉은 줄이 나란히 그어진 것을 종종 볼 수 있다. 범죄를 저질러 형벌을 받은 범죄자, 전과자 표시다.

이들 전과자 중에는 범죄 아닌 범죄, 전과 아닌 전과자들이 대다수다. 특히 일제 강점기를 산 사람 중에 그런 사람들이 많았다. 이를테면 김명식, 윤봉길, 이봉창 등등의 항일 투사에서부터, 일본제국주의 정책에 녹녹하게 굴지 않는 조선인, 이른바 불령선인不逞鮮人들인 경우가 대부분이었다.

1920년대 동아일보의 창간 멤버이며 동아일보 사주와 의형제이기도 했던 김명식 선생. 제주 출신이기도 했던 그는 필설로 일제에 항거하다 반신불수가 되어 유명을 달리했다. 그러나 일제 그들에게는 반정부 사범에 불과했다.

중국 상하이 홍거우[虹口]공원에서 폭탄을 투척, 일제의 간담을 서늘하게 해 대한 남아의 기개를 떨쳤던 윤봉길 의사. 그 역시 일제의 시각으로는 시쳇말로 '테러리스트'였을 따름이다.

이 같은 시각은 비단 일제만이 아니었다. 동시대를 산 일부 조선사람들의 생각과 행동 또한 일제와 다르지 않았다. 적어도 일제에 빌붙어 호가호위한 친일 세력들 또한 다를 바가 없었다.

그랬다. 지금에 와서는 외세에 대항한 항일투사로 추앙을 받고 있지만, 그 시대 그들의 시각으로는 범죄자 전과자일 따름이었다.

일제의 시각에서 보면 그들은 체제에 불평불만을 품고 제멋대로 행동한, 그야말로 불령지도不逞之徒들이었다. 하지만 역사는 그 시대의 시각으로만 가해와 피해를 재단하지 않는다. 역사는 때때로 범죄와 전과자의 편에 서기도 한다.

시공을 달리하는 사건들이기는 하지만 일제가 패망한 해방공간에도 숱한 범죄 아닌 범죄, 전과 아닌 전과자들이 양산됐다. 제주의 4·3이 그 대표적 사례다. 시대를 풍미해온 이데올로기 논리에 의해 숱한 사람들이 범죄자와 전과자의 굴레가 씌워졌다.

좌와 우가 그렇게 가려지지 않았던 그 시절, 수많은 제주 사람들이 불령도인不逞島人이 되고 말았다. '한 겨레가 하나 되는 나라, 하나의 정부 속에 살고 싶다'고 외세(美軍政)에 저항했다는 것이 이유라면 이유다.

과연 한 시대의 속죄양들인 그들을 역사는 언제까지 범죄자, 전과자로 두고 볼 것인가. 〈2002. 4. 12.〉

5. '아우내 장터'와 '세화 장터'

역사의 현장

'아우내 장터'와 '세화 장터'.

두 곳의 공통점은 닷새 간격으로 열리는 오일장터이자, 일제하 대규모 항일운동이 벌어졌던 역사의 현장이다.

여기에 특별한 공통점을 찾는다면 당시 항일운동이 가녀린 여성들이

주도했다는 사실이다. 하지만 오늘에 와서 역사의 현장으로서 그 위상은 서로가 하늘과 땅이다.

충청남도 천원군 병천면에 자리한 '아우내 장터'.

3·1운동 직후인 1919년 4월 2일. 이곳에서는 수천 명 주민이 모여 독립 만세 시위를 벌였다. 16세 소녀 유관순이 앞장선 이른바 아우내 장날의 거사였다.

이화학당 출신인 유관순은 향리 유지와 주민들을 규합, 아우내 장날을 기하여 거사를 주도했다. 그 한 달 전 경성京城에서 있었던 3·1 만세운동의 연장이었다.

이 시위로 그녀는 일제의 총칼에 부모님을 잃었다. 자신도 잔학한 고문 끝에 처참하게 참살당했다. 당시 유관순의 시체가 여섯 토막이 나 있었다고 하니 소름 끼칠 일이다.

일제의 만행이 알려지면서 유관순은 3·1운동의 꽃으로 승화했다. 그리고 아우내 장터는 3·1 만세운동을 상징하는 성지가 됐다.

제주도 북제주군 구좌면 세화리에 자리한 세화 5일장 터.

아우내 장터 만세운동이 있고 10여 년 뒤인 1932년 1월 12일, 아우내의 거사 못지 않은 항일투쟁이 이곳에서 벌어졌다.

당시 1천여 명의 해녀들이 잠수 도구인 호미와 비창을 들고 이곳 장터에 모였다. 식민지 수탈기구인 관제 어업조합의 횡포에 항거하기 위한 것이었다.

해녀들은 때마침 이곳을 순시 중인 일본인 도사島司 다구치를 몰아세웠다. 일본 경찰이 총칼을 휘두르며 가로막아 섰다. 시위대는 '죽음으로 맞서겠다'며 물러서지 않았다.

형세가 험악해지면서 일인 도사는 결국 해녀들의 요구 조건을 들어

주마고 약속했다. 하지만 그것은 현장 모면의 방패였을 뿐 지켜지지 않았다. 오히려 무장 경찰들을 동원 사건 주동자 검거에 혈안이 됐다.

해녀들이 또다시 대대적인 시위를 벌였다. 일본 경찰과 해녀들 사이에 무력 충돌이 곳곳에서 이어졌다. 그리고 밀고 밀리는 해녀들의 항쟁은 한 달 남짓 지속됐다.

사태의 심각성을 인식한 일본 총독부는 무력 진압에 나섰다. 육지에서 지원 경찰을 대거 제주 현지에 내려보냈다. 이로 인해 1백여 명의 해녀와 동리 청년들이 배후 조종 혐의로 검속됐다. 이들 중 상당수가 크게는 최고 3년 6개월에서 적게는 집행유예형을 받았다.

세화 장터에서 벌어진 해녀들의 항쟁은 대단한 것이었다. 일제하 국내 항일투쟁으로서는 3·1 운동 이후 최대 규모였다. 한 달여간 연인원 1만 7천여 명이 참여했고. 집회 시위 횟수가 230여 회에 이르고 있음이 이를 대변해 준다.

현장만을 견줄 때는 결코 아우내 장터를 압도하는 역사의 현장이라고 해도 지나치지 않다. 특히 해녀들이 앞장선 대규모 여성 민중항쟁이란 점에서도 결코 역사성이 떨어짐이 없다. 그러함에도 역사의 현장으로서 '해녀항쟁', '세화 장터'는 제대로 평가를 받지 못하고 있다.

'아우내 장터'는 이미 오래전 특별법에 따른 독립기념관이 들어서 민족 성지로 자리하고 있다. 반면에 세화 장터는 역사의 뒤안길에 묻혀 오늘날 평범한 오일장으로만 자리하고 있다. 일제하 최대 항쟁지였으면서도 변변한 기념관은 고사하고, 그 주역들이 독립유공자 포상 대상에서조차 제외되고 있다. 항쟁을 이끈 배후 인물들이 사회주의 활동을 했다는 이유에서다.

세기가 바뀌었음에도 역사적인 사건이 여전히 냉전 시대 낡은 반공 이데올로기에 의해 재단되고 있다. 70년 전 일제에 항거한 제주 해녀항쟁이 이데올로기에 휘둘려 폄하되고 있다. 참으로 안타깝고 불행한 일이다. 4·3과 더불어 또 하나의 '제주 비극'이 아닐 수 없다.

현대사 최대의 비극인 제주4·3이 이제 새롭게 조명되고 있다. 그런 마당에 이제 제주 해녀 항쟁과 그 현장인 세화 장터 역시 양지로 끌어올려야 할 때가 됐다. 〈2001. 8. 20.〉

6. 가상 시나리오 '한반도 핵전쟁'

한반도에서 핵전쟁이 벌어지면 누가, 무엇이 살아남을까.

결론은 승자도 패자도 없이 한반도에서 살아있는 생명체의 공멸이다.

제주4·3연구소 창립 10주년을 기념하는 학술대회에 참석한 노정선 교수는 그 이유를 다음과 같이 설명한다. 전 미국방장관 와인버거의 저서 『차기 전쟁(The Next War)』을 인용해서다.

가상 시나리오인 한반도 핵전쟁은 북한이 의정부의 미군 부대를 공격하면서 시작된다. 북한이 서울을 공략하고, 대구에서 대결을 벌이면서 핵무기를 사용한다. 미국도 핵무기로 대응한다. 일진일퇴의 공방전은 휴전협정을 체결하면서 막을 내린다. 그러나 결과는 처참하다.

비슷한 시나리오는 또 있다. 북한이 도발할 때 미국이 대응하는 이른바 5027작전.

시나리오는 북이 전쟁을 도발하면 미국이 평양을 점령하고, 미군이 북한에 군사통치를 실시한다. 북한은 자살 특공작전을 전개한다. 결국 미국의 핵 공격으로 북한이 손을 들고 만다. 그러나 한반도는 핵 공해로 인간이 살 수 없는 죽음의 땅이 되고 만다.

가상 시나리오라고는 하지만 끔찍하다. 그러나 끔찍한 일은 실제 상존하고 있다.

노 교수는 미국이 한반도에 우라늄탄을 무수히 배치하고 있음을 상기시킨다. 천연에서 채광한 우라늄을 섞어서 만든 것으로, 일반 폭탄처럼 사용이 가능하다고 한다.

북한 역시 천연 우라늄광을 갖고 있다고 했다. 북이 이 천연 우라늄을 포탄에 넣을 경우 한반도는 가공할 만한 핵 공해 지대가 된다. 또한 새로운 차원의 핵전쟁을 유발할 수도 있다고 한다. 한반도는 이미 핵전쟁 시대로 진입해 있다는 것이 노 교수의 설명이다.

그렇다면 한반도를 죽음에서 구할 수 있는 길은 없는 것일까.

노 교수의 설명은 간단하다.

위기에 놓여 있는 남과 북이 '나눔의 공동체'를 이루는 것만이 구원의 손길이라는 것이다. 적대관계를 청산하고, 전쟁을 은근히 바라는 '외적'을 공동으로 막아내기 위한 '공동의 협력 구조자'로의 전환이 바람직하다고 했다. 그것은 굶고 있는 자와의 나눔부터 시작해야 한다는 것이 그의 강변이다.

유일한 구원의 손길인 '나눔의 공동체' 구축, 그러고 보면 지금 제주에서 전개되고 있는 '북한 동포에게 감귤 보내기' 운동도 생존전략의 일환인 셈이다. 〈1999. 11. 23.〉

7. 결자해지(結者解之)의 제주 해군기지

상처받은 국민주권 원점서 풀어야

제주 해군기지 문제가 지구촌 이슈로 떠오를 듯하다.

제주에서 열리고 있는 세계자연보존총회(WCC) 개막에 앞서 주최 측인 세계자연보존연맹(IUCN) 르페브르 사무총장이 "이슈로 제기하면 논의가 가능하다"고 밝히면서다.

더 두고 봐야 하겠지만 의제로 상정이 되면 결코 작은 일은 아니다. 제주 해군기지 건설 문제가 본격적인 지구촌의 쟁점으로 확산되는 것을 의미하기 때문이다.

특히 세계자연보존총회는 환경올림픽이라고 일컬을 만큼 세계적인 관심사다. 제주지역 현안이 곧 환경올림픽 종목에 포함된다는 얘기와 다를 바 없다. 그런 만큼 기대 또한 크지 않을 수 없다.

물론 환경총회니만큼 논점은 환경문제에 모아질 것이다. 유네스코가 인정하는 세계자연유산의 훼손 여부와 자연보전의 핵심 가치인 생명 평화 문제에 초점이 모아질 것이다. 그렇기에 생명 평화를 부르짖어온 강정 주민들과 도민 모두의 관심은 특별하다.

사실 제주 해군기지 건설에 따른 강정 주민을 비롯한 도민 대다수의 시선은 곱지 않다. 각종 여론조사 결과들이 이를 뒷받침해준다. 지난 4·11 총선을 전후한 여론조사에서 빠짐없이 끼워넣었던 설문이 제주 해군기지 건설과 관련된 것이었다. 결과는 반대 또는 건설중단이 과반인 50%를 훨씬 넘었다.

이 같은 결과는 최근 제주도의회가 실시한 여론조사 역시 비슷했다. 부정적 의견이 60% 선에 육박하고 있다. 더욱이 이 여론조사 결과로는 절대다수가 그동안 대 주민설득에 있어 전가의 보도처럼 휘둘러 온 민간복합항의 실제도 모르는 것으로 드러나고 있다.

대다수 도민은 건설 중인 항구가 군함은 물론 민간선박도 함께 드나들 것으로 알고 있었다. 그러나 그렇지 않다는 사실에 놀라고 있다. 민관복합항이란 말에 그동안 중도적 입장을 취해 왔던 도민들인 경우는 배신감마저 느끼고 있다.

물론 해군 당국에서는 그동안 논란이 있을 때마다 순수 해군기지임을 강조하기도 했다. 그럴 때마다 중앙정부 또는 지방정부 할 것 없이 민군 복합관광미항임을 강변했다. 초대형 크루즈 선박이 드나들 수 있는 규모에 터 잡은 얘기였다. 그러나 그게 무슨 소용이 있을까. 민간선박은 이용이 엄격히 제한된다는 때늦은 고백이 있고 난 다음이기 때문이다.

이제 대다수 도민은 관광미항의 무늬까지 지워진 해군기지 임을 알게 됐다. 그러함에도 정부가 밀어붙이기로 일관하고 있음은 아마도 국가 안보 사업임을 은근히 믿고 있음이다. 공공의 이익과 국익을 위한 이른바 합목적적 국책사업인데 누가 감히 반대해 나설 것이냐는 구태의연한 생각이었다.

그러나 아무리 목적성이 있는 국책사업이라 해서 국민의 기본권을 우선할 수는 없다. 전체주의 국가나 군국 지향국가가 아닌 이상은 그렇다. 더군다나 여러 가지 정황상 반드시 국가이익과 공공의 이익에 부합된다는 보장도 없이 그럴 수는 없다. 그리고 이미 국민의 대표 대의기관인 국회가 예산을 삭감해가며 제동을 건 국책사업이 아닌가.

자연보전과 복원의 기치를 내건 세계자연보존총회가 앞으로 제주 해군기지 건설과 관련해서 어떤 의견을 낼지는 모른다. 그 결과를 논외로 치고서라도 주민의 희생 위에 공감이나 동의 없이 이뤄지는 국책사업은 결코 바람직하지 못하다.

물론 그동안 관련해서 사법적 판단을 받은 사안들도 없지는 않다. 환경영향평가와 관련한 대법원판결 등이 그것일 것이다. 그러나 그것이 문제해결이 핵심이 아니라는 거는 이해당사자들도 이미 알고 있는 문제들이다. 기지건설사업은 개인과 개인의 이해관계가 아니라 공공목적 수행에서 비롯되는 국책사업이다. 그런 만큼 굳이 사법적 판단을 구함이 결코 능사가 아니다.

제주 해군기지 문제는 결자해지의 입장에서 정부가 능동적으로 풀어야 할 사안이다. 지역주민들의 의견이 한쪽으로 크게 쏠려 있고, 국회를 비롯한 정치권 의견이 크게 다르지 않은 현안이다.

이제 정부가 나서서 원점에서 다시 풀어나가야 한다. 공공의 이익을 말하는 국책사업이 정당성 확보와 합목적성을 확보하기 위해 그렇다. 상처받은 국민주권과 지방주권 회복을 위해서도 더욱 그렇다. 백성이 원하면 그것이 법이라고 하지 않는가. 〈2012. 9. 7.〉

8. 제주 해군기지와 손자병법

곤강산에 불이 나면 옥도 돌도 타 탄다는데….

한 시대를 풍미했던 주나라의 강태공, 춘추전국시대의 노자와 손자. 그들 모두는 신전론자愼戰論者다.

주나라 건국의 일등공신인 강태공은 당대의 정치가이자 고대 군사학의 원조라고 불린다. 그는 천하를 다스리고 군대를 움직이는, 이른바 육도삼략六韜三略을 강론하면서도 무기와 전쟁을 상서롭지 않게 생각했다. 특히 군대를 일컬어 '흉한 도구兵爲凶器'라고 했다. 그러기에 마지못해 어쩔 수 없는 경우에만 사용해야 한다고 강조했다.

강태공과는 시대를 크게 달리하는 노자와 손자도 그와 철학을 같이 했다.

노자는 "무기란 도무지 상서롭지 못한 도구(兵者不祥之器)일 뿐, 군자의 도구는 아니다"라고 했다.

전쟁 미학의 극치라는 손자병법을 남긴 손자 역시 "군대는 전쟁 도구가 아니니"라고 했다. 전쟁을 그치게 하는 데 목적이 있다고 했다. 그것이 아니라면 존재의 이유가 없다고 했다. 전쟁은 삶과 죽음을 가르는 것이며, 존재와 멸망을 가르는 것인 만큼 부득이한 경우에만 응해야 한다고 했다. 그것마저도 신중에 신중을 기해야 한다고 강조한다.

그러함에도 손자는 춘추전국시대 중원의 강과 산을 피로 물들이게 한 장본인이다. 그 자신이 저술한 손자병법을 실현하면서다. 이른바 손자병법 12편 '초토화 작전'이라고 불리는 '화공火攻'이 널리 사용되면서다.

사실 손자병법이 등장하기 전인 춘추시대만 해도 전쟁은 낭만적인 싸움이었다. 제후들이 넓은 벌판으로 전차를 몰고 나와 쌍방 간에 일장 설전부터 벌인다. 그러고 나서 장수끼리 담판을 짓고 승패를 가름하는 것이 예사였다. 졸병들은 그저 뒤에서 함성이나 지르고 구경하는 일이 다반사였다. 군대 역시 일반 서민은 축에도 끼지 못했다. 귀족 자제나 신분이 제법 있는 병사들로 구성됐다.

그러던 것이 전국시대 손자가 등장할 무렵 군대는 일반 상민들도 참여하게 되고, 산전수전 공중전으로 전쟁이 격렬해졌다.

전쟁이 규모가 커지기 시작했고, 그러면서 인명의 대량 살상을 초래했다. 특히 초토화 전략이 크게 활용되면서 강산을 피로 물들였다.

손자병법은 오늘날 현대전에서도 십분 활용이 되고 있다, 다만 불의 종류가 크게 달라져 있을 뿐이다. 옛날의 불과 화약과는 비교조차 할 수 없는 핵무기란 '공포의 불'이 그것이다.

핵의 가공할 만한 위력은 2차대전 당시 일본의 히로시마와 나가사키에 원자폭탄이 떨어지면서 처음으로 실증됐다.

그야말로 일본열도가 불바다가 되면서 그 옛날 손자의 말대로 전쟁(2

차대전)이 그치기는 했다. 하지만 그 참상은 이루 말할 수가 없는 대재앙이었다.

그 재앙의 정도가 얼마나 컸으면 당시 '공포의 불'을 만든 과학자가 양심에 가책을 느껴 세상을 등지기까지 했을까. 그 옛날 손자가 재앙 덩어리라고 하며 병서를 불태우고 초야에 묻혔던 것처럼….

제3의 불에 의한 공포는 지금도 이어지고 있다. 인류 최초의 핵 재앙을 맞았던 일본이 최근 또 한 번의 재앙을 맞이하고 좌불안석이다. 전 세계를 공포에 떨게 했던 쓰나미로 핵발전소 사고가 나면서다.

지금 일본은 그 여파로 해외 피난처 마련이 유행처럼 번지고 있다는 소식도 들린다. 원폭의 타산지석이 있었음에도 상스럽지 못한 도구를 곁에 둔 업보다.

사정이 그럴진대 또 하나의 불상지기를 바라보는 강정 주민과 제주섬사람들의 심경은 어찌 좌불안석이 아닐까. 그들의 불안은 단순히 '내 집 안마당에는 아니 된다'는 님비차원이 아니다.

국방이란 이름 아래 행해지는 일이기에 역부족을 느끼고는 있다. 하지만 이웃 일본이나 최근 동북아 주변에 긴장이 조성되고 있는 것을 바라보는 그들에게는 그 일이 결코 남의 일 같지 않다. 더더욱 지금 건설되고 있는 해군기지는 핵추진잠수함이 드나들 것이라 한다. 불상지기인 제3의 불, 핵추진잠수함이 드나들 것이라는데 어찌 마음이 편안할까. 혹 고장이라도 나면, 어쩌다 충돌사고라도 나면 그래도 괜찮을까.

내 삶의 터전인 바다도 잃고, 마을도 잃고…. 그야말로 자라 보고 놀란 토끼 가슴이다. 옛말에 옥이 많이 나는 '곤강산에 불이 나면 옥도 돌도 모두 탄다'고 했다. 불이 나면 사람도 대자연도 안전하지 않다.

유엔이 인정해주는 제주의 대자연, 이제 막 세계 환경 수도로 발돋움하려는 지구촌의 보물섬 제주. 불상지기로부터 안전하다는 확실한 보장

이 없으니 걱정이다. 〈2012. 9. 18.〉

9. 10월 유신의 씁쓸한 추억

시멘트 한 포대에 팔아넘긴 신성한 주권

전국 비상계엄령 선포, 국회해산, 정치활동 정지, 헌법개정, 초법적인 대통령긴급조치 발동….

1972년 10월 17일을 기점으로 박정희 대통령이 단행한 일련의 조치, 이른바 '10월 유신'이다. 그는 이 같은 일련의 조치를 통해 눈 깜짝할 사이에 강권 탄압의 유신체제를 확립했다.

계엄령을 선포한 지 열흘 만에 국민투표에 따른 헌법개정을 공고하고 나섰다.

그리고 한 달 만에 유신헌법이 만들어졌다. 또 그 한 달 후에는 정체불명의 헌법기관인 통일주체국민회의에 의해 제8대 대통령(박정희)이 선출됐다. 아니 추대됐다 함이 맞을는지 모른다. 그가 만들고 자신이 의장으로 있는 통일주체국민회의, 그곳에서 추천을 받고 그들 대의원이 선출하는 것이기에 그렇다.

당시 대통령선거는 박정희 후보 단독 입후보한 선거였다. 그리고 선거인인 통일주체국민회의 대의원 중 2명을 제외하고는 100% 찬성률을 기록했다. 이른바 근데 정치사에 회자 되는 '장충체육관 선거'가 그것이다.

50대 후반 대다수는 그 시절 '10월 유신'에 대한 좋지 않은 기억이 있을 법하다. 나 또한 그 무렵의 씁쓸한 기억을 몇 갖고 있다.

전국 예비고사가 코앞에 둔 고등학교 3학년 시절이다. 시골 학교라서 그렇게 입시에 열을 올리는 편은 아니었다. 그래도 수업 시간이면 나름의 긴장감이 돌고 있던 고3 교실이었다.

당시 일반사회 과목을 담당하고 있던 선생님이 평소와는 다른 뭔가를 한 아름 안고 교실로 들어섰다. 곧 만들어질 유신헌법 계도자료라고 했다. 그러고는 출처 불명의 자료들을 설명하기 시작했다.

선생은 새로 개정되는 유신헌법은 한국적 민주주의의 토착화를 위한 것이라고 운을 뗐다. 이 대목에 이르러 학생과 선생님 사이에 논쟁이 벌어졌다.

"한국적 민주주의 좋으나 대통령이 국민의 대표인 국회의원을 자기 맘대로 뽑을 수 있느냐. 그것은 민주주의 기본원리인 삼권분립의 원칙에 어긋나는 것이 아니냐" 그리고 대통령을 선출하는 통일주체국민회의는 도대체 어떤 기관인가. 지금까지 그 모든 것들이 교과서에서 배운 것과는 다르지 않느냐…"는 등의 질문이 쏟아졌다.

그랬다. 그 무렵 대다수의 고교에서는 1학년 때 '정치·경제'란 과목을, 2, 3학년이 되면 일반사회 과목을 수업했다. 분명 그때 가르친 수업 내용과 유신헌법과는 서로 다른 민주주의라서 학생들이 당연히 의아해 했다.

그렇다고 학생들이 깊숙이 따지고 든 것은 아니었다. 일반 시국 토론이라기보다는 학구적인 질문 수준들이었다. 그런데 학생들의 진지함과는 달리 질문에 답하던 선생님이 갑자기 흥분했다.

"야, 이놈들아. 나는 이거 좋아서 하는 줄 아느냐"고 호통을 쳤다. 그러고는 가지고 온 계도자료 뭉치를 교탁에 냅다 팽개치고 교실을 나가 버렸다. 선생님으로서는 가르침이 어제와 오늘이 다른 데 따른 자기 배신감이 어찌 없었을까.

물론 새로운 헌법이 만들어지기 직전이었으니 가능한 행동이었다.

아마도 그 무시무시한 유신헌법이 만들어진 후 그랬었다면 담임선생은 물론 학교장까지 경을 쳤을 것이다.

유신헌법에 터 잡은 대통령 긴급조치권은 유신헌법에 관한 일체의 비난과 비판을 허용하지 않았다. 이를 위반하면 주무 장관(문교부)으로 하여금 학교장 또는 교사를 해직하도록 했다. 심지어는 학교 문을 걸어 잠글 수도 있도록 했다. 그리고 이러한 것들은 사법심판 대상에서 열외로 할 만큼 강력한 조치였다.

사실이 그랬다. 사회 일반에 10월 유신에 대한 비난이 용납되지 않았으며 집회 및 시위가 금지됐다. 유신헌법에 근거한 초법적 대통령긴급조치가 발령되면서다.

정치집회는 물론 지역 대동제라고 할 수 있는 읍면 체육대회, 심지어는 초등학교 대항 체육대까지지도 전면 금지됐다. 서로를 감시하면서 사회적 불신이 조장되고, 지역 공동체가 서서히 무너져 갔다. 운동이라면 일터에서 '잘살아 보세'를 외치는 새마을 운동이 고작이었다.

그리고 더욱 씁쓸한 추억은 시멘트 한 포대에 신성한 주권을 팔았던 기억이다.

10월 유신에 대한 저항이 서서히 일면서 박정희 유신정권은 또 한 번의 극단의 조치를 취했다. 서슬 퍼런 긴급조치권 발령 아래서 유신헌법 찬반을 묻는 국민투표가 강행됐다. 국민투표 결과 부결되면 자신에 대한 불신임이란 단서를 달고 서였다.

필자로서는 얄궂게도 그 당시 국민투표가 처음 참정권이 주어진 때였다. 겨울방학 때로 기억된다. 시골집에 내려와 있었는데 그전에는 곧잘 어울려 주시던 동네 이장님의 눈빛이 달라져 있었다. 까닭을 묻자 이장님이 "이제 곧 선거(국민투표)가 있는데 걱정이다"라고 했다. 이번 선거에서 투표율과 찬성률이 높아야 마을 안길 포장용 시멘트가 지원된다는 것이었다. 사정이 그러한데 '자네 같은 사람들'이 걱정이라고 말했다. 이장님은 "자네 같은 사람 때문에 찬성률이 낮아질 것"이라며 "학교에서 공부나 할 것이지 시골집에 왜 왔냐"고 핀잔을 주는 것이었다.

동네 책임자로서 마을 걱정하는 것을 보니 안타깝기도 해 너무 걱정하지 마시라고 했다. 그렇게 의미 있는 선거도 아니니 나 같은 사람 투표를 하지 않으면 될 것 아니냐고 얼버무렸다. 순간 이장님 눈빛이 크게 달라졌다. 이장님은 그렇게 하자고 했다.

투표 당일 집에서 온종일 뒤척이다가 그래도 나에게 주어진 첫 주권 행사여서 미련이 생겼다.

이장님에게는 미안한 일이지만 투표 마감 시간쯤에 이르러 투표장에 나갔다. 그런데 웬걸 내 몫의 투표가 이미 되어 있었다. 선거인 명부에 무인이 이미 찍혀 있었다. 어떻게 된 것이냐고 따져 물었더니 관계자들이 슬슬 자리를 피했다.

멀리 있던 이장님이 사태를 파악하고 달려 왔다. "누군가 무인을 잘못 누른 것 같다"고 얼버무리며 "그냥 투표하면 된다"는 것이었다.

그런 이장님을 보는 순간 마음이 약해져 어르신네 앞을 얌전히 물러 나왔다. 속이 편치 않아 그길로 읍내 친구 집을 찾아 나섰다. 막걸리 한 잔으로 마음을 달랠 겸해서였다.

그런데 그 친구 역시 나와 비슷한 경험을 하고 투표장에서 돌아와 투덜대고 있었다. 자신은 연로한 어머님까지 모시고 갔었는데 그랬다는 것이었다.

그날 투표가 끝나고 개표장에서는 웃지 못할 일들이 벌어졌다. 마을별 시멘트 지원 경쟁이 벌어지면서 마을마다 100%에 가까운 투표율에 100% 찬성률이 나왔다. 심지어는 투표율이 105%가 되는 웃지 못할 넌센스가 벌어지기도 했다. 유권자 수보다 더 많은 투표수가 나온 것이다.

그러나 그것을 문제 삼는 곳은 없었다. 찬성률이 낮은 것은 문제가 되지만 높은 것은 문제가 되지 않던 시절이었다.

그랬다. 유신을 반대하고 정부를 비난하는 사람들은 어두운 철장 속에 넣어지고, 마을 이장님들처럼 순박한 사람들은 바보 아닌 바보가 되어야 하는 우민화 시대였다.

유신체제는 그렇고 그렇게 탄생된 체제였다. 민주헌법을 파괴하고, 선량한 국민을 우롱하면서 만들어진 체제였다.

누군가는 유신체제는 절대 군주제보다도 더한 대통령 1인 독재체제라고 했다. 3선개헌을 통해 장기집권의 기틀을 다지고 '10월 유신'으로 종신 대통령제를 확립했다고도 했다. 그러하기에 일각에서 그의 가족들을 유신 공주, 유신 왕자님이라고 비아냥거리기까지 했다.

사단이 그랬음에도 최근 들어 죽은 박정희가 되살아나는 것 같아 섬뜩하다. 엊그제 한 국회의원이 박정희 정권의 '10월 유신'을 고무 찬양하고 나섰다니 그렇다.

기자들에 따르면, 유신의 장본인인 박정희 대통령을 재정 러시아의 피터 대제에 비유했다. 그러면서 "공연히 야당 의원들이 10월 유신에 대해 좋지 않은 부분만 얘기하는 것은 비열한 짓이다", "10월 유신이 없었으면 100억 불 수출을 어떻게 달성할 수 있어 겠냐", "박정희와 박근혜는 천륜이다. 아버지 욕하면 대통령 시켜 주겠다는 건데, 내가 후보라면 절대 무릎 꿇지 않는다…."

대선 유력주자의 측근 인물로서 딴에는 립서비스라고 말할지 모른다. 그러나 이 시대 국민을 대표하는 현역 국회의원으로서, 또 국회부의장을 지낸 사람으로서 거들 말은 아니다.

참으로 어두운 시절 시골 학교 학생들의 생각에도 못 미치는 발언이다. 마을을 위해 애오라지 시멘트 몇 포대에 연연했던 동네 이장님만도 못한 낮은 수준의 정치인이다. 그러니 정치권이 국민으로부터 불신을 받고 널리 '안철수 신드롬'이 생기는 것이 아닌가. 〈2012. 8. 31.〉

10. "유신 철폐, 독재 타도"

부마 민주항쟁 33주년을 돌아보며

1979년 10월 17일 오후 6시 항도 부산의 중심지인 광복동 일대 극장가.

일단의 군중 속에서 애국가가 울려 퍼졌다. 제창이 끝나기 무섭게 어둠을 뚫고 터진 함성, "유신 철폐! 독재 타도!"

그야말로 그 누구도 말하지 않던, 아니 당시로는 도무지 입 밖에 꺼낼 수 없는 말들이 함성으로 쏟아져 나왔다. 7년에 걸친 유신 치하에서 가래 끓던 말이 드디어는 터져 나온 것이었다.

함성과 함께 동시다발로 인근 상가에서 일제히 셔터를 끌어내리는 소리도 요란해졌다. 그러나 이들 상가 셔터 대부분은 아래까지 완전히 내려지지는 않았다. 약속이나 한 것처럼 진압 경찰에 몰린 시위 대원들이 몸을 굴려서 피신할 정도의 공간을 남겨두었다. 인근 국제시장 상인들을 비롯한 부산 시민들은 이들 시위대의 거사를 대강은 눈치채고, 또 공감하고 있었다. 전날 유신 선포 7주년을 전후해 시내 일원에서 산발적인 시위가 벌어졌었기 때문이다. 부산대생을 비롯한 동아대 재학생들이 중심이었다.

시위 학생들은 이날 사전 내통을 하고 17일 이곳에 집결, 대규모 시위를 벌이기로 했었다.

그리고 그날 외친 '유신 철폐', '독재 타도'의 구호는 10월 유신 이후 집단 시위에서는 처음 있는 일이었다.

시위는 시간이 흐를수록 커졌다. 시위대는 진압 경찰에 쫓기면 상인들이 틈새를 남겨 놓은 셔터문 안으로, 또는 뒷골목으로 몸을 피했다. 그리고 골목을 빠져나올 때쯤이면 시민들이 벌떼처럼 가세했다. 마치 모택동 군대가 장개석 군대에 밀려 도망칠 때마다 그 세력이 2배 3배로 늘어나듯 했다.

유신 철폐를 외치는 함성은 시내 일원으로 삽시에 확산했다. 한참을 지나 진압 경찰이 시위대에 밀리면서 시위는 밤새 이어졌다. 18일 새벽 비상계엄령이 선포됐음에도 아랑곳하지 않았다.

날이 밝으면서 부산시청 앞을 중심으로 시위군중들이 구름처럼 몰려들었다. 일대 간선도로 교통이 마비될 정도였다. 그래도 누구 하나 불평하는 사람은 없어 보였다. 진압 경찰은 이미 구경꾼이 되어 있었다. 그리고 이때쯤 유신체제에 항거하는 함성은 '4·19 혁명'의 성지인 마산으로도 크게 번졌다.

그러나 그날 오후가 되면서 상황이 다시 반전됐다. 장갑차를 앞세운 일단의 공수부대가 시청 앞으로 밀고 들어오면서였다. 총검술을 하듯, 착검한 총을 좌우로 흔들어대자 시민들이 밀려나갔다. 그리고 무장한 군인들이 간선도로변에 쫙 깔렸다. 시민들은 그들에게 눈길 한번 주는 것도 두려울 만큼 분위기가 험악해졌다.

계엄군들이 시내 대학 캠퍼스 운동장에 천막을 치고 눌러앉으면서 시내 일원이 살벌해졌다.

부산에 이어 마산지역에는 위수령이 내려지면서 시위의 함성이 잦아들었다(여기까지가 그날 필자의 현장 목격담이다).

항도 부산과 마산에서 있었던 그날의 함성은 수도 서울로 메아리치면서 큰일을 내고 말았다.

부마항쟁이 있고 일주일 뒤 이른바 '10·26 사태'가 벌어졌다. 유신의 심장인 박정희 대통령이 그의 측근 김재규 중앙정보부장의 총탄에 쓰러졌다. 그것으로 유신체제는 벼랑 끝으로 밀리는 듯했다.

김재규는 "야수의 심정으로 유신의 심장을 쐈다"고 했다. 마치 로마 시대 부르터스가 공화정 회복을 위해 친구인 시저의 심장을 찔렀음을 상기시키는 말이었다.

그리고 정말 '서울의 봄'이 오는 듯했다. 그러나 잠시였다. 로마의 공화정 회복이 되지 않았듯, 유신체제 청산도 그들의 말처럼 쉽게 되지는 않았다. 유신의 심장은 사라졌어도 그 체제는 이어졌다. 유신체제를 발판으로 한 제5공화국이 탄생하면서였다.

전두환의 '5공 체제'는 그야말로 유신2기 체제나 다름없었다. 그들은 부마 민중항쟁이 무력에 무력함을 간파했던 것일까. 부마항쟁 이듬해(7개월 후) 이어진 광주 민주항쟁마저 피로써 진압했다. 그리하고는 전반기 10월 유신 7년에 이어 후반기 5공 철권통치 7년을 이어갔다.

암울하던 시대가 마감되는 듯했다. '6·10 민중항쟁'과 '6·29 항복선언'이 이어지고, 5공 청문회가 열리면서다. 하지만 유신체제 종말의 단초를 제공한 부마 민주항쟁은 여전히 역사 속에 파묻혀 가고 있다. 그 흔한 청문회도 한 번 열어보지 못하고서다. 그건 아마도 6·29 선언 이후 달라진 선거 지리학, 지리 정치학의 영향인지도 모른다.

고려 시대 무신 막부통치가 무너지듯 유신체제는 무너지고 국민주권 시대가 열렸다. 그러나 아이러니하게도 민주항쟁의 열매는 항복한 당사자들의 몫이 됐다.

거기에 3당 합당으로 정치지형이 사뭇 달라지면서 부마 민주항쟁, 그리고 뒤이은 광주민주화운동마저 빛이 바래고 있다.

유신 잔재와 그 동조 세력이 여전히 기세를 떨치고 있다. 청산되지 못한 유신 잔재가 그날의 함성을 잠재우고 있다는 말이다.

때가 때여서인가. 엊그제 '유신의 심장'과 가까이 있던 대선 여당 후보가 부마 민주항쟁에 대해 처음으로 말문을 열었다. 그는 33주년을 맞아 부마항쟁 현지 기념식에 국민 대통합 차원에서 참석할 용의가 있다고 했다. 대변인을 통해서는 부마항쟁의 숭고한 뜻에 경의를 표한다고도 했다.

그러나 주최 측의 반발로 기념식 참석은 없었던 일로 됐다. 대신 참석을 검토하던 여당 후보가 한 말씀 더 올렸다. "위로의 말씀과 함께 부마 민주항쟁의 진상규명 노력에 최선을 다하겠다"는….

유신의 중심에 함께 있었던 장본인으로서는 다소 외람된 말이 아닐 수가 없다. 공식 사과라면 모를까 위로라니 그 자격이 되는가.

진정성 여하를 제쳐 두고 그들의 말대로 '부마 민주항쟁의 숭고한 뜻을 기린다'는 어울리지 않는 어투이기에 그렇다.

훈련장의 조교처럼 허리춤에 손을 얹히고 "통합 앞으로"로는 그 뜻을 이루기가 어렵다. 본시 지도자의 길은 '여유를 덜어 부족을 메꿔 주는 것'이라 하지 않는가. 어찌 부족한 마음들을 빼앗아 여유를 보태려 하는가. 〈2012. 10. 17.〉

11. 집단광기에 휘둘린 인간 존엄

되풀이되는 역사, '드레퓌스'와 '수지 킴'

때때로 역사는 거짓의 힘과 집단적 광기에 휘둘려 진실이 은폐되기도 한다. 대표적인 사례가 드레퓌스 사건이다.

드레퓌스 사건은 19세기 말 프랑스 육군 장교가 간첩 혐의로 종신 유배형을 받으면서 비롯된 사건이다. 그리고 그것이 누명임이 밝혀지면서 뒤늦게, 아주 뒤늦게 혐의를 벗은 사건이다.

사건의 발단은 이렇게 시작됐다. 1894년, 유대인계 드레퓌스에게 '독일 측에 군사정보를 제공했다'는 혐의가 씌워졌다. 드레퓌스는 이 혐의로 중형을 선고받았다. 그러나 뒤늦게 진범이 나타났다. 드레퓌스는 시대의 양심 에밀 졸라와 클레망소 등 양심 세력의 재심 운동을 통해 가까스로 누명을 벗었다. 사건 발생 10년 만이었다.

하지만 드레퓌스를 기소했던 프랑스군은 이를 인정치 않고 1백 년이 지난 1995년에야 무죄임을 공식 인정했다. 군은 그동안 내심 무죄를 인정하면서도 군의 명예와 권위 때문에 이를 인정하지 않았던 것.

드레퓌스는 사실 이데올로기의 속죄양이었다. 단순히 드레퓌스 개인의 석방 문제가 아니었다. 군부를 중심으로 한 국수주의와 반군국주의 사이 정치투쟁의 산물이었다. 당시 프랑스 국내에는 반유대주의와 반독일의 군부를 비롯한 국수주의 언론 등이 다수파였다. 이에 함께 반군국주의 공화파 등 자유주의 소수파가 대립하고 있었다.

결국 역사는 진실의 편에서 양심 세력의 손을 들어 줬다. 이 사건으로 망명길에 나섰던 에밀 졸라는 "진실과 정의는 지하에서도 자란다"는 유명한 말을 남겼다. 그의 말처럼 진실의 싹은 마침내 은폐의 장막을 걷어낸 것이다.

진실과 거짓의 역사는 되풀이되고 있다. 1987년 여간첩 사건으로 유명세를 치렀던 '수지 킴 피살사건'. 이 사건 역시 거짓과 은폐의 장막을 걷어내고 역사 앞에 진실을 드러냈다. 엊그제 검찰은 본 사건이 조작된 것이라고 밝혔다. 검찰은 또 조작된 사실조차 공권력에 의해 오랜 세월 은폐시켜 왔다고 했다.

세기를 달리하지만 '수지 킴' 사건과 드레퓌스 사건은 유형에 있어 공통점이 많다. 조작된 간첩 사건이라는 점과 공권력에 의한 은폐기도, 그리고 이데올로기 광기에 휘둘려 온 시대적 배경 등이 그렇다. 두 사건 모두 거짓의 힘과 집단적 광기에 휘둘린 사건이다. 천부의 인권인 인간 존엄성이 희생된 역사적 사건이다.

누군가 '역사 속의 부정과 불의보다는 그것의 은폐가 더 큰 죄악'이라 했다. 그러하기에 역사의 진실이 밝혀지면서 책임 당사자들이 응분에 대가를 치르고 있다.

사필귀정의 역사에 따른 당연한 업보다. 진실과 거짓의 역사적 교훈이 어찌 그들에게 국한된 일일까마는…. 〈2001. 12. 20〉

12. 항쟁과 폭동의 두 얼굴

3·1 운동과 제주4·3

일제 36년간 한민족의 정신적 버팀목이 '3·1 정신'이었다는 데 토를 달 사람은 없다. 3·1 독립선언서에 나타나 있는 민족의 자주독립과 민중 민주 평화애호의 정신이 그것이다. 그리고 3·1절 기념식이 기폭제가 된 제주의 4·3 또한 그 연장선에 있다.

오늘날 세계역사 속 여타의 독립선언과 비교해 결코 부족함이 없다고 하는 기미년(1919년)의 3·1 독립선언서.

당시 선언문은 3·1정신이 특별히 강조되면서 근대 민족 민주주의 운동의 원동력이 됐다. 상하이 임시정부를 탄생시켰고, 일제의 무자비한 탄압에 해외 무장 독립운동을 촉발했다.

어디 그뿐인가. 대외적으로는 손문孫文이 중심이 된 중국의 5·4 운동, 이집트, 터키 등 아시아 아프리카의 민족자결 운동에 신선한 자극제가 됐음도 사실이다.

3·1 정신의 구현은 변방의 낙도 제주라고 예외는 아니었다. 3·1 만세운동에 이은 일제하 민중항쟁인 '해녀항쟁'을 있게 했다. 그리고 일제가 패퇴한 해방공간에서는 현대사 최대의 비극이라고 하는 '4·3'으로 이어졌다.

그랬다. 1948년 4월 3일의 사건은 어느 날 갑작스럽게 발생한 돌발사태가 아니었다. '4·3'은 이미 그 1년 전인 1947년 3·1절 기념식 현장에서 '3·1 정신'으로 타오르고 있었다.

그날 제주북국민학교 자리에서 거행된 3·1절 기념식에는 제주도 인구 10% 가까운 3만여 명이 자리를 같이했다. 서귀포 구좌 한림 등지의 읍 외곽에서도 기념식은 이심전심으로 거행되고 있었다. 3·1혁명 정신을 계승하자는 자리였다.

외세를 물리치고 조국의 자주독립을 쟁취하자, 그 함성이 온 섬을 메아리치게 한 날이었다. 해방된 조국 땅에서 모처럼 기미년의 3·1정신을 기리자는데 누군들 마다할 것인가.

하지만 미군정은 이를 못마땅하게 생각하고 압제로 답했다. 급기야는 수명의 양민들이 군정 경찰의 총에 희생됐다. 그러함에도 군정 당국은 사과 한마디 없었다. 그러기는커녕 수많은 도민을 연행하고 고문을 했다.

군정과 도민 사이에 날카로운 대립각이 세워졌다. 그때쯤 도민들에게 있어 미군정은 일제의 압제를 대신하는 또 하나의 외세로 비쳤다. 압제만큼 도민들 저항도 커졌다. 그러나 한 줌의 섬사람들은 아침이슬 같은 존재였다. 좌우의 냉전논리가 자리를 잡아 가면서였다. 저항이 냉전의 도구로 전락하면서 수만 명의 목숨을 초개처럼 던져야 했다.

어느 학자의 지적처럼 무지렁이 섬사람들의 아픔인 4·3은 그저 '인민항쟁'과 '공산폭동'이란 두 얼굴로 반세기 이상을 지내 왔다. 냉전 이데올로기의 산물인 이란성쌍생아로 그렇게 이상한 모습으로 자리해 오고 있다.

하지만 그 모태는 하나이며 유전자 또한 다르지 않다. 좌우의 냉전논리를 벗어나 '3·1 정신'의 모태 속에 들어서 보면 그렇다. 그날의 3·1절 기념식은 좌우가 따로 없었다. 설령 좌와 우의 극단에 서 있다고 해서 '곤강산에 불' 을 서로가 쳐다만 보고 있을 수는 없었던 일 아닌가.

사실이 그랬다. 섬 무지렁이들은 어설프게 '곤강산 불 끄기'에 나섰고, 그 희생은 너무나 컸다. 하지만 오늘에 와서 한 가닥 희망이 없지도 않다. 국민적 차원에서 틀을 잡아가고 있는 4·3특별법과, '평화의 섬' 정착 운동이 그렇다.

특히 엊그제 폐막 된 '2002 제주평화포럼'은 그런 기대를 주고 있다.

누군가 민주주의와 평화는 피를 먹고 자란다고 했다. 반세기 전 온 섬을 피로 물들였던 통곡의 땅 제주. 이제 그만하면 피의 대가를 치를 만큼 치렀다. 민주주의와 평화의 꽃을 피울 때도 됐다.

'3·1 정신'을 앞세워 좌우 논리를 극복한다면 그날이 그렇게 멀리 있는 것도 아닐 터이다. 〈2002. 4. 16.〉

13. 사이버 공간의 '촉탁 살인'

자살도 권리인가? "돈을 줄 테니 죽여 달라"

자살은 말 그대로 스스로 생명을 끊는 일로써 예로부터 사회 윤리적, 종교적 비판이 끊임없이 제기되어 왔다. 군주국가 시대에는 자살이 신과 국왕에 대한 의무를 포기하는 것이라 하여 이를 죄악시해 왔다. 특히 기독교에서는 신을 모독하는 행위라 하여 여러 가지 종교적 제재가 가해졌다.

동양 윤리로서도 자살은 조상을 욕되게 하는 것이라 하여 부도덕하게 여겨왔다. 또한 불교에서는 열반 사상에 따라 자살을 금해 왔다. 물론 이 같은 사회적 윤리는 봉건주의 또는 절대 왕정 시대의 전체주의 사고라는 지적이 없지 않다.

인간은 누구나 자기 생명에 대한 절대적 권리를 가진다. 그리고 여기에 인간은 스스로 목숨을 끊을 권리가 있다는 자살 긍정론이 자리한다. 이 같은 자살 긍정론은 근세 이후 문학이나 예술을 통해 표현되기도 했다. 대표적인 사례가 미국의 소설가 헤밍웨이다. 그리고 일본의 가와바타 야스나리, 그의 수제자인 미시마 유키오의 경우도 그렇다.

그들은 모두가 당대 노벨문학상 수상자 또는 그 후보였다는 점에서 세계적 화제를 불러일으켰다. 자살의 방법 또한 충격적인 것이 어서 더욱 그랬다. '노인과 바다'란 소설로 잘 알려진 헤밍웨이는 자신이 사용하던 사냥총으로 자신의 머리를 겨냥하고 목숨을 끊었다. 가와바타 야스나리는 가스파이프를 입에 물고 스스로 목숨을 끊었다. 미시마 유키오 또한 스스로 배를 가르는, 이른바 할복이라는 충격적인 방법을 동원했다.

당대를 풍미했던 저명인사들이 왜 스스로 목숨을 끊었을까. 더더욱 왜 그렇게 충격적인 방법을 동원했는지, 그 속내를 속속들이 들여다볼 수는 없다. 다만 그것이 자기 권리이자 권리의 실현일 수 있다는 막연한 상상을 할 따름이다.

그러함에도 그들의 행위는 인류로부터 비판을 비껴가지 못한다. 자기 가치의 실현이라고는 하나 이기적이며, 근본적으로는 인명 존중의 보편적인 사회윤리에 반하는 것이기 때문일 것이다.

최근 사이버 공간에서 네티즌들 사이에 집단자살, '촉탁 자살'이 이뤄지고 있다는 사실은 가히 충격적이다. 인터넷 '자살 사이트'를 통해 '용기가 없어 자살을 못 하고 있으니 죽여달라'는 제의를 받고 실행됐다는 보도가 그것이다.

촉탁에 의한 자살 행위가 자살의 범주에 속하는지 그 판단은 접어두자. 그렇지만 죽고 사는 일에 금전거래까지 이뤄졌다는 사실을 과연 어떻게 받아들여야 할 것인가. 사이버 공간을 통해 실제로 자살을 감행하거나, 타인의 자살을 도와주는 일이 벌어지고 있음은 개탄스러운 일이 아닐 수 없다.

'돈을 줄 터이니 죽여 달라', '그래 죽여 줄게.' 하는, 마치 소설과 같은 일들이 실제 상황이라는 데서 사회적 충격은 크다. 또한 이 같은 일련의 사건들이 부지불식간에 유행병처럼 번지고 있다는 사실에서 문제의 심각성이 있다. 그냥 방치할 일만은 아니다. 앞서 저명 인사들의 충격적인 자살이 화제가 된 이후 도처에서 모방심리가 작용했던 것에 비춰 그렇다. 생활의 일부가 되어 있는 인터넷의 파괴력을 생각하면 더욱 그렇다.

최근 자살을 방지하기 위한 취지의 이른바 '자살 사이트'가 개설됐다.

개설된 지 한 달이 안 되어 5만여 명의 동병상련 자가 접속했다고 한다. 적지 않은 숫자이다. 사실이 그렇다면 사이버 공간을 통한 제3, 제4의 집단자살과 '촉탁 살인'이 쉽게 벌어질 가능성도 없지 않다.

인간은 모두 평등한 자유의사를 가지고 있으며, 이에 대해서는 법률이라고 해서 간섭할 수는 없다. 하지만 자유의사에 의한 자기 권리라 할지라도 사회적 관리와 통제가 전혀 없는 것은 아니다. 그 행위가 타인 또는 사회에 대하여 부정적인 영향을 초래할 때 그렇다. 같은 맥락에서 죽음의 그림자가 떠돌고 있는 인터넷 '자살 사이트'에 대한 사회적 대응이 있어야 한다.

사이버 공간을 통한 집단자살, '촉탁 살인'은 사회적 병리 현상이다. 또한 실정법에도 반하는 범죄행위가 분명하다. 그러한 만큼 그 대응은 빠를수록 좋다. 〈2000. 12. 18.〉

14. 살얼음판의 의약분업

무기한 집단 휴진에 돌입하기로 했던 의사들이 그 계획을 철회했다. 정부 또한 시한부 의약분업 시범사업 계획을 철회했다. 의사 단체들의 청와대 항의 방문 직후의 일이다. 앞서 대한의사협회와 대한병원협회 등이 김대중 대통령과 면담을 가진 바 있다. 불씨가 여전히 남아 있는 것이기는 하지만 일단은 '의료 대란'은 면한 셈이다. 일반 국민으로서는 천만다행한 일이 아닐 수 없다.

의사들의 최근 일련의 집단행동은 정부의 의약분업 정책에 대한 반발임은 새삼스러운 얘기일 터이다. 오는 7월부터 의약분업 실시를 앞두고 의료계가 강력히 반발하고 있다.

반발의 명분 또한 더러는 이해가 간다. 의약분업에 대한 정부의 준비가 덜 돼서 받아들일 수 없다는 주장이 그것이다. 여기에 의약분업을 실시하게 되면 병. 의원 운영이 크게 압박받을 것이란 속사정 또한 없지 않다. 이제 와서 의사들의 집단행동에 대해 새삼스럽게 시시비비를 가릴 생각은 없다. 하지만 고래 싸움에 새우 등 터지는 일이 있어 서는 안 된다는 생각이다.

의약분업 실시를 둘러싼 갈등과 충돌로 속이 편치 않은 것은 의료계뿐이 아니다. 불편하기는 틈새의 일반 국민도 마찬가지다. 준비가 덜 됐다니 어찌 불안하고, 높아질 의료수가 부담에 앞이 감감하기도 하다. 게다가 툭하면 '시한부 휴진'이다, '무기한 집단 휴진'이다 하는 소리가 들릴 때면 가슴이 철렁하고 내려앉는다.

그러함에도 냉가슴만을 앓고 있는 까닭이 다른 데 있지 않다. 의약분업이 언젠가는 넘어야 할 혁신적 제도여서 그렇다. 여기에 의약분업은 이미 국민적 합의를 이룬 것이기에 더욱 그렇다.

옛 성현의 말에, 난리에 편승해서 남을 공격하는 것은 상서롭지 못한 일이라고 했다. 하지만 난리를 겪고 있음은 의료계만이 아니다. 국민 절대다수가 고통을 분담하고 있다. 의사 단체들이 집단 휴진 철회 배경과 사정 또한 이를 감안한 것으로 짐작된다. 국민의 생명과 건경을 볼모로 할 수는 없지 않느냐는, 의사로서의 본능이 작용한 것이라고 믿고 싶다.

제발 고래 싸움에 등 터지는, 누구도 바라지 않는 그런 일들은 없었으면 좋겠다. 〈2000. 3. 30.〉

15. '의학적 태만'과 의사 집단폐업

공권력이 무색한 의료대란에 무너지는 상호신뢰

헌신적인 진료, 그리고 감사하는 마음. 의사와 환자의 관계는 늘 그래왔다. 의사의 숭고한 희생정신, 인술에 대해 환자와 그 가족들은 감사와 존경을 보내는 상호신뢰의 관계였다.

5세기경 남부유럽에서는 의사가 환자를 돌보기 전에 환자 가족에게 진료 보증금을 맡겨놓고 치료했다. 치료가 잘못됐을 경우 치료비는 물론 맡겨놓은 돈도 포기해야 했다. 돌팔이 의사들이 판을 치던 시대이고 보면 어느 정도는 이해가 간다. 하지만 그보다는 사람의 생명을 다루는 행위인 만큼 엄격을 강조한 사회적 조치였는지 모른다.

사실 중세기로 접어들면서 유럽 각지에서는 의사들의 진료 행위에 대해 매우 엄격했던 것 같다. 의사가 환자를 제대로 돌보지 않는, 이른바 '의학적 태만'에 대해서는 사형에 처해질 정도로 엄했다.

14세기 흑사병이 전 유럽을 휩쓸 당시는 수많은 의사가 의학적 태만이란 올가미에 씌워져 수난을 당했다. 발병에 따른 줄초상이 의사들 책임으로 돌려져서였다. 17세기 영국 런던에 괴질이 번졌을 때는 의사들이 일거에 런던을 빠져나갔다고 한다. 의학적 태만의 멍에를 감당할 수 없어 미리 몸을 피했다는 말이다.

의료인들이 사회적 지위가 확립되기 시작한 것은 18세기 들어서였다. 이 무렵부터 의사란 직업이 단순 영리 수단이 아닌 천직으로 사회일반에 인식됐다. 의사법이 제정되면서 법적, 제도적인 정비가 이뤄졌다. 전문의 제도가 정착됐고. 이발사가 겸업하기도 했던 외과의도 이때부터 정식과목으로 지정됐다고 전한다.

제도적 정비에 따라 의사가 전문가 집단으로 인식되면서 사회적 지위는 괄목할 정도로 달라졌다. 특히 20세기 들어서는 의사회와 같은 의사 단체들은 정치적 사회적 압력단체(Press group)로 자리했다. 더더욱 대체 세력이 없는 전문가 집단이란 점에서 영향력은 대단하다. 작금 의사들의 집단폐업에서 보여준 위력이 어떠했는가를 생각해 보면 실감이 난다. 공권력이 무색할 정도의 '의료 대란'이 그것이다.

의료계가 오늘부터 재폐업에 들어간다고 한다. 대란을 경험했던 국민과 환자들의 심정은 그야말로 놀란 토끼 가슴이다. 그러함에도 믿는 것이 없지는 않다.

'환자에게 위해를 가하지 않으며, 환자들의 신뢰를 존중한다.' 이른바 의사들이 손을 들고 하는 '히포크라테스 선서'다. 나름의 믿음이 있다는 말은 이 선서가 지금도 유효하다는 사실에 근거한다. 〈2000. 8. 1.〉

16. 흔들리는 인술제세(仁術濟世)

'의권 투쟁'인가 '업권투쟁'인가

의사와 환자의 관계는 상호신뢰의 관계였다. 빈부의 격차, 사회적 신분을 크게 염두에 두지 않는 것이기에 신뢰의 관계는 두터운 것이었다. 그리고 그것은 동서고금을 통해 오랜 세월 사회적 가치와 질서로 자리해 왔다.

질병으로부터 고통받는 사람들이라면 까다로운 조건 없이도 의료 시혜가 베풀어졌다. 이른바 히포크라테스의 박애주의가, 의술은 곧 인술로 세상을 구한다는 인술제세仁術濟世가 그 원동력이었다.

그동안 의료대란에 대한 불길한 예감이 없었던 것은 아니다. 몇 차례의 크고 작은 충돌을 지켜보면서 결코 사태가 심상치 않을 것임을 예감해 왔다. 그러함에도 상식선에서 오늘의 대란만은 피해 갈 것이라 믿어 왔다. 설마 국민의 건강과 생명을 방치하는 최악의 사태야 벌어지겠냐는 생각이었다.

그러나 사태는 최악을 향해가고 있다. 미증유의 의료대란 앞에 국가 공권력마저 이미 무력해질 만큼 험악해져 있다.

도대체 전시도 아닌 상황에서 이처럼 사회적 불안을 가져본 경험이 있었던가. 대란의 한가운데 놓여 있는 국민은 공포심에 사로잡혀 있다.

허술하기 짝이 없는 우리의 사회 안전망에 대한 강한 의구심과 함께다.

사태가 이 지경에 이르기까지에는 무엇보다 정부 당국의 책임이 크다. 그동안 문제가 터질 때마다 근본적인 접근을 외면해왔다. 임기응변식으로 땜질하기에 급급했다. 그러함에도 극단적인 총파업사태에 직면해서는 의료계를 원망하지 않을 수 없다. 의약분업 제도를 도입하겠다는 정부. 이의 전면 재검토를 내세운 의료계.

새삼스러운 얘기지만 양측의 주의 주장은 모두가 국민건강이 대의고 명분이었다. 따라서 제도실시에 따른 불편에도 불구하고 국민은 사태의 추이를 예의주시해 왔다. 어느 쪽으로 결말이 나든 그것은 국민건강을 위한 것일 거라는 생각에 서다. 이 같은 생각은 당사자 간 합의가 이뤄진 대국민 약속이었기에 더욱 그렇다.

의약분업은 이미 의약 당사자는 물론 시민단체의 참여하에 합의가 이뤄졌던 사안이다. 하지만 이 같은 믿음은 여지없이 무너지고 있다. 이제 국민의 소중한 생명과 안위를 염려해야 하는 심각한 지경에 이르렀다. 안타깝고 황당한 일이 아닐 수 없다. 병원의 문을 열고, 닫는 것은 병. 의원과 의사들의 자유일 수 있다. 그것 역시 의료인들이 내세우고 있는 '의권' 중의 하나라면 더는 할 말이 없다. 하지만 의료기관이기에 국민건강을 보살펴 줘야 할 책임과 의무 또한 없지 않다.

굳이 히포크라테스의 정신과 인술을 들먹일 것까지 없다. 국민건강은 의료인 의료기관이 외면할 수 없는 업보이자, 살펴야 할 도리이기 때문이다. 무엇보다 의료인을 대신할 대체 인력이 없는 현실에 비춰봐서 더욱 그렇다.

광장에서, 대로에서 의료인들이 시위를 벌이고, 머리를 깎고 삭발투쟁을 한다고 해서 그것을 크게 탓할 사람은 없다. 민주주의 국가에서는 누구나가 의사표시의 자유가 보장되는 것이기에 그렇다. 하지만 지금 벌어지고 있는 의료 총파업은 정당성과 국민적 설득력을 잃고 있다. 신성한 생명과 건강을 볼모로 한 것이기 때문이다.

인술의 현장을 뒤로하고 최악의 수단이 동원된 의료 총파업. 이를 바라보는 국민의 시선은 곱지 않다. '의권 투쟁'이기에 앞서 의사들만의 '업권 투쟁'이 아니냐는 것이다. 사회적 가치로서 축적된 의사와 환자 상호 간의 신뢰 관계가 더는 상처를 입어서는 안 된다. 대란에 직면해서도 무기력한 정부를 둔 환자들로서는 이제 기댈 곳이 의사 선처 말고 더 있겠는가.

지척에 위급을 호소하는 환자를 두고 모른 척하기란 여간 고통스러운 일이 아닐 것이다. 누구보다 의료인들이 더욱 고통스러워하고 있다. 하지만 생명과 건강을 매개로 한 의사와 환자 사이 상호신뢰의 관계가 더는 위협 받아선 안 된다. 환자들이 기다리는 인술의 현장으로 돌아가야 한다. 〈2000. 10. 9.〉

17. 불발로 끝난 외국인 참정권

사회 일원으로서 국가 또는 지방자치단체의 정치에 참여할 수 있는 권리가 곧 공민권이다. 정치적 권리인 공민권은 시민운동의 소산이기도 하다. 시민사회 시민계급이 확산하면서 그 권리 또한 확대됐다.

공민권이 시민운동의 소산이란 점에서 시민권과 궤를 같이한다. 다만 공민권은 일반적인 시민권과는 달리 국가에 대한 정치적 권리다. 그 점에서 공민권은 보다 공격적이고 적극적인 권리로 해석된다.

그리고 공격적, 적극적 권리란 점에서 시대적으로 많은 제약과 제한을 받아 왔다. 남녀에 따라, 때로는 빈부격차에 따라 차별적인 권리로 인식되어왔다. 하지만 공민권 운동이 세력을 얻으면서 차별의 벽 또한 끊임없이 무너져 왔다. 가장 대표적인 사례가 미국의 흑인들이 중심이 된 공민권 제한 철폐 운동이다.

미국은 19세기 중엽에 이르러 인종 차별에 따른 공민권 제한 철폐 운동이 활발히 진행됐다. 링컨 대통령의 흑인 노예해방 선언과 함께다. 그리고 20세기 들어서야 그 결실을 보기에 이르렀다. 두 차례의 세계대전을 거치면서 헌법상의 권리로 구체화 됐다. 그리고 1960년대 들어서는 공민권법이 제정되면서 비로소 정치적 평등권이 주어진다. 덩달아 미국 내 장기체류의 유색인종 등 외국인들에게도 시민권 공민권이 주어지고 있다. 미국 사회의 구성원으로서 책임과 의무를 다하고 있으면 국적에 크게 연연하지 않고 참정권을 부여하고 있다.

외국인에 대한 공민권 부여는 단순히 시민적 권리 신장의 차원만이 아니다. 미국의 국익과도 무관치 않다. 자국 거주의 외국인들에게 국민이 아닌, 시민으로서의 정치적 권리를 인정함으로써 얻는 국익이 만만치 않다. 이를테면 지구촌에 대한 영향력을 확대하고, 미국의 외연을 넓히게 되는 반사적 이익들이 그렇다.

엊그제 외국인에 대한 공민권 부여와 관련, 국회 논의가 있었다. 국회 정치개혁특위가 국내 거주 외국인들에게 공민권을 허용하자는데 합의했다. 5년 이상 장기 거주자에게 지방선거 투표권을 주자는 것이었다.

그런데 국회 법사위에서 하룻밤 사이에 없었던 일로 했다. 위헌성 논란과 선거관리의 어려움 때문이라고 한다. 글쎄다. 선진외국에서 흔히 있는 일을 두고 위헌성 시비라니 얼른 이해할 수 없다.

굳이 헌법을 들먹일 것도 없다. 역사적으로 이민족을 널리 포용했던 시대, 우리 민족은 강성대국이었다. 오늘의 미국 못지않게 대륙을, 세계를 경영했던 역사를 갖고 있다.

이제 우리도 세계인들을 포용할 만큼 국력이 신장 됐다. 정치인들 스스로 G7을 운운하고 OECD 가입국임을 자랑하고 있다.

여야 간 합의가 하룻밤 풋사랑이었다니 참으로 아쉽다. 작금 참정권 문제로 가슴앓이를 해온 60만 재일동포들의 처지를 생각하니 더욱 그렇다. 〈2002. 3. 1.〉

| 제4부 |

출발, 지방자치

'반쪽자치'로 부활한 지방자치, 기대와 우려 속에

30년 만에 되찾은 지방자치. 1991년 3월 26일 기초의회 의원선거를 시작으로 주민 대의 기관인 지방의회가 탄생했다. 지방자치, 지방화 시대의 시작을 알리는 신호탄이었다. 그러나 그 과정은 험난했다. 주민이, 주민에 의한, 주민을 위한 지방자치. 과연 무엇을 남겼고, 풀어야 할 향후의 과제는 무엇일까.

제1장
지방자치로 가는 길

1. 우여곡절의 지방자치 부활

제헌헌법에서부터 지방자치제를 도입했던 대한민국.

건국 이듬해인 1949년 지방자치법이 공포되고, 1952년 4월과 5월 지방의회 구성을 시작으로 본격적인 지방자치가 실시됐다. 그러나 1961년 '5·16 쿠데타'는 10년 동안 실시해온 풀뿌리 민주학교 문을 닫게 했다. '풀뿌리 민주'가 채 뿌리를 내리기 전이었다.

5·16 군사정권은 지방의회를 해산하는 한편으로 지방자치단체장을 임명제로 바꿨다. 또한 기초 자치단체였던 읍면은 상급 기관인 도, 시, 군의 감독을 받는 보조기관으로 전락했다.

군사정권에 이어 탄생한 3공화국 헌법은 지방자치를 뒤로 미뤘다. 지방의회의 구성 시기를 법률에 위임하고서다. 풀뿌리 민주 대신 중앙집권 체제를 강화한 것이었다. 공화국 헌법은 더 나아가 지방의회를 국토통일이 이뤄질 때까지 구성하지 않는다고 명시하기에 이르렀다.

1972년 이른바 '유신헌법'에서의 헌법유보 조항이 그것이다. 사실상 지방자치 실시 의지가 없음을 표면화한 것이었다.

그러나 유신체제가 무너지면서 풀뿌리 민주주의에 대한 국민적 열망이 높아졌다. 이에 따라 정치권에서도 지방자치 부활에 대한 논의가 일기 시작했다.

1984년 국무총리실 안에 지방자치 실시연구위원회가 설치됐다. 1988년 3월에는 지방자치법 개정안 등 관련 법안이 국회를 통과했다.

이 같은 가시적 진전은 1980년 5공화국 헌법에 명시되면서 가능해졌다. 1987년까지 지방의회를 구성한다는 한시적 유보조항이 그것이다.

이에 따라 여소야대 정국을 이끌던 평민, 민주, 공화 야 3당은 지방자치법 개정 단일 안에 합의했다. 1988년 정기국회에서 여야는 1990년 상반기 지방의회를 전면 구성, 1991년 상반기 지방자치단체장 선거라는 대합의를 이뤄냈다.

그러나 1990년 초 민정, 민주, 공화 3당 합당의 정치파동을 거치면서 대 합의는 유야무야가 됐다.

우여곡절을 겪으며 정치권에서 표류하던 지방자치.

다시 여론에 밀리면서 같은 해 12월 정기국회에서 관련 법이 가까스로 통과됐다.

1991년 상반기 광역 및 기초 자치단체 의회를 구성하고, 1992년 상반기 자치단체장 선거를 치른다는 내용을 담고서였다. 특히 지방자치 실시 가시화는 1992년 상반기 14대 총선과 1993년 말 대통령 선거와 맞물려 국민적 관심을 모았다.

지방자치 부활이 가시화되면서 지자체의 손길이 바빠졌다. 시·도에는 부시장 부지자를, 시·군에는 부시장 부군수를 위원장으로 하는 '지방자치 준비 기획단'이 구성됐다. 기획단에 의해 관련 법규들이 정비됐다. 제주시의회를 비롯한 기초 자치단체인 4개 시·군의회 청사가, 광역자치단체인 제주도회 청사가 잇따라 준공됐다.

지방화 시대를 대비한 자치법규 정비도 착착 진행됐다. 도시계획실시 인가를 비롯한 6백여 건에 이르는 중앙사무가 道에 위임됐다. 각종 조례 규칙 등 6백40여 건의 자치법규가 정비됐다. 5백여 건에 이르는 도지사 권한 사항이 도. 시.군 자치단체에 위임됐다. 또한 주민들의 생활권과 밀접한 행정 권한들이 기초 자치단체인 시. 군에 이관됐다.

하지만 지방자치의 골격이 될 지방의회 구성과 관련한 조례 준칙 등 조율이 지지부진했다. 이를테면 지방의회 구성과 관련한 상임위 조례, 선거구획정 조례, 의회 사무처 직원 직무조례, 청원심사 규칙 등 자치법

규와 관련한 중앙지침이 늦어지면서 차질을 빚었다. 또한 지방의회 기구 설치와 인력배치에도 혼선을 초래했다.

그러나 지방자치 실시를 앞둔 이들 지방자치단체의 가장 큰 걱정은 취약한 재정자립도다. 지방자치의 성공은 지방 자주재원의 확보가 관건이기 때문이다.

사정이 그러함에도 제주도를 비롯한 도내 5개 광역, 기초 자치단체의 재정자립도는 미미하다. 작게는 20% 선에, 크게는 50% 선에 그치고 있다. 그것도 자치단체 간 재정자립도 폭이 크게 불균형을 이루고 있다. 자치단체에 따라 중앙의존도가 높아 이대로는 도로 중앙중앙 관치로 돌아갈 판이다. 물론 지방자치단체마다 자주재원 마련에 전전긍긍하고 있다. 공영 개발단의 발족, 지역개발 기금 제도 도입과 같은 세외 수입과 신규 세원 확보를 위한 노력 등이 그것이다.

하지만 이 같은 노력에는 한계가 있다. 더더욱 지속 가능한 것도 아니다. 따라서 지방분권에 따른 중앙재원 지방으로의 대폭 이양이 불가피하다. 이를테면 유흥세와 같은 국세의 지방세 전환 등이 그것이다.

여유를 덜어 부족을 보태는 것이 세상의 이치라고 했다.

중앙집권 시대 중앙에 집중됐던 권한과 재원을 지방으로 나눠 줘야 한다. 더더욱 지방화 시대 지방자치의 성패는 지방재정 여하에 달려 있다. 가진 쪽이 여유를 덜어 부족한 곳에 보태야 하는 것은 당연하다.

지방분권에 따라 중앙에 집중된 권한을 지방으로 대폭 내려보내야 한다. 이와 함께 국세의 지방세 전환 폭도 크게 넓혀 주어야 한다. 그것이 지방자치, 지방화 시대로 가는 지름길이다. 〈1991. 1. 10.〉

2. 돈뿌리 민주주의

빗나간 선거 풍토, 올바른 주권 행사가 지방자치로 가는 제1 관문

눈앞에 다가선 지방자치 시대는 과연 활짝 열릴 것인가. 지방화 시대를 여는 지방자치 실시를 앞두고 기대 못지않게 우려의 소리 또한 없지 않다. 지방자치로 가는 길에서 극복해야 할 과제들이 산적해 있기 때문이다.

극복해야 할 과제 중의 하나가 바로 잘못 뿌리내린 선거 풍토의 개선이다. 지방자치가 실시되면 대부분의 지방 문제는 지방자치단체에 맡겨진다. '중앙 관치' 시대와는 달리 중앙의존이나 예속에서 탈피하게 된다. 지역주민 지배의 원리가 적용되고, 주민참여의 참정권이 확대된다. 또한 지역 현안에 대한 주민협의의 원리가 지배하게 된다. 다시 말해 지방자치는 주민이 주체이고 주인이 되는 것이다.

이 같은 지방자치의 이념은 1차 적으로 선거란 제도를 통해서 구현되기 마련이다. 선거를 통해 주민 대의 대표기구인 지방의회가 구성된다. 또 주민들로부터 단체의 살림을 위임받게 될 지방자치단체가 선거를 통해서 구성된다. 이들 기구가 주민들의 의견을 수렴하고, 정책화하고 집행하게 된다.

그러나 우리의 선거 풍토가 문제다. 민주주의 꽃이라는 선거가 민주주의 제도로서 올바르게 정착되지 못해서다. 선거 때마다 주권재민의 논리를 도외시한 관권 개입이 알게 모르게 작용했다. 졸부들에 의한 금권이 판을 치기도 했다. 또한 자질이나 역량을 고려함이 없이 지연, 혈연, 학연의 연고에 집착, 신성한 주권이 유린당하곤 했다.

선거 타락의 양상은 어제오늘 새삼스러운 얘기는 아니다. 공화국으로 출범한 이래 우리의 선거사는 관권과 금권 그리고 정실情實에 좌우됐

다고 해도 과언은 아니다.

제1공화국 시절, 우의牛意, 마의馬意가 동원된 관권선거가 판을 쳤다. 특히 막강한 경찰력과 공무원들이 동원된 '3·15 부정선거'는 관권선거의 대표적인 예다.

금권선거가 판을 치던 시절. 막걸리 한잔에, 고무신 한 짝에 눈이 어두워 신성한 주권을 팔아넘기기가 일쑤였다. 그리고 금권과 관권에 얽매인 선거가 지나고 나면 유권자 목소리는 낮아지거나 무관심해질 수밖에 없다.

관권과 금권선거와 함께 관행처럼 된 것 중 하나가 정실 선거다. 정실에 치우친 선거는 국가의 명운을 좌우할 대통령 선거라고 예외는 아니었다. 후보의 자질이나 역량을 어림하기에 앞서 주변 선거운동원이 누구냐가 선택의 기준이었다. 운동원이 자신과 어떤 인연인지, 과거 어떤 도움을 받고, 도움을 받을 것인지에 기울어 신성한 주권을 가볍게 행사하곤 했다.

민의를 대변하고 대표할 국회의원 선거를 비롯한 크고 작은 선거라고 다를 바 없었다. 후보 또는 후보의 선거운동원이 어느 집안 출신이고, 어느 동네 인물인가에, 동창 동문 등 학연이 주요 선택 기준이었다.

정실에 치우친 우리의 선거 풍토. 정도와 양상이 다소 달리할 뿐 작금에 이르러서도 크게 달라진 것은 없다. 각종 선거에 있어 학연, 지연, 혈연이 좌우하는 정실 선거가 그것이다. 여전히 선거는 집권자의 집권 수단이고 도구일 뿐이었다. 주권자의 정치적 의사결정은 그 뒷전이었다.

정치적 의사결정에 있어서 올바른 판단에 터를 잡지 못했던 3선 개헌, 종신 집권을 염두에 둔 '10월 유신'과 헌법 파괴를 초래한 4공화국의 탄생, 국민 참정권의 제한 속에 치러진 이른바 체육관 선거와 5공화국의 탄생 등등이 그것이다.

특히 집권의 수단으로 이용됐던 '통일주체국민회의 대의원 선거'와 '대통령 선거인단 선거'는 가관이었다. 선거 참여 반대급부로 농협, 수협, 축협 조합장 자리를 놓고 공공연히 매관매직이 이뤄지는 일들이 벌어지곤 했다.

어디 그뿐일까. 최근 민주화 바람을 타고 치러진 대통령 선거와 국회의원 선거, 농.수. 축협의 조합장 직선제 등 빗나간 선거 풍토는 크게 달라지지 않았다. 오죽했으면 "소금에 절인 고기는 바다로 돌아가지 못한다"는 유행어까지 등장했을까.

그렇다면 이 같은 그릇된 선거 풍토의 관행은 어디서부터 연유하고 있는가. 또 그 치유책은 없는 것일까. 이를 지켜보는 대다수 정치학자, 전문가들은 다음과 같이 말한다.

"잘못된 선거 풍토는 바로 '잘못된 주민 정치 의식'과 정권 담당자들의 '우민화 정책'에서 비롯된다"는 지적이 그것이다.

맞는 말이다. 유권자 대다수는 지나칠 만큼 선거에 관심이 높다. 반면 정치에는 무관심하고, 무의식적이다. 그것이 바로 우민화 정책의 뒷심이 되고 있다. 다시 말해 유권자는 입후보자들의 각종 선심 공세에 관심이 있을 뿐이다. 그리고 정치집단은 유권자들의 이 같은 정치 미숙을 도구화한다는 얘기다. 특히 역대 정권 중에는 정권의 정당성과 도덕성이 취약할수록 금권과 관권 동원에 익숙했다. 여기에 금력을 지닌 정상배들이 편승, 선거 풍토를 타락시켜 왔다. 이른바 정경유착이 대표적 폐단이다.

빗나간 선거 풍토와 관련, 지방자치 학자들은 유권자 의식혁명을 강조한다. 깨어 있는 의식이 '우민화'로부터 자유롭게 해주며, 빗나간 선거 풍토를 바꿀 수 있다는 것이다. 그러기 위해서는 유권자들이 정치에 대한 끊임없는 관심과 주의력을 갖고 있어야 한다. 여기에 정치 현안에 대한 지식을 바탕으로 한 의식혁명이 선행된다면 금상첨화일 것이다.

올바른 선거 풍토 조성을 위해서는 무엇보다 유권자 참여의식이 소중하다. 조만간 실시될 지방자치 선거에서는 이 같은 참여의식을 바탕으로 한 선거 혁명이 기대된다. 특히 광역 단체장인 도지사 선거와 도의원 선거는 정당 추천제를 도입하고 있다. 정당이 개입하고 있다는 점에서 자칫 지방의 생활 정치가 중앙에 예속될 소지가 없지 않다. 그러하기에 선거를 정치도구로만 여기는 집단 또한 경계 해야 한다.

고창훈 교수(제주대, 행정학)는 "확고한 공명선거 의지와 함께 시민단체 등이 참여하는 선거 감시체제가 있어야 한다"고 전제, "선거 의식 전환을 위한 대대적인 시민운동이 있어야 한다"고 했다.

제주도 선관위 양우진 상임위원은 "지방선거를 앞두고 졸부나 투기꾼같이 금력을 앞세운 부적격자 등장이 우려된다"고 했다. 풀뿌리 민주주의가 '돈뿌리 민주주의'로 전락돼서는 안 됨을 우려함이다.

30년 만에 되찾은 풀뿌리 민주주의인 지방자치. 지방화 시대 지방자치의 성패는 올바른 주권 행사에 달려 있다. 금권, 관권, 정실이 배제된 올바른 주권 행사, 그것이 곧 지방자치로 가는 제1 관문이다.

〈1991. 1. 17.〉

3. 선거에는 관심, 정치에는 무관심

주민참여 자치 의식 함양이 지방자치 성패 가름

"정치, 그거 꾼들이나 하는 거 아니냐", "선거, 나 그런 거 몰라"

선거 때만 되면 귀를 쫑긋거리던 사람들도 정치 애기가 나오면 손사

래다.

이 말은 선거에는 관심이 있지만, 정치에는 무관심하다는 말과 일맥상통한다. 전자의 말은 비교적 의식이 있는 정치 혐오층을 대변하는 듯하다. 후자의 경우는 정치적 성숙도가 낮은 정치 무관심의 얘기로 들린다. 하나같이 지방자치 실시를 앞두고 걱정되는 일이 아닐 수 없다.

이제 지방의회 선거가 목전에 다가섰다. 어떤 일이 있어도 3월 중에는 선거가 있게 될 것이란 정치권의 얘기다. 하지만 선거 막바지 길목에서 선거에 대한 기대 못지않게 우려의 목소리도 높다.

지방자치 본질이라고도 할 수 있는 주민참여 관행이 터 잡지 못한 데서 비롯되는 말이다. 또한 주민자치 역량이 아직은 미흡함을 우려하는 목소리이기도 하다.

3월 선거가 기정사실 되면서 대다수의 관심은 제도보다는 선거다. 누가 선거에 출마하고 얼마를 쓸까에 관심이 쏠리는 듯하다. 벌써 일부 예비후보들이 출마를 위해 '밭데기'를 팔아넘겼다는 소리도 들린다. '3당(當選) 2락(落選)', '5당 3락'의 소리가 거침없이 나돌고 있다. 아마도 기초의원 선거는 3억을, 광역의회 선거에는 5억을 써야 당선이 된다는 말인 듯하다. 출마자들이 돈으로 주민참여를 꾀하고, 유권자 또한 은근히 '떡고물'을 바라고 하는 말들이다.

이 같은 행태는 결국 모처럼 실시되는 지방자치 선거를 무색하게 할 소지가 크다. 졸부들의 행진에 함께하기가 거북해지면서 유권자들이 참여의 대열에서 멀어지기 때문이다. 선량이 되고자 하는 출마자 역시 주민참여, 자치 의식은 안중에 없다. 오로지 선거의 승부에만 집착, 정작 본연의 역할에는 관심이 없는 듯하다.

선거로 선출된 선량들은 유권자들의 정치적 의사를 존중해야 함은 당연한 일이다. 그러나 우리의 선거 풍토에서는 거리가 먼 얘기다. 선거가 끝이 나면 유권자들은 안중에 없어진다. 오히려 등을 돌리기까지 한다. 왜 그럴까. 그것은 주권을 행사한 유권자나 선출된 선량 사이 서로 부담이 없어서인지 모른다. 서로 신성한 주권을 팔고 샀다는 잠재의식이 자리하고 있어서다.

금전 타락 선거가 휩쓸고 간 정치무대, 유권자들의 감시와 통제는 더 이상 자리할 곳이 없다. 느슨해진 틈을 타 선량들의 곁눈질이 시작되고, 부패의 싹이 튼다. 선거에는 관심이 있어도 정치참여에는 무관심한 사례는 비일비재하다. 역대 지방의회 선거를 비롯한 각종 선거에서 극명하게 드러난다.

일반적으로 주민자치 선거는 농어촌보다 도시지역 투표율이 높은 것이 상례다. 교육환경을 비롯한 교통 문제 등의 서로 다른 환경 때문이다(선진국인 경우, 투표율의 높낮이는 주민자치 의식과 비례한다).

그러나 우리의 역대 지방자치 선거의 경우는 이와 사뭇 다르다. 1952년 이후 '5·16' 직전까지 실시됐던 지방선거 결과가 그렇다. 당시 읍면 단위 투표율(최고 90%선)은 매우 높다. 반면에 서울을 비롯한 대도시 지역(40%선)이 오히려 크게 낮았다. 이 같은 현상의 이면에는 노골적인 관권이 작용했다는 지적이 없지 않다. 1970, 80년대 선거에서도 마찬가지다.

이 시절 '국민투표', '통대 선거', '대통령 선거인단 선거'에서 농어촌의 투표율이 도시에 비교해 턱없이 높게 나타난다. 농어촌 지역에서 '1백% 참여, 1백% 찬성'의 투표 결과가 그것이다.

지방자치를 실시하게 되면 선거를 통한 주민참여 폭이 넓어진다. 이와 함께 지방행정의 참여 폭도 커질 것이 기대된다. 다시 말해 단체장 지방의원선거 등을 통한 주민참정권이 확대되고, 지역 현안에 대한 주민협의 원리가 지배되기 때문이다.

관 주도적인 공동참여에서 주민의 자발적인 행정참여 기회가 많아진다. 정책 결정에 앞선 공청회, 대의기구를 통한 정책 참여와 결정 등이 그것이다.

그러나 이 같은 주민참여와 자치 의식은 하루아침에 자리하는 것은 아니다. 제도 운용에 앞선 경험 축적이 전제되어야 한다. 지방자치는 제도 그 자체로 모든 것이 이뤄지는 것이 아니라 많은 시행착오 끝에 서서히 성숙해지기 때문이다.

같은 맥락에서 과거 1950년대 실시됐던 지방자치와 관련, 아쉬움이 없지 않다. 1950년대 지방자치는 전쟁의 소용돌이 속에서 실시되면서 그 순수성이 의심받고 있기는 하다. 풀뿌리 민주주의 착근 차원보다는 집권자의 정치적 목적이 앞섰기 때문이다. 그나마 또 다른 정치적 의도에서 중단되면서 지속적인 경험 축적 기회를 상실했다.

당시 자치 의식이 희박했고, 제도와 운영상의 결함이 없었던 것은 아니다. 하지만 중단없이 자치 경험을 축적해 왔었다면 상황이 다르다. 아마도 오늘날 지방자치는 크게 성숙하고 발전해 있을 것이다.

지방자치의 본질은 주민이, 주민에 의한, 주민을 위한 주민자치다. 따라서 주민자치를 위해서는 주민 스스로, 참여와 자치 의식을 함께 키워나가야 한다. 개발계획과 관련한 각종 공청회와 공람 등에 적극적인 관심을 보여야 한다.

또한 잘못된 행정행위에 대해서는 사전에 제동을 걸어야 한다. 그러기 위해서는 관련 학자와 전문가들의 적극적인 사회참여가 바라진다. 무엇보다 '선거엔 관심, 정치엔 무관심' '정치, 꾼들이나 하는 것'이란 잘못된 인식을 떨쳐내야 한다. 지방자치는 내 삶과 직결된 생활 정치이기에 더욱 그렇다.

생활 정치에 대한 주민참여와 자치 의식의 함양. 그것은 중앙집권화된 권한의 지방분권화와 함께 지방자치를 떠받치는 큰 기둥이다.
〈1991. 1. 24.〉

4. 중앙정부의 '시녀행정(侍女行政)'

중앙 통제의 관치시대에서 주민자치의 지방 시대로의 전환.

전환 시대 자치행정을 떠맡아야 하는 지방 공직자들의 자세는 달라져야 한다. 지방시대는 지방 공직자들의 역할과 기능이 '중앙 관치' 시대와 크게 달라지기 때문이다. 지방자치 이전의 지방 공직자는 대개 중앙부처나 기타 상급 부서로부터 위임받은 일을 집행해왔다. 그러나 지방자치 시대는 업무의 결정 과정에서부터 집행, 평가, 분석에 이르기까지 권한을 행사하고 책임을 져야 한다.

따라서 지방자치의 성패는 자치단체 공직자들의 역량과 자세 여하에도 좌우된다.

그렇다면 과연 지방화 시대 지방 공직자의 위상은 어떻게 달라질까. 또한 변화에 따른 공직사회의 불안과 우려의 실체는 무엇일까.

지방자치가 실시되면 사회 전반에 걸쳐 혁명적 변화를 가져오게 된다. 무엇보다 공직사회가 크게 달라진다. 과거 타율적 중앙 관치의 타성에서 자율적 지방자치 공무 담당자로 바뀌게 된다. 물론 이에 따른 긴장과 불안이 없을 수 없다.

우선 중앙정부 권한의 지방 위임에 따른 책임과 분담 능력에 대한 부담감이 그 하나다. 그동안 주요 정책 수립과 시책에 있어 그 대부분은 중앙부처의 몫이었다. 지방자치단체는 그것의 집행만을 맡아 왔다.

따라서 지방자치단체 공무원의 책임은 주민에 대한 것이라기보다 감독관청인 중앙에 대한 것이었다.

그러나 지방분권화가 이뤄지면서 중앙정부 대신 지방정부가 정책을 결정하고 효과적으로 집행해야 한다. 이를테면 도시 및 지역계획의 수립 등 전문적이고 기술적인 업무를 스스로 감당해야 한다. 따라서 지방화 시대 지방공무원의 역량과 기능은 중앙부처 공무원에 못지않은 전문적, 기술적 지식과 풍부한 경험이 요구된다.

그러나 현실은 우수 인력이 지방보다 중앙에 몰려있다. 직급 역시 다수의 지방 직급이 중앙보다는 낮게 책정되어 있다. 지방자치의 조기 정착을 위해서는 무엇보다 지방화 시대에 부응할 수 있는 인재를 확보해야 한다. 지방공무원으로서도 전문적, 기술적 능력 제고가 또한 시급하다.

지방자치 지방화 시대는 지방 공직자의 주민에 대한 봉사 자세가 강조되고 있다. 중앙집권 체제의 타성에 젖은 주민 통제 사고에서 크게 벗어나야 한다는 얘기다. 그동안 지방행정은 일방적인 중앙 정책 수행과정에서 주민 통제가 필요악처럼 받아들여졌다. 그러나 앞으로는 이 같은 공무원의 자세가 달라지지 않으면 안 된다. 정책 수립과 집행이 오히려 주민(또는 지방의회)의 통제를 받아야 하기 때문이다.

지방자치 실시를 앞두고 공직사회가 동요하고 불안해하는 것은 이뿐이 아니다. 지방자치가 실시되면 중앙정부와 지방정부 사이 업무조정, 조직개편이 이뤄진다. 이에 따른 신분 변화와 신분보장과 관련한 공직자들의 동요가 없지 않을 것이다. 일부이기는 하지만 국가직 공무원이 지방직으로의 전환, 도·시·군 간 인사교류 제한에 따른 불안감 등이 그것이다.

제주도를 비롯한 5개 도, 시군 자치단체의 국가직 공무원은 국장(시군), 과장급(도) 이상 대다수다. 지방자치가 실시되면 이들 국가직 공무원들은 지방직으로 전환된다. 국가위임사무가 대폭 축소되면서 지방 고유사무로 통합되기 때문이다.

이와 관련 정부 차원에서 여러 방안이 검토되고 있다. 그 첫째가 지방자치단체 공무원 모두를 지방공무원으로 하는 것, 둘째는 6급 이하 지방직으로, 셋째는 4급(국장급) 이상은 국가직으로 배치하는 방안 등이다. 이에 따라 중앙부처 (내무부) 공무원들이 대체로 도·시·군 전출을 꺼리고 있다. 반면에 지방 전출을 희망하는 공무원도 있는 것으로 알려진다. 지방자치 실시와 함께 그동안 도, 시군 등 지방을 총괄하던 내무부 기능이 약화 될 것을 예상해서다.

또한 단체장 선거에 따른 현직 도지사 시장 군수의 거취도 관심의 대상이다. 중앙정부 차원에서는 이들을 자치단체장 선거에 출마하도록 권유했다. 그러나 출마 희망자가 많지 않아 별도의 방안이 검토된 것으로 알려진다.

시, 도지사 시장. 군수를 부단체장으로 보임, 전문행정을 맡도록 하는 것도 그중 하나였다. 향후의 선거직 자치단체장은 정치인 또는 지역의 유력인사들일 것이란 판단에서다. 물론 이 경우, 선거직 단체장과 행정직 부단체장의 직급이 상향 조정될 것으로 예상된다. 지방직으로 전환되는 국가직 공무원의 역시 마찬가지다.

무엇보다 공무원들이 자치단체별 근무환경의 변화에 따른 불안도 적지 않다, 지방자치가 실시되면 도. 시군 간 인사교류가 지금처럼 쉽지 않으리라는 예상에서다.

이와 함께 지방의회 구성에 따른 심리적 부담 또한 없지 않다. 견제와 감시로부터 자유롭지 못할 뿐 아니라 이에 따른 마찰이 예상되기 때문이다.

하지만 견제와 균형은 풀뿌리 민주주의인 지방자치의 기본 틀이다.

중앙 관치에서 지방자치로 가는 길목에서 공무원의 자세가 달라져야 하는 까닭이 여기에 있다.

지방화 시대의 작은 정부인 지방자치단체의 성패는 공무원들의 자세 여하에 달려 있다. 관행화된 중앙의 '시녀侍女행정'에서 과감히 탈피해야 한다. 무엇보다 창의적이고 능률적이며, 책임 있는 공직자로의 자세 전환이 절실하다. 〈1991. 1. 31.〉

5. 지방재정과 '중앙 들러리'

지방자치 내실화는 재정자치권 확립부터

지방자치 실시를 앞두고 극복해야 할 주요 과제 중 하나가 재정 자립 기반의 확충이다. 지방주민이 주체가 되어 자기 재정으로 정책사업을 수행할 수 있는 지방재정 자치권 확립이 그것이다.

과거 지방자치 실패한 요인 중의 하나가 지방 재정자립도의 취약이었다.

1950년대 경험했던 우리의 지방자치는 정략의 산물이었다. 출발부터 풀뿌리 민주주의 착근 보다는 집권 연장의 도구로 이용됐다.

국회 선출로 대통령이 된 이승만은 국회 간선으로 재집권이 힘들어지자 견제 세력인 지방의회를 구성했다. 이승만은 6·25 전쟁이 한창이던 1952년 지방자치 선거를 감행했다. 제헌헌법에 명시된 것을 구실로 느닷없이 지방자치 선거를 들고나왔다. 그리고 선거를 통해 선출된 지방의회 의원들을 앞세워 직선제 개헌을 밀어붙였다. 당시 제헌헌법에는 지방자치가 명문화되어 있었다. 그러나 이 조항은 지방재정 등을 고려한, 한시적 유보조항이었다.

준비도 없이 정략에 의해 무리하게 실시된 1950년대 지방자치는 결국 실패했다. 주민자치 의식의 결여와 함께 취약한 말이 지방자치지 지방재정 중앙에 예속된 '들러리 정부'나 다름없었다. 끝내는 5·16 쿠데타와 함께 지방의회가 해체되면서 10년 만에 중단되고 말았다. 자치 의식의 결여와 함께 취약한 지방재정이 빌미였다.

30년 만에 부활한 우리의 지방자치 재정기반은 과연 튼튼한가.

제도실시를 목전에 두고 있지만, 불행하게도 자립기반이 허약한 채 많은 과제를 안고 있다. 제주도를 비롯한 4개 시군의 재정은 여전히 중앙의존도가 높다. 그뿐 아니라 자치단체별 예산 규모와 자립도 역시 심한 불균형을 이루고 있다.

재정자립도 통계(91년1월 현재)로는 광역인 제주도는 44%, 제주시 65%, 서귀포시 55.4%, 북제주군 22.4%, 남제주군 29.5%에 이른다. 제주시를 제외하고는 4개 시군 공히 전국 평균치 63.5%(89년 기준)를 크게 밑돌고 있다.

예산 규모(91년도)에 있어서는 제주도 1천 2백 90억 원(특별회계포함), 제주시 9백 36억 원, 서귀포시 3백 40억 원, 북제주군 6백억 원, 남제주군 4백 51억 원 규모다. 최근 들어 그 규모가 크게 늘어난 수치라고는 하나, 예산구조에서는 지방세나 세외 수입원 비중이 빈약하다. 중앙예산인 지방교부세와 지방양여금, 보조금 비중이 훨씬 크다. 여전히 중앙의존도가 높다는 얘기다.

특히 북제주군과 남제주군 인 경우, 자체 세입원인 지방세와 세외 수입원으로는 인건비 충당도 힘이 들다. 빈약한 지방자치 재정이 여전히 지방자치 정착을 위협하고 있다는 말이다. 특히 단체장 지방의원 후보 정당 추천제가 도입되면서 지방정치의 중앙 예속이 우려된다. 여기에 재정마저 중앙에 의존한다면 과거처럼 지방자치 무용론이 고개를 들 수도 있다.

그러나 이 같은 문제들로 지방자치 실시를 우려하거나 불안해할 까닭은 없는 듯하다. 지방 재정자립도가 지방자치 존립과 관련 쟁점이 될 수는 있다. 하지만 지방자치를 실시하고 있는 모든 나라가 재정자립도가 높은 것은 아니다. 오히려 지방자치 재정자립도가 낮은 것은 세계적인 추세다.

지방자치가 비교적 잘되고 있다는 미국이나 일본의 자치 재정자립도는 그다지 높지 않다. 이들 나라의 지방자치 재정자립도는 50% 선에 그치고 있다. 이들 나라에서는 오래전부터 국가 재원의 재분배와 경영 수입 확대 등을 통해 부족한 재원을 보충한다.

그러나 우리의 경우는 지방자치 실시를 목전에 두고도 재원 재분배가 이뤄지고 있지 않다. 중앙에 집중되어 있던 사무를 지방자치단체로 이관했을 뿐이다. 짐만 잔뜩 내려놓고, 싣고 갈 마차는 내주지 않는 셈이다. 현재 지방재정 확충방안으로 대두되고 있는 재원 분배의 하나는 지방세 성격이 내포된 국세를 지방세로 이양하는 것이다.

제주 지방자치연구회 윤양수 교수(제주대, 법학)의 말이다.

"우리나라 지방 세원이 빈약한 큰 요인 중 하나가 세원의 분배가 지나치게 국세 중심으로 되어 있다는 점이다. 지방 세원 확충의 가장 효율적이고 현실적인 방안은 국세와 지방세 세원 재조정이다. 이를 통해 지방세 적 성격을 가지고 있는 일부 국세를 지방세로 이양하는 것이 시급하다. 주민 조세부담의 가중 없이 지방세수를 늘리는 것이어서 조세저항을 유발하지 않는다. 이를테면 지방세 성격이 강한 국세 중 음식, 숙박업, 개인 서비스 업종의 영업세, 입장세, 유흥음식세 등의 국세를 지방세로 이양하는 것들이다."

진정한 지방자치는 재정자치권 확립으로부터 비롯된다. 30년 만에 실시되는 지방자치 정착을 위해서는 국가 차원의 정책적 배려가 있어야 한다. 그 첫째가 중앙정부와 지방정부 간 국세의 지방이양과 같은 재원 재분배다. 〈1991. 2. 7.〉

6. 중앙관치와 풀뿌리 민주

'반쪽 자치', 지방자치단체장 선거 앞당겨야

1991년에 치러진 '3·26, 6·20' 기초 광역의 양대 지방의회 의원선거.

지방자치를 향한 제주도민들의 열정은 대단했다. 전국적으로 치러진 양대 선거에서 제주는 70.1%와 74.7%란 전국 최고의 투표율을 기록했다. 당시 전국평균 투표율이 55% 선에 머물렀던 것에 비교해 볼 때 매우 높은 기록이다. 이 같은 결과는 주민자치 시대로의 거듭남에 대한 제주도민들의 기대와 높은 관심을 반영한 것에 다름아니었다.

그러나 출범 2주를 맞은 제주의 지방자치는 그 부활의 의미만큼 도민들 가슴에 와닿지 못하고 있다. 지방자치 양대 수레바퀴라 할 지방의회와 지방자치행정이 아직은 헛바퀴를 돌고 있기 때문이다.

사실이 그렇다. 주민 대표기관이자 대의 기관인 의회는 '민의의 전당'으로서의 제 기능을 다하지 못하고 있다. 집행기관인 행정자치 역시 중앙 관치의 구태를 벗어던지지 못하고 비틀거리고 있다. 이 같은 비틀거림은 출발에서부터 기인하고 있다.

30여 년 오랜 기다림 속에 부활한 지방자치였다. 그러나 중앙으로부터 주어진 제한적 분권과, 예의 관행을 안고 출발한 '반쪽의 지방자치'였다. 시대에 걸맞지 않은 중앙 위주의 제도와 행정, 지방자치 단체장 선거 유보 등이 그것이다.

주민직선에 의한 지방의회 의원과 중앙정부 임명에 의한 단체장이 공존하는 지방자치. 이 같은 반쪽 지방자치 구조하에서 지방자치가 조기 정착되기는 쉽지 않다. 그리고 그 역량을 기대하기 또한 어려운 일이다. 주민의 역량을 결집하기에 앞서, 중앙의 권위주의적이고 획일적인 정책 결정이 여전히 지방의 중심을 흔들어 놓기 때문이다. 중앙정부의 휘둘림 속에 지방정부의 자기결정, 자율통제가 여간해선 쉬운 일이 아님을 미뤄 짐작할 수 있다.

때문에 '주민이, 주민에 의한, 주민을 위한' 실질적인 주민자치 실현을 위해서는 이에 합당한 제도적 장치가 선행되어야 한다. 무엇보다 자기결정, 자율통제가 가능한 지방자치 단체장 선거가 앞당겨져야 한다. 주민 의식 또한 중앙 관치시대 굳어진 잘못된 관행에서 벗어나야 함은 물론이다.

30년 만에 빛을 본 풀뿌리 민주주의라는 지방자치. '반쪽 자치'이기는 하지만 주민 스스로 되찾은 것인 만큼, 나머지 반쪽 역시 스스로 찾아 키워야 한다. 무엇보다 지방화 시대를 맞는 주민들의 자세 또한 시대에 걸맞게 달라져야 한다. 자율에 편승한 무질서를 경계해야 한다. 자기이익만을 앞세워 목청을 높이는 병폐적 이기주의가 사라져야 한다. 개혁을 빙자한 헐뜯기가 불식돼야 하고, 도민화합을 저해하는 상호불신의 풍조도 없어져야 한다.

지방화 시대는 주민이 이끌어가야 하고, 그러기 위해서는 주민 의식도 자치제도와 함께 달라져야 한다는 것이 시대적 요청이다.

〈1993. 3. 13.〉

7. 관치에 길들여진 '중앙 눈치보기'

주민에 책임지는 자율행정은 언감생심

지방화 시대에 있어 지방자치단체의 역할과 기능은 크게 다르다. 중앙 관치 시대와는 달리 모든 권한 위임이 중앙이 아닌 주민으로부터 받기 때문이다. 따라서 지방자치 성패 여부는 올바른 주민자치 의식에 달려 있다. 이와 함께 자치행정을 수행하는 자치단체와 소속 공무원들의 역량과 자세 여하에 따라 좌우되기 마련이다.

30년 만에 되찾은 지방자치.

과연 주민 의사 정책 결정기관이라 할 자치행정과 공무 담임자인 공직자들의 자세는 달라져 있을까. 그러나 아직은 중앙 관치시대의 틀을 크게 벗어나지 못하고 있다는 지적이 지배적이다. 여전한 중앙정부와 윗사람 눈치보기, 지시 일변도의 행정풍토, 자기 계발 보다는 무사안일의 공무원 자세 등등이 그것이다.

무엇보다 주민자치의 지방화 시대는 주민에 책임지는 자율 행정이 강조된다. 그러함에도 집행기관의 자세가 예의 그것과 크게 달라지고 있지 않다. 책임을 져야 할 지방자치단체장이 여전히 중앙정부에 의해 임명되기 때문이다.

이 같은 체제 아래서는 정책의 결정과 집행이 주민편의보다 행정편의에, 주민이익 우선에 앞서 관료적 이해에 기울지 않을 수 없다. 최근 도지사 임명을 둘러싼 중앙과 지방의 일희일비一喜一悲가 일례다. 또한 제주도개발계획과 관련한 주민과의 갈등 등도 이와 무관치가 않다. 지방자치 실시와 함께 이다.

중앙집권 시대와 다를 바 없는 집행기관의 체제는 이에 소속된 공무원 자세 또한 중앙관치 시대의 관행을 답습하게 하고 있다. 지방자치단체의 의회 경시 풍조와 현실 안주 구태 등이 그것이다. 이를테면 외지인 토지 소유실태와 관련한 의원들의 끈질긴 요구에도 불구, 묵살 되기가 일쑤였다. 집행부인 지방자치 행정이 관계 법령을 들먹이며 이를 외면하고 있음이 그렇다. 그런가 하면 행정사무 감사 때 의원질의에 '모른다', '검토해 보겠다'는 상투적이고 불성실한 답변은 지방자치의 존재마저 의심케 한다.

이 같은 집행기관의 불성실한 태도에 최근 지방의회가 '증언 감정에 관한 조례제정' 문제까지 들고나와 위헌 시비까지 일고 있다. 물론 조례가 현행의 법령을 앞설 수는 없는 일이다. 하지만 위법 시비에 앞서 지방자치 행정이 '주민에 의한, 주민을 위한 것'임을 전제할 때 공무 담임자 자세 여하에 따라 해소될 수 있는 문제들이다.

지방자치 발전과 이의 조기 정착을 위해서는 중앙 관치에 길들여진 집행기관과 공무원들의 보다 전향적인 자세가 요구되고 있다.

〈2000. 1. 31.〉

8. 원로(元老)는 제 목소리 내야 한다

지역문제 해결에 어른이 앞장서야

지방자치의 실시는 지방시대의 개막을 의미한다. 지방시대는 지방분권화를 통해 지방의 자주성과 자율성이 담보되는 시대다. 자주와 자율이 담보됨으로써 주민 주체성과 지역의 자존을 세워나가는 풀뿌리 민주주의 실현과정이기도 하다. 그것은 또한 지역의 행정적,경제적 자립과 문화적 독립성을 추구해 나가는, 시대적 가치이기도 하다.

이른바 치자治者 중심의 중앙역사에서 주민 주체의 지방역사 시대로의 전환을 의미한다. 지방시대의 지역 주민들은 이제 더 이상 중앙통치의 객체가 아니다. 지역 삶의 주체로서 자리하고 있다.

그러나 이 같은 전환 시대일수록 대립과 갈등이 증폭되기 마련이다. 주민들의 역할이 크게 달라지면서 주민과 주민, 또는 주민과 자치단체, 지방과 중앙 간 파생되는 대립과 갈등이 그것이다. 이를테면 주민참여의 폭이 넓어지고, 그 역할이 늘어나면서 각양각색의 목소리가 표출. 대립국면으로 이어짐이 그렇다. 이 같은 국면은 국가기관 또는 지방자치단체에 의해 제도적으로 규율되기도 한다. 하지만 자율과 자립을 앞세우는 지방화 시대는 보다 체온이 느껴지는 여과 기능이 절실해진다. 대립과 갈등이 빚어질 때 경륜과 덕망을 갖춘 이른바 원로집단에 의한 중재 기능 등이 그것이다.

그러나 우리 지역사회에는 불행스럽게도 원로 기능이 자리하고 있지 못하다. 연전 제주도 개발특별법을 둘러싼 도민 갈등이 실례다. 입법이 강행되면서 도민들 사이에는 '4·3' 이후 최대(?)의 갈등이 빚어졌는데도 제 목소리 내는 원로가 없었다.

또한 2천년대 미래라고 했던 도종합개발계획이 표류하고 있는데도 방향타가 되어야 할 어른들의 목소리는 없었다. 그런가 하면 최근 변혁기를 전후한 각종 모함과 투서, 헐뜯기로 도민사회 갈등이 조장되고 있음에도 이렇다 할 원로 기능이 작동되지 않고 있다.

원로 기능의 부재는 우리의 자치 역량의 한계를 드러내는 것이기도 하다. 그리고 이 같은 한계는 시대성과 지역 특수성에 기인하고 있기도 하다. '4·3'이란 역사적 대 수난과 변방이란 지역적 한계가 그것이다.

한국 현대사의 최대 비극인 '4·3'을 겪으면서 제주는 인적 자원이 크게 손상됐다. 그리고 서로가 서로를 잘 아는 좁은 지역사회인 만큼, 공보다 과를 들추기 쉽다. 그리고 도토리 키 재기 습성이 몸에 배기 쉽다.

그러함에도 지역사회에는 인품과 경륜을 지닌 원로들이 없지 않다. 지역사회가 대립과 갈등으로 균형감각을 잃을 때일수록 이들 원로의 역할이 중요시된다. 더더욱 오늘날 같은 도덕성 상실과 혼돈의 시대에 있어 원로들이 제 목소리를 내야 함은 시대적 요청이기도 하다. 물론 원로들만의 역할은 아니다. 시대성과 지역성을 탓하기에 앞서 경륜을 존중하고 이웃을 떠받드는 풍토 조성이 또한 절실하다.

시급한 원로집단의 회복과 주민역량의 결집. 이것이 곧 지역의 힘을 키우는 것이자, 지역의 자존을 세우는 일이며, 자치 역량을 기르는 시대적 과제이기도 하다. 〈1993. 4. 19.〉

지방화 시대 중앙과 지방의 가교역할이 강조되면서 '인물 부재'를 곧잘 얘기한다. 그러나 이 같은 인물 부재를 얘기함이 '빈자'를 소외시키려 하는 '부자'의 강변은 아닐까. 행여 인물을 키우지 못하는 '풍토병'에서 비롯되는 것은 아닌가. '신한국 건설'의 기치를 내세운 새 정부 출범을 전후해, 제주는 더 이상 소외된 변방일 수 없다는 자각과 함께 인재를 키우자는 자성의 소리가 높아지고 있다. 지방화 시대의 지역인재 양성, 과연 무엇이 문제일까.

제2장

긴급동의, 인재를 키우자

1. 제주(濟州)는 여전히 반도의 변방인가

제주는 여전히 한반도의 부속 도서이며 변방인가. 제주가 반도의 1개 부속 도서인 '제주도濟州島'에서 '제주도濟州道'로 자리하기는 해방 직후이다. 제주도민들이 국가 속의 작은 정부이길 바라는 열망과 미군정시절 중앙통치의 편의에서였다. 그러나 국가 속의 작은 정부임에도 제주는 제주 사람에 의해서가 아닌 중앙의 편의에서 다스려져 왔다.

지방정부의 수반이라 할 수 있는 도백 경우, 여타 지역과는 달리 제주 출신이 발탁되기가 여간해서 쉬운 일이 아니었다. 제주는 언제나 외지 고급 관리들이 승진하면서 스쳐 지나가는 정거장이었다. 내리막 공직 인생의 노인정과 같은 곳이기도 했다.

도제 실시 이후 제주도지사를 역임한 인물은 1993년 현재 27명에 이르고 있지만, 이 가운데 절반이 넘는 15명이 타 시도 출신임이 이를 뒷받침하고 있다. 그나마 도제 실시 초기인 '1공화국'과 '2공화국' 시절에는 11명의 도백 중 민선인 강성익 지사를 비롯한 8명이 제주 출신이었다.

그러나 3공화국 시절인 1961년 이후 16명의 도백 중 제주 출신 인사는 고작해야 4명에 불과했다(13대 강우준, 17대 이승택, 25대 이군보, 27대 우근민). 더더욱 제주를 거쳐간 타 시·도 출신 도백들은 제주가 공직으로서는 종착역이었다.

1963년 정부기구 개편과 함께 실시된 부지사의 자리도 예외는 아니었다. 역대 25명의 부지사 가운데 제주 출신은 3대 강성준, 14대 강경주, 17대 이군보 부지사 등 3명에 불과했다.지방 치안의 총수라고 할 경찰국장 또한 예외는 아니었다. 역대 경찰국장이 50명에 이르고 있으나 제주 출신은 건국 초기인 2대 김대봉, 7대 김봉호 등 단 2명에 그치고 있다.

중앙인사 일색의 이 같은 현상은 제주 도내 여타 기관도 마찬가지다. 도道 단위 1급 기관 중 교육청과 같은 일부 기관을 제외하고는 제주 출신이 자리하기란 극히 힘든 일이다.

20여 개에 이르는 중앙부처 산하의 특별관서(2, 3급 기관) 역시 제주 출신을 찾아보기란 여간해서 힘들다. 물론 관서장 모두가 그 지역 출신으로 앉혀야 한다는 것은 억지일 수 있다. 업무 성격상 고도의 전문성을 필요로하는 자리까지 지역 출신만을 고집할 수는 없다. 인물 부재임에도 책임 석이 지역 출신이 아니라고 해서 이를 탓할 수는 없을 것이다.

그러나 지역민과 밀착해야 할 목민관 등의 자리에 지역 출신이 배제되어 온 것을 어떻게 이해해야 할까. 도세가 강한 타시, 도 지역에서는 상상도 할 수 없는 일이 아닌가.

지방화 시대를 지향하는 시점에서 더 이상 제주가 중앙의 말단일 수는 없다. 지방자치, 지방화 시대는 지방이 말단이 아닌 선단이다. 도세가 전국의 1%라고 해서 인재 발탁 또한 1%일 수는 없다. 더더욱 99%가 1%를 다스려야 한다는 당위성은 없다. 같은 맥락에서 최근 '1백만 제주인은 하나'란 기치 아래 '인재를 키우자'는 외침은 새롭게 새겨지는 사건이다.

'인재를 키우자.' 그것은 지역주의임에도 불구 지방화 시대 최대과제가 아닐 수 없다. 지역 색깔이 때로는 지역발전과 사회 일반을 선도할 수 있다. 〈1993. 2. 23.〉

2. 인재 양성 토양에 문제 있다

헐뜯고, 깎아내리고, 하이에나 기질…

'인재 양성', '인물 키우기'의 걸림돌은 남 탓보다 내 탓에도 있다. 도토리 키재기 식의 헐뜯기와 투서, 남을 깎아내리고 내가 그 자리에 서는 이른바 '하이에나'적 기질이 그것이다.

영화 '부시 맨'에서 한몫을 거든 하이에나. 하이에나란 동물은 자신보다 키가 큰 동물이나 사람에게는 여간해서 덤비지 않는다. 그러나 자신보다 작다 싶으면 억척같이 물고 늘어진다. 지구 끝까지라도 쫓아갈 기세로….

제주 사람에게는 이 같은 하이에나 기질이 여타지역에 비해 심한 것 같다. 제주 사람을 보는 그들 눈에는 더욱 그렇게 비쳐진다. 혹자는 이 같은 일련의 기질들을 '제주4·3'의 후유증에서도 찾는다. 살아남기 위해서 이웃을 밀고하고, 물 건너서 온 사람들에게는 줄 대기에 급급해 암울했던 시절.

4·3의 와중에 인심 좋던 제주 사람들의 기질이 어느덧 변질이 됐다. 그리고 수많은 제주의 인재들이 싹수부터 무참히 잘려 나갔다. 전대미문의 처절했던 제주의 4·3. 그 후유증이 순박한 섬사람들을 하이에나와 같은 기질로 바꿔놓은 것이 아닌가 하는 합리적 의심, 나름의 설득력이 있다.

실례를 들어보자. 1960년대 경찰서장을 지낸 이 모씨. 그는 당시 일몰성 고독증(?)에 시달렸다. 직전 타 시·도 지역 출신 서장 시절만 해도 수많은 사람이 조석으로 들락날락했다. 줄대기에 급급해서였다. 이 같은 양상은 당시 일반적인 풍조였다.

그러나 제주 출신인 그가 경찰서장이 되면서부터 그 많던 사람들 발길이 뚝 끊긴 것이었다. 여기에 주변으로부터의 모함과 헐뜯기가 계속 되면서 밤이 되면 고독증에 시달려야 했다.

실감 나는 사례는 또 있다. 3공 시절 몇 안 되는 제주 출신 도백 중의 한 사람인 다른 이 모씨. 당시 청와대에서 각 시도를 망라한 투서와 진정서를 수합, 정리한 일이 있었다. 그중에는 제주도지사에 대한 제주도민들의 투서가 가장 많았다. 사실에 기초해 침소봉대한 것에서부터 사실무근인 것까지 헤아릴 수 없는 것들이었다. 중앙 일간지 가십란에 이 같은 사실이 대거 장식됐다. 물론 청와대에서 흘린 것이었다. 그 같은 배경에는 제주 사람들의 빗나간 고발정신을 꼬집기 위한 것이기도 했다. 그러나 제주 사람의 투서질을 악용해 중앙의 인사 적체를 해소하려는 의도 또한 작용했다.

물론 당사자에게도 전혀 문제가 없는 것은 아니었을 것이다. 그러나 약간의 남의 허물을 감싸기보다는 이를 침소봉대하는 데 보다 문제가 있다.

공직사회에서의 이 같은 병폐는 흔히 겪는 일들이다. 언젠가 한 공직자에게서 직접 들은 섬뜩한 농담.

"고위 공무원을 잔뜩 실은 관광버스가 뒤집혔다는 뉴스는 어디 없을까' 하는 그야말로 모골이 송연해지는 악성 농담. 은연중 남을 밟고서라도 무임승차 하고 싶은 속내를 드러낸 까닭이 있는 농담이 아닌가.

비단 공직사회만 그런 것은 아닌 듯하다. 대기업체 출장 소장직에 있는 모 씨.

그는 본사로부터 호출돼 "제주 사람들 왜 그 모양이냐"는 조롱 섞인 핀잔을 받았다. 호출한 까닭은 모씨에 대한 수많은 투서 때문이었다. 대부분은 소장직을 노리는 주변 인물로부터의 투서였고, 확인에 나선 결과 사실과 달라 어이가 없었다는 얘기였다.

툭하면 '위'로 가서 어떻게 해보려는 제주적 풍토. 대폿집에서 낯선 사람끼리 만나 한잔하면서도 '우리가 남이가' 하는 남의 동네의 풍경이 부럽기조차 했다는 푸념 아닌 푸념. 한 번쯤은 눈여겨보고 되새겨 볼 만한 일들이 아닐까. 〈1993. 2. 24.〉

3. '지역 안배' 제주는 예외

'신한국 창조' 대열서도 단애(斷崖) 지역

역시 제주 무대접. 제주는 언제까지 소외된 지역으로 남아 있을 것인가.

30년 만에 이뤄낸 김영삼 문민정부.

제주 '무대접'이란 말은 새 정부의 조각 발표를 두고 하는 제주 사람들의 자조적인 말이다.

문민 시대를 열었다는 김영삼 정부는 '신한국' 창조의 기치 아래 국민과의 고통 분담을 강조하면서 시대에 걸맞게 전국 각처의 인재들을 고루 등용했다고 말한다.

그러나 제주도는 역시 역사적인 '신한국' 창조의 반열에서 예의 단애斷崖 지역임을 실감해야 했다. 새 정부 조각에 제주 출신은 눈을 씻고 봐도 보이지 않는다.

역대 정권과는 달리 인사 탕평책을 내세워 지역별 안배를 했다는 새 정부 조각.

이번 김영삼 정부 조각에는 제주를 제외한 각시도별로 적게는 1명에서 많게는 6명에 이르기까지 새 인물들이 기용됐다.

전북 출신으로 황인성 총리를 비롯해 건설, 정무1장관 등 3명이, 전남과 광주는 허신행 수산 장관을 비롯한 교육부와 평통 등 3개 부처 장관에 기용됐다. 신임 대통령 출신 지역인 경남, 부산 또한 박희태 법무장관을 포함한 체신 환경처 등 3개 부처에, 경북·대구는 경제기획원과 통일원 2개 부총리 석에 이경식 한완상 등 양인을 비롯해, 국방 보훈처 안기부 정무2 장관 등 무려 6개 부처에 중용됐다. 이와 함께 외무에 한승주 장관을 비롯한 상공자원부, 공보처 등 3개 부처에 서울 출신이 등용됐다. 노동부 이인제 장관을 비롯한 과기처와 법제처 3개 부처에는 충남 출신이 각각 등용됐다.

이 밖에 보사부 박양실 장관을 비롯해 총무처 서울시장 등 3개 부처에 이북5도 출신이, 내무 교통부 장관에 경기도 출신이, 문화체육부에 강원도 출신 이민섭 장관이, 재무장관에 충북 출신 홍재형이 각각 등용됐다. '2·26' 조각에 앞서 단행된 청와대 비서진까지 포함하면 많게는 7명에서 적게는 2명까지 전국 시도별 출신 인사들이 새 정부에 중용되고 있다.

그러나 제주 출신은 역대 정권을 통틀어도 그 숫자가 다섯 손가락 안에 들고 있다.

1945년 대한민국 헌정사에 있어 수차례에 걸친 정변과 수십 차례에 이르는 조각과 개각. 변방의 지방정부 제주도는 언제나 소외된 지역이었고, 그 기대 또한 무망한 것처럼 여겨왔다. 기껏해야 박정희 대통령 시대인 3공화국 시절 고 재일 씨가 국세청장과 건설부 장관을, 4공과 5공화국의 과도기에 박충훈 씨가 상공 장관과 경제기획원장관 대통령권한대행을 지냈다. 그리고 6공 들어 김영식 문교장관 강보성, 농수산장관 등이 고작이다.

일부 지역에서는 단 한 차례의 조각과 개각에 등용되는 숫자만도 열 손가락 안팎을 헤아린다. 그러함에도 제주 출신은 역대 정권을 통틀어서도 이에 미치지 못하고 있다. '인물 탓', '지역 열세 탓'으로 제주는 언제나 열외 지역이다. 과연 조각에 이은 후속 인사(시도 지사)에서조차 제주는 '무대접'의 변방일까. 〈1993. 2. 27.〉

4. '무사안일', '자기 보신'

나설 일에 나서지 못하는 기성세대

'인물 부재', '인재 양성' 얘기를 떠올릴 때 치열해지는 것 중 하나가 토양론과 자질론 시비다. 토양론은 기성세대에서, 자질론은 자라나는 세대에서 곧잘 제기된다.

기성세대들은 나무 위에 올려놓고 흔들어대는 세대를 탓한다. 요새 젊은 사람들은 웃어른 공경할 줄 모른다고 푸념이다. 심지어는 "노래를 시키는 데는 열심이지만 경청할 줄 모르고 잡담에만 열중한다"고 질책한다.

반면 젊은 세대들은 "어른들이 왜 나무 위에 올려져 있는지를 모른다"고 몰아세운다. 한마디로 어른답지 못하다는 얘기다.

이 같은 논쟁은 닭이 먼저냐, 달걀이 먼저냐 하는 끝없는 시비일 수 있다. 그러나 분명한 것은 인물을 키우려는데 인색한 '토양론' 못지않게 비를 맞지 않으려는 기성세대의 '자질론'에 더욱 문제가 있다.

과연 내가 어떤 나무 위에 올라 있고 왜 올려져 있는지를 성찰하는 어른들이 얼마나 될까. 대의와 명분 앞에 당당히 서려고 노력하는 이들이 몇이나 될까. 모나면 두들겨 맞는다는 '자기 보신', 궂은일은 피해 가려는 '자기 안주'가 곳곳에 자리하고 있는 것은 아닌지. 바람 막이어야 할 자신들이 바람이 불면 먼저 엎드리고, 바람이 멈출 것 같으면 누구보다 먼저 일어나 설치는…. 토양론에 앞서 무사안일과 기회주의, 요령이 판을 치고 있지는 않은지.

자꾸 공직사회의 예를 들어서 안 됐지만, 상하 조직이 짜임새 있는 공직사회일수록 이 같은 풍토는 흔히 들여다볼 수 있다.

모 기관 말단 간부의 넋두리를 들어보자.

그는 도무지 직장생활이 신바람이 나지 않는다고 말한다. 그의 푸념 중에는 상사의 자기 보신적, 기회주의적 처신을 두고 하는 말이다.

그럴듯한 기획을 하거나, 성과가 대단하다 싶은 것은 상사의 몫이라고 했다. '윗분'에게 마치 자신이 한 것처럼 결재판을 들고 가 생색을 낸다는 것이다.

신바람이 아닌 것은 이뿐만이 아니다. 칭찬보다 질책을 받아야 할 일에는 뒷짐을 지고 아래를 몰아세우는 상사의 당당하지 못함이 더욱 야속하다. 왜 바람막이가 되어주지 못하느냐는 것이다.

나설 일에는 나서주지 못하고, 안 나서도 되는 일에는 앞장서는, 이 같은 풍토는 비단 특정 조직에 국한된 것만은 아니다, 사회 전반에 도사리고 있다. 나설 일에 나서지 못하는 기성세대의 자기 보신주의는 젊은 세대에게 결코 귀감이 될 수는 없다. 바람이 부는 데 내가 왜 나서야 하느냐고 몸을 사리는 기성세대를 누가 인물로, 어른으로 공경하겠는가.

나의 보신이 아닌, '우리'라는 공동체 의식과 공인의식에 충실한 사회. 곳곳에 이 같은 토양이 자리하고 있을 때 우리가 바라는 '큰 바위 얼굴'이 탄생하는 것이 아닐까. 〈1993. 3. 1.〉

5. 중앙과 지방 이어줄 가교(架橋)가 없다

현실 안주, 지역 안주가 정체전선 형성

'인물 부재', '인재 양성'에 있어 넘어야 할 벽 중 하나는 중앙과 지방 사이의 '불연속선不連續線'이다.

지방화 시대 지방과 중앙과의 가교架橋 역할이 강조되고 있지만 그 가교역이 없다. 앞에서 끌어주고 뒤에서 밀어줄 사람이 없다는 말이다. 이 같은 불연속선의 이면에는 시대적, 역사적 배경이 있다. 이른바 '4·3'이 그것이다.

흔히들 인물 부재를 얘기할 때 "똑똑한 사람들 '4·3' 때 많이 죽었지"라고 말한다. 제주 사람 3만여 명이 죽고, 3분의 1인 10만 명이 이재민을 낳았다는 제주 '4·3'. 미증유의 대수난을 치르면서 제주는 인재가 자랄 토양이 척박해졌고, 그 싹수 역시 무참히 짓밟혔다. 그리고 거기서 끝나지 않았다.

대수난을 치르면서 제주는 어이없게도 '반역의 땅'으로 각인됐다. 제주 사람 또한 지역적 좌절감을 느껴야 했다.

시대적 역사적 정서는 때때로 정치행사에서 표출되기도 했다. 국회의원 선거 등에서 집권 여당에 대한 불신 등이 그것이다.

중앙정부에 대한 좌절감, 중앙의 지방에 대한 외면…. 이 같은 정서는 현실 안주와 지역 안주로 자리하면서 소외의 확대 재생산을 가져왔고, 인물난을 가중시켰다.

현실 안주와 지역 안주는 공직사회를 들여다보면 실감이 난다. "이대로 버티고 있으면 국, 과장 소리 들을 텐데 중앙 부처에 가서 왜 고생해." 하는 공직자들의 현실 안주. 이렇다 보니 위에서는 아래를 끌어안기보다는 적당히 밀어내기가 일쑤다. 아래 역시 위를 떠받들기보다 끌어내리고 깎아내리기에 급급하다.

중앙과 지방간에 선배가 지역의 후배를 끌어올려 키워주고, 후배 또한 선배의 배려에 뼈를 깎는 자기 노력을 게을리하지 않는 타 시·도 지역과는 대조적일 수밖에 없다.

도가 지나쳐 때로는 국민적 지탄의 대상이 되기도 하지만, 영남嶺南과 호남湖南을 들여다보자. 이들 지역이 '지역세'로 자리하기는 이 같은 밀고 당기는 토양에 기인한다. 혹자는 끌어줄 사람이 있으니 그런 것이 아니냐고 반문한다. 그러나 그들을 부러워하고 시샘하기에 앞서 스스로 돌아보는 것이 먼저다. 지역적 한계를 탓하기에 앞서 현실 안주, 지역 안주가 스스로 '지역 정체 전선'을, 그리고 그것이 결국 중앙과 지방간의 '불연속선'으로 형성되고 있음을….

서로 헐뜯기보다 서로 추겨세워 주고, 악담하기보다 덕담을 나누는 아량. 그것이 '불연'과 '정체'를 타개하는 천후이자 또한 인물 부재, 지역 열세를 극복해 가는 첫걸음이 아닐까. 〈1993. 3. 2.〉

6. '낙하산 인사' 너무 심하다

인재 양성 발목 잡는 잘못된 인사 관행

지방 인재 양성을 더욱 척박하게 하는 것 중 하나가 중앙의 '낙하산 인사'다.

지방의 요직을 중앙에서 독식해 버리는 낙하산 인사는 지방 인재 빈곤의 악순환을 거듭하게 만든다. 도세가 약한 제주인 경우는 더욱 예외일 수가 없다. 여타 시도지역과 마찬가지로 제주는 있을 만한 중앙의 기관과 기구를 갖추고 있다. 그런 연유로 제주는 중앙부처의 인사 숨통을

트는 길목으로써 안성맞춤이다.

이 같은 낙하산식 인사는 중앙집권 체제가 강화된 1960년대 이후 더욱 심해졌다. 따라서 지방 인재의 설 땅 은 더더욱 비좁아졌다. 해방공간과 건국 초기, 그리고 지방자치가 실시된 1950년대. 이때까지만 해도 지방의 요직은 그런대로 지역 출신들이 자리했다. 그러나 중앙집권 체제가 강화된 '5·16 쿠데타' 이후 양상이 크게 달라졌다. 지방자치단체가 재정 부담하는 지방관리직을 제외하고는 중앙의 몫이었다. 지방의 요직은 지위 고하를 막론하고 중앙의 표적이 되어 왔다. 틈만 보이면 중앙의 공정대원(?)들이 사정없이 투하됐다.

'5·16' 이후 신설된 부지사 자리가 좋은 예이다. 제주도의 역대 부지사는 현재 25명에 이르고 있으나 제주 출신은 고작 3명에 불과하다. 나머지 인사들은 중앙정부에서 투하된 여타 시도 지역 출신들이다. 게다가 이런 인사들은 재임 기간이 매우 짧다. 1개월에서 5개월에 그친 부지사들이 10여 명에 이르며, 근무 기간도 대부분이 1년 안팎에 그치고 있다. 제주도가 잠시 거쳐가는 시골 정거장에 불과하다는 말에 다름아니다.

이 같은 낙하산 인사는 비단 내무부 관료에만 그치지 않는다. 얼마 전 국립 제주대학의 과장 승진 인사가 화제가 된 적이 있다. 18년 만년 사무관 자리에 머물다 60줄에 가까워서야 서기관 자리를 꿰찼던 일이 그것이다.

중앙의 낙하산 인사라면 불과 1, 2년 정도면 극복하는 그 자리. 18년을 숨죽여 공직생활을 하고서야 겨우 한 계단 올라설 수 있었음은 무엇을 의미하는가. 당사자의 무능이라고 치부하고 싶기도 할 것이다. 하지만 그보다는 변방의 지역 출신이기 때문이라는 것이 보다 설득력이 있다.

물론 중앙과 지방 간의 인사교류가 바람직하지 못하다는 얘기는 아니다. 중앙과 지방의 교류는 지역발전과 국가 균형 발전의 밑돌이 될 수도 있다. 문제는 일방통행인데 있다. 지역 출신끼리 중앙과 지방 간 인사교류가 원활하게 이뤄지는 여타 지역과는 달리 제주는 예외 지역이기에 더욱 그렇다.

상호 인사교류가 아닌 중앙과 여타지역 몫의 '떡반'에 그치고 있는 지방화 시대 제주의 현주소.

이제 시대가 달라지고 있다. 지방화 시대, 제주는 엄연한 지방자치정부다. 지방정부로서의 제 목소리와 제 몫을 찾아야 한다. 지방 인재 양성의 토양을 황폐하게 하는 그릇된 낙하산 인사 관행부터 고쳐야 한다. 〈1993. 3. 13.〉

7. 거물 정치인이 없다

클 만하면 끌어내리는 풍토가 문제?

인물 부재, 인재 양성을 얘기하면서 빼놓을 수 없는 것이 정치무대다.

중앙 정치무대를 거슬러 올려볼 때 그럴듯한 제주 출신 인물이 없다. 시대를 좌지우지했던, 한 시대를 풍미한 '큰 정치인'을 보기가 힘들다.

정치무대에서 나름대로 독자적 영역을 구축하고 있는 여타 지역과는 대조적인 현상이다. 이 또한 지역적 한계를 얘기할 것이다. 도세가 약한 반도의 끝, 섬 안에서 무슨 인물이 나고, 자라겠느냐는 얘기일 터.

그러나 반드시 그럴까. 제주보다도 작은 섬에서 거물 정객들이 배출되고, 그 뒤를 줄줄이 엮어져 나오는 한국의 현실. 그리고 '지역 세'가 보잘것없음에도 거물 정치인을 배출시키는 외국의 사례를 볼 때 설득력이 없는 얘기들이다.

제주가 정치무대에서 소외지역일 수밖에 없는 그 까닭이 어디에 있을까. 그것은 인물을 키우려고 하지 않고, 또 스스로 크려고 노력하지 않는 풍토에 기인하는 것은 아닐까. 정치무대에서의 인물 부재는 이 역시 고질적인 '토양론'과 '자질론'에서 크게 벗어나지 못한다,

"한 번 밀어주면 큰 인물이 될 텐데 끌어주지는 못할망정 끌어내리려 하느냐"는 우리 고장 몇 안 되는 정객들의 푸념. '믿고 밀어줬는데 그릇이 왜 그 모양이냐'는 섬사람들의 실망과 아쉬움.

양자의 각론을 놓고 보면 모두가 일리가 있다. 그러나 서로를 탓하기에 앞서 스스로를 돌아보고 반성할 소지가 더 크다.

몇 안 되는 제주의 정객들을 도마 위에 올려놓고 보자.

과연 정치에 뜻을 두고, 뚜렷한 자기 정치철학과 소신을 가진, 그리고 소신을 굽히지 않았던 이가 몇이나 있었을까. 소신과 달리 정가에 발을 들이기 무섭게 민의를 거스르고 말을 갈아타기 급급하지 않았던가. 그러고도 '토양'만을 탓할 수는 없는 일이다.

사실 양비론적 얘기가 될 터이지만 자질을 탓하는 풍토에도 문제가 없지는 않다. 자질을 재단하기에 앞서 개인적 이해관계에 얽매이는, 이른바 혈연, 지연, 학연의 연줄에서 자유롭지 못한 선거 풍토가 문제다. 물론 팔이 안으로 휜다고, 같은 값이면 그럴 수도 있을 것이다. 그러나 '깜냥'이 안 됨에도 연고緣故를 우선하는 개인적 가치 기준으로는 큰 인물, 큰 정치인을 기대할 수는 없다.

산기슭을 기웃거리기보다 산정을 움켜쥐려는 도량, 그리고 팔을 뻗어 그 등을 떠밀어줄 줄 아는 아량. 인물이 되고자 하는 자의 이 같은 도량과, 키우려는 자의 아량이 함께할 때 '큰 인물', '거물 정치인'이 태어나는 것이 아닐까. 〈1993. 3. 5.〉

8. '한국병'에 앞서 '제주병(濟州病)' 치유 시급

끌어주고 떠받드는 풍토조성 절실

'긴급동의, 인재를 키우자'를 통해 인물 부재를 탓하고 아쉬워했다. 그리고 인물 부재의 그 까닭이 시대적 역사적 배경과 무관치 않음을 알았다. 지역적인 한계와 함께 중앙의 지방 경시에 기인하고 있음도 지적해 왔다.

또한 인물 부재는 제주적 풍토에 기인하고 있으며, 이것이 '제주 병'으로 자리해 가고 있는데 공감해 왔다. 따라서 인재 양성을 위해서는 '한국병' 치유에 앞서 '제주 병 치유'가 시급한 과제라는데 대체로 동의하고 있다.

인물 부재의 내 고장 인재 양성, 과연 어떻게 해야 할 것인가.

그것은 앞서 지적한 시대적, 역사적 배경과 지역적 한계를 극복하는데 다름이 아닐 터.

무엇보다 시대적 역사적 배경이 된 '제주4·3'에 의한 인적 자원의 손실 복원이 시급하다. 40여 년이 흐르는 동안 어느 정도 극복되어 가고 있다고는 하나 그 후유증이 여전하기 때문이다. 물론 제주는 여타 시도 지역에 비교해 향학열과 교육 열기가 높은 편이다. 그런 덕에 손실된 인적 자원이 어느 정도는 복원되어 가고 있는 것도 사실이다.

각처 각계에서 두각을 나타내고 있는 예비 인력들이 얼마든지 있다. 이들 예비 인물들이 머지않은 장래에 동강 난 한 시대를 메워 나갈 것으로 기대된다.

지역적인 한계를 탓할 시점 또한 넘어서고 있다. 물론 제주가 여전히 인적 자원에 있어 여타지역에 비교해 상대적 열세에 있기는 하다. 하지만 이제 도내 외에 거주하는 제주인이 1백만을 웃돌고 있다. 예비자원에 여유가 있다는 말일 것이다.

제주는 버려지고 외면당한 곳이었다. 하지만 이제 달라지고 있다. 제주는 통일시대를 향한 상징적인 곳이 되고 있다. 지정학적 측면에서도 세계의 주목을 받는 곳이 되고 있다. 그러하기에 생각하기에 따라서는 제주도가 인재 양성의 황무지가 아닌 옥토일 수도 있다. 문제는 복원 단계에 있는 인적 자원에 대한 체계적인 양성과 의식의 일대 전환에 있다.

인적 자원의 체계적인 육성을 위해서는 여타지역의 수범사례를 눈여겨볼 필요가 있다. 후대를 위한 장학사업의 활성화와 인물 키우기 후원회 같은…. 이 같은 일들이 범도민적 차원에서 이뤄지는 것이면 더욱 바람직하다. 같은 맥락에서 한때 검토단계에서 유야무야 된 '제주 영지원英志院' 건립을 재검토해보는 것 또한 바람직하다. 강원도, 충청도 등 다른 지방에서는 이미 실행하고 있는 일들이다.

내 고장 인재 양성을 위해 중요한 것은 '우리 손으로 우리의 인물을 키우겠다'는 의지일 것이다. 위에서 끌어주고 아래서 떠받쳐 주는, 땀 흘려 달리는 주자에게 아낌없는 성원과 갈채를 보내는 풍토 조성이 그것이다. 인물은 저절로 크는 것이 아니라 키워지는 것이기에 더욱 그렇다. 〈1993. 3. 7.〉

| 제5부 |

비틀거리는 지방자치

제1장 '민의의 전당' 지방의회

제2장 민선 자치정부

제3장 교육자치로 가는 길

제1장
‘민의의 전당’ 지방의회

1. 지방의회 부활

30년 만에 되찾은 지방자치

비좁은 행정관서에서의 더부살이, 낡은 공장 건물에서의 '창고 살이….'

이 땅에 풀뿌리 민주주의 착근을 시도했던 30년 전. 우리의 지방의회는 참으로 가관이었다. 특히 초대 도의회 사무실은 '민의의 전당'으로서 그 외양이 말이 아니었다. 제주시 병문천 변에 자리잡은 도의회 건물은 일제 강점기 일본인들이 고무공장으로 쓰던 이른바 '적산가옥敵産家屋' 이었다. 6·25 전쟁의 와중인 만큼 이해가 없지는 않다.

당시 언론은 이곳에서의 도의회 개원을 감격적인 순간으로 기록하고 있다.

> "30만 도민의 비원 달성을 雙肩(양어깨)에 지니고, 의원 20명으로 일당(一堂)에 모이니 의장(議場)은 비록 셋방일망정 의원 공(公)은 감개무량이라. 오늘의 인상 영원히 잊기 어려우리…." 〈제주신보, 1952. 4.〉

당시 언론의 이 같은 보도는 다소 감상적이기는 하다. 하지만 생소한 서구 민주주의 제도 도입에 따른 기대와 관심을 반영한 것이기도 했다. 더구나 처음으로 실시된 풀뿌리 민주주의에 대한 설렘이 어찌 없었을까. 비록 임대창고 시멘트 바닥에서 열린 도의회 개원이었으나 명색은 '민의의 전당'이었다. 그러기에 전쟁 중이었다고는 하지만 30만 도민의 시선을 끌고도 남을 일이었다.

시선을 다시 30년 후로 돌려보자. 30년 만에 다시 찾은 지방자치. 그

서막을 알리는 '3·26 지방선거'가 치러지고, 시·군의회 개원을 앞두고 있다. 광역의회인 제주도의회 역시 4월 선거를 거쳐 개원을 목전에 두고 있다.

그런데 30년 전의 지방의회와 지금의 지방의회 환경이 크게 달라졌다. 적어도 외양만을 보면 그렇다. 개원을 앞둔 시. 군의회 의사당 위용이 대단하다. 대리석으로 치장한 의사당 건물이며, 널따란 공간 안의 품위를 갖춘 의장석과 양탄자 깔린 회의장…. 그야말로 30년 전 허름한 창고 시멘트 바닥의 의사당과는 비교가 안 될 만큼 번지르르하기까지 하다.

당시 지방의원이 오늘의 '민의의 전당'을 들여다보면 참으로 격세지감을 느낄 만하다. 지방자치 선진인 유럽의 지방의원이 봐도 현혹될 만하다.

"이 나라 역사가 5천 년이라고 하더니 지방자치 역사 역시 만만치 않은가 보다"라고 하지만 한편으로 실소를 금치 못할 것이다.

지방자치 역사가 오랜 그들은 별도의 의사당이나 청사에 연연하지 않는다. 그들의 '민의의 전당'은 그리 대단하지도 않다. 지역의 행정관서 공간이 있으면 그곳이 의사당이다. 보통은 일터에서 돌아와 저녁 무렵에 모여 지역 여론을 수렴하고 논의한다. 대개는 본연의 일터가 있고, 의원직은 부업(?)이다.

내일모레 개원을 앞둔 우리의 '민의의 전당'. 대궐 같은 '민의의 전당'이 설마 외양만 갖춘 '속 빈 강정'은 아닐 터. 〈1991. 3. 29.〉

2. 선거에 익숙하지 못한 '선거문화'

민주주의 도정(道程)에 있어 필수적인 제도적 장치의 하나인 선거.

선거는 민주사회에 있어 질서를 바로잡아 주는 기본 틀의 하나다. 그래서 사회 구성원이면 누구나 선거에 익숙해야 한다. 그러나 우리의 선거문화는 불행히도 그렇지 못한 것 같다.

건국 이래 오늘에 이르기까지 우리는 수많은 선거를 치렀다. 그러함에도 선거에 익숙하다고 선뜻 말하기가 껄끄럽다. 선거철이 다가오면 불법, 탈법, 비리의 시비가 끊이지 않는다. 그래서 일부 극단론자들은 선거 망국론을 들고나오기도 한다.

그러함에도 민주주의를 지향하는 한 선거란 제도 또한 버릴 수 없는 일이다.

선거 망국론까지 들먹여지고 있음이 제도 탓만은 아닐 것이다. 제도가 잘못이기보다 유권자의 선택에 문제가 있다. 선택의 기준점이 흔들리는 데서 비롯되는 문제들이다.

유권자들이 선택의 기준은 인물 본위냐, 정책 본위냐, 아니면 정당 본위냐 하는 것이 일반적이다. 후보자가 지도자로서 자질과 인격을 갖췄냐는 것, 그리고 정책에 대한 유권자의 선호도가 기준이여야 한다.

그러나 이 같은 기준점은 무시되기 일쑤다. 아래로는 혈연과 지연 학연에, 위로는 금력과 권력에 좌지우지되고 만다. 신성한 주권 행사가 후보자 또는 그 주변을 위한 일과성 행사로 평가절하되고 마는 것이다.

사상 처음 치러지는 4대 지방선거. 선거가 가까워지면서 선량 지망생들의 발길이 분주해졌다. 아래로는 혈연 지연 학연을 좇아 동분서주하고 있다. 위로는 공천 줄 대기에 꽤 신경이 쓰이는 모양이다.

이들을 바라보는 유권자들의 눈길도 예사롭지 않아 보인다. 일부이기는 하나 벌써 누구누구는 누구의 편이라는 편짜기, 편 가르기 구태가 되살아나고 있다.

선거를 앞둔 예비후보들의 설렘을 이해하지 못하는 바는 아니다. 그렇다고 6개월여나 남은 선거에 유권자들이 덩달아 설렐 것까지는 없다. 그들의 일거수일투족을 예의주시, 그때 가서 나름의 선택기준으로 삼으면 그만이다. 그것이 현명한 유권자의 선택이고 몫이다. 〈1995. 1. 10.〉

3. 지방의회, '30년 관치' 견제에 한계

점검, 지방의회 1년

국민으로부터 창출되는 모든 권력의 행사는 견제와 균형 속에 이뤄져야 한다. 그렇지 못하면 국민과 국가권력 상호 간에는 대립과 마찰, 갈등이 증폭되기 마련이다.

상호 견제와 균형감각이 민주주의 본질이자 요체要諦로 받아들여지는 까닭이 여기에 있다. 이 같은 원리는 주민과 지방자치단체 상호 간에도 마찬가지다. 주민 대의기관인 지방의회와 행정 간 상호견제와 균형의 틀이 작용한다.

견제와 균형의 틀이 제대로 작용하고 있느냐는 민주 발전을 재는 척도다. 그리고 진정한 풀뿌리 민주, 주민자치 문제와도 직결된다.

그런 의미에서 30년 만에 재출범한 지방의회가 집행기관과의 상호견제와 균형의 틀을 제대로 유지하고 있는가는 중요한 문제다.

과연 우리의 지방의회는 집행기관과의 대등한 관계를 유지하고 있는가.

지방의회 출범 1년을 전후, 최근 도·시군의회 의원들을 대상으로 한

설문조사 결과가 시사示唆하는 바는 크다. 이 조사에서 절대다수의 의원들은 중앙 위주의 제도와 행정이 의정활동의 최대걸림돌이라고 응답하고 있다.

따라서 제도 정착을 위해서는 이 같은 각종 제도의 개선이 시급하다는 지적이다. 뒤집어 말하면 30년 중앙 관치에 대한 도전의 한계를 드러낸 말이기도 하다. 특히 도·시군의원 중 도의원 모두는 지방자치 최대걸림돌이 현실적 제도와 행정이라고 지적, 문제의 심각성을 드러내고 있다.

이 같은 문제들은 지방의회 기능의 실험무대였던 지난해 첫 정기회서 총체적으로 드러나기 시작했다.

제주도의회는 지난해 12월 첫 정기회에서 도정 견제에 나섰다. 개원벽두 민자당과 무소속의원들 사이에 파행으로 얼룩졌던 과거를 딛고 서였다. 특히 회기 중 도정 전반에 걸친 행정사무 감사는 특별한 관심을 모았다. 30년 만에 되찾은 주민감시권의 본격적인 행사란 점에서 그랬다. 주민 대표에 의해 지방자치단체 살림이 파헤쳐지고 행정독주에 대한 제동이 걸릴 것이란 기대서였다.

그러나 처음으로 실시된 도민대표들에 의한 도정 감사는 가시적 성과물 없이 끝이 나고 말았다. 의욕과는 달리 의원들의 감사 준비 소홀과 불성실한 수감태세가 문제였다.

주민 대의 대표기관인 지방의회와 도정 간의 첫 '샅바 잡기'인 행정사무감사. 의원들은 나름의 열정을 보였지만 '30년 관치'의 벽을 허물기엔 역부족이었다. 충분한 사전 검토가 있어야 할 새해 예산안이 법정기일을 넘겨 의회에 늑장 제출됐다. 그런가 하면 의회가 요구한 도정 감사자료가 일반 업무보고 수준을 넘지 않는 성의 없는 자료들이었다. 한마디로 도정의 의회 경시에 다름아니었다.

도정의 의회 경시 풍조는 이뿐만이 아니었다. 일례로 도민들의 관심사였던 외지인 토지 소유현황이나 종합토지세 부과 내역에 관한 의원들의 자료 제출이 아예 무시되기도 했다. 시일소요, 또는 법령상의 문제 있음을 들먹이면서였다.

특히 의원들의 감사질의에 툭하면 '모른다', '파악하고 있지 못하다'는 답변이 일상이었다. 감사의원들 사이에는 "과연 이런 식으로 감사를 해야 하느냐"는 장탄식이 흘러나오기도 했다.

도정 감사가 논란을 빚게 된 이면에는 도정의 불성실한 자세, 의원들의 경험 부족이 없지 않았다. 그러나 근본적인 원인은 제도적 한계에 있었다. 현실적으로 지방의회의 도정에 대한 주민감시권 발동이 제한적이었다.

현행 지방자치법은 지방의회의 지방자치에 대한 감사권은 인정하고 있다. 그러나 국회의 국정감사와는 달리 위증 책임과 같은 직접적인 제재 수단이 없다. 지방의회의 감사, 조사권은 인정하면서도 수감기관의 의무 불이행이나 태만에 대한 규제 장치가 없다. 특히 풀뿌리 민주 지방자치가 무력한 데에는 반관半官, 반민半民의 '반쪽 자치'에서 비롯된다. 지방의회는 주민직선으로 구성되고, 반면에 지방정부의 수장首長은 여전히 중앙정부에서 임명되고 있음이 그것이다.

지방자치 지방화 시대라고 하면서 지방정부 수장의 중앙정부 임명은 모순이다.

중앙정부의 임명제 아래에서는 행정관리 역시 '중앙 관치'의 영향력에서 벗어날 수가 없다. 따라서 지방자치단체장 선거가 조기 실시되어야 한다는 여론이 설득력을 얻고있다. 최근 절대다수의 지방의원이 지방자치단체장 선거의 유보는 잘못이며, 조기 실시돼야 한다는 설문조사 결과도 그렇다.

비단 여론이 아니어도 주민의 손에 의해 지방정부가 구성되어야 함은 지방자치의 자명한 원리이다. 진정한 지방자치는 중앙정부와 지방정부 사이에도 나름의 견제와 균형의 틀이 유지되어야 한다. 그리고 그 견제와 균형의 틀은 지방자치단체장의 주민직선이 관건이다.

지방자치단체장 주민직선과 함께 중앙 관치시대의 낡은 법령 또한 지방자치 시대에 걸맞게 고쳐져야 한다. 최근 제주도의회가 지방자치제도 조기 정착을 위한 관계 법령 개정 추진 움직임은 이와 맥락을 같이한다.

30년 만에 모처럼 기지개를 튼 주민이, 주민에 의한, 주민을 위한 지방자치 1년.

첫술에 배부를 수는 없다. 그러함에도 중앙정부와 지방정부 간, 지방정부와 지방의회 간 새로운 관계 설정 없이 지방자치는 없다. 무엇보다 주민이, 주민에 의한, 주민을 위한 지방자치 단체장 주민직선을 서둘러 추진, 중앙 관치의 허물을 벗어야 한다. 〈1992. 7. 8.〉

4. 도정의 수감 자세, 문제 있다

제주도 고위 공무원들의 업무 수행 능력에 대해 의문이 제기되고 있다. 업무에 대한 이해 부족과 소신 없는 업무행태가 도의회로부터 질책을 받고 있음이 그것이다. 일부 공무원들이라고는 하나 결코 좌시할 수 없는 일들이다.

국회 국정감사가 정기국회의 꽃인 것처럼, 지방의회 정기회의 도정감사는 도의회 정기회의 핵심이다. 도정의 살림을 낱낱이 들여다볼 수 있는 데다 도정 견제 능력의 시험대가 되기 때문이다. 국정감사를 앞두고 정부 각 부처가 긴장하듯, 도정 감사를 앞두고 도정이 긴장해야 함은 당연하다. 그러함에도 업무추진 상황 보고에서부터 도의원들에게 '퇴짜'를 맞는 일이 비일비재하다. 재수감, 재보고 사태가 속출하고 있다.

제주도의회 환경건설위 감사에서 모사업소장이 답변을 제대로 하지 못해 감사 중단 사태를 빚었다. 내무위 감사에서는 관련 공무원의 어정쩡한 수감 태도로 인해 파행을 거듭하다가 재수감하는 선에서 봉합이 됐다. 한마디로 한심스러운 일들이다.

이 같은 일련의 사태들은 비단 정기회 기간만이 아닌 듯하다. 도의회 임시회에서도 심심치 않게 발생해 온 일이다. 파행이 빚어지는 속사정이 단순히 업무미숙 차원이 아닌, 업무 파악을 소홀히 하고 있다는 데서 문제가 심각하다. 물론 공무원들이라고 해서 관련 업무를 속속들이 다 파악하기가 쉬운 일은 아니다. 도정 책임자가 바뀌면서, 또는 공직자 구조조정 과정에서 단행된 잦은 인사이동으로 미처 업무 파악이 안 될 수도 있다. 그렇다고 그것이 면죄부가 될 수는 없다.

공무원 절대다수는 꾸준히 공직을 담임해온 직업공무원이다. 그러함에도 문제가 있다면 그것은 원초적으로 인사가 잘못됐거나, 수감 자세에 문제가 없지 않다. 더더욱 도정 수행 능력에 의혹을 사고 있는 공직자들은 간부 공무원들이다. 다년간 공무를 담임해온 경력 있는 공무원들인 점에서 문제가 있다.

문제는 공직자들의 자세다. 공무 담임자로서 책임 의식이 있다면 도정 전반이 도마 위에 올려지는 정기회를 앞두고 충분한 업무 숙지가 되어 있어야 한다.

그것은 공직자로서 최소한의 의무이자 도리다. 그러함에도 '잘 모르겠다' 는 엉뚱한 답변으로 국면을 피하려는 것은 올바른 자세가 아니다. 한마디로 본분을 망각한 처사가 아닐 수 없다. 더욱이 이 같은 행태가 도정 감사 파행으로까지 이어지고 있음은 심각한 문제다.

우리는 이 같은 행태가 주민의 대표기관인 의회를 가볍게 보는 처사라고 생각한다. 결론적으로 지방자치단체의 주체인 주민을 무시하는 처사이기도 하다. 따라서 전반적인 책임은 주민들로부터 살림살이를 위임받은 도정의 최고 책임 석에 있다.

사태가 이 지경이 되도록 방치해온 것은 최고 책임 석의 시정 철학이나, 관리 소홀에서 빚어진 것이란 생각에서다. 해이해진 공직자 기강을 바로잡는 특단의 조치가 반드시 있어야 한다. 〈1999년. 11. 30.〉

5. 법으로 명시된 '주민투표'

후속 조치 없이 장기간 방치, 국회 직무유기

민주주의 국가에 있어 주권자인 국민이 국가 주요 결정에 참여하는 것은 당연한 권리이다. 그리고 그것은 주권자가 직접 또는 대표를 통한 간접방식에 의해 이루어짐이 또한 보통이다. 풀뿌리 민주주의라고 하는 지방자치 역시 예외는 아니다. 지방자치단체의 의사결정에 있어 그 구성원인 주민의 참여는 당연한 권리로서 보장된다. 주민대표기관 또는 직접 투표를 통해서다.

그런데 이 같은 당연한 권리가 무시되고 있다면 문제는 심각하다. 법으로 명시되고 있으면서도 후속 조치 없이 방치된 주민투표 제도가 그렇다.

현행 지방자치법은 주민투표제도를 명문화하고 있다. 지방자치단체의 체제변동이나 주민에게 중대한 영향을 미칠 수 있는 주요 결정에 대해 단체장이 주민투표에 붙일 수 있도록 하고 있음이 그것이다(법 13조

2).

그러나 이 같은 법조문은 한낱 장식품에 그치고 있다. 주민투표를 명문화하고 있으면서도 사문화나 다름이 없다. 주민투표 실시와 관련, 별도의 법률에 유보한 채 후속 조치가 뒤따르지 않고 있기 때문이다. 다시 말해 주민투표법은 투표의 대상, 요건, 절차 등에 대해서는 따로 법률로 정하도록 하고 있다. 하지만 지금까지 법이 만들어지고 있지 않다.

물론 주민투표제도에 대한 부정적 시각이 없지는 않다. 국민투표가 독재자들의 장기집권 또는 의회 무력화의 무기로 사용됐던 과거 사례에 비춰 그렇다. 하지만 그것을 염려할 만큼 주민 성숙도가 낮다고 생각하지는 않는다. 오히려 이 시대의 주민투표제는 자치단체장의 독선과 독주를 견제하는 방편이 될 수도 있다. 또한 주민 대표기관인 의회의 견제를 위해서도 바람직한 제도다.

특히 수용 여부를 놓고 찬반양론과 함께 첨예한 갈등과 대립을 빚고 있는 제주국제자유도시 또는 오픈 카지노, 한라산 케이블카 설치 문제와 같은 지역 현안 해결의 한 방편일 수도 있다.

아무튼 지방자치법은 주민투표와 이에 따른 별도의 법 제정을 분명히 명시하고 있다. 민선 자치 시대 개막을 전후한 1994년, 개정된 지방자치법에 명문화한 것이었다. 그러함에도 이를 장기간 방치하고 있는 것은 국회의 직무유기일뿐더러 주권자인 국민에 대한, 주민에 대한 기만이 아닐 수 없다.

주민투표 실시를 위한 후속의 법령은 조속히 마련돼야 한다. 그것이 번거롭다면 후속 조치 조례위임과 같은, 최소한의 법 개정 조치라도 있어야 할 것이다. 〈2000. 6. 8.〉

6. 막가파식 지방의회

편 가르기 감투싸움으로 파행

도대체 왜들 그런지 모르겠다. 지방의회가 막가고 있다. 주민들은 안중에도 없고 저희들 끼리 치고받고 감투싸움에 날밤이 새는 줄 모르고 있다. 주민의 대변자라는 본연의 역할은 뒷전인 채 패거리 집단으로 전락하고 있다. 그런 가운데 지방의회의 존재 이유까지 들먹여지고 있다.

누구를 위한, 무엇을 위한 지방의원이며 의회냐 하는 자조들이 그것이다. 의원들 스스로가 파국으로 치닫고 있으며, 결과적으로 지방자치의 위기마저 초래하고 있다.

염치와 체면이 없기는 기초의회인 시군의회나 형격인 광역 도의회 모두가 마찬가지다. 심각한 문제다.

최근 실시된 지방의회 의장단 선거 과정에서 의원들의 편 가르기, 감투싸움은 한마디로 도를 지나쳤다.

도의회의 경우 후반기 원 구성 과정에서 파행으로 치달아 상임위 간사를 선출하지 못할 정도다. 후반기 원 구성 과정에서의 위도 아래도 없는 편 가르기의 후유증 때문이다. 참으로 딱한 일이 아닐 수 없다. 상임위 간사가 없는 것은 상임 위원장이 겸직하면 그만일 터이다. 하지만 불거진 후유증들이 행여 후반기 의정을 마비시키지 않을까 그것이 걱정이다. 특히 의장 선출을 둘러싼 제주시 의회의 파행은 패거리 정치의 극치를 보는 듯 해 더욱 그런 생각이다. 세 불리 때문에 까닭 없이 의장선거를 지연시킨 소위 원내 주류와 비주류 간 감투싸움이 그렇다.

원내 다수파가 상대의 지연술을 책 삼아 단독선거를 강행하면서 골이 깊어졌다. 도무지 눈 뜨고는 보지 못할 개탄스러운 일들이 '민의의 전당'에서 벌어지고 있다.

물론 오늘의 지방의회가 이 지경이 되기까지에는 의원 자질이나 의원 개개인만을 탓할 일은 아니다. 어쩌면 예견된 일인지 모른다.

민선 자치단체장 시대의 지방의회는 출발부터 원초적 잘못을 안고 있었다. 관선 자치단체장 때와는 달리 기초. 광역의 단체장 선거와 지방의회 의원선거가 동시에 치러졌다. 4대 선거가 동시에 치러지면서 면밀한 후보 검증의 기회가 그만큼 줄어들었다. 유권자인 주민들에게도 일단의 귀책 사유가 있다는 말이다.

이를테면 4대 선거를 한꺼번에 치름으로써 주민 관심도가 단체장 선거에만 쏠렸다. 따라서 지방의회 의원 후보들이 누구인지, 어떤 인물인지 잘 알지 못했다. 결과적으로 부실한 검증이 오늘의 사태를 초래했다는 말이다.

비교가 되는 지난 1992년의 지방선거를 뒤돌아보자. 당시는 민선 자치단체장 선거 없이 지방의회만 부활한 '반쪽 자치' 시절이다. 그러함에도 기초 의회와 광역 의원선거까지도 한 달 사이 간격을 두고 실시됐었다. 결과적으로는 비교적 품격을 갖춘 지방의회, 지방의원이란 나름의 평가를 받기도 했다. 물론 당시는 30년 만에 처음 치러지는 지방선거여서 준비 부족에 따른 궁여지책이기도 했다. 하지만 지방선거 분리 실시는 지방의회의 수준을 높여주는 계기가 됐다.

막장을 달리는 오늘의 사태는 내일의 반면교사다. 지방의회가 진정한 주민 대표기관, 대의기관으로 자리하려면 의원 자질부터 철저한 사전 검증이 있어야 한다. 자치단체장 선거와 지방의회 선거를 분리하는 것이 그 대안의 하나란 생각이다. 〈2000. 7. 17.〉

7. 주민 감시받는 지방의원들

밥그릇 싸움에 진저리, 자위권 발동

지방의원들의 '밥그릇 싸움'에 진저리가 난 주민들이 마침내 의정議政 감시에 나섰다. 시민단체들이 지방의회 의원들의 일거수일투족을 감시하겠다고 공식 선언했음이 그것이다.

시민단체들의 이 같은 움직임은 예사롭지 않다. 단순히 선언적 의미를 넘어, 의정활동에 대한 감시체제와 함께 구체적인 행동 지침까지 마련하고 있다. 이를테면 시민단체 공동의 '의정 참여단'을 구성, 의원들의 출결석과 지각까지 점검하겠다고 벼르고 있다. 이와 함께 회의 태도, 그리고 속기록 분석과 평가를 통한 감시활동을 지속적으로 펴나가겠다고 한다. 특히 의원들에 대한 적극적인 감시를 통해 문제가 드러난 의원에 대해서는 향후 낙선운동도 마다하지 않을 것임을 부연하고 있다.

시민단체들의 이 같은 활동은 당연하고 매우 바람직한 현상이다. 주권재민의 민주주의 원리에 비춰 그렇다. 무엇보다 의정 감시의 궁극적인 목적이 지방자치 정착을 위한 주체적인 노력이기에 더욱 그렇다.

물론 의원들 입장에서 보면 결코 유쾌한 일은 아니다. 주민이 그들 손으로 선출한 주민의 대표를 감시하겠다고 함이 그렇다. 그러함에도 그것이 이유 있는 항변이자 행동임을 의원들 스스로 모르지 않을 것이다. 작금 패거리 밥그릇 싸움으로 파행을 거듭해온 지방의회에 대한 위기의식의 소산임을 알고도 남을 것이다.

껄끄럽겠지만 위기의 풀뿌리 민주주의를 지키기 위한 주민 자위권 발동임을 의원들은 알아야 한다. 오늘의 비극적인 사태는 지방의회 의원들이 자초한 일이다. 그러하기에 의원들 스스로 사태를 수습해야 한다.

결자해지다. 시민단체들이 감시의 눈을 부라리는 까닭을 잘 알고 있는 의원들이 아닌가. 원인행위 제공자이기에 해결의 실마리 또한 모른다고 하지 않을 것이다.

이 마당에 달리 방법이 있을 수 없다. 의원 각자가 평상심을 찾고 초심으로 돌아가야 한다. 주민들의 따가운 시선을 겸허하게 받아들여야 한다. 그것이 곧 진정한 주민의 대표, 대변자로 거듭나는 길이다.

〈1993. 3. 13.〉

8. 비틀거리는 지방의회

불구덩이를 향해 달리는 의원들

의장선거 둘러싸고 '검은돈' 거래

작금의 지방의회를 바라보고 있노라면 이상한 환각에 빠져든다. 의원들이 한데 엉켜 불구덩이를 향해 달리는 듯한 환상이 그것이다. 아마도 일전에 들여다본 불가佛家의 우화 때문인 듯하다. 그 기억을 옮겨 보자.

> 어느 날 뱀의 꼬리가 머리에게 말했다.
> "이제부터 내가 앞장서 가야겠다"
> 그러자 머리가 맞받았다.
> "언제나 내가 앞인데 갑자기 무슨 소리냐"
> 그리고는 여전히 머리가 앞서갔다. 그러자 심술이 난 꼬리가 나무를 칭칭 감아 버렸다. 머리가 더는 앞으로 나아갈 수가 없었다.
> 머리는 하는 수가 없어 꼬리를 앞세웠다. 그러나 그렇게 앞장서고 싶어 했던 꼬리는 자신을 죽음의 불구덩이로 안내했다. 꼬리에는 눈이 없

었기 때문이다.

유보산 스님의 '불교 이야기'에 나오는 우화다. 계율에 익숙하지 못한 젊은 불자들을 나무라는 얘기였다. 잠시 짧은 생각으로 계율을 어기다 보면 결국 서로를 끌어안고 지옥에 떨어지기 쉽다는 가르침이었다.

서두의 환각은 바로 본분을 망각한 채 '자리 싸움'으로 날밤을 지세고 있는 지방의원들에 대한 염려임은 물론이다.

지방의원들의 머리와 꼬리 싸움이 자신들을 불구덩이로 몰아넣고, 결국에 가서는 지방자치를 망치지 않겠냐는 우려다.

사실이 그렇다. 작금 우리의 지방의회는 부활 10년 만에 최대의 위기를 맞고 있다. "의원직 전원 사퇴"란 추상같은 주민 불호령이 떨어지고 있다. 원院 구성을 전후해 의원들 사이 감투싸움이 불거지면서다. 일각에서는 의회 무용론까지 들먹여지고 있다.

주민 살림살이를 잘 보살피고 감시하라고 자리를 깔아줬더니, 엉뚱하게 패싸움질이나 하고 혈세나 축내는 천더기 노릇을 마다하지 않고 있다는 타박이다.

무질서와 난장판의 지방의회. 검찰의 의원 구속 사태까지 벌어지면서 일견 제정신이 드는 듯했다. 시의회 의원들이 그동안의 잘못에 대해 용서를 구하고 나선 데 따른 섣부른 판단이다. 제주시의회의 이 같은 일련의 사태는 골목 강아지들의 앙살 정도에 불과하다. '검은돈'이 오고 갔다는 도의회 '자리 싸움'에 비춰 그렇다.

"의장 지지 조건으로 거액을 요구했다. 이를 거절하자 자신을 지지하던 의원들이 금품제공 쪽으로 선회했다. 도정 집행부 또한 원 구성에 개입했다…."

그동안 풍문으로만 듣던 도의회 의장선거 금품 수수설 폭로는 그야말로 충격적이었다. 제주도의회 강신정 의원의 의회 신상 발언을 통한 폭탄선언이 그것이다. 비록 설說의 수준이라고는 하나 직전 도의회 수장의 발언이라는 데서 무게가 실리지 않을 수 없다. 도민들에게 솔직하게 모든 것을 털어놓고 용서를 구하겠다는 의정 단상에서의 고백이기에 더욱 그렇다.

하지만 일반의 관심은 다른 데 있는 듯하다. 도대체 얼마를 제의해 왔고, 얼마를 받고 등을 돌렸느냐 하는 약간은 치사스러운 관심이 그것이다. 그동안 의장선거와 원 구성을 전후한 금품 수수설과 관련, 믿기지 않는 풍문들이 나돌아 왔다.

"모 의원이 모 후보로부터 3억여 원을 받아 의원들에게 나눠 줬다. 그들 중 모 의원은 5천만 원을 받았다가 되돌려줬다"는 것들이 주류였다.

강 의원의 신상 발언은 바로 이 같은 풍문들이 어느 정도는 진실에 근거한 것임을 뒷받침해주고 있다. 한편으로는 썩어 문드러진 지방의회의 속살을 드러내고 수술을 받겠다는 얘기로도 들린다.

체면과 염치를 벗어 던진 의원들 간의 '자리 싸움', 거기에 '검은돈'의 유혹마저 판을 치는 지방의회. 오늘의 지방의회의 위기는 바로 이 같은 뱀 꼬리와 머리의 혼전 속에서 비롯되고 있다 해도 지나친 말은 아니다.

자고로 버리는 것이 참으로 갖는 일임을, 그리고 그 깨달음이 곧 정치의 근본이라고 하지 않는가.

기원전 관중이 제환공에게 뺏은 땅을 되돌려주라고 설파한 이 말은 위기에 처한 오늘의 지방 의원들에게 귀감이 된다. 자리를 털고 일어나 각자가 자신의 위치를 점검하고, 자성하는 일에서부터 다시 시작해야 한다. 그것은 곧 눈앞의 불구덩이를 피해 가는 일이기도 하다.

〈2000. 7. 31.〉

9. 풀뿌리 민주, '돈뿌리 민주학교' 전략

선거자금의 조달은 나라마다 다소간 다르다. 대통령제의 본산인 미국은 나름대로 독특한 방식을 갖고 있다.

미국의 대통령 후보들은 선거에 필요한 정치자금을 국고와 기부금에 크게 의존한다. 대통령 선거기금이란 별도의 계정과 개인 후원금에 의한 지원이 그것이다. 국고지원금은 연말 소득세 정산 때 납세자들에 의해 조성된다. 납세자의 의사를 물어 납세액 중 일부를 기부하도록 하는, 이른바 '3달러 체크' 제도가 그것이다. 개인 헌금 역시 한 후보에 대해 1천 달러를 넘지 못한다. 정치자금 기부 자체가 정치참여의 한 수단으로, 소액의 다수 참여를 유도하고 있다.

미국의 대통령제를 도입하고 있는 우리는 본거지 사정과는 크게 다르다. 정치자금 조성에 있어 국민이 모두 부담하는 길이 열려 있지 않다. 대신 정체불명의 뭉칫돈은 정치자금이란 이름으로 선거판마다 굴러다닌다. 그것도 권력이 집중된 곳으로만 들고난다. 이 같은 선거판의 자금을 '검은돈'이라고 부르며, 결코 열어 서는 안되는 '정치판의 판도라 상자' 취급을 받는다.

하지만 때때로 판도라 상자의 뚜껑이 열려 선거판, 정치판을 오염시키기도 한다. 5·6공 당시 전두환. 노태우 두 대통령의 수천억 원에 이르는 비자금 파문 등이 대표적인 사례들이다.

정치인들이 '검은돈'에 의존하고 있는 한, 우리의 선거문화가 바로 설 수는 없다. 대다수 선량이 다수의 국민보다 소수의 '검은돈' 제공자에게 더 신경을 쓸 것이기 때문이다. 따라서 미국처럼 국민 십시일반으로 선거 비용을 부담해야 한다는 목소리도 없지 않다.

민주주의 꽃은 누가 뭐래도 선거다. 그리고 그 선거를 치르기 위해서는 선거 비용이 필요하다. 필요한 만큼 국민이 부담하는 것은 당연하다. 하지만 선거 비용이 불필요한 선거에서도 검은돈이 판을 치고 있음이 문제다. 작금 수천만 원, 수억 원의 '검은돈'이 오고 갔다는 제주시의회와 제주도의회의 의장선거가 그렇다.

'검은돈'이 판을 치는 중앙 정치 무대에서조차도 국회만은 그러지 않았다. 국회의장 선거에 온갖 세와 권위를 내세워 싸우는 것은 듣고 보아왔어도 '검은돈'이 설쳐대는 것을 본 일이 없다.

그런데 손바닥만한 지방의회에서 '검은돈' 거래가 있었다고 하니 입이 떡 벌어진다. 풀뿌리 민주학교가 '돈뿌리 민주학교'로 전락해 가고 있음이다. 〈2000. 8. 7.〉

10. 의정(議政) 단상의 폭탄선언

도의회 금품수수 일파만파

지방의회 의장선거 후유증이 일파만파를 부르고 있다. 기초의회가 저질 폭력 사태로 물의를 빚은 데 이어 제주도의회마저 비틀거리고 있다. 도의회 의장선거와 관련 이른바 '금품수수 폭탄선언'에 휘말리면서다.

와중에 의원직 총사퇴의 목청과 함께 지방의회 무용론까지 서슴없이 제기되고 있다. 그러함에도 당사자인 도의회 의원들은 나 몰라라고 하니 큰일이 아닐 수 없다. 사실이지 도의회 의장선거 금품 수수설 폭로는 가히 충격적인 사건이다. 의원들이 지지를 조건으로 거액을 요구했었다는 사실이 그렇다. 더더욱 이 같은 금품제공 요청을 거절하자 자신을 지지하던 의원들까지 금품을 제공한 후보 쪽으로 등을 돌렸다고 한다.

도대체 스무 명도 채 안 되는 도의회 의장선거에 수억 원이 거론됐다니 말문이 막힌다. 이 정도면 의원 개인들에게는 수천만 원씩 건네졌다는 얘기가 아닌가. 비록 그것이 입증이 안 된 설說의 수준일지 모른다. 하지만 엊그제까지만 해도 의회 수장이었던 현역의원의 발언이라는 데 주목하지 않을 수 없다.

더욱이 폭로 의원이 그 명분을 도민들에게 솔직하게 모든 것을 털어놓고 용서를 구하겠다는 의정 발언이라는 데 무게가 실리지 않을 수 없다. 그것은 인간적인 고뇌 끝의 고해성사이자 준열한 자기반성의 용기로 받아들여지기 때문이다.

그러함에도 의원들이 제기된 의혹에 대한 변명과 자기 결백만을 주장하고 있다니 한심한 일이다. 더욱 준열한 자기반성이 있어야 할 당사자들이 아닌가. 의회 안에서 불거진 일에 대해 공동의 책임 의식은커녕, 공인으로서의 최소한의 도리마저 저버리는 비열한 처사가 아닐 수 없다.

지방의회에 대한 도민들의 곱지 않은 시선은 어제오늘의 새삼스러운 일은 아니다. 툭하면 패거리 골목정치 근성에 매달리는 것 하며, 자기 잇속 챙기기에 연연하는 지방의원들의 행태에 주민들이 오래전부터 실망해 있다.

특히 최근 지방의회 의장선거와 원 구성을 전후한 일련의 작태에 대해서는 실망의 정도를 넘어 분노하고 있다. 주권자인 주민들로서는 당장에라도 의원들을 소환, 의원직을 박탈하고 싶은 심정일 것이다.

그리고 작금의 행태에 비춰 소환당해 마땅한 의원들이 한둘이 아님을 우리는 기억한다. 하지만 현상의 제도로는 어쩔 수 없는 일이다. 그러함에도 주민들이 의원직 총사퇴와 무용론을 들고나오는 데에는 까닭이 있다. 당사자인 의원들이 뼈를 깎는 자기반성을 바라고 있음에 다름 아니다.

이런 마당에서 의원들이 오늘의 사태에 네 탓이고 남의 일이라며 변명에 급급한 것은 당당하지 못하다. 진솔하게 경위를 털어놓고 용서를 구하는 것이 도민대표로서의 최소한의 도리다. 그것이 사태수습의 실마리일 수도 있다. 물론 자체적인 사태수습과는 별개로 사법적 판단과 조치가 없을 수는 없다. 의회에서 발언이라 할지라도 사안이 사안인 만큼 사직당국이 나 몰라라 할 수는 없는 상황이다.

폭탄선언을 한 당사자가 그것을 자처하고 있다. 시민단체들이 또한 요구하고 있다. 선거 과정의 비리 의혹에 대해 사직당국의 철저한 수사를 촉구하고 있음이 그것이다.

당국의 수사가 불가피한 만큼 그 결과를 지켜보아야 할 것이며, 시간이 걸릴지도 모른다. 그렇다고 파국으로 치달아 온 의회를 마냥 방치할 수만은 없는 일이다. 구성원의 잘못이 있다고 해서 지방자치의 주축인 지방의회를 마비시킬 수는 없는 일이기에 그렇다.

의원 개개인의 사법적 책임은 추후 사법적 판단에 따라 명명백백하게 가려져야 할 것이다. 하지만 당장은 의회가 자전력을 회복, 비정상을 정상으로 돌려놓는 일이 더욱 시급하다. 시쳇말로 이제 뭔가를 보여주지 않으면 안 된다.

우리는 그것이 의장단 선거와 원 구성 과정에서 비롯된 것인 만큼 원점으로 돌아가 매듭을 푸는 일이라고 생각한다. 단도직입적으로 말하자면, 의장단을 비롯한 위원장 등이 보직 사퇴를 통해 새롭게 출발하는 것도 하나의 방법일 수 있다. 오늘의 위기는 바로 의장단 선거와 원 구성 과정에서 비롯된 것이기에 그렇다. 어쩌면 그것이 의원직 총사퇴와 의회 무용론을 들고나오는 시민들의 분노를 삭이는 길일 수 있다.

이제 어물쩍거릴 시간이 없다. 마음을 비우지 않고는 분노한 도민들을 진정시킬 수도 없거니와, 지방자치의 파국을 맞이할 수도 있다. 의원 각자가 마음을 비우고 새로 시작해야 한다. 지방의회 정말 이대로는 안 된다. 도의회가 필사즉생必死則生의 솔선을 보여야 한다.

〈2000. 8. 2.〉

11. 도민 우롱하는 제주도의회

경찰 출석 거부에 보직 사퇴 반려

'검은돈' 거래 의혹에 대해 수사를 촉구했던 도의원이 경찰 출석을 거부해 파문이 일고 있다. 때를 같이 해서 보직 사퇴했던 도의회 상임 위원장들도 사퇴 반려 움직임을 보이고 있다. 말 그대로 당당하지 못한 처신이며, 도민을 우롱하는 처사다.

제주도의회 의장단과 상임 위원장들이 총사퇴를 단행한 것은 불과 엊그제 일이다. 의장단 선거와 원 구성을 전후해 금품 수수설이 제기되면서였다.

일련의 사태에 대한 정치적 도의적 책임의 공유가 총사퇴의 명분이었다. 그런데 의정 단상에서 금품 수수설을 제기, 수사를 촉구한 당사자가 이제 와서 한 발을 빼고 있다고 하니 어리둥절하다. 한마디로 그 저의가 의심스럽다. 스스로가 수사 협조를 공언한 처지임에도 정작 경찰의 출석 요구를 거부하고 있다고 해서 그렇다.

물론 나름대로 거부 명분이 없지는 않다. 마치 자신이 도민들에게 죄인처럼 비춰지고 있다고 함이 그것이다. 하지만 그것은 공인으로서 또한 원인행위를 제공한 당사자의 한사람으로서 떳떳한 자세는 아니란 생각이다. 도민들을 무시하는 처사로 오히려 공연한 의혹만을 새롭게 제기하는 것이어서 그렇다.

도의회 일각에서 나돌고 있는 상임 위원장 사퇴서 반려, 사퇴서 본회의 부결처리 등의 소문도 마찬가지다. 까마귀 날자 배 떨어지는 격인지 모르나, 이 같은 일련의 움직임들은 도민의 눈을 가리고 '아웅' 하겠다는 말이다다.

거듭되는 얘기지만 금품 수수설을 제기한 것은 도의회 내부다. '검은돈' 거래의 진상에 대해 수사를 촉구한 것도 도의회 발언을 통해서였다. 당사자는 사실이 왜곡되거나 진실이 밝혀지지 않을 경우 별도의 조치와 함께 수사 협조의 뜻을 분명히 내비쳤다.

그리고 그것은 지방자치의 정착과 의회민주주의 확립이 명분이었음도 우리는 알고 있다. 그러한 당사자가 수사의 초동 단계에서부터 당연한 수순을 외면하고 있음은 유감이다. 행여 그것이 도의회 내부 조율에 의한 사태 수습 노력이라고 해도 그렇다. '검은돈'의 배후에 대한 사직당국의 진상규명은 의정 단상에서 행한 대 도민 약속이기 때문이다.

제주도의회를 바라보는 도민들의 눈은 아직도 차겁다. 의원직 총사퇴, 지방의회 무용론 등 성난 민심이 다시 폭발하는 것을 바라지 않는다면 수사에 협조해야 한다. 또한 의회 내부의 경솔한 행동으로 의장단, 상임 위원장단 총사퇴의 의미를 퇴색시키는 일이 있어서도 안 된다.

〈2000. 8. 9.〉

제2장
민선 자치정부

1. 또 다른 도박 '오픈 카지노'

'노름판' 벌여 빚 갚자고?

우근민 지사의 오픈 카지노에 대한 집착은 안타까울 만큼 대단하다. 취임 초부터 오픈 카지노, 리조트, 국제자유도시에 매달리고 있어서다.

우 지사는 최근 제주도 국정감사장에서 내국인 출입 오픈 카지노의 재추진을 공식 시사하고 나섰다. 국정의 최고 책임자인 대통령의 말을 거스르면서까지 강한 집착을 보이는 까닭이 과연 무엇일까.

국정감사 질의답변을 통한 그의 설명은 다음과 같이 요약되는 것 같다.

"외국자본 유치를 위해서는 투자자들에게 수익성을 보장해 줘야 한다. 오픈 카지노는 이를 담보해 준다. 내국인은 배팅금액을 제한하고 도민은 배팅을 할 수 없도록 발전방향을 모색하는 것이 바람직하다. 내국인 출입 카지노를 도입, 매출액의 10%를 도세로 받으면 연간 700억 원의 세입을 올릴 수 있다. 그것이면 5천여억 원에 이르는 빚을 탕감해 나갈 수 있다."

국감장에서의 지사 발언은 자못 비장하기까지 하다. 하지만 지사의 발언에서 초라하고, 참담한 우리의 모습을 발견한다. 도박사들에게 조상 전을 팔지 않고는 빚을 갚을 수 없다는 이야기로도 들리기 때문이다. 말 그대로라면 지사의 설명은 결국 외국인들이 한국 사람들로부터 돈을 벌어들이면 그 일부를 세금으로 받아 빚을 갚겠다는 이야기다. 도박장 세금으로 누적된 빚도 갚고 넉넉해질 수 있다는 얘기다.

지사의 말대로 수익성 보장 없이 외국인들의 투자를 유인하기가 쉽지는 않을 것이다. 하지만 그것이 도박장인 오픈 카지노여야 한다는 소신에는 얼른 공감하기가 어렵다. 도박판 벌여 빚 갚고, 그 동네가 잘됐다는 소리를 들어본 바가 없는 우리의 정서에 비춰서 그렇다.

아마도 지사의 답변은 오픈 카지노 투자 의향 외국인들을 의식한 듯하다. 최근 오픈 카지노에 매력을 갖고 있었던 그들이 발빠하고 있어서다. 실제 오픈 카지노를 전제로 투자 의향을 밝힌 몇몇 화교그룹이 있었다고 하니 그 같은 추정이 가능하다. 하지만 사실이 그렇다고 해도 지사의 설명은 너무도 직설적이며, 도민 자존심을 다치게 하는 말이다. 차라리 제주도가 국제자유도시로 나가기 위해서는 화교를 비롯한 중국인들을 의식하지 않을 수 없다고 말했어야 했다. 오픈 카지노는 그들을 유인하기 위한 한 방편이었다고 답변했으면 상처가 덜 할 수도 있었다.

사실이 그랬다. 애당초 국제자유도시 구상은 중국 시장을 공략하기 위한 것이었다. 지구촌의 방대한 시장인 대륙 공략을 위한 교두보 확보에서 비롯됐음을 알고 있다. 지구촌 인구의 4분의 1을 차지, 엄청난 잠재력을 가진 중국을 염두에 둔 것이었다.

1994년 영종도 세계 자유도시 추진이 시작이었다. 영종도 신국제공항 배후를 거점으로 상품과 자본, 그리고 사람이 자유롭게 드나들 수 있는 국제자유도시를 건설, 홍콩을 대체하자는 정부 차원의 원대한 구상이었다. 하지만 특별법 제정까지 검토되던 이 계획은 백지화됐다. 경제난 등의 이유로 단순히 구상으로 끝이 났다. 그러던 것이 오픈 카지노, 메가 리조트, 국제자유도시 수순의 제주 구상으로 되살아나고 있다.

우 도정이 오픈 카지노에 집착을 보이는 이유를 전혀 이해하지 못하는 바는 아니다. 그것이 짧은 시일 안에 외국인 투자를 유인할 수 있는 손쉬운 방편일 수 있다. 하지만 매사 순탄하리란 보장이 없다.

영종도 세계 자유도시 추진이 제주도로서는 반면교사다. 잘못되면 국제자유도시가 국제 도박 자유도시로만 남을 수도 있다. 더더욱 국내 자본의 역외 유출이 우려되는 외국인 투자 오픈 카지노는 국내 자본의 역외 유출을 전제로 한 것이 아닌가.

그러함에도 오픈 카지노에 집착하고 있음은 제주의 자존과 정체를 걸고, 또 다른 도박을 벌이고 있음이다. 〈1999. 10. 18.〉

2. '제주특별법 개정', 카지노가 걸림돌?

총체적 위기를 맞고 있는 제주 관광. 제주 관광의 현안 해결을 위해 도민 역량을 모으자는 데 반대할 도민은 없을 것이다. 하지만 그것이 구두 선에 그치고 있을 뿐, 행동으로 옮겨지고 있지 않아 안타까운 일이다.

위기의 제주 관광을 풀어 가는데 떠오른 현안 중 하나가 제주도개발특별법 개정인 듯하다. 현재 국회에 상정된 특별법 개정안은 제주 관광 활성화를 겨냥한 제도적 받침대다. 그러하기에 처리가 시급한 사안임은 물론이다. 하지만 현실은 그렇지 못한 것 같다.

우선 특별법 개정 문제는 강원도 지역의 시민. 사회단체를 비롯한 지방자치단체와 지방의회 등이 제동을 걸고 있다. 법안 중에 공항. 항만 터미널에 소형 카지노 시설을 허용하는 내용을 삭제할 것을 요구하고 있다. 강원도 폐광지역 개발의 핵심인 카지노 운영에 위협을 받고 있어서다.

강원도의 이 같은 움직임은 분명 지역 이기주의에 터 잡은 것이 틀림없다. 강원도에만 허용하고 제주도에는 안된다고 함이 그렇다. 그렇다고 제주가 도민적 차원에서 총체적 대응을 하기엔 꺼림칙하다. 문제의 카지노 시설은 그 허용 여부를 놓고 도내에서도 논란이 없지 않은 것이기 때문이다.

카지노 내국인 출입 허용은 시민. 사회단체 등의 반대가 만만치 않은 사안이다. 내부에서조차 논란이 있는 사안에 도민 역량을 모아 지역대결 양상으로 끌고 가기엔 아무래도 무리한 측면이 없지 않다. 강원도와는 달리 제주의 도. 시. 군의회와 시민단체들이 적극적인 대응을 하지 못하고 있는 까닭도 여기에 있다. 그렇다고 특별법 개정을 마냥 방치할 수는 없는 일이다.

국회에 상정된 제주도개발특별법은 소형 카지노 문제만이 아니라 제주 관광 활력을 위한 전반적인 틀을 담고 있다.

특별법 개정 문제가 제주의 시급한 현안이라고 하면 보다 냉정하고 현실적일 필요가 있다. 제주도개발 기본 틀인 특별법안이 소형 카지노 허용이 전부가 아닌 다음에야 방법을 달리해야 한다. 도민적 공감대를 얻지 못하고 있는, 그리고 다른 지역으로부터 저항을 받는 오픈 카지노는 재고해야 한다.

특별법 개정안 국회 통과의 걸림돌이 무엇인가에 대해 심사숙고, 현실적 대안을 시급히 마련해야 한다. 우근민 도정이 서둘러야 함은 물론이다. 〈1999. 11. 2.〉

3. 빈대 잡으려 초가삼간 태우랴?

‘제주특별법’ 개정 현실적 검토해야

제주도가 제주도개발특별법 개정에 총력전을 펼치고 있다. 제주도 당국이 특별법 통과를 위한 비상 대책본부를 설치, 전력 경주를 선언하고 나섰음이 그것이다. 제주도의 이 같은 노력에 원칙적으로 찬동하며 지지를 보낸다. 하지만 일련의 과정에서 불안감을 떨치지 못하는 것도 사실이다. 도 당국이 본질은 접어둔 채 곁가지에 지나치게 매달리고 있는 것이 아닌가 하는 우려에서다.

제주도개발특별법 개정이 필요하고 시급한 상황임은 제주도민 모두가 공감하고 있다. 특별법 제정 이후 변화된 여건에 부응하기 위해 개정 보완이 필요하다는데 이론이 없다. 특히 제주도개발특별법은 오는 2002년까지 유효한 한시법이기 때문에 더욱 그렇다. 하지만 국회 상정된 개정법안은 이외의 장애물에 직면해 있다. 강원도가 제주특별법개정을 저지하고 나섰다. 특별법안 중 제주에 소형 카지노 허용조항을 삭제해 줄 것을 강력히 주장하고 나선 것이다.

강원도의 이 같은 처사는 분명 지역 이기주의에 터 잡은 것이란 비난을 면치 못한다. "우리가 하는 일, 너희는 하지 말라"는 것이기에 그렇다. 제주도 당국이 비상 대책본부를 가동하겠다고 하는 것이나, 도내 관련 기관단체들이 강원도의 처사를 규탄하고 나서는 것도 이 때문이다.

그러나 강원도의 반발은 간단치가 않은 것 같다. 강원도가 이처럼 억지를 부리는 것은 나름대로 꼬투리가 있다. 중앙정부의 강원도 폐광지역에 대한 오픈 카지노 허용 특별 배려를 염두에 둔 것이다. 또한 김대중 대통령의 제주 방문 때 도민 정서 등을 들어 오픈 카지노 허용에 부정적 의견을 비친 것에도 힘입고 있는 듯 하다.

카지노 문제를 둘러싸고 제주도와 강원도 간 지역대결 양상을 보이고 있음은 서로가 불행한 일이다. 우리는 이 같은 불행한 사태를 우려, 제주도개발특별법 개정의 현실적 대응을 촉구한 바가 있다. 지금도 그 같은 생각에는 변함이 없다. 굳이 카지노에 매달려서 대사를 그르칠 필요가 있느냐는 것이다.

특별법 개정 국회 통과는 촌각을 다투는 시급한 현안이다. 소형 카지노 허용이 법 개정의 전부가 아니라면 보다 현실적인 대응을 염두에 두고 있어야 한다. 빈대 잡기 위해 초가삼간을 태울 수는 없는 일이기에 그렇다. 〈1999. 11. 11.〉

4. 어정쩡한 '제주국제자유도시'

2차 중간용역보고서 '정체불명'

제주국제자유도시 개발은 타당성이 있는 것인가. 있다면 그 개발의 그림은 어떤 것이며, 제주도 당국이 개발 의지와 전략은 무엇인가.

제주국제자유도시 개발과 관련한 2차 용역 중간 보고서가 나오면서 안팎의 시선이 집중되고 있다. 하지만 제주국제자유도시의 정체는 여전히 불투명하다. 친환경적 복합형 국제자유도시를 표방하고는 있지만, 그 밑그림은 어정쩡한 모습이다.

제주국제자유도시 개발은 일견 나름의 경쟁력과 가능성이 있는 것으로 분석되고 있다. 용역사인 존스 랑 살르의 2차 중간 보고서에 따르면 그렇다. 국제 및 국내 항공편을 제공하는 높은 수준의 공항시설을 비롯해 깨끗한 환경과 자연이 희망적이란 보고다.

하지만 기존 국제도시와의 경쟁력에 있어서는 긍정적인 평가를 하고 있지 않다. 아시아. 태평양 지역 내 다른 자유무역지대와의 경쟁에서 비교우위를 확보하기가 힘들다는 분석이다. 다만 자유무역지대로 대체 했을 때 '틈새 시장' 측면에서 잠재적 기회가 있는 것으로 분석하고 있다. 이를테면 청정자연 환경을 이용한 1차 산업과 제주만의 독특한 자연 문화유산을 활용한 국제 관광도시로의 개발 여지가 그것이다.

그러나 물류 및 유통, 금융도시 개발과 관련해서는 입지적 개발 잠재력에도 불구하고 주변 도시와의 경쟁력에서 크게 떨어지는 것으로 분석하고 있다. 특히 항만물류와 관련해서는 국제경쟁력은 물론 국내 도시들과도 비교열위에 놓여있다. 이 때문에 차별적인 개발전략과 중앙정부의 각별한 의지 없이는 제주국제자유도시 개발이 어렵다는 판단이다. 그렇지 않고서는 사람과 상품, 그리고 자본이 자유롭게 드나드는 제주형 국제자유도시는 환상에 불과하다. 개발의 타당성은 차치하고라도 정체성이 흔들리는 도시 개발이란 얘기다.

제주국제자유도시 개발에 정부는 과연 차별적 전략을 갖고 있을까. 안타깝게도 지금으로서는 크게 기댈 것이 없어 보인다. 제주 국제자유도시 프로젝트는 중앙정부와 제주도로부터 지원을 받고 있는 야심작이다. 제주도의 전략적 위치를 이용, 한국경제의 개방 및 자유화의 교두보로서 제주도를 개방하려는 의도다.

그러나 이 같은 정부 프로젝트는 최근 많은 의혹을 낳고 있다. 그리고 이번 보고서에서도 그 의혹을 불식시키지 못하고 있다. 제주 국제자유도시 개발 주체가 제주도와 국민의 정부이면서도 개발전략에 있어 상당한 시각차를 두고 있음이 그것이다. 이 같은 의혹이 불거진 것은 최근 건교부의 제4차 국토종합개발계획이 알려지면서다.

국가 최상위인 이 계획에는 한반도를 환태평양과 대륙의 전략적 관문 역할을 할 '신개방 거점' 구축 계획이 들어 있다. 그러나 당연히 포함되어야 할 제주는 거점도시에서 제외되고 있다. 반면에 인천이 동북아의 관문인 허브공항으로, 부산. 광양만 등이 홍콩과 싱가포르 같은 국제자유항으로 지정 육성하는 내용이 들어 있다.

건교부가 제주도와 공동으로 국제자유도시를 추진해오면서도 정작 제주도는 신 개방 거점도시에서 배제하고 있음을 알 수 있는 대목이기도 하다. 물론 이 계획에는 제주를 국제관광지역으로 조성한다는 내용이 없는 것은 아니다. 하지만 그것이 제주도가 표방하고 있는 사람과 상품, 자본이 자유롭게 드나드는 제주형 국제자유도시와는 상당한 거리가 있다. 특히 건설부의 국토종합계획이 국가 최상위 계획이란 점에서 정부의 차별적 지원 의지가 의심스럽지 않을 수 없다.

물론 이번의 용역 보고서는 최종의 것이 아닌 중간 보고서에 불과하다. 앞으로 보완작업을 거쳐 오는 4월 말 최종적인 마스터 플랜이 완성된다. 제주도는 중간 보고서에 서 빠트린 장기 비전제시와 시장성 검토 등이 담길 것이라고 한다. 그러함에도 두 차례의 중간 보고서를 통해 기본적인 현안마저 연구분석이 이뤄지지 못했다는 것은 문제가 아닐 수 없다.

남은 한 달여 동안 납 득할 수 있는 연구 결과가 나올 수 있을까는 지금으로서 의문이다. 하지만 정해진 기간이 중요한 것은 아니다. 시간을 더 두고서라도 정체가 분명한 내용이 나와야 한다. 〈2000. 3. 17.〉

5. 미련 못 버린 오픈 카지노

우 도정, '도박산업 개척자' 작심했나?

제주도가 끝내 도박산업 유치에 미련을 버리지 못하고 있는 것 같다. 내국인 출입이 자유로운 오픈 카지노 도입을 조만간 공론에 부치겠다고 벼르고 있음이 그렇다. 제주도는 국제자유도시 용역이 마무리되는 오는 6월을 전후해 오픈 카지노 유치를 밀어부칠 기세다. 관광개발 핵심 시책인 '메가 리조트' 개발이 그 구실이다. 개발에 따른 외국인 투자 유치를 위해 오픈 카지노 도입이 불가피하다는 설명과 함께다. 한마디로 기대보다는 걱정이 앞서는 일이다.

오픈 카지노 도입은 그동안 찬반양론이 첨예하게 대립하면서 도민사회 심각한 갈등을 빚어 왔다. 그만큼 민감한 사안이다. 그러함에도 소모적인 논쟁에 불씨를 당기고 있는 도 당국의 저의가 과연 무엇인지 궁금하지 않을 수 없다.

제주도는 오픈 카지노 도입이 관광개발 활성화를 위한 최선의 방법인 것처럼 말하고 있다. 외국인 투자 유인을 위해서는 오픈 카지노 도입이 필수적이라는 것이다. 투자 의향서를 내놓고 있는 몇몇 외국인 기업들이 원하고 있는 것이라고도 했다. 오픈 카지노를 유치하지 않고는 외국인이 투자하지 않을 것이란 얘기와 같다. 오픈 카지노 없이는 제주 관광이 희망이 없다는 말로도 들린다. 관광 제주가 오픈 카지노에 전적으로 매달려 있는 모양새로 안타깝기 그지없다.

물론 오픈 카지노와 연계한 메가 리조트 개발이 제주도 관광개발 핵심 전략의 하나임을 모르지 않는다. 오픈 카지노는 그 자체로 외국인 투자자들에게는 잇점이 큰 것이다. 또한 지방자치단체의 재정 수입에도 도움이 될 것임을 잘 알고 있다. 하지만 그 이상의 기대는 없다. 오픈 카지노의 유치는 곧 제주도를 '국민 도박장'으로 만들겠다는 말과도 같다.

국민 도박장이 과연 도민의 삶의 질을 차치하고라도, 고품격의 제주관광이나마 담보할 수 있을지 의문이다. 도민 정서는 물론 도민 정체성과도 무관치 않은 도박장을 굳이 고집하는 까닭을 모르겠다.

약간의 지방세수 확보를 위해서, 다소의 관광 활력을 위해 제주도의 정체성을 흔들어 놓을 수는 없다. 오픈 카지노 제주 유치는 도 당국이 입버릇처럼 내세우고 있는 '청정 제주, 평화의 섬' 이미지와도 거리가 멀다. 새삼스러운 오픈 카지노 공론화는 재고해야 한다. 먼 훗날 도박산업의 개척자란 불명예스러운 얘기를 듣지 않기 위해서라도 그렇다.

〈2000. 4. 27.〉

6. 카지노가 문화관광이라니?

문광부, 중문에 대단위 도박단지 조성?

제주에 대단위 카지노 단지가 들어설 전망이다. 그것도 '문화 관광'이란 이름으로 둔갑해서다. 느닷없는 카지노 단지 조성계획이 정부의 의지인지, 지방자치단체의 의지를 반영한 것인지 지금으로서는 판단이 서지 않는다. 하지만 지방정부에 이어 중앙정부에서까지 시도 때도 없이 불거져 나오는 '카지노 신드롬'에 참담함을 느끼지 않을 수 없다. 관광 제주의 미래 비전이 마치 카지노가 전부인 것처럼 보여서다.

문화관광부는 제주도를 전국 7대 문화관광권으로 하는 관광 진흥계획을 마련하고 있다. 매우 고무적인 일이기는 하다. 제주를 독자적인 섬 문화관광 벨트를 형성, 동북아 최고의 종합휴양지로 육성한다고 해서다. 하지만 중문에 대규모 카지노 단지를 조성한다는 계획과 관련해서는 의아스럽지 않을 수 없다. 카지노 단지가 문화관광의 범주란 것도 생소하거니와, 도민 정서를 도외시한 계획이기 때문이다.

누가 뭐래도 제주도를 도박장인 카지노 천국으로 만드는 데 대한 도민저항이 만만치 않은 것이 현실이다. 그 같은 사정은 도백인 우근민 지사도 잘 알고 있는 사실이다. 특히 이 같은 도민 정서 때문에 김대중 대통령이 오픈 카지노 도입을 반대하고 유보 시켰던 것은 두루 알려진 사실이다.

물론 문제의 카지노 단지가 논란을 불렀던 오픈 카지노를 지칭하는 것이라고 단정하기엔 이르다. 하지만 문광부의 계획은 원론적, 총론적인 것에 불과할 것이다. 세부적인 계획은 추진 주체인 지방자치단체의 입김이 좌우하기 마련이다.

외국인 전용의 카지노든, 내국인 출입 카지노를 추진할 것인가는 향후 제주도의 마음먹기 나름이다. 그런 까닭에 카지노를 문화관광 진흥계획에 포함시킨 것과 관련, 의혹이 없지 않다. 정부 의지보다는 지방자치단체의 입김이 작용한 것이란 관측이 그렇다.

무엇보다 문광부의 중점 추진 특화 관광사업에는 지자체들이 입안해온 계획들이 대거 포함되어 있다. 같은 맥락에서 지자체 입김이 작용했다는 추리는 가능해진다. 이를테면 제주시의 '신들의 고향' 테마파크 조성, 서귀포시의 '이중섭 문화관광 거리'와 '서불과지' 관광자원 개발계획 등이 그렇다.

도박장인 카지노가 문화관광 시설일 수는 없다. 그것이 '문화 광장'일 수는 더더욱 없다. 문화관광 진흥계획 속의 카지노 부분은 재고되어야 한다. 〈2000. 5. 9.〉

7. 과업 목적에 배치된 용역보고서

오픈 카지노에 이은 한라산 케이블카 설치 등장

제주도가 도박산업과 자연 친화와는 거리가 먼 관광시설에 강한 집착을 하고 있다. 참으로 딱한 일이다. 제주국제자유도시 용역단 최종 보고서에 오픈 카지노 도입과 한라산 케이블카 설치를 주요 관광 발전 전략으로 등장시키고 있음이 그렇다.

오픈 카지노 문제는 그동안 도민사회 심각한 갈등을 초래했을 만큼 민감한 사안이다. 여기에 한라산 케이블카까지 등장하고 있다면 그 파장이 적지 않을 것임은 불을 보듯 훤하다.

용역단의 최종 보고서는 이들 카지노와 한라산 케이블카 설치가 국제자유도시의 필수적인 관광시설로 서술하고 있다. 세계적 수준의 관광상품 개발을 위해 케이블카를 시설해야 하며, 오픈 카지노 또한 국제자유도시 기본 시설임을 강조하고 있다. 판에 박힌 이야기로 '세계적 수준', '기본 시설'을 들먹이는 일이 그야말로 유치하기 짝이 없다.

이 같은 최종 보고서 내용은 지난 중간 보고서의 내용과는 정면 배치되는 것이어서 또 다른 의혹이 불거져 나오고 있다. 오픈 카지노와 한라산 케이블카에 집착해온 제주도 당국의 특별한 과업 지시에 따른 것이 아니냐는 것이다. 보고서 내용이 어제오늘 다른 데서 비롯되는 의혹이다.

지난 중간 보고서에서는 한라산 케이블카와 도박산업이 친환경 제주형 국제자유도시와는 거리가 멀다고 했다. 도민 정체성을 저해하는 것이라 하여 오픈 카지노와 한라산 케이블카 설치에 부정적인 견해를 보였다. 오픈 카지노를 중심으로 한 도박산업 유치가 지방자치단체 재정수입에 도움이 될 것이다. 하지만 도박산업 유치와 자연 파괴 관광개발이 바람직하지 못하다고 주장하는 이유는 다른 데 있지 않다.

오픈 카지노와 한라산 케이블카 설치는 도민 삶의 질과 고품격의 관광을 담보하지 못한다. 사행심을 앞세운 도박산업인데다, 제주의 위대한 자산인 대자연을 함부로 까먹는 일이이기 때문이다.

도박산업 유치와 자연 착취를 전제로 한 국제자유도시 용역 결과는 분명 겉과 속이 다르다. 무엇보다 제주도가 입버릇처럼 내세우는 '청정제주', '평화의 섬' 이미지와 거리가 멀다. 환경친화적, 전통문화 보전을 통한 도민 정체성 확립이란 과업 목적과도 정면 배치되는 것으로 지켜볼 일이다. 〈2000. 6. 22.〉

8. 오픈 카지노 도입 공론 이제 그만

최종 보고서, "국제자유도시 필수 요소 아니다"

오픈 카지노가 제주국제자유도시 전략의 필수적 요소가 아니라는 용역 결과 보고는 매우 바람직한 결과다.

존스 랑 살라르사社의 오픈 카지노와 관련된 용역 보고 내용은 최근 논란을 빚고 있는 현안에 대한 공식 견해란 점에서 주목된다. 제주도에 제출한 최종 보고서에서 "오픈 카지노는 제안도, 반대도 하지 않을뿐더러 제주 국제자유도시의 필수 요소가 아니다"고 천명했음이 그렇다.

용역회사인 존스 랑 살라르의 이 같은 견해는 오픈 카지노 정책에 대해서 자신들이 중립적임을 애써 강조하고 있는 듯하다. 이 같은 견해는 제주도의 '오픈 카지노 검토'의 과업 지시에 따른 것으로, 말 그대로 카지노 개방과 관련한 음과 양을 적시했을 뿐이라는 얘기다.

존스 랑 살라르의 이 같은 의견은 매우 조심스러운 것이면서도 시사示唆하는 바가 없지 않다.

보고서는 먼저 카지노 개방정책이 제주 관광전략의 한 부문으로서 고려되었다고 밝히고 있다. 정책으로서 카지노 개방은 경제 및 소득을 가져오지만, 수반되는 사회적 악영향이 반드시 함께 고려돼야 한다는 것이다. 이를테면 대규모의 카지노 개방은 피할 수 없는 조직적 범죄 및 사회적 폐해를 초래할 우려가 있다는 지적이다. 오픈 카지노 개방은 이 같은 악영향을 예상 수익과 관련지어 생각해야 한다는 것이다. 결론적으로 카지노의 개방은 제주가 조직적 범죄와 이로 인한 사회적 폐해로부터 결코 자유로울 수 없다는 얘기다.

그동안 우리가 오픈 카지노 개방에 대해서 부정적 입장을 견지해 온 까닭도 여기에 있다. 용역사의 지적처럼 카지노 개방으로 도민 정서에 큰 혼란을 가져올 수 있어서였다. 더 나아가 도민 정체성과도 무관치 않은 심각한 사태들이 벌어질 것이 불을 보듯 훤한 일이기에 그랬다.

약간의 경제적 이익을 위해서 도민 정체성을 뿌리째 흔들어 놓을 수는 없다. 평화의 섬 제주를 공포와 불안의 도시로 뒤바꿔 놓을 까닭은 더더욱 없다. 오픈 카지노 도입 공론은 이제 이것으로 막을 내려야 한다. 〈2000.7. 17.〉

9. 권리 위에 낮잠 자는 지방정부

제주도개발특별법이 특별법으로서의 행세를 못 해 왔다고 하니 기가 찰 노릇이다. 일부 조문들이 중앙 부처의 저항에 부딪혀 사실상 집행되지 못해 왔음이 그렇다.

사실이 그렇다면 중앙 부처의 공무원들이 국법 질서를 무시했다는 말이다. 결코 좌시할 수 없는 일이다.

최근 개정 제주도개발특별법 시행을 앞두고 몇몇 조문의 효력 여부에 관심이 모아지고 있다. 이를테면 특별법 제정 당시부터 특혜조항으로 명문화된 '국고보조금 인상 지원'과 '제주지역 농어촌진흥기금'에 관한 조항들이 이번에는 제대로 시행될까 하는 관심들이다.

이 말을 뒤집으면 그동안은 특별법으로서 효력이 사실상 상실, 특별한 시혜가 없었다는 말이다. 특별법이 특별하지 않았다는 말과 다름없다.

사실이 그랬다. 구법에는 분명 대통령령이 정하는 개발사업에 대해서는 일반 예산회계법의 적용을 배제하고, 국고보조금을 차등 적용토록 하고 있다. 법 기준보조율에 20%를 가산하여 특별 지원하도록 하고 있음이 그렇다.

하지만 제주도 당국이 한 번도 그 혜택을 받아본 적이 없다고 한다. 사연인 즉은 예산부처 등 중앙 부처의 완강한 반대 때문이라고 하니 놀라운 일이다. 법률로서 보장된 혜택을 중앙 부처 공무원들이 무엇을 근거로 거부했다는 말일까.

제주도개발특별법이 특정 지역, 특정 기간 적용되는 한지. 한시법이기는 하다. 그러나 일반법에도 우선해서 적용되는 특별법임은 틀림이 없는 사실이 아닌가. 그러함에도 이를 무시해온 것은 정부 스스로가 국법 질서를 문란케 하는 일이 아닐 수 없다.

이 같은 초법적이고 특권의식에 사로잡힌 중앙 부처의 법 경시와 지방 경시 풍조는 지탄받아 마땅하다. 물론 사문화되다시피 한 특별법을 탓하기에 앞서 주어진 권리 위에 낮잠을 잔 제주도 당국 또한 질책하지 않을 수 없다. 법으로 보장된 것인 만큼 잘못된 관행을 따를 일은 아니었다. 당연한 권리행사를 위한 강력한 주의 주장과 법 활용의 적극적인 자세가 선행됐었어야 했다.

우리는 제주도 당국이 이 같은 노력에 앞장서 왔음을 기억하지 못한다. 그러하기에 중앙 부처의 고자세를 탓하기에 앞서 지방의 저자세를 질책하는 것이다.

중앙정부에 대한 지방정부의 한계를 모르는 바는 아니다. 그렇다고 언제나 지방정부라고 해서 중앙정부에 저자세일 필요는 없다. 법률은 지방정부만이 아니라 중앙정부 또한 구속하기 때문에 그렇다.

〈2000. 5. 4.〉

10. 얼굴 드러낸 '국제자유도시'

애매모호 한 '특별법' 정체

제주국제자유도시 개발 타당성 조사 및 기본계획 용역 최종 보고서안이 모습을 드러냈다. 시한을 두 달 더 연장하면서까지 보완에 보완을 거듭한 보고서다.

과연 용역 보고서에 담고 있는 제주국제자유도시의 정체는 무엇인가. 또한 중간 보고서와는 어떻게 달라진 것인가.

용역 결과에 따라 제주의 미래가 좌우되는 것인 만큼 모두의 관심사가 아닐 수 없다. 그러함에도 용역 결과는 그동안 불거져 나온 도민적 우려를 불식시켜 주지 못하고 있는 듯하다.

타당성 여부 조사는 뒷전이다.

먼저 최종 보고서는 기본계획서에 치중한 일면을 보여주고 있다. 개발에 대한 타당성 여부 조사는 뒷전이라는 얘기다. 중간 보고서 단계에서도 누차 지적돼온 것임에도 그렇다. 타당성이란 말 대신 미래 전망이란, 이를테면 제주가 복합형 국제자유도시란 용어를 동원하고 있으나 이 역시 불투명하기는 마찬가지다.

이 보고서는 국제자유도시 개발에 있어 실행 전략상 나름대로 대안 모델을 제시하고 있다. 관광산업과 1차 산업을 토대로 하고, 교육 과학기술 육성을 핵심 전략으로 제시하고 있음이 그것이다. 하지만 이 같은 모델제시는 제주도가 구상하고 있는 물류 중심, 금융 중심의 복합형 제주국제자유도시와는 거리가 먼 것이다. 달리 표현하면 복합형 제주국제자유도시에 대한 타당성 여부를 유보하고 있는 것으로, 전망이 불투명한 '숨은 그림'에 불과하다.

그리고 특별법 정체가 애매모호하다.

최종 보고서에 대한 또 하나의 관심은 과연 제주국제자유도시의 정체를 어떻게 그리고 있느냐다. 이를테면 제주 국제자유도시는 어떤 체제를 유지할 것이며, 이에 따른 제주도와 도민들의 지위는 어떻게 변할 것이냐는 것이다.

최종 보고서는 기존의 제주도개발특별법을 새로운 개발특별법으로 대체해 특별한 지위를 부여하는 것을 검토하고 있다. 이와 함께 새로운 조직 구조인 이른바 '제주국제투자개발청' 설립도 염두에 두고 있다.

특별한 지역을 규율하는 것인 만큼 특별법이 있어야 함은 당연하다. 개발의 취지에 부응하는 새로운 조직 구조가 필요하다는 것 또한 불문가지다. 하지만 특별법의 정체와 새로운 조직 구조의 실체가 지금으로서는 애매모호하다. 이를테면 새로운 개발특별법이라고 지칭함으로써 그것이 1국 2체제를 규율하는 기본법인지, 단순히 동일 체제 내의 개발 관련 부문의 특별법인지 구분이 안 되고 있다.

또한 공공기업 성의 조직이라고 밝히고 있는 '제주국제투자개발청'의 정체 역시 모호하다. 공공기업 성의 조직을 표방하고 있으면서도 사실상은 공.사를 넘나들고 있다. 법률 및 공적 사적 자금조성 관련은 물론 정책 및 전략을 결정하도록 하고 있음이 그렇다. 이뿐만 아니라 제주섬 전체의 공공이윤 투자를 대표하고 통제하는 조직이어서 그 정체를 어림할 수 없다.

무엇보다 제주국제개발청과 같은 새로운 기구가 지방자치단체(제주도)와 이원화된 조직이란 데서 문제가 있다. 이 새로운 기구가 투자유치를 위한 안전 보장책이라고는 하나 자치단체 통제 밖의 조직이다. 이 때문에 이원화된 기반 조직 간 서로 충돌이 예상된다. 결과적으로는 도민 정체성이 흔들릴 소지도 없지 않다는 얘기다.

국제자유도시 기본체제에 대해서는 차제에 도민공청회 등을 통해 진지한 논의가 있을 것으로 보인다. 그리고 도민 의견을 수렴하고, 건교부와 국토연구원과의 협의를 거쳐 정부 계획으로 확정되는 것으로 알고 있다. 하지만 그것이 단순히 주민 공청회 수준이나 중앙정부의 재단에 따라 결정될 사안이라고는 생각하지 않는다.

제주국제자유도시 개발은 그것이 향후 제주도의 정체성은 물론 제주도민들의 미래 운명을 좌우하는 것이기 때문이다. 따라서 국제자유도시 개발 문제는 도민적 합의에 따른 도민 의사가 최우선으로 반영돼야 한다.

국제자유도시 성격을 규정하는 체제 선택의 문제는 쉽게 결정할 일이 결코 아니다. 정부 또는 지방정부 자의에 의해서 결정할 일은 더더욱 아니다. 도민적 합의 도출을 위해서는 적어도 주민투표는 거쳐야 한다.

〈2000. 6. 21,〉

11. 국제자유도시, 1도 2체제 바람직한가

체제의 도시 경영자는 누구?

제주국제자유도시 개발을 떠맡게 될 제주국제투자개발청(CHIIDA)의 정체는 과연 무엇인가.

제주국제자유도시 용역사인 존스 랑 라살르가 대안 조직 구조로 제주국제투자청 설립을 제안하면서 도민적 궁금증을 불러일으키고 있다. 관심의 초점은 도대체 제주국제투자개발청의 역할과 기능이 무엇이며, 과연 바람직한 제안인가 하는 점이다.

엊그제 공표된 용역단의 최종 보고서는 제주국제자유도시 건설의 새로운 조직 및 관리구조의 필요성을 강조하고 있다. 상위조직으로 제주

국제개발청을, 하위 조직으로 기업 공사를 두는 2단계 조직이다.

두 개의 조직 모두 민간부문의 경영적 특성을 가진 공기업 형태로 알려져 있다. 두 조직이 경제개발 정책 및 전략 수립과 집행을 맡도록 한다는 것이다. 이를테면 중앙 또는 지방정부를 대신하여 국제자유도시와 관련된 개발 및 투자에 대한 법적 통제를 하도록 하는 것이다. 이와 함께 기획, 규제, 교육 등의 기능을 감당토록 하고 있다. 막강한 공권력을 부여함으로써 그야말로 개발청을 실질적인 국제자유도시 개발 주체로 올려놓고 있다. 한마디로 투자 개발청이 제주국제자유도시 개발을 신탁하고 통치한다는 얘기다.

특히 이 같은 개발신탁은 투자개발청이 토지 강제매수의 토지 수용권을 갖게 함으로써 과거 일제시대의 동양척식회사를 연상시키고 있다.

물론 국제자유도시 개발의 한 유형으로서 그 사례가 없는 것은 아니다. 용역단은 버뮤다의 토지개발회사, 홍콩 주룽타운공사 등의 예를 들고 있다. 하지만 용역단이 제안하고 있는 투자개발청은 또 하나의 분명한 공권력 주체다. 독자적 법적 통제력을 갖고 있으며, 또한 지방정부의 통제 밖에 있다는 점에서 문제가 심각하다.

용역단이 제안하고 있는 투자개발청의 설립은 그 체제의 이중성으로 인한 각종 부작용이 불가피하다. 독립적인 지위의 서로 다른 공권력 주체 간의 충돌 또는 소외 등이 그렇다. 다시 말해 용역단이 제안하고 있는 행정조직 기구는 1국 2체제와도 다른, 1도 2체제다. 1도 2체제의 용인은 향후 도시 경영 주체가 누구냐는 문제로부터 자유롭지 못하다. 개발을 독점하고 있는 공기업 형태의 투자개발청과 지방자치단체 간 어정쩡한 관계가 그것이다. 이는 자칫 제주도의 정체성 문제와도 무관하지 않다. 국제자유도시 개발과 그에 따른 공권력의 행사로부터 제주도가 소외될 수 있기 때문이다.

1도 2체제는 제주도가 개발 주체가 되고 도시 경영의 주체가 되는 1국 2체제 방식과도 다르다. 1도 2체제는 개발청에 대한 독점적 공권력을 부여함으로써 사실상 자치권을 상실하거나 제약을 받게 된다.

물론 용역단이 제시하고 있는 1도 2체제는 1국 2체제 방식이 위헌 소지가 없지 않은 데 따른 대안인 줄 안다. 특히 투자자들이 선호할 수 있는 방식이기는 하다.

하지만 체제의 한쪽인 제주도가 도시 개발과 경영에서 소외됨으로써 누구를 위한 개발이냐는 원초적인 문제를 제기하지 않을 수 없다. 최종 선택은 도민 총의를 거쳐야 하는 이유이기도 하다.

투자개발청이 국제자유도시 개발을 담보하기 위한 기간조직임에는 틀림이 없다. 하지만 용역단의 최종 보고서는 기관의 존속기간이 불투명하다. 이 기구가 한시적인 것인지, 지속적인 것인지의 여부에 대해 언급이 없는 것이다.

용역단이 이 체제가 가장 적합한 구조로 결론을 내리고 있을 뿐이다. 특히 기구의 존속 여부와 관련, "나중에 보다 급진적인 조직 구조를 채택하는 것을 완전히 배제하지 않겠다"고 함으로써 지속적인 것에 무게를 싣고 있는 듯하다. 다시 말해 국제자유도시 견인과정의 일시적 잠정적 체제는 아니란 결론이다. 따라서 투자개발청은 별도의 공권력을 가진 기관으로서 지방정부와 통제 불가의 대립적 관계도 지속된다는 얘기다.

투자개발청의 실체는 조직의 인적 구성 여하와도 무관치 않다. 같은 맥락에서 투자개발청은 인적 구성이 중앙정부에 무게가 실려있다.

조직 및 운영원칙에 있어 정부가 위촉한 위원회가 중심이 되도록 하고 있는 점이 그렇다. 여기에 정부 관리의 위원회 참여를 통한 정부의 대표성 확보 등을 강조하고 있다.

제주국제자유도시 개발이 누구를 위한 것이며, 제주도와 도민은 또 누구인가 하는 정체성의 문제는 여기서도 비롯된다. 국제자유도시의 성격을 규정하는 체제 선택의 문제는 제주의 정체성과 무관하지 않다. 정부 또는 지방정부의 자의에 의해 쉽게 결정해서는 안 된다. '제주국제자유도시'의 최종적인 선택과 결정은 제주도민 총의를 먼저 물어야 한다.

〈2000. 6. 23.〉

12. 태산명동(泰山鳴動)의 제주국제자유도시

다를 바 없는 특별법, 바람만 잔뜩

'태산명동泰山鳴動에 서일필鼠一匹'이라고 했던가.

제주국제자유도시의 모양새가 그 짝이다. 마치 천지가 개벽이나 되는 것처럼 호들갑을 떨었던 제주국제자유도시. 그 환상이 그저 그런 모습으로 다가서고 있다.

중앙정부가, '아닌 밤중에 홍두깨'처럼 불쑥 들고나왔던 제주국제자유도시 건설.

그 기본 틀인 특별법이 제정되면서 또 다른 명암을 그려내고 있다. 실망과 실소의 교차가 그것이다. 다시 말해 장밋빛 환상에 젖어 있던 사람들로서는 일종의 배신감마저 드는 듯하다. 이것이 무슨 국제자유도시냐 하는 실망스러움이 그렇다. 그리고 무슨 큰일이 벌어질 것 같았던 우려론자들은 실소를 금치 못하고 있다. 공연한 걱정을 했다는 생각에서다.

사실 제주국제자유도시 그림이 그려지면서 설레임도 없지 않았다. 새로운 프로젝트가 침체된 지역 경기에 활력을 가져다줄 것이란 기대에서다. 제주를 세계 중심에 서게 하는 미래비전으로 여겨졌기에 더욱 그랬다. 한편으로는 가벼운 경련마저 없지 않았다. 제주가 세계의 중심으로 다가서는 만큼 발가벗긴 듯한 원초적 본능을 느껴서다. 제주의 새로운 모습이 홍콩이나 싱가포르 같은 도시로 탈바꿈한다고 하니 어찌 그렇지 않을까.

앞으로 제주가, 제주 사람들의 운명은 과연 어떻게 될 것인가.

한편으로는 도민들이 불확실성의 미래에 대한 불안감을 떨치지 못해 왔던 것도 사실이다. 그야말로 제주가 특별한 지역이 된다면 과연 특별한 지역의 관리는 누가 어떻게 할 것인가. 그리고 특별한 지역 내의 기존 제주도민들의 지위와 역할은 어떻게 변할 것인가 하는 몽상들이었다.

과연 정부가 홍콩이나 싱가포르처럼 제주도를 세계 속으로 과감히 내던질 수 있을까. 도시를 거념할 '권리 대장전'은 어떻게 만들어질 것인가.

국제자유도시 건설과 관련, 제주도민들은 기대 반 두려움 반으로 지켜보아 왔다.

하지만 모습을 드러낸 제주국제자유도시의 기본 틀은 그것들이 기우였고 무망한 것이었다. 예컨대 특별법의 어느 한구석에도 홍콩이나 싱가포르 같은 국제자유도시로서의 형체는 없었다. 그것은 대한민국의 일반적인 법 테두리에서 크게 벗어나지 않은 것이었다. 또 하나의 국내법일 따름이었다. 명색이 특별법인 만큼 일반법의 규율을 일탈하는 특별조항들이 없지는 않다. 이를테면 투자자에 대한 세제 감면이나 관세자유지역 지정, 투자진흥지구 지정 등이 그것이다.

하지만 이 정도의 특별함은 이미 부산이나 인천 등지에서도 허용되는 것들이다. 제주만을 위한 획기적인 것은 아니다. 결코 세계적 개방추세와 변화의 틀에서 특별히 앞선 조치는 아니다. 홍콩과 싱가포르와 같은 자유도시를 지향하는 기본 틀은 더더욱 아니다. 막말로 제주국제자유도시 추진이 기존의 제주도종합개발계획과 크게 다르지 않다. 또 이를 뒷받침해온 제주도개발특별법과 비교해 특별한 것이 별로 없다.

한때 제주도의 통제 밖의 제주개발청이 들어선다고 해서 긴장하기도 했다.

제주의 지방자치가 개발에 발목 잡히는 것이 아니냐는 것이었다. 그러나 그것은 기우였다. 특별하지 않은 특별법이 이를 보증하고 있다. 생각이 여기에 미치면 허탈하기 짝이 없다. 그동안 국제자유도시 건설이라고 바람만 잔뜩 집어넣고, 공연히 시간만 낭비했다는 생각이 들어서다.

신기루처럼 사라진 홍콩과 같은 제주, 싱가포르와 같은 제주국제자유도시.

그나마 정체성 잃고 표류하는 비극적인 사태가 벌어지지 않은 것만도 다행인가. 〈2002. 1. 7.〉

13. 민선 자치정부 5년

과정 무시한 업적주의, 성과주의 급급

민선 2기 지방자치 정부가 출범한 지 오늘로 만 2년이 된다. 임기 4년의 절반을 넘겼다. 여기에 민선 1기 3년을 더하면 민선 지방자치 정부는 그 연륜이 5년에 이르고 있다. 나름대로 제도가 정착될 법한 적지 않은 연륜이다.

원론적인 얘기지만 민주주의는 참여 정치이자, 분배의 정치에 터 잡은 제도다.

민주주의 풀뿌리 지방자치라고 예외는 아니다. 결과보다 과정이 중시된다. 참여자 모두가 권한을 나눠 갖는 대신 책임 또한 분담하고 공유하는 제도다. 참여와 분배가 보장되는 만큼 다수결의 원칙이 보장된다. 다수결의 이름으로 전체의 역량을 하나로 결집시키는 기능을 갖고있다.

설령 결과가 잘못됐다고 해도 그 결과에 대한 위험은 다수가 공유한다. 참여와 분배의 과정이 민주적으로 보장이 되어있는 한 그렇다. 참여하는 만큼 책임도 함께 한다는 말이다. 민주주의가 결과보다 과정이 중시되는 이유가 여기에 있다.

그렇다면 과연 우리의 지방자치 정부들은 이 같은 원칙에 얼마나 충실하고 있을까. 이점에 있어 우리의 도, 시, 군 민선 자치 정부들에게 후한 점수를 줄 수 없다. 적어도 지역발전과 개발 드라이브 정책에 관해서는 그렇다. 이를테면 국제자유도시 문제가 그렇다. 그것이 바람직하고, 제주의 미래 비전이 있고 없고를 떠나 시책의 입안 과정이 과연 민주적이었을까. 그렇지 못했다. 집행과정이 절차를 충실하게 밟아 가고 있느냐를 뜯어보면 알 수 있는 일이다.

이 밖에도 지방자치단체들이 추진하고 있는 워터프론트 개발계획, 송악산 개발, 오픈 카지노와 한라산 케이블카, 해안도로 개설 등 그 사례는 한둘이 아니다. 과정이 무시된, 그래서 후한 점수를 줄 수 없는 개발 정책들이다.

민선 2기 반환점에서 새삼스럽게 지방자치 원론을 들먹이는 까닭이 다른 데 있지 않다. 우리의 민선 자치정부가 지나치게 업적주의, 성과주의에 매달려 초조해하고 있다는 생각이 들어서다. 과정이 무시된 업적주의 성과주의는 지방자치 발전을 위해 결코 바람직하지 못하다. 지방자치 공동선인 주민 삶의 질 향상과는 거리가 있어서다.

주민의 삶의 질은 정책집행자들이 작위에 의한 업적주의, 성과주의와 반드시 비례하지는 않는다. 때로는 부작위에 의한 비 업적, 무 성과가 오히려 주민의 삶의 질을 향상시켜 주기도 한다. 적어도 환경과 관련된 정책인 경우가 종종 그렇다.

남은 2년, 지방자치 정부가 주민참여와 책임 공유의 원칙에, 또 과정에 얼마나 충실했는지 뒤돌아보는 기회가 됐으면 좋겠다. 〈2000. 6. 30.〉

14. 승자 독식의 제주특별자치도

감사위 기능 강화, 견제와 균형의 틀 유지해야

견제와 균형은 민주사회의 핵심 가치 중 하나다.

봉건 군주사회와는 달리 권력을 분점하고 있는 민주사회에서 견제가 없으면 균형이 무너진다. 균형이 무너지면 전반적인 사회안전망이 크게 흔들리게 된다. 그러기에 오늘날 모든 민주국가는 견제와 균형의 기본적 틀을 갖고 있다. 이른바 법치의 대 장전인 헌법이 그것이다.

우리의 헌법이라고 해서 예외는 아니다. 우리가 귀가 따갑도록 들어온 "대한민국은 민주공화국이다" "모든 권력은 국민으로 부터 나온다"는 것 등이 그렇다.

국민으로부터 주어진 그 모든 권력은 한곳에 집중되지 않는다. 그들은 권력을 정부에 위임하지만, 그들 스스로 대표를 내어 감시한다. 그리고 권력을 위임받은 정부는 물론 대표들의 시시비비를 가리는 권력을 따로 나누는 지혜를 발휘한다. 입법 사법 행정의 삼권분립의 원칙, 이른바 3자 정립三者鼎立의 '솥발 정치'가 그것이다. 풀뿌리 민주사회라는 지방정부, 지방자치단체라고 그 범주를 크게 벗어나지 않는다. 이른바 의정과 도정에 의해 권력이 나눠진다.

하지만 그 권력은 행정(도정)으로 많이 기울어 있다. 중앙권력과는 달리 '솥발의 정치' 구도는 아니다. 그러기에 견제와 균형감각을 찾기가 힘이 들다.

비록 주민의 대표기관이라고는 하나 의회는 다수의 기관 (의원 개개인) 집합체다. 때문에 권력이 1인에 집중된 행정 권력을 견제하기엔 다소 힘이 버겁다. 특히 제주도의 경우 기초자치단체가 생략된 광역 특별자치도여서 더욱 그렇다.

제주특별자치도는 1차 적 거름망인 기초자치단체가 없는 상황이다. 모든 기초자치단체의 권력까지 광역자치단체 수장인 도지사의 몫이 되어 있다. 특히 주민직선에 의해 수장이 정해지기 때문에 그 권력은 오로지 승자 독식의 무대가 되어 있다.

지방 권력의 승자 독식 폐해는 상상을 초월한다. 승자인 자치단체 수장을 정점으로 끝도 없이 줄서기가 이뤄진다. 상황이 그러다 보니 자치단체 공직자들이 본분을 지키기가 쉽지 않다. 본연의 일은 쳐다보지 않고, 꼭대기 얼굴만 쳐다보기 일쑤다. 그러하기에 주민의 공복이 아니라 수장의 가신이란 비판마저 받는다.

그렇지 않은 편과 행동도 물론 있다. 승자와 패자가 가려지는 순간, '복지부동'하는 패자의 부류가 그들이다. 주민의 공복이어야 할 공직자들이 권력의 '줄 바라기'가 되거나 바싹 땅바닥에 엎디어 있는 상황. 그 현실에서 권력의 주체인 주민들이 무엇을 더 기대할 수 있을까.

비단 승자 독식의 폐해는 공직사회서만 이뤄지는 것도 아니다. 어느 순간 사회 전반에 걸쳐 약육강식의 전리품 사냥이 시작된다. 산하 기관단체는 물론 시민사회단체의 장들이 임기도 못 채운 체 줄줄이 끌어내려 진다. 쥐꼬리만한 이권마저도 줄 대기의 사다리 바꿈은 물론이다. 이쯤 되면 사회는 극단으로 치닫기 쉽고, 균형감각을 잃게 마련이다.

이 모든 것들은 견제와 균형의 틀이 부실해서 그렇다. 같은 민주의 틀이라고는 하나 크게는 지방 권력이 중앙권력과 그 기본 틀이 다르다. 중앙권력과는 달리 지방 권력은 '솥발의 정치' 구도가 허약하다.

지방 권력인 경우는 의회와 행정의 양축으로 지방 권력을 떠받치고 있다. 그나마 그 한 축이 부실한 상황에서 권력이 어디로 기울 것인가. 우리의 지방자치가 이대로 안 된다는 이유가 여기에 있다.

바꿔야 한다. 오늘의 승자 독식, 권력 독과점에서 승자와 패자 간 '권력의 분점'으로 그 의식을 공유해야 한다. 비록 중앙권력처럼 사법이란 한 축을 별도로 가질 수 없는 것이라면 기존의 의회 권능을 보다 강화할 필요가 있다. 그리고 사법의 기능에 준하는 견제의 틀도 만들어야 한다.

현행 감사위원회의 기능 강화가 한 방편이 될 수도 있다. 감사위원회를 독립기관으로 하여 비대해진 의정과 도정을 견제토록 하는 것이다. 이에 따른 법 제정 개정 절차가 수반돼야 한다면 그것 또한 못할 바도 아니다. 제주도는 특별한 지방자치단체가 아닌가. 의지만 있으면 기존의 특별법을 뜯어고쳐서라도 가능하다고 본다.

다행히 최근 제주도 도정과 의정 간에 약간의 권력분점이 이뤄지고 있는 것 같아 고무적이다. 도의회 사무처 인사에 대해 일정 범위 내에서 도지사가 관여치 않겠다는 것이 그렇다. 하지만 '도의회와 인사교류는 없다'는 지사의 단서가 꺼림칙하다. 의정과 도정의 권력분점은 한발 더 나아가야 한다. '솥발의 정치'가 되기 위해서는 부분적인 인사권 분점이 아니라 모두를 줄 각오가 되어있어야 한다.

의정의 인사는 그 권한을 의정이 가져야 한다. 의정은 도정을 견제하고 감시해야 하는 솥발의 하나이기 때문이다. 솥발이 튼튼하고 균형을 이뤄야 권력의 주체인 주민의 솥도 안정된다.

그리고 난 연후 내 밥그릇이 어느 것이고, 네 밥그릇이 어느 것인지 확연히 구분이 될 것이다. 더불어 사용자와의 형평성도 생각함 없이 공직자들이 노조를 앞세워 밥그릇 타령하는 일도 적어질 터이다.

〈2012. 9. 27.〉

15. 주민 주권 회복 없이 지방자치 없다

'제주 3김' 독과점 체제 속 주권재민 실종

동양철학의 바코드라고 할 수 있는 60갑자甲子에 있어 갑의 상징성은 대단하다. 갑은 시작을 의미하고, 으뜸을 상징하며 또 변화를 의미한다. 갑은 새벽을 의미하고, 만물이 소생하는 봄을 상징한다. 갑은 또 새로운 10년의 출발을 의미하며, 오방五方 중 해 뜨는 동방을, 오방색 중에 희망을 상징하는 푸른색(靑色)이다. 그러하기에 새로운 십 년의 시작인 갑오년 새해를 바라보는 시선들은 유별나다.

관심사의 으뜸 단어는 역시 4년 만에 열리는 지방선거일 터. 하지만 유권자들의 마음이 유쾌하지만은 않은 것 같다. 선거 때만 되면 겪게 되는 트라우마를 의식해서다. 민주주의 선거에 있어 갑은 분명 유권자인 국민이고, 을은 후보자가 분명하다. 주권재민의 대원칙하에 있는 풀뿌리 민주주의 선거에 있어서도 마찬가지다. 선거권자인 주민이 갑이며, 피선거권자는 그게 도지사든 도의원이든 을의 위치에 있다.

그런데 이 같은 갑과 을의 관계가 언제부터인지 뒤바뀌어 있다. 선거철이 되면 갑은 을을 쫓아 줄서기에 익숙해져 있다. 을은 아예 이들의 줄 세우기를 당연한 것처럼 여기고 있다. 줄서기, 줄 세우기는 당연 편 가르기가 됐고, 서로의 이해利害를 논하는 파당으로 변질됐다. 물론 뒤늦게 주객이 전도되어 있음을 지각한 이들도 없지는 않다. 그러나 이들 역시 십중팔구는 줄세우기로부터 자유롭지 못하다. 그러기엔 이미 소금에 절인 생선이 되어 바다로 돌아갈 수 없기 때문이다.

처지가 처지인 만큼 한번 서기 시작한 줄에서 벗어나 있기란 쉽지 않다. 특히 정의情誼를 앞세운 친숙한 얼굴에, 당근과 채찍을 든 을을 보면 달리 행동하기가 어려워진다. 이미 내가 잠시 맡겨 놓은 권력 앞에 더는 갑임을 주장할 엄두가 안 난다. 잠시 맡겨 놓은 '내 권력'이 세월이 지나 '네 권력'이 되어 버려서다.

사실이 그렇다. 갑이 권리가 장기간 을에 맡겨지면서 을은 어느새 갑들의 권한을 독과점해버렸다.

이 같은 지방정치의 독과점 체제는 4반세기 가까이 지속되고 있다. 이쯤 되면 신성한 주민 주권은 이미 박제가 되어 버렸다.

지방정치의 독과점 체제 안에서 공정을 담보하기란 그리 쉽지 않다. 그것이 불공정해지면서 패거리가 생겨나고, 대립과 갈등을 초래한다. 그리고 그들 패거리 간 대립과 갈등은 분열을 조장한다. 패거리의 일부는 공과에 따라 자리를 내걸기도 하고, 자리에서 끌어내려지기도 한다. 그들에게 있어 선량한 주민, 주권자 주민은 더는 안중에 없다. 새롭게 을이면서 갑 행세를 하는 권력자만 바라다볼 뿐이다.

이쯤 되면 주권재민의 지방자치 근간이 크게 흔들리기 마련이다. 그리고 그 폐해는 고스란히 선량한 주민 몫으로 되돌아온다.

골짜기를 파서 언덕을 높인다고 했던가(掘壑而附邱). 이들 독과점 자에게 있어 을이 처지가 된 주민들은 그들의 언덕을 높이는 데 동원되기 마련이다. 이른바 정치 노동자, 선거 노예로 전락하는 것이다. 서로 골짜기를 파내는데 등 떠밀려지고, 골짜기가 깊어 질수록 하늘은 좁아지고 멀어질 따름이다. 반면에 새로운 갑은 한없이 높아지는 언덕에 기대어 그들에게 군림하게 된다.

주권자인 주민들을 골짜기로 밀어넣고, 하늘을 가릴 수는 없는 일이다. 그들로부터 권력을 위임받은 공무 담임자로서 결코 올바른 자세가 아니다. 주권자에 대한 도리는 더더욱 아니다.

모든 권력은 국민으로부터 나온다. 모든 자치 권력 역시 주민으로부터 나온다.

그러함에도 작금 주인이 주인 행세를 하지 못하고, 그들의 공복이 오히려 주인 행세를 하고 있는 시대 상황을 어떻게 이해해야 할까.

주객이 전도된 오늘의 상황을 혹자는 '봉건주의' 부활이라고 혹평을 하기도 한다. 맞는 말이다. 장기간에 걸친 몇몇 특정인들의 지방정치 독과점 사태를 바라보는 시선들은 결코 고울 수 없다.

이제 모든 것을 제자리로 돌려놓아야 한다. 갑과 을의 위치를 바로잡아야 한다. 불공정한 게임을 유발하는 독과점 상태를 풀어 헤쳐야 한다. 골짜기로 밀어 넣은 선거 노예들을 자유롭게 해줘야 한다. 그렇지 않고서는 주권재민의 지방자치가 바로 서기 어렵다.

결자해지結者解之다. 독점하고 과점한 자들이 풀고 내려놓을 것은 내려놓아야 한다. 그것이 주권자인 주민들의 힘겨운 저항에 의한 것보다는 훨씬 아름답다. 경험 측에 비춰서도 그러하지 않은가.

옛말에 풀숲에 병장기를 숨겨 놓고 높은 지위에 오르려고 하면 삼세불흥三世不興이라고 한다. 그럴 일이 없겠지만 선거제도가 민주의 꽃이라고 하면서도 뒤끝이 좋지 않았던 선례가 있어 하는 말이다.

이제 새로운 10년을 선도할 희망의 한 해가 밝았다.

선거의 해, 술수의 정치보다는 정직한 정치가 새롭게 시작되는 한 해가 됐으면 좋겠다. 주권재민에 터 잡은 풀뿌리 민주의 정체성을 찾는 새해가 됐으면 좋겠다. 그래서 지방자치의 근간을 바로 세우는 한 해가 됐으면 좋겠다. 〈2014. 1. 1.〉

제3장
교육자치로 가는 길

1. 교육자치권의 원초적 실종

관련법, 교육 자주성 전문성 외면

민주교육의 새로운 장이 될 교육자치 시대는 과연 활짝 열릴 것인가. 지방자치와 더불어 실시되는 교육자치를 목전에 두고 기대 못지않게 우려의 소리 또한 적지 않다. 교육자치로 가는 길목에서 극복해야 할 과제 역시 만만하지 않다는 얘기다.

교육자치제는 지역 주민 참여의 원리를 바탕으로 하고 있다. 지방자치의 연장선에서 교육의 자주성, 전문성, 정치적 중립성이 보장된다.

교육자치가 실시되면 주민 의사에 따라 지역학교의 시설과 교육내용면에 있어 커다란 변화를 가져오게 된다. 그리고 교사는 물론 학부모 학생이 교육과정에 적극 참여할 수 있다. 그뿐만 아니라 교육과정의 지역화로 지역발전을 기할 수 있다. 무엇보다 교육자치는 획일적이고 중앙집권적인 국가권력의 독점적 교육 통제에서 자유롭다. 다시 말해 주민에 의해 통제되는 교육 지배구조를 지향하고 있다.

그렇다면 앞으로 실시될 우리의 교육자치는 이 같은 자치의 기본이념을 얼마나 담고 있을까.

교육자치를 앞두고 교육자치 단체가 될 제주도 교육위원회는 준비에 박차를 가하고 있다. 실무자들로 준비단을 구성해 자치법규 정비에 나서고 있으며, 자치 예산확보에 나서고 있다. 이와 함께 중앙정부로부터의 각종 권리.의무 승계를 비롯해 행정권한의 위임 및 이양에 심혈을 기울이고 있다.

그러나 이 같은 노력과는 달리 한편에서는 교육자치의 실효성에 의문을 던지고 있다. 교육자치의 기본골격이 될 교육자치법이 근본 취지에서 크게 벗어나 있기 때문이다.

국회에서 통과된 관련 법은 교육자치 단체 설치 단위를 시도 광역단체로 국한하고 있다. 기초자치단체인 시군구 설치를 배제, 풀뿌리 민주학교를 무색하게 하고 있다. 특히 이 법은 교육위원회의 의결 사항에서 조례 제정과 예산안 및 결산 등의 의결권을 배제하고 시도의회에 위임하도록 하고 있다. 의결권을 교육 학예에 관한 사항으로 제한, 사실상 독립형 의결기관이 아닌 위임형 의결기관에 그치고 있다. 그뿐 아니다. 교육의회 의원이 아닌 교육위원을 시도의회에서 간접으로 선출토록 해하고 있다. 교육자치의 자주성을 상실이란 말은 여기서 비롯된다.

또한 시도 교육 총수인 교육감을 보좌하는 부교육감 제도를 신설, 대통령이 임명토록 하고 있다. 그런가 하면 애매한 교육위원 피선거권 규정으로 교육의 정치적 중립성 보장에 논란이 예상된다. 과거와 현재 명확한 구분 없이 '시도의회 의원의 피선거권을 가지고 있는 자로서 정당의 당원이 아니어야 한다'는 막연한 규정이 그것이다.

이 같은 법의 골격은 그동안 교육자치의 전면 실시, 교육위원회의 독립형 의결기관, 교육위원과 교육감의 주민직선, 단위 학교 민주화 방안 명시 등 교육계의 의견을 외면했다는 지적을 받고 있다. 특히 시군 단위 교육자치 단체를 배제하고 있는데 대한 교육계의 비판이 높다. 지방의회가 기초 광역의회로 출범을 하는 것과는 달리 교육의회가 기초 단위 자치단체를 인정하지 않는 것은 지방자치 이념에 어긋난다는 비판이 그렇다.

더구나 현재 시군 교육청이 초중학교 관할권과 예산편성권을 갖고 있다. 그러함에도 불구, 권한 모두를 도교위로 이관하는 것은 교육자치에 역행하는 처사가 아니냐는 것이다. 이에 대해 정부(문교부)에는 기초 단위 교육자치 실시에 따른 재정부담과 지역 간 불균형 심화 우려된다고 말하고 있다. 하지만 진정한 교육자치를 위해서는 실질적인 권한을 교육위원회에 부여해야 한다. 교육 학예에 관한 조례 제정 및 개정, 재정의 자율적 운용을 위한 예산 편성과 결산의 권한이 주어져야 한다.

교육자치가 명실상부하게 실시되려면 무엇보다 교육의 자주성과 전문성이 확보되어야 한다. 이와 함께 지방 교육재정의 자립과 재원 확충, 재정 운영의 자율성 확립이 시급하다. 정부는 교육자치 실시와 관련, 한시적 목적세인 교육세를 영구세로 전환하는 방안을 검토하고 있다. 이와 함께 교육양여금 제도도 마련하고 있다. 빈약한 교육재정을 메우기 위한 자구적 조치다.

지방자치의 연장선에 있는 교육자치. 교육자치의 올바른 정착은 자주성과 전문성을 제약하는 제도적 보완이다. 이와 함께 지역주민들의 참여와 책임 의식의 여하가 성패의 관건이다. 〈1991. 3. 2.〉

2. 현역 교육총수의 '교육감 불출마' 선언

"상처뿐인 승리보다는 상처 없는 동반자가 되겠다"

"오르막길과 내리막길은 하나의 같은 비탈길이다."

고대 그리스 철학자 헤라클레이토스의 말이다.

오르막길이라고 보던 길도 오르는 도중 뒤를 돌아보면 내리막길이다. 내리막길이라고 보던 길 역시 뒤를 돌아보면 오르막길이다. 그의 이 같은 말은 인생역정에 있어 오르막길이 아닌, 내리막길 가기를 주저하는 사람들에게 발상의 전환을 촉구하는 말일 터.

사실 오르막과 내리막은 비탈에 서 있는 사람의 주관에 지나지 않는다. 그러나 대다수 사람은 오르막과 내리막의 고정관념을 깨뜨리지 못한다. 오르막이 있으면 내리막이고 있게 마련이고, 마음먹기에 따라 내리막이 곧 오르막임을 모른다. 그것은 권좌權座일수록 그렇다.

권좌에 앉아 있어도 자신들이 비탈에 서 있음을 좀처럼 인정하려 들지 않는다. 그러나 때때로 예외가 없지도 않은 듯하다.

제주교육의 총수 격인 현직 교육감이 교육감 선거 재출마 포기 선언이 그렇다.

"상처받을 승리자의 길보다는 상처 없는 동반자의 길을 가고 싶다…."

그의 이 같은 불출마 변은 지역사회 전반에 신선한 충격으로 다가섰다. 그의 말에 내포하고 있는 것처럼 그동안 교육감 선거가 혼탁 양상을 보여 왔기 때문이다.

사실 선거 일주일여를 앞두고 특정 후보를 비방하는 익명의 투서가 난무했다. 그런가 하면 상대방 헐뜯기와 같은 암투가 공공연하게 벌어져 잡음이 적지 않았다. 그 대부분은 현역에 집중됐다. 그만큼 그가 강자임을 반증하는 것이기도 했다. 그러나 그는 그 길을 포기했다.

그의 말을 빌리면 "미련이 없어서가 아니다. 진흙탕 싸움으로 신성한 교육 제단이 혼탁해져 서는 안된다는 생각이 앞서서…."라고 했다.

안팎의 사정이야 어떻든 그의 선택이 신선한 충격으로 받아들여지는 까닭이 무엇일까. 단순히 권좌에 대한 미련과 집착을 버려서 만일까. 아마도 그것은 조그만 승리에 집착하기보다는 원로의 또 다른 '오르막길'을 가고 있는데 대한 기대가 있어서가 아닐까. 그렇다. 원로 부재를 탓해온 제주 지역사회가 아니던가. 〈1996. 1. 17.〉

3. 선거와 무간지옥(無間地獄)

“선거가 그냥 좋아서 출마하는 사람들은 저승에 가서 무간지옥에 떨어집니다.”

이름이 크게 나 있지 않지만 수도가 깊은 어느 큰스님의 말씀이다.

무간지옥無間地獄이란 팔열八熱지옥의 하나로 쉴 사이 없이 불에 태워져 고통을 당하는 지옥을 말한다. 이른바 아비지옥阿鼻地獄이라고 하는 것이다. 스님의 설법은 이러했다.

“출마는 혼자 하는 것이 아니다. 부모 형제 친인척을 비롯해 혈연, 지연, 학연을 동원하게 된다. 그러한 인연으로 선거 출마는 많은 사람에게 폐를 끼치게 된다. 출마자는 자기를 지지하는 사람들과 반대하는 사람들과 편을 가르게 한다. 이들 사이 분쟁과 갈등을 조장하게 된다. 출마하는 사람은 그의 뜻에 상관없이 출마 그 자체로 업業을 쌓게 된다….”

스님의 설법을 요약해 보면 다음과 같다.

사람이 저승에서 받게 될 업보를 면하려면 이승에서 지은 업을 이승에서 씻어야 한다. 그러나 정치하는 사람에게는 이것이 어려운 일이다. 입후보자는 직간접적으로 많은 사람에게 신세를 지게 된다. 낙선자는 신세를 진 사람들에게 보답할 길이 없다. 당선자라고 해서 그 신세 진 빚을 다 갚을 길은 막막하다. 자신을 도와준 운동원의 이름조차 다 기억할 수는 없기 때문이다. 그중에 몇몇을 기억할 수는 있을 것이다. 그렇다고 당선자가 자리를 이용해서 신세를 갚는 것은 독직瀆職이 된다.

따라서 선거에 나서는 사람은 당락에 무관하게 업을 짓게 되고, 이승에서는 그 업을 갚을 길이 없다. 그러므로 저승에 가서 무간지옥에 떨어지지 않을 수 없다.

오는 6월에 치르게 될 4대 지방선거를 앞둬 세간에 나돌고 있는 자천 타천의 예비 출마자들.

스님의 얘기에 고개를 끄덕이며 다음과 같은 질문을 던져 본다.

무간지옥에 떨어지는 일이 있더라도 기어이 출마할 것인가. 그리고 그럴 만한 상당한 이유와 소신은 가지고 있는가.

글쎄다. 그렇다고 할 예비 후보자들이 과연 몇이나 될까. 〈1995. 2. 28.〉

4. 본말이 전도된 교육개혁

'교장 인사권' 시, 도지사에게 주자고?

일선 학교 교장 인사권을 교육감이 아닌 시, 도 지사에게 맡기는 것이 바람직한가. 이른바 시·도 행정자치, 교육자치 통합방안이 추진되고 있는 것으로 알려져 찬반양론이 드세지고 있다. 행정자치, 교육자치 통합은 지방자치제의 완성편이란 찬성론과 이에 따른 부작용을 우려, 추진을 반대하는 목소리들이 그것이다.

여기서 찬반 어느 한쪽을 거들기에 앞서 본말이 전도된 듯한 논란에 우려와 함께 유감을 표명하지 않을 수 없다. 공교육의 기반을 흔드는 행정, 경제 논리다.

먼저 정부 당국에 묻지 않을 수 없다. 행정 교육자치 통합 추진이 진정으로 교육의 백년대계를 염두에 둔 것인가. 이 같은 물음은 정부가 교육 논리보다 경제와 행정 논리를 앞세우고 있는데 대한 의구심이 없지 않아서다.

물론 정부는 행정, 교육 자치 통합이 교육개혁 차원임을 강조하고 있다. 하지만 행정, 교육자치 통합은 교육 세제 개편 문제와 맞물려 나온 것으로 알고 있다. 교육개혁, 지방자치 발전을 얘기하기에 앞서서다. 다시 말해 정부 당국이 각종의 교육특별세를 지방세로 전환, 지방자치단체 권한을 강화한다고 함이 그것이다.

교육특별세의 지방세 전환은 일견 지방자치 권한 강화로 볼 수도 있다. 조세 징수권자와 집행자가 지방자치단체장이 되기 때문이다. 하지만 그것은 세원이 풍부한 서울특별시와 같은, 극히 일부 지방자치단체의 경우일 따름이다.

대개의 지방자치단체 사정은 그러지 못하다. 본시 재정 자립기반이 취약, 교육특별세를 보탠다고 해서 크게 나아질 것이 없다. 오히려 제주도처럼 재정자립도가 낮은 지역은 교육재정의 악화를 가져올 수 있다. 이에 따른 교육부실은 물론 공교육 기반 자체가 흔들릴 소지가 있다. 무엇보다 공교육 수혜에 대한 지역별 불균형을 초래한다는 지적에서도 자유롭지 못하다.

시·도 행정, 교육자치 통합이 바람직하지 못한 이유는 또 있다. 통합이 교육자치를 저해할뿐더러 교단의 정치적 오염 우려가 크다는 것이다.

물론 통합의 긍정적 측면이 없지는 않다. 당장은 중앙정부의 감독과 간섭으로부터 다소 자유로울 것은 사실이다. 중앙집권체제에서와는 달리 중앙의 획일적 지침으로부터 자유롭기 때문이다. 여기에 시, 도가 지방 특색에 맞는 교육을 독자적으로 펴나갈 수도 있을 것이다. 또한 지방자치의 논리상 지방자치 시대 지방의 교육은 지방정부가 책임져야 하는 것도 당연하다. 행정, 교육자치의 통합을 통한 지방자치 완성이란 말은 아마도 여기서 비롯된 것으로 이해가 된다. 하지만 교육자치가 전제되지 않은 지방자치 발전, 지방자치 완성은 의미가 없다.

한마디로 정부의 통합안은 교육자치와는 거리가 멀다. 지방자치단체의 권한을 강화해주는 대신, 교육재정 자치권과 인사권이 지방자치 행정기관에 귀속되기 때문이다. 그러함으로써 오히려 교육의 자주성, 더 나아가 학교 교육의 정체성마저 흔들리지 않을 수 없다. 특히 민선 도지사가 일선 교장에 대한 인사권을 갖는 데 따른 파장이 어떨 것인가는 불을 보듯 훤하다. 두 차례의 단체장 선거를 통해 불거진 공직사회의 부작용을 상기하면, 짐작하고도 남을 일이다.

정부 당국의 시·도 행정자치, 교육자치 통합 추진이 결코 바람직하지 못한 까닭은 또 있다.

지방자치권 강화란 명분으로 과중한 교육재정 부담 주체를 지방자치단체로 슬그머니 '장대 밀기' 하고 있음이 그것이다. 교육개혁을 내세우면서 교육이 아닌 경제와 행정의 논리로 일관하고 있다는 지적은 바로 여기서 연유한다.

교육행정의 자주성, 독립성이 지켜지지 않고서는 교육이 바로 서기를 기대하기 어렵다. 따라서 교육의 시, 도 지방자치단체 예속은 결코 바람직 하지가 않다.

우리는 앞서 정부의 교육 세제 개편의 위험성을 지적해 왔다. 지방의 교육환경을 피폐하게 하고, 결국은 교육의 위기를 자초할 것이란 교육 일선의 목소리를 실어서였다. 거듭되는 주장이지만 본말이 뒤바뀐 정부의 교육 세제 개편과 시. 도의 행정, 교육자치 통합 추진은 재고해야 한다. 〈2000. 6. 23.〉

5. 영어를 공용어로 하자고?

제주가 싱가포르, 스위스인가

작지만 부자 나라인 싱가포르와 스위스.

이들 두 나라는 언어집단이 복잡하다. 국가 또는 공공단체에서 공식적으로 사용하는 언어만도 두 나라 모두가 4개에 이른다.

스위스의 경우 독일, 프랑스, 이탈리아, 레토로만어를 공용어로 사용하고 있다. 싱가포르는 중국어, 말레이어, 타밀어, 영어가 공용어다. 이들 나라가 여러 개의 언어를 공용어로 사용하고 있음은 역사적 산물이다.

스위스는 면적이 한반도의 5분의 1에 불과하면서도 여러 나라와 접경지대를 이룬다. 스위스는 알프스산맥을 배경으로 유럽대륙의 꼭지점에 놓여있다. 이 때문에 오래전부터 유럽 역사의 소용돌이 속에서 이합집산을 거듭해왔다. 기원전부터 오랜 세월 로마의 식민지를 겪었다. 중세기에는 게르만 민족 대이동과 함께 독일의 영향을 받았다. 나폴레옹시대는 프랑스의 영향을 크게 받으면서 다민족 국가가 됐다.

현재 600만여 명 인구의 스위스는 절대다수인 70%가 독일어를, 19%가 프랑스어를, 10%가 이탈리아어를 사용하고 있다. 그리고 가장 오래 현지 정착한 주민들 사이에 사용하는 레토르만어는 1%가 고작이다.

싱가포르의 경우도 스위스와 상황이 크게 다르지 않다. 면적이 제주도의 3분의 1에 불과하지만 언어와 민족의 구성은 다양하다. 말레이반도 남단에 놓여있는 싱가포르는 주변 대국인 중국과 인도의 영향 아래 놓여 있었다. 그런 까닭에 이들 지역으로부터 상당한 인구가 유입됐다. 16세기 이후에는 포르투갈, 네덜란드 영국의 식민지로 오래 있으면서 언어구성이 더욱 복잡해졌다. 특히 유럽의 게르만 대이동에 버금가는 중국 화교의 대이동으로 300만 안팎의 인구 중 화교계 74%가 중국어를 사용한다.

스위스와 싱가포르의 또 하나 공통점은 인종적, 민족적으로 스위스인, 싱가포르인이 없다는 점이다. 영내에 사는 사람들은 엄밀히 말해 언어의 모국에 속하던 사람들일 따름이다. 그러하기에 공동체로서의 공용어 지정은 불가피했고, 또 지극히 자연스러운 일이었다.

최근 제주도가 국제자유도시를 지향하면서 영어를 '제2공용어화'하는 문제가 불거져 나오고 있다. 국제자유도시가 되기 위해서는 세계적 통용어인 영어를 미리 공용어로 지정하자는 얘기인 듯하다.

하지만 그것이 과연 제주국제자유도시로 가는 '마법의 단지'가 될 것인지는 의문이다. 앞서 사례와는 달리, 구성원 모두가 한국말 외에 별다른 모국어를 갖지 않은 집단이기에 그렇다.

결국 영어의 공용어 지정은 닭이 먼저냐, 달걀이 먼저냐의 논란일 터. 인종적, 민족적으로 한국인, 제주인이 살아 온 제주섬. 한국말, 제주말을 모국어로 한 집단이 영어를 공용어로 사용한다? 글쎄올시다.

제주가 영어를 모국어로 하는 집단의 섬을 만들려 하는 것인지, 모국어를 버리고 영어를 사용하는 섬으로 만들려 하는 것인지 아리송하다.

〈2001. 5. 17.〉

6. 서태지와 아이들

"됐어 됐어 그런 가르침 이젠 됐어….”

"막힌 꽉 막힌 사방이 막힌/ 그리고는 덥석 모두를 먹어 삼킨/
이 시커먼 교실에서만 내 젊음을 보내기는 너무 아까워…

> 좀 더 솔직해봐 넌 할 수 있어/ 좀 더 비싼 너로 만들어 주겠어/
> 됐어 됐어 이젠 됐어 그런 가르침은 됐어….”

1990년대 학원가에 폭풍처럼 휘몰아 쳤던 가수 서태지와 아이들의 ‘교실 이데아’. 한마디로 다람쥐 쳇바퀴 돌듯한 학교생활에 저항하는, 학교 교육을 불신하는 불경한(?) 아이들의 합창이다.

나는 아이들의 이 같은 이유 있는 반항과 방랑을 주변에서 간간이 보았다.

내가 잘 아는 지인의 여식이다(편의상 Y라고 하자).

Y는 여고 1학년 한 학기를 하고 학교에 자퇴서를 냈다. 영문을 모르는 학교 선생님들이 당황했다. 평소 공부도 잘하고 불량기도 없는 학생이기에 그랬다.

학생의 학부모를 학교로 호출했다. 그러나 선생님들이 더 당황한 것은 학부모의 태도였다. 그냥 천연덕스럽게 자퇴를 시켜달라고 해서였다.

그랬다. Y는 이미 부모님과는 상의를 거친 행동이었다.

부모 이야기에 따르면, Y는 중학교 1학년 마치면서부터 학교를 그만두겠다고 졸랐다고 한다. 초등학교 6년을 내리 1등을 달리고, 중학교 진학해서도 이른바 톱 클래스였던 아이가 학교를 그만두겠다고 하니 놀라지 않을 학부모 어디 있겠는가.

Y는 학교보다 더 넓은 세상을 보고 싶다고 했다. Y의 말에 부모는 타협안을 제시했다. 정 그렇다면 중학교를 마저 마치고, 그리고 고등학교를 입학하고 나서 생각해보자는 것이었다. 그랬기에 더는 말리지 못하고 그러라 했다고 했다.

Y는 자퇴 후 주유소 아르바이트를 자청했다. 그 나이에 주유소 일이

란 만만치가 않다. 하지만 Y는 제법 일머리가 있었다고 했다. 오히려 대학생 아르바이트 남학생들에게 누나라고 불릴 만큼 어른스러웠다고 했다.

그러는 한편으로 틈틈이 독서를 즐기고 저녁에는 독서실에서 학교에서 하는 학과 공부도 했다고 했다.

얼핏 들은 Y의 꿈은 교육행정가라고 했다. 검정고시를 거쳐 같은 또래 애들처럼 대학에 진학해서 교육 분야 행정고시를 준비했다고 했다. 그러나 이를 뒷받침하기엔 가정이 넉넉지 못했다. 고시에만 매달릴 수 없어 얼마 전부터는 서울에서 교편을 잡고 있다고 했다. 교육행정가의 꿈을 함께 키우며….

이제 Y는 그때 선생님들과 주변으로부터의 따가운 시선에서 벗어나 있다. 오히려 스스로가 정규과정의 학창 시절을 거부했던 Y의 교편생활이 나로서는 궁금해진다. 한 시절 서태지와 아이들의 '교실 이데아'를 합창했던 Y. 그랬던 그녀로서는 아이들을 바라보는 시선이 조금은 남다르지 않을까 하는 생각이 들어서다.

10여 년 전의 일이었지만 지금이라고 상황이 크게 달라지진 않은 것 같다.

최근에 또 다른 지인으로부터 비슷한 얘기를 들었다. 고교 1년생인 아들이 학교생활을 접고 또래 아이들과 다른 길을 가고 있다는 얘기였다. 그 아이는 내로라하는 인문계 고교에서 그래도 공부 좀 했다고 했다(국, 영, 수 학력고사 1등급의 성적). 그런 아들이 학교를 그만둔다고 했으니 좀이나 속상했을까. 그러나 자기 꿈을 찾아서 간다는데 어쩔 수가 없었다고 했다.

아들의 꿈은 세계적인 디자이너라고 했다. 그 꿈을 키우기 위해서는 자기만의 시간이 필요하다고 했다. 틀에 박힌 학교생활이 자기로서는 시간 낭비라는 것이 아들의 지론이었다.

어제와 오늘 ‘서태지와 아이들’이 속출하고 있음은 학교 교육에 대한 경종이다. 학교 교육이 사회 중심에 서 있는 현실을 거부하는 것이기에 그렇다. 다수의 학생이 학교 교육에 왕짜증을 내고 있는 것 역시 현상이고 현실이다.

학교 교육에 대한 경종은 이미 교육계에서도 널리 울려 퍼지고 있다.

“학교는 죽었다”고 외친 프랑스의 교육학자 에버레트 라이머의 절규가 그렇다.

그의 외침은 중세 “그래도 지구는 돈다”고 했던 갈릴레이 갈릴레오의 절규이기도 하다. 그리고 “신은 죽었다”고 해서 시대의 불경죄를 저질렀던 초인 철학가 니체의 역설과도 같다.

교육의 요람인 학교가 죽었다니?

불경한 교육자 라이머는 말한다. 근대교육과 그 총아인 학교가 오늘날 자본주의 도구로 전락했다고 역설한다. 학교가 기술산업사회의 불평등 재생산 도구가 되고 있음을 개탄한다. 그리고 학교가 그것을 또한 계층화하는 데만 기여하고 있다고 비판한다.

그는 오늘날 교육이 기능주의 교육에 올인하고 있다고 말한다. 그럼으로써 기회균등의 틀이 무너지고, 이로 인해 인간성 상실을 가져오고 있다는 것이다.

그는 특히 오늘날 교육이 오히려 다수의 가난한 사람들이 돈을 더 부담하고 있다고 말한다. 그러면서 부유한 사람들의 부담을 덜게 해 지배계층을 고착시키는 역할을 마다하지 않고 있다는 것이다. 다시 말해 학교 본래의 사명이 외면당하고 있다는 지적이다. 다수 인간의 잠재력 개발과 전인적 인간 육성을 외면하고 있으며, 학교가 그 중심에 서 있다는 신랄한 비판이다.

물론 이 같은 라이머의 혁명적 주창에 비판이 없지는 않다. 사회 전반적 개혁 없이 학교 교육을 대체 할 수 있는 효율적 대안이 무엇이냐는 비판이 그것이다.

그러함에도 교육이 원초적 사명을 외면할 수는 없다. 인간의 잠재력 개발과 전인적 인간 육성이란 교육의 본질을 학교가 포기할 수는 없는 일이다.

학교가 바로서지 못하고, 오히려 산업사회의 도구로만 전락하는 현실.

결코 바람직한 현상은 아니다. 이 같은 교육적 모순의 이면에는 일방적 '한 줄 세우기'를 강요하는 학교 교육이 자리하고 있다. 한 사람의 일등과 한 사람의 꼴찌를 내세우는 교육 형태에 문제가 있다. 학과 성적순으로 일렬종대형을 강조하는 사회적 분위기와 학교의 부응에 문제가 있다.

한 명의 일등을 내세우는 분위기에서 다수의 잠재적 능력의 개발을 기대할 수는 없다. 더더욱 전인적 인간 양성을 이야기할 수는 없다. 그러하기에 학교 교육은 '일렬종대 세우기'가 아니라 '다열 횡대형'이 바람직한 것일 수 있다. 한 명의 일등이 아니라 열 명의 일등을, 한 명의 꼴찌가 아니라 열 명이 열 번째 줄에 속하는 그런 교육이어야 한다는 생각에서 그렇다. 백 명의 사회 구성원 중에 열 명이 일등을 하고, 열 명이 꼴찌여도 좌우로 보면 10등이기에 주눅들 필요가 없다.

한 명이 아니라 열 명이, 백 명이 일등 줄에 서는 사회, 그리고 나 하나만이 꼴찌가 아니어서 주눅 들지 않는 사회, 그런 사회가 보다 튼튼하고 바람직한 민주사회임은 자명하다. 학교가 이 같은 민주시민을 길러내는 요람이라면, 교육 또한 이를 뒷받침해야 하는 것 아닌가.

한 사람의 1등보다 열 사람의 일등과 2등을, 한 사람의 꼴찌보다는 열 사람의 9등과 10등이 더불어 사는 그런 학교 교육, 그것이 말처럼 쉬운 일은 결코 아니다.

그러나 불가능한 일만도 아닐 것이다. 지금의 학력고사를 의식한 학과성적 중심의 교육 형태를 바꾸는 것도 한 방식이다. 한 줄 세우기 행태를 바꿔 다면적 평가를 시도해 보는 것이다. 이를테면 학과별, 예능별, 더 나아가 취미에 따라 따로따로 줄을 세워보면 어떨까. 그리고 그것을 나름대로 성적평가 기준으로 삼는다면 어떨까. 그러면 서태지와 그 아이들이 학교 교육에 보다 매력을 느끼고 또한 그것이 우리 사회를 더욱 튼튼하게 만들 수 있지 않을까.

본시 인간은 일렬종대가 아닌 횡대의 더불어 사는 사회였기에 가능하다고 본다. 인간이 만물이 영장이 된 배경에는 바로 이런 더불어 사는 사회였기에 가능했다. 인간이 본래 나 홀로 사는 동물이었다면 승냥인들 당할 수 있었을까. 그것이 천성이었다면, 덩치가 크다고 나 홀로서기로 일관했었다면? 과연 강자만이 살아남는 동물 세계에서 인간이 도태되지 않고 살아남을 수가 있었을까.

오늘날 일등과 꼴찌가 더불어 사는 세상, 더불어 하는 교육이 전혀 희망이 없다고 생각하지 않는다. 교육자치가 바로 그 희망이다.

나는 교육자치에 대해 큰 기대를 걸고 있는 사람 중의 한 사람이다. 중앙집체적 교육과는 달리 지금은 지역별 교육자치가 실시되고 있다. 지방자치와 함께 교육자치가 시행됨으로써 주체적 교육을 베풀 수 있다. 그리고 이 같은 교육자치를 기반으로 제주교육이 바로 설 수 있다는 기대를 항시 갖고 있다.

더불어서 함께 하는 교육은 '서태지 아이들'에게 희망의 등불일 수 있다. 이를 위한 과감한 교육 변혁의 시도는 시대적 과제다. 또한 그 같은 혁신적 교육에 마땅한 인센티브가 주어져야 한다. 그리고 이 같은 혁명적 시도야말로 제주교육의 정체이자 참 얼굴이다. 그 선단에 제주교육이 있어야 한다. 〈2009. 4.〉

| 제6부 |

환경과 산업, 자연자본주의

자연에는 쓰레기가 없다. 한 생물체의 쓰레기는 다른 생물체의 식량이다. 우리의 산업 과정은 인공적인 석유화학 원재료에 너무나 깊게 의존하고 있다.

자연의 방법을 따른다는 것은 곧 제품을 재활용하여 새로운 수명 주기를 밟게 함으로써 '기술의 식량'을 얻는다는 뜻이다

우리가 본받을 모형은 자연에 있다. 가령 숲이 어떻게 돌아가는지를 이해하고 공생의 관계를 본따서 산업시스템을 설계에 적용한다면…. 화석에너지(석유, 석탄, 원자력)와의 의존도를 탈피하고 자연에너지로의 소비패턴 전환 시대를 열어야 한다.

〈레이 엔더슨, '인터페이스 지속가능성 보고서', 1997.〉

제1장
긴급동의, 오름을 지키자

1. 무너져내리는 '오름 왕국'

송전철탑 토석 채취로 '몸살'

제주의 오름은 세계적이다. 그 수가 3백60여 개를 헤아려, 단일 섬으로는 세계에서 가장 많은 오름을 보유하고 있다.

그러나 최근 들어 이 같은 우리의 소중한 자산이 크게 위협을 받고 있다. 주변의 무관심과 몰이해로 '오름 왕국'이 무너져 내리고 있다. 무분별한 토석 채취와 각종 시설물들이 마구잡이로 들어서고 있기 때문이다. 송이와 골재 채취로 오름의 허리가 잘려져 나가고 있으며, 골프장 하나에 오름 하나가 사라져 가고 있다.

최근 제주도 당국이 조사한 것만 해도 전체 3백60여 개의 오름 중 무려 60여 개의 오름이 시설물 설치 또는 자연 훼손으로 본래의 모습을 잃어가고 있다.

제주시 구좌읍 한동리에 소재한 둔지오름과 종달리의 지미오름, 한림읍 느지리 오름 등이 송이 채취로 크게 훼손된 상태다. 성산읍 신풍리의 붉은 오름과 서귀포시 월산봉 등은 이미 형태조차 없어진 것으로 파악되고 있다. 한라산 자락의 견월악 오름도 크게 몸살을 앓고 있다. 이동통신의 대거 상륙과 함께 송신시설이 집중되면서 시설물에 의한 오름 훼손이 가중되고 있다. 그런데 이들 오름의 훼손은 빙산의 일각에 불과하다.

문제는 이들 부분적인 제주 자연 훼손만이 아니다. 오름 왕국 제주 전체를 파괴되고 있다는 데 문제의 심각성이 있다. 한전의 송전선로가 그 주범으로 지목되고 있다. 거대한 송전탑들로 이어 달리는 이들 시설물이 오름 주변의 생태 훼손은 물론 중산간 전체 조망을 여지없이 망가트리고 있기 때문이다.

오름 군락지인 서부 산업도로 변은 경관이 이들 송전 철탑으로 인해 이미 망가졌다. 그리고 제주 최대 오름 군락지인 동부 중산간 일대의 오름들마저 새롭게 위협을 받고 있다. 한국전력이 추진하고 있는 1백 54Kv 성산분기 송전선로 건설 사업이 그것이다.

동부지역 중산간 오름 지대를 관통하는 이 사업은 선로연장 21km 구간에 오름 20여 개가 직간접으로 포함되어 있다. 이 송전선로 사업은 이미 경관영향평가를 거쳤다. 동시에 이 사업은 환경영향평가에 돌입했다. 세계적 문화유산인 제주오름이 그야말로 바람 앞의 등불이다.

사정이 그러함에도 정작 팔을 걷어 부처야 할 당국은 강 건너 불구경이다. 중산간 보존을 소리 높이 외치던 제주도 당국이 정작 오름 왕국이 무너져 내림을 방조하고 있다. 지방의회 또한 침묵하고 있다. 여기에 환경보전의 만병통치처럼 얘기되던 특별법상의 경관 영향평가마저도 '솜방망이'가 되고 있다.

과연 제주의 신화, 제주의 자존, 세계적 문화유산인 '오름 왕국'이 무너져 내림을 언제까지 방치할 것인가. 〈1999. 8. 11.〉

2. '철탑군단'에 가려지는 오름 경관

제주의 가치 '오름 왕국' 본거지까지 위협

제주의 아름다움은 선線으로 나타난다. 크게는 3개의 선이 이를 대표한다.

동서로 길게 뻗은 한라대간의 능선, 그 능선을 따라 점점이 이어지는 육감적인 오름들의 선, 그리고 중산간 발아래 펼쳐지는 보리피리 선율 같은 해안선이 그렇다.

이 같은 '제주 선'의 앙상블은 중산간 도로를 따라서 차를 달려보면 더욱 실감할 수 있다. 특히 사방이 탁 트인 중산간의 동부와 서부지역의 오름 군집지대에 이르면 보는 이들의 탄성을 자아낸다.

그러나 숨이 턱턱 막히고 눈살이 찌푸려지는 곳도 없지 않다. 자연의 선, 천연의 아름다움을 흐트러뜨리는 중산간 지대의 고압 송전탑과 선로가 그렇다.

중산간 서부의 오름 군집 지역을 조망할 수 있는 서부산업도로 변.

이곳은 언제부터인가 대규모 송전 철탑군단이 들어서면서 오름 왕국을 제압하고 있다. 멀리 한라산 기슭의 삼형제오름 사이에서부터 줄달음쳐 나오고 있는 철탑군단. 이들 철탑군단은 한라산 능선의 수많은 오름을 짓밟으며 중산간의 아름다운 선율을 여지없이 망가뜨리고 있다. 안덕면에서 신제주를 잇는 한국전력의 한림분기 송전선로가 그 주범이다.

한국전력이 지난해 6월 대규모 공사를 벌인 송전 철탑들은 높이만도 50m에 이르는 대형 철탑들이다. 장장 12km에 이르는 철탑군단의 장사진은 파라다이스 골프장 입구에서 보면 더욱 가관이다.

한국전력의 철탑 행진은 서부 중산간에 이어 오름 왕국의 본산인 동부 중산간 지역까지 이어지려 하고 있다. 한국전력이 추진하고 있는 15만 4천 볼트의 성산분기 송전선로 건설 사업이 그것이다. 북제주군 와흘리를 시작으로 구좌읍 종달리, 남제주군 성산읍 수산리 지경의 오름 군집 지역을 관통하는 사업이다.

사업계획에 따르면 선로 연장이 서부지역의 두 배 가까운 21.18km에 이른다. 그 사이를 높이 50m의 대형 철답 68기가 즐비하게 들어서게 된다. 이곳에는 제주 무속신앙의 본산으로 유서 깊은 송당리 소재 당오름을 비롯한 오름 20여 개가 사업 경과지 안에 들어 있다. 특히 구좌읍 최고봉으로 오름의 맹주라 불리는 높은오름과 경관이 빼어난 동거미오름, 체오름 등은 철탑이 바로 지나가도록 계획이 잡혀 있다.

한국전력의 계획대로 진행된다면 제주의 빼어난 경관이자, 오름 왕국의 본산 일대가 철탑군단에 의해 절단이 날 것은 불을 보듯 훤하다. '당(神堂) 오백, 절(寺刹) 오백'의 본산인 제주의 성지聖地, 성소聖所들이 위협을 받고 있다는 말에 다름아니다.

한국전력의 이 같은 계획은 최근 경관 영향평가를 거쳐 제주도 환경자문위의 환경영향평가 심의에 들어가면서 위기의식을 더해주고 있다. 자문위의 심의 내용은 한국전력 측의 원안을 거의 그대로 수용하는 것으로 알려져 있다. 이에 따라 이를 규탄하는 목소리도 터져 나오고 있다.

제주범도민회를 비롯한 오름 동호인 등 도민들이 한전의 계획에 반대, 오름 지키기 운동에 나서고 있다. 단체들은 도민여론을 무시하고 오름 지대에 송전 철탑건설을 강행하려는 한국전력 측을 규탄하고 나섰다. 단체들은 철탑건설에 동조하고 있는 제주도 당국의 태도 또한 문제임을 지적하고 있다.

오름이 밀집되어 있는 동부 중산간 지역의 경관은 당장 경제가치로 환산할 수는 없다. 그러나 계량할 수 없는, 무한한 가치를 지닌 제주의 자연 자원이자 자연자본이다.

제주의 가치, 제주의 자연 대자본이 함부로 훼손되어 서는 안된다. 제주의 가치를 훼손하는 '철탑 행진'은 멈춰야 한다. 책임이 있는 제주도 또한 도민들 목소리에 귀를 기울여야 한다. 〈1997. 8. 12.〉

3. 솜방망이 경관 영향평가

"제주적인 것 보호하자", 입법 취지 외면

제주의 대자연, 대자본을 지키기 위한 경관 영향평가 제도는 '솜방망이'인가.

중산간 오름 지대의 경관을 망가트리고 있는 한국전력의 고압 송전 철탑군단을 두고 제기되는 의문이다. 자연경관이 무시되는 경관 영향평가가 오히려 오름 경관 파괴를 부추기고 있어서 그렇다. 무기력한 경관 영향평가, 과연 집행 기관의 의지 부족인가 아니면 제도적 한계 때문인가.

현행 제주도개발특별법은 각종 개발사업 또는 일정 규모 이상의 건축물이나 공작물을 설치하고자 할 때 경관영향평가를 받도록 하고 있다. 사업의 인.허가 또는 승인을 얻거나 의견을 듣기 전에 평가서를 도지사에게 제출, 심사를 받도록 하는 것이다. 특별법상의 경관 영향평가 제도는 국내에서 처음 있는 일로 제주도의 특수성을 감안, 법으로 명시한 것이다. 특별법 제정 당시 논란이 없지는 않았다. 그러함에도 제주적인 경관을 보존하자는 취지에서 어렵게 제도화됐다.

그러나 한국전력의 고압송전선로 건설사업 앞에서는 무기력한 제도가 되고 있다. 대규모 철탑군단이 제주도의 대표적인 경관인 중산간 오름 지대를 관통하려 하고 있음에도 속수무책이다. 개발이 법을 앞서가고 있어서 그렇다.

1995년 한림 분기 송전선로 건설 때 경관영향평가 심의를 통해 한국전력의 사업계획에 일정부분 제동을 걸었다. 그러나 재심의 과정에서 사업자의 의지대로 관철, 경관은 무시되고 말았다.

서부지역에 이은 동부지역의 오름 지대를 관통하는 송전선로 건설

사업 역시 전철을 밟고 있다. 도민들의 의견이 무시 된 채 철탑군단의 행진은 계속되고 있다.

한국전력은 철탑군단이 제주 전 지역에 안정적인 전력공급을 위해 필요한 시설이라고 말한다. 하지만 철탑 시설이 기존 선로가 있는 지역을 놔두고, 제주 특유의 경관지인 중산간 오름 지대여야 만 할까. 또한 불가피한 사업이라고는 하지만 지중화와 같은 다른 방법도 검토해봐야 하는 것은 아닌가.

그러함에도 이 같은 도민들의 의견을 철저하게 외면하고 있는 까닭이 과연 무엇일까. 제주도 적인 것을 보호하자는 경관영향평가 제도가 가장 제주도 적인 오름 경관조차 무시하고 있음을 과연 어떻게 이해해야 하느냐는 것이다. 물론 제도적인 한계가 없는 것은 아니다. 무엇보다 경관영향평가 제도가 새롭게 자리하기까지는 10여 년에 불과, 이렇다 할 이론이 정립된 것은 없다. 그러다 보니 경관영향평가에 대한 객관적인 지침이 확립되지 않아 자의성이 개입될 소지가 없지도 않다.

실제로 문제가 되고 있는 한국전력의 중산간 오름 지대 경관 영향평가서는 제주 특유의 오름 경관에 대해서 언급이 없다. 오히려 오름이 송전선로와 철탑의 차폐물이 된다고 평가하고 있다. 그야말로 평가대상에 있어 주객이 전도된 셈이다.

경관 영향평가에 있어 또 하나의 제도적 한계는 평가 주체의 문제다. 특별법은 이와 관련, 사업시행자가 전문용역 업체를 선정해 평가서를 작성, 제출하도록 하고 있다. 사업시행자가 전문용역업체를 선정토록 함으로써 결국 평가서가 사업자의 구미에 맞는 주문 제작서가 되고 있다. 사실상 평가 주체는 사업시행자이고, 행정기관은 단순 심의기관의 들러리인 셈이다.

그러나 경관 또는 환경영향평가 제도가 제구실을 다하지 못하고 있음이 제도 탓만은 아니다. 자치단체의 의지와 무관치 않다는 지적이다. 평가서에 대한 심의 주체인데다 사업 인허가 또는 승인의 결정기관이기 때문이다. 특히 도지사는 사업 시행의 감시, 관리자로서 사후 경관조사에 따라 인허가 승인의 취소 또는 각종 행정처분 권한을 갖고 있다. 이 때문에 제도 활용은 도지사 마음먹기 나름이라는 것이다.

결국 제주도의 대표적인 오름 경관 훼손 여부는 도지사 의지에 달려 있다. 이를 방치하는 것 역시 자치단체의 직무유기다. 〈1997. 8. 13.〉

4. 오름 관통 송전선로 지중화해야

설악산은 지하 매설, 제주는 왜 안 되나

중산간 오름 지대를 관통하는 한국전력의 고압 가공 송전선로 건설 계획은 재고해야 한다. 중산간의 마지막 남은 자연 자원이자, 제주의 세계적 상징물인 오름을 망가뜨리는 무모한 계획이기 때문이다.

제주의 오름은 하나하나가 제주의 신화神話다. 제주의 역사, 제주인의 삶을 담고 있다. 그리고 숫자만도 3백 개를 훨씬 넘어 세계 최다이다. 지금까지는 이탈리아 시칠리섬의 기생화산이 세계에서 가장 많은 것으로 알려져 왔다. 그러나 오름의 숫자는 제주 오름에 훨씬 못 미치는 2백60여 개에 불과하다(김종철 저 “오름 나그네” 참고).

그것만으로도 제주의 오름은 세계적 문화유산으로서, 제주만의 관광자원으로서 소중하게 보호하고 가꿔야 할 당위성이 있다. 그러하기에 한국전력의 새로운 송전선로 건설 사업은 가공선로가 아닌 지하 매설해야 한다는 대안이 제시되고 있다. 그것마저 어렵다면 중산간 지대와 해안지대 중간지점에 가설된 기존의 송전선로와 대체해야 한다는 지적도 없지 않다. 기왕의 경과지를 놔두고 새로운 경과지를 조성, 공연히 '오름 왕국'을 훼손시킬 까닭이 없다는 것이다.

이 같은 지적에 한국전력 측은 난색을 표명하고 있다. 야산 지역에 굳이 고압 송전선로를 지중화할 필요성을 느끼지 않으며, 전력산업이 공익사업이기는 하지만 경영도 생각해야 하지 않느냐는 것이다. 그리고 이미 경관 영향평가를 거쳐 나름대로 경관 훼손 저감방안을 마련하고 있다는 주장이다.

과연 그럴까. 한국전력 제주지사의 관계자는 야산 지역에 송전선로를 지중화할 경우, 더 많은 자연경관 훼손과 생태계 파괴를 가져온다고 말하고 있다. 선로 경과지 주변이 크게 파헤쳐지기 때문이란다.

그러나 제주의 사정은 타 시도 지역과 다르다.

타 시도 지역의 송전 시설은 숲과 높은 산으로 은폐되는 산악형 시설이다. 이에 반해 오름 왕국을 이루고 있는 제주의 중산간 지대는 대부분 오름으로 이어지는 초원지대다. 타 시도 지역처럼 50미터 높이의 대형 철탑을 가려줄 환경이 못 된다. 대형 철탑군단으로 흉물화 지대가 돼버린 서부 중산간 지역의 예로 봐서도 그렇다.

그리고 경관 영향평가를 통해 저감방안을 마련하고 있다는 주장이나 전력사업이 경영 사업이란 주장 역시 설득력이 없다.

한국전력의 경관영향평가 보고서는 선로 경과 지역 내의 이해관계자들과의 경관만을 고려하고 있을 뿐이다. 제주의 오름 자체를 빼어난 경관의 대상으로 포함하고 있지 않다.

또한 한국전력의 관계자들은 적자 사업지역인 제주도에 가공선로 사업보다 10배에서 20배 이상 사업비가 소요되는 송전선로 지중화는 더욱 곤란하다고 말한다. 그렇지만 장사가 안되는 지역이라고 공익성을 저버릴 수는 없다. 제주의 오름이 보호받아야 할 인류 공동의 유산이고, 또 그만한 가치가 있는 것이라면 장기적인 안목에서의 투자가 이뤄져야 함이 당연하다.

전력시설의 지중화는 세계적인 추세다. 이미 한국전력에서도 설악산 국립공원 내 송전선로의 지중화를 발표해 놓고 있다. 제주도라고 못할 바는 없다. 연간 1조 원 가까이 되는 당기순이익을 내는 국내 최대 규모의 공익기업인 한국전력이 경영적자 지역을 들먹이는 것은 결코 면목이 서는 일이 아니다. 설악산은 되는데 제주는 안된다고 하니 더욱 그렇다.

오히려 국제관광지란 특수성을 감안, 제주지역을 지중화 지역으로 지정토록 하는 적극적인 대응이 필요하다. 강원도 속초시의회가 그랬던 것처럼, 송전선로 지중화에 제주도와 도의회를 비롯한 지방자치단체들이 발 벗고 나서야 한다. 〈1997. 8. 15.〉

5. 송전탑 건립의 법정 다툼

중산간 지역을 관통하는 한국전력의 송전탑 건설 문제가 법정으로 이어졌다.

이번 송사는 개발과 보존의 첨예한, 대표적인 상극相剋 문제 가운데 하나라는 점에서 관심이 집중되고 있다. 그러면서도 이 사건이 법정으로 비화됐다는 사실에서 우려되는 바가 크다. 판결이 어떤 방향으로 결론이 날지 가늠하기 어려워 보여서다. 그렇다고 재판에 어떠한 영향을 주려는 것은 아니다. 다만 송전탑 건립에 대한 의견을 피력하고자 하는 것이다.

일반의 관심은 법원의 판단이 공익사업과 환경보전 가운데 어디에 우선을 두느냐에 초점이 모아질 듯하다. 그러함에도 결론은 도민의 절대적 이익으로 귀결될 것이며 그러리라고 믿고 싶다. 물론 도민 이익이 당장 눈앞에 보이는 금전이나 실물로 형상화하기란 어려운 일이다. 그렇다고 해서 장차 발생하게 될 일반의 이익까지 배제해서는 안 된다. 가시화할 수 없다고는 해도 향후 엄청난 재산적 가치는 물론, 주민 삶의 질을 높이는 요인이라 할 수 있다. 그래서 환경을 온전하게 보전하는 일을 넓은 의미의 공익사업이라 생각한다면 문제해결은 쉽다.

제주의 중산간은 마지막까지 개발이나 시설물의 설치를 억제해야 할 곳이다. 송전탑 설치 공사금지가처분 신청을 낸 송당리 마을만 하더라도 그렇다. 송당리 마을 주변은 제주에서 가장 빼어난 오름 군락지이다. 그러함에도 오름을 관통하는 거대한 고압 송전탑 설치는 공익사업을 빙자한 개발폭력이라는 지적을 받지 않을 수 없다. 물론 장차 증가하게 될 동부지역 전기 사용에 대비한다는 한전 측의 설치이유가 잘못됐다는 것은 아니다. 설치 방법에 문제가 있음을 지적하고 있다. 막대한 예산이 드는 지중화 사업이 당장 어렵다면 주민들의 요구처럼 주변 경관을 해치지 않는 범위 내에서 마을을 우회하여 설치하는 방안을 적극 강구 해야 한다.

설사 제주도의 경관 영향평가를 거쳤다 하더라도 마을 주민들의 의견이 수렴됐는지도 살펴봐야 한다.

수려한 경관지에 철탑군단의 송전탑을 건설하는 것은 결코 바람직하지 않다. 손쉬운 방법이라고 해서 강행하려 한다면 그것은 개발을 앞세운 환경 파괴이자, 개발폭력일 수밖에 없다. 〈1998. 1. 9.〉

6. 제주 도정(道政), 오름 훼손 '나 몰라라'

한라산 케이블카 설치까지 종용

민선자치단체 출범 이후 제주의 환경보전 시책이 실종되고 있다.

대규모 송전 철탑이 중산간 일대의 경관을 크게 훼손시키고 있는데도 제주도 당국은 '나 몰라라'다. 그런가 하면 한라산 국립공원 일대 케이블카를 비롯한 스키장건설 계획을 부추겨, 자연환경 훼손을 부채질하고 있다. 특히 자연환경보전과 관련한 각종 환경영향평가와 경관 영향평가 때 심의 위원들 의견이 신구범愼久範 도정道政에 의해 묵살되기 일쑤다. 특별법상 보장된 제도가 유명무실하다는 얘기다.

일례로 지난해 6월 마무리된 한국전력의 한림 분기 송전선로 건설 사업.

당초 제주도와 한전은 오름 지대를 관통하는 송전철탑은 추후 지중화하기로 했었다. 그러나 제주도는 한전의 재심의 요청 과정에서 없던 일로 해버렸다. 결과적으로 서부 중산간 오름 경관 지대가 대형 철탑군단에 의해 크게 훼손되는 결과를 낳았다.

그때의 약속이 지켜졌으면 하는 아쉬움이 크다. 이어지는 동부 중산간 오름 지대를 관통하는 송전선로 사업 역시 달라졌을 것이란 생각에서다. 선례에 따라 한전이 자체적인 지중화 계획을 세워 추진했을 것이기 때문이다.

결과적으로 신구범 도정이 환경보전 의지가 없었다는 말에 다름아니다. 특히 한라산 케이블카 계획은 자연공원 안의 시설로서는 극히 이례적이다. 그러함에도 愼 도정이 강력한 주문에 따른 것으로 알려져 충격적이다.

여기에 용역 보고서상 50만 평 규모의 스키장 예정지는 절대 보전지역. 그러함에도 막무가내로 밀어붙이고 있어 의혹을 사고 있다. 이 같은 일련의 사례들은 제주도의 중산간 보존시책의 실종을 말해주는 것으로, 도대체 그 까닭이 무엇이냐는 것이다.

환경 전문가들은 우려와 함께 충고를 마다하지 않고 있다.

제주도개발특별법상의 환경보전 제도를 뒷받침할 수 있는 관리 기본계획을 수립해야 한다는 것이다. 이를 통해 한라산을 포함한 중산간 일대의 오름 지대를 보호할 수 있는 대책이 마련돼야 한다는 주장이다.

서울대 환경대학원 유병림(환경조경학) 박사는 "한라산을 포함한 제주의 기생화산들은 세계적이다. 자연문화유산으로서의 충분한 가치가 있다"고 지적, "지방자치단체 또는 국가가 보전 의지가 없다면 유네스코의 지원을 받는 세계 자연문화 유산으로 지정, 보호해야 한다"고 말한다. 어설픈 개발로 자연환경, 자연자본을 망치느니 인류의 이름으로 세계적 자원을 보호하고 보존해야 한다는 말이다. 〈1997. 8. 22.〉

7. 버려진 관광자원, 오름

제주만의 세계적 관광자원 오름에 대한 보호 보전 대책이 시급하다. 어제오늘의 새삼스러운 지적은 아니다. 그동안 제주의 오름을 소중한 문화유산으로 보전해야 한다는 지적과 함께 그 대책을 촉구해 왔다. 그러함에도 여전히 구호에만 그치고 있다는 현실에 안타까움을 금할 수 없다.

물론 도내에 산재해 있는 오름들에 대한 보호장치가 전혀 없는 것은 아니다. 대부분 오름들이 절대보전지역 또는 상대보전지역의 범주 속에 나름대로 보호막을 갖고 있다. 그러나 상당수의 오름이 이 같은 보호막이 없이 버려져지면서 훼손이 가속화되고 있다. 이를테면 무분별한 농경지 조성과 시설물들이 마구잡이로 들어서는 바람에 오름 원형이 크게 훼손될 우려를 낳고 있음이 그렇다.

우리는 이들 오름이 보호 대상에서 방치되고 있는 이유를 굳이 따지고 싶은 생각이 없다. 하지만 어느 것 하나라도 버려져서는 안 된다는데 생각을 같이하고 있다. 제주의 오름은 개별적인 보호 대상이라기보다 오름 군으로서 그 가치가 발하기 때문이다.

제주의 오름들은 가히 세계적이다. 지금까지 세계에서 가장 많은 기생화산(오름)을 보유하고 곳은 이탈리아 시칠리아 섬(260개)이다. 그러나 도내에 산재해 있는 오름들은 그 숫자가 360여 개를 헤아려 시칠리아의 오름 군을 능가하고 있다. 그것만으로도 제주의 오름 군은 세계적인 자랑거리다. 특히 제주의 오름이 세계적인 것은 오름마다 신화와 역사, 제주인의 삶의 애환을 지니고 있기 때문이기도 하다.

제주의 오름은 '당(新堂) 오백, 절(寺刹) 오백'의 근원지이자 마을 생성의 뿌리다. 그래서 제주를 오름의 왕국, 신들의 고향이라고 회자 된다. 누가 뭐래도 제주의 오름은 제주만이 가지고 있는 세계적인 관광자원인 셈이다.

소중한 제주의 자산이 무관심 속에 방치되고 있는 것은 서글픈 일이다. 세계적 문화유산을 소홀히 하고 있다는 생각이 들어서다.

뒤늦게지만 제주도 당국이 오름 전반에 걸친 종합대책을 마련하고 있다고 한다. 그나마 다행스러운 일로 그 기대가 크다. 기왕에 마음먹은 것이라면 학술적 검토와 함께 보다 더 구체적이고 종합적인 보존 관리 대책을 서둘러야 한다.

제주도 차원의 보존, 관리가 힘겹다면 제주의 오름 군을 세계자연유산으로 등록, 체계적인 도움을 받는 것도 바람직해 보인다. 〈1999. 11. 15.〉

8. 겉 다르고 속 다른 오름 보전

오름의 보전관리와 이용에 따른 전문가 의견들이 다양하게 제시되고 있다. 제주도가 용역에 앞서 도 내외 전문가와 시민단체를 대상으로 한 의견 수렴 결과다.

공통된 의견들은 오름을 중심으로 한 자연생태계가 보전돼야 하며, 자원 및 이용관리계획의 필요하다는 것이다. 특히 오름의 보전과 난개발을 방지하기 위해 별도의 보전 대책이 필요하다는 의견들이 제시되고 있다. 제주 오름이 경관 및 동식물 자원이 생태관광 가치가 높다는 판단에서다.

하지만 아쉬움이 없지 않다. 대부분 자연환경보전에 무게를 둔 의견들이면서도 실천을 담보할 수 있는 구체적인 방안이 제시되지 않고 있어서다.

사실 환경보전이 쉬운 일은 아니다. 국가 또는 지방정부가 말로는 환경보호, 친환경 개발을 내세운다. 하지만 구호에 그치고 있다. 나름대로 환경 프로그램이 있다고는 하나 프로그램일 따름이다. 대개는 개발 전략 또는 개발 유혹의 뒷전에 서 있다. 대표적인 사례가 최근 논란이 된 '송악산 이중분화구' 개발이다.

학계는 물론 환경단체들이 '송악산 이중분화구'는 세계적으로 희귀한 자연유산이라고 말하고 있다. 그런 만큼 원형을 다치게 해서는 안 된다고 얘기한다. 그러함에도 자연 파괴를 전제로 한 개발이 막무가내로 추진되고 있다. 제주도와 남제주군이 행정 절차상 하자가 없다는 주장을 앞세우고서다. 그야말로 행정행위의 정당성이나 합목적성에 대해서는 논외다.

말로는 제주오름을 보전하고, 그 방안에 대해 각계의 의견을 수렴한다고 한다. 그런 한편으로는 파괴적 개발로 치닫는 이중성을 갖고 있다. 한마디로 겉과 속이 다른 개발과 보전의 논리다.

정부 또는 지방자치 단체들이 이 같은 이중 잣대는 새삼스러운 일이 아니다. 자연 자원의 이용을 빌미로 보전보다는 자연 착취 형태의 파괴적 개발에 앞장서 왔다. 그러하기에 체계적인 환경보전을 위해서는 세계적인 공동노력이 있어야 한다. 유네스코와 같은 국제기구의 축적된 노하우와 지원이 필요하다는 주장이다.

거듭 주장이지만 한라산을 비롯한 제주오름을 유네스코 세계자연유산, 또는 세계 생물권보전지역 지정을 서둘러 추진해야 한다. 그것이 소중한 우리의 자연유산을 지키고 이용할 수 있는 최선의 방책이다.

〈2000. 3. 24.〉

9. 제주 오름 '세계자연유산' 함께 등록해야

제주도가 한라산을 비롯한 오름과 바다 등을 유엔 산하 유네스코의 생물권 보전지역으로 본격 추진하고 있다. 때늦은 감이 없지 않으나 잘하는 일이다. 하지만 한편으로는 새삼스럽게 지금에 와서야 서두르는 제주도의 의지와 배경에 대한 의구심이 없지 않다.

우리는 체계적인 제주 자연환경보전을 위해 유네스코와의 공동노력의 필요성을 주장해왔다. 생물권보전지역 지정과 함께 한라산과 중산간 오름 지대 세계자연유산 등록 추진을 촉구해왔다. 제주의 자연환경은 충분히 그만한 가치가 있으며, 그런 만큼 세계적인 공동협력체의 지원이 필요하다는 생각에서였다. 그리고 유네스코는 그러한 우리의 생각을 확인시켜줬다.

지난해 5월 유네스코 측에서 제주 현지답사 결과, 생물권 지정 여건이 충분하다는 결론을 내렸다. 한라산 중심부뿐만 아니라 제주의 해안변까지 포함해서다.

생물권만이 아니라 한라산 자연유산 등록에 대해서도 가능성을 시사했음은 물론이다. 아울러 답사반이 '제주도의 의지와 결단만이 남은 과제라는 말까지 부연했음을 우리는 기억하고 있다.

그러함에도 그 결단과 의지를 보이는 데 오랜 세월이 걸렸음은 무엇을 의미하는 것인가. 물론 그동안 실무 진단 및 추진협의회 구성 노력이 전혀 없는 것은 아니었다. 하지만 단순히 결단과 의지를 보이는데 1년 가까이 소요했다는 것은 그만큼 의지와 관심이 부족했다는 말이다.

사실 지금에 와서도 제주도 당국의 의지와 순수성에 의문이 드는 것이 솔직한 심정이다. 한라산 생물권 보전지역 지정추진에 대한 때늦은 배경 설명에 비춰 그렇다. 제주도는 생물권 보전 지정이 국내법 말고는 추가 규제 사항이 없다는 점을 강조하고 있다. 다시 말해 생물권 보전지정 그 자체로는 법적 규제가 없어서 지정을 받아들인다는 얘기다. 이 말은 곧 그동안의 지지부진한 추진 이유가 '보전지역 지정은 곧 개발 규제'라는 부정적인 시각 때문이란 얘기에 다름 아니다.

이 같은 의혹은 현재 제주도가 수행 중인 한라산 보호 방안과 관련한 용역에서 그 속내를 드러내고 있다. 자연 친화적(?)인 삭도(케이블카)설치 타당성 조사 용역과 연계해서 추진하겠다는 대목이 그것이다(마치 유네스코의 생물권 보전지역 지정이 한라산 케이블카 시설에 방해받기 때문에 그동안 추진을 미룬 것이 아니었느냐는).

도대체 케이블카 설치 타당성 여부가 왜 생물권보전지역과 연계되어야 하는가.

거듭 밝히지만, 제주도 당국이 생물권보전지역 추진을 환영한다. 더 이상의 자연 파괴적, 자연 착취적 개발은 지양해야 한다는 관점에서 서둘러야 할 일이다. 같은 맥락에서 보호와 이용에 최선책인 한라산과 제주오름의 세계자연유산 지정 또한 함께 추진해야 한다. 결코 쉽게 포기해서는 안 될 사안으로 개발과 관련한 병아리 셈을 해서는 안 된다.

〈2000. 4. 8.〉

제2장
난개발로 몸살 앓는 자연자본

1. 재론되는 송악산 개발

개발과 보전은 오늘날 첨예하게 대립되는 현안 중 현안이다. 한편으로는 상생相生의 관계로, 다른 한편으로는 상극相克의 관계로 자리한다.

그러하기에 개발과 보전의 조화가 말처럼 쉽지는 않다. 더더욱 사회가 복잡다기해지면서 어느 한쪽만을 받아들이기가 어렵다. 특히 개발과 환경보전은 대상 지역주민의 의식과 그 잣대에 의해 크게 달라질 수 있다. 하지만 그 해법이 없는 것도 아니다. 친환경 개발이란 시대적 명제가 바로 그중 하나다.

제주도가 시대적 명제인 개발과 보전에 대한 입장 정리를 못 하고 있어 안타깝다. 최근 불거져 나온 송악산 개발 문제를 두고서다.

대정읍 소재 송악산은 주변에 산방산과 사계리 해안으로 연결되는 경관이 빼어난 곳이다. 무엇보다 특이한 이중화산 구조로 이뤄져 세계적 보전 가치를 지닌 곳이다. 또한 송악산 일대는 군사기지로 지정됐다가 주민들의 강력한 요청으로 해제됐을 만큼 개발 욕구도 매우 높은 곳이다. 따라서 송악산은 개발과 보전의 명제가 걸려 있는 대표적인 곳이기도 하다. 그러하기에 개발이든 보전이든 신중히 다뤄져야 할 곳이다.

어느 한쪽의 주장만을 일방적으로 수용하는 자세에서 벗어나야 한다. 주민들의 주장처럼 서로 다른 방식의 개발 필요성이 제기되고 있다면 이 또한 경청해야 한다. 이를테면 특이한 형태를 지닌 송악산 이중분화구에 가능한 한 시설물의 접근을 삼가는 개발방식이다.

주민들은 친환경 개발을 바라고 있다. 송악산이 존재하지 않는 개발은 생각조차 할 수 없다는 주장이다. 다시 말해 주민들은 개발과 보전을 병행한 친환경 개발을 원하고 있다. 그런 만큼 보전의 필요성이 절대적인 송악산 정상 주변은 과감히 보전하고 개발해야 한다. 그동안의 제주 관광 개발 사례를 타산지석으로 삼을 수도 있다. 위락 시설뿐인 관광지 수명은 그리 오래가지 않는다는 교훈이 그것이다. 개발을 위해서는 부분적인 환경훼손이 불가피하다는 생각을 버려야 한다. 개발은 환경을 안전하게 보호하기 위한 절차라는 의식 전환이 앞서야 한다. 그렇지 않은 개발은 후대에게 부끄러운 개발이 될 것이다. 〈2000. 3. 21.〉

2. 송악산, 공원지구 편입 문제 있다

개발지구 끌어들여 환경훼손, 왜?

개발지구를 공원지구로 편입한 뒤 그 용도를 집단 시설지구로 변경해줘도 되는 것인가. 남제주군이 송악산 관광지구의 일부를 편입, 자연공원법상 집단 시설 지구로 지정한 것에 대한 환경단체들의 의혹 제기다.

남제주군은 송악산 개발 예정지 95만 평방미터 가운데 절반이 넘는 50만여 평방미터를 마라도 해상공원에 편입시켰다. 본래의 공원 취지대로라면 당연히 지구 내 환경을 보전하는 쪽으로 용도가 지정돼야 한다. 그러나 군 당국은 편입 면적 모두를 상업 숙박 놀이시설이 가능한 집단 시설지구로 지정했다.

환경단체의 의혹 제기는 바로 여기서 비롯하고 있다. 군 당국의 개발지구 공원 편입 속셈이 달리 있었던 것이 아니냐는 것이다. 환경단체들의 이 같은 의혹 제기는 몇 가지 정황에서 설득력을 갖고 있다.

우선 사업자가 지정된 관광지구를 공원지구에 편입시킨 자체가 의문스러운 행정 행위다. 더욱이 마라 해상공원은 자연경관의 보존에 비중을 두고 있는 군립공원이다. 그러기 때문에 개발지구가 공원지구로 편입되는 것을 꺼려한다. 일반적으로 그렇다. 그러나 이 같은 행정 행위는 일반적인 상식을 뛰어넘는 것이어서 의아스럽다.

까마귀 날자 배 떨어지는 격으로 공원지구로 편입되면서 용도지구는 집단 시설지구로 지정됐음을 당국은 어떻게 설명할 것인가.

얼른 납득되지 않는 점은 또 있다. 10년 단위로 하게 된 공원구역 조정을 왜 서둘러 조정했느냐는 것이다. 마라 해상군립공원이 공원으로 지정된 것은 지난 97년도로 2년 만에 부득불 조정해야 할 까닭이 과연 무엇일까.

물론 이 같은 의혹 제기에 대해서 남제주군 당국의 해명이 없지는 않다. 어차피 개발이 예정된 곳이라서 집단 시설지구로 지정했다는 것이다. 그리고 구역조정도 제주도의 승인을 받은 것이어서 법적 하자는 없다고 변명하고 있디.

그러나 남제주군의 이 같은 해명이 어설프고 놀랍다. 자치단체 책임자의 개발은 곧 시설이라는 인식이 더욱 놀랍다. 제주도의 승인을 받은 것이니 잘못이 없다고 장대 밀기 하고 있음이 더더욱 놀랍다(승인이 위로부터 요청받은 것인지, 먼저 요청한 것인가에 대해선 납득할 만한 해명이 없었다).

법적 하자 시비에 앞서 지방자치단체가 공원지구에 개발지구를 끌어들인 것은 크게 잘못된 행정 행위다. 공원지구의 환경보전을 외면한 채 위락 시설로 환경 훼손을 부추기고 있기에 그렇다.

설령 불가피한 개발일지라도 그것은 지속 가능한 친환경 개발이어야 한다. 그것이 시대적 명제이기 때문에 더욱 잘못된, 선하지 못한 처사다. 한마디로 남제주군의 어설픈 해명은 '지방의제 21'을 무색하게 하는 것으로, 지탄받아 마땅하다. 〈2000. 3. 27.〉

3. 송악산 분화구 개발

'돌이킬 수 없는 사업'이라고?

송악산 관광지구 개발은 정말 돌이킬 수 없는 사업인가.

찬반 논란이 비등한 송악산 분화구 개발에 지방자치단체의 수장이 발 벗고 나섰다. 엊그제 강기권 남제주군수가 기자 간담회에서 문제의 송악산 개발사업 강행 의사를 분명하게 밝혔다.

강 군수의 표현을 빌자면, 송악산 개발은 대정지역 주민들의 유일한 활로다. 행정 절차가 끝났고, 사업자가 사유지 매입을 거의 마무리해 놓고 있다. 그런 만큼 이제 와 사업을 되돌이킬 수는 없는 일이라고 말한다. 파괴를 최소화하기 위하여 신중에 신중을 기하고 있다는 말도 덧붙이고 있다.

일견 지역주민을 위하고, 환경을 의식한 개발 의지 표현으로도 들린다.

사실 송악산 관광지구 개발과 관련, 반대론자들이라고 해서 개발 그 자체를 전면 부정하고 있지는 않다. 문제는 손을 대서는 안 될 곳에 손을 뻗치고 있기 때문이다. 세계적으로 희귀한 송악산 이중분화구 지역을 집중 개발하려 해서 그렇다.

앞서 자연 파괴를 최소화하겠다는 강 군수의 말은 곧 자연 파괴가 수반되는 개발이란 말과도 같다. 그것도 파괴돼서는 안 될 곳의 자연 파괴를 암시하고 있다.

물론 남제주군 관계자는 콘크리트 건물을 세우는 식의 개발은 하지 않겠다고 말한다. 하지만 이미 분화구 전체를 편법을 동원해 집단 위락시설지구로 지정해놓은 상태다. 위락시설의 상징성에 비춰 이 말을 곧 이곧대로 믿을 사람이 과연 몇이나 될까.

더더욱 송악산 관광지구는 해양수산부의 통제와도 무관치 않다. 해수부의 연안 통합관리 계획안에서 재검토 대상 사업으로 분류되고 있는 지역이다. 환경훼손이 수반되는 지역인 데다 개발 시 오염 문제가 뒤따르기 때문이란 것이 제주도 당국의 설명이었다. 그러함에도 훼손이 아니라 파괴를 전제로 한 개발을 강행하려는 까닭이 과연 무엇인가.

자연 파괴, 환경 훼손, 자연 착취의 개발은 구시대의 유산이다.

말로는 21세기 친환경 개발을 외치면서 정작 자연 착취의 개발에 지방자치단체가 앞장서고 열을 올리는 것은 바람직하지 않다.

송악산 분화구 개발은 명분이 없다. 돌이킬 수 없는 사업이 결코 아니다. 다시 한번 돌이켜 봐야 하는, 두고두고 후회할 사업임을 깨달아야 한다. 〈2000. 3. 29.〉

4. 환경단체, 송악산 공원지구편입 의혹 제기

특정 사업자 위한 특혜조치 아니냐?

송악산 분화구를 해상공원에 편입, 집단 위락 시설 지역으로 지정한 데 대해 말들이 많다. 세계적으로 희귀한 자연유산을 굳이 위락 관광단지로 개발할 까닭이 무엇이냐는 것이다. 상식선에서 도무지 이해가 안 된다는 얘기들이다. 상식 밖의 일이기에 특별한 사정론, 이른바 특혜 의혹마저 일고 있다.

도내 환경시민단체들의 이 같은 의혹이 불거져 나오고 있다. 감사원 등에 제출한 합동 질의서를 통해서다. 의혹의 실마리들은 대충 다음과 같이 요약되고 있다.

첫째, 남제주군과 제주도가 분화구 지역을 공원 지역에 편입, 집단 시설지구로 지정한 것은 특정 업자를 위한 것이 아니냐.

둘째, 당초 제주도 종합개발 계획상에는 송악산 분화구가 보존적 경관으로 되어 있다. 그런데 이를 무시한 것은 특정 업자 봐주기가 아닌가.

셋째, 지구의 특성상 환경영향평가에 있어 학술적 보존 가치 여부에 대한 언급이 있어야함에도 그렇지 못한 까닭이 무엇인가.

넷째, 송악산 관광단지 지역은 전체가 사유지다. 이에 비해 분화구 지역은 절반가량이 공유지다. 특정 업자에게 부지를 손쉽게 제공하기 위한 특혜 조치가 아니냐.

이 밖에도 환경단체들이 제기하는 의혹들은 많다. 그러나 이상의 것만으로도 상식 밖의 일들이 벌어졌다. 도대체 자연공원 내에 세계적인 자연 자원을 파괴하는 집단시설을 하겠다는 발상이 있을법한 일인가.

책임이 있는 지방자치단체들은 이에 대해 궁색한 변명을 늘어놓고 있다. 하지만 특정 업자의 계획내용을 가감 없이 받아들였다는 것만으로도 동기의 순수성은 결여 되어 있다. 그런 만큼 의혹의 눈길이 미치는 것은 어쩌면 당연하다.

특히 종합개발 계획상 보존적 경관지구를 자연 파괴적 시설지구로 변경 승인한 제주도는 그 의혹에서 자유롭지 못하다. 누가 뭐래도 자연 훼손이 불가피하게 수반되는 개발을 전제로 한 공원구역 확대는 명분이 없다.

자연생태계와 자연풍경지 보호, 그리고 공원자원을 보호 육성해야 할 의무가 있는 자치단체이기에 더욱 그렇다. 같은 맥락에서 이들 자치단체가 직무를 유기했다는 환경단체들의 지적은 설득력이 있다. 의혹이 제기되고 있는 만큼 반드시 규명돼야 한다. 〈2000. 1. 3.〉

5. "송악산 이중분화구 집단시설 안 된다"

환경단체, "위법한 행정행위 취소하라"

송악산 개발계획을 둘러싼 자치단체와 환경단체 사이 논쟁이 새로운 국면을 맞고 있다. 특혜 의혹이 불거지고 있는 송악산 개발계획이 행정행위의 위법성 시비로 번지고 있다. 일련의 과정을 통해 충분히 예견됐던 일로 귀추가 주목되는 일이다.

도내 환경단체들은 송악산 이중분화구 일대 개발은 위법한 것이라고 말하고 있다. 때문에 분화구 지역의 자연공원 지정을 취소하라고 요구하고 있다.

환경단체들은 송악산 분화구 개발 자체가 자연공원법을 무시한 채 추진되고 있다고 말한다. 다시 말해 행정이 자연공원법상의 지정기준을 어겼다는 주장이다. 뿐만 아니라 집단시설 위주의 조성계획을 부당하게 승인해 준 것은 특혜라는 것이다.

위법한 행정행위인 만큼 당연히 취소해야 한다는 논리다. 이 같은 환경단체들의 주장은 나름대로 설득력을 갖고 있다.

그동안 제주도와 남제주군은 이들 지구에 대한 집단시설 승인과 관련, 끊임없는 의혹을 받아 왔다.

당초 송악산 분화구 지역은 도시공원 지역으로 지정되어 집단시설이 불가능한 지역이었다. 그러던 것을 초고속 행정 절차에 의해 마라도 해양공원으로 편입됐다. 그 뒤엔 곧바로 환경파괴가 수반되는 집단 시설계획이 확정됐고, 사업이 승인됐다. 그것도 공원지구 90% 중 절반 이상을 차지하는 군유지를 사업자에게 개발 용지로 매각했다. 당국의 개발

용지 매각은 집단 시설 지구 내 공유지와 사유지 점유 비율 마저 바꿔놨다. 남제주군과 제주도가 위법행위를 했다는 주장은 여기에 터 잡은 것이다. 자연공원법에는 개발지역이 사유지보다 공유지가 많아야 한다는 규정(법4조)이 명시되어 있다.

행정 당국의 처사가 선의였는지, 악의였는지 지금으로서 알 수 없다. 당초부터 의도적인 것이었는지, 아니면 추진과정에서의 본의가 아닌 결과인지 추측만 있을 뿐이다. 하지만 상식 밖의 행정행위로 인해 많은 억측과 의혹이 되어 왔음은 분명한 사실이다.

사회 상규를 벗어난 일련의 과정과 결과에 대해 납득할 만한 해명해야 한다. 또한 잘못된 행정행위에 대해서는 응분의 책임을 져야 할 것이다. 〈2000. 3. 2.〉

6. 법정으로 번진 송악산 개발

"행정처분 위법 사유 있다" 제동

송악산 관광지 개발사업에 대한 시행 허가 승인효력이 정지됐다. 제주도와 남제주군이 개발 위주로 밀어붙인 개발사업이 일단 제동이 걸렸다. 제주지방법원은 주민들이 제기한 시행승인처분 집행정지 가처분신청을 받아들였다. 행정처분에 위법 사유가 있다는 주장을 받아들인 것이다.

제주지법의 이 같은 조치는 내용적으로, 송악산의 학술적 가치 보전과 자연환경 보호를 전제로 한 송사란 점에서 중요한 의미가 있다. 특히 가처분신청과 함께 제소한 본안소송도 같은 날 첫 심리를 갖게 돼 귀추가 주목된다.

소송의 주안점은 제주도와 남제주군이 관광개발지로 사업 시행 허가를 내주기까지 일련의 과정이다.

원고 측인 주민들의 주장으로는 송악산 분화구 지역은 처음부터 자연공원법 상 집단시설지구 요건에 해당되지 않았었다고 한다. 그러함에도 절대보전지역을 마라 해양 군립공원 지정 변경 때 용도지구에 편입시켜 개발을 가능하게 했다는 것이다.

또 이중분화구 지역에 대한 환경영향평가에 대해서도 부당함을 주장하고 있다. 이 지역은 대부분 흙을 깎아내거나(切土) 흙을 쌓는(盛土) 방법으로 평지화가 불가피하고 이로 인해 제1분화구의 원형을 잃게 된다는 주장이다.

이곳에는 아직 학계에서도 명명이 안 된 용암 괴塊와 용암 호수가 원형대로 보존돼있는 곳이다. 이런 연유로 송악산을 세계적 용암 자연유산으로 보존해야 한다는 것이 전문가들의 의견이기도 하다. 본안소송의 청구내용도 그래서 사업승인처분과 마라해양군립공원 지정의 변경을 취소해 달라는 요지다.

그동안 송악산 개발에 대한 찬성과 반대의 의견은 분분했다. 과정에서 자연환경보전과 개발 이익이 첨예하게 부각된 것은 물론이다.

송악산 개발은 외자 유치와 관광 수입 증대, 그리고 지역주민 소득증대를 내세워 추진돼왔다. 이미 사업 시행 허가가 나와 기공식을 하기까지 했다.

보호 대상이 자연환경이고 보니 삽을 대고 난 후에는 때가 늦다. 그런 점에서도 공사가 본격적으로 시작되기 전에 이 문제를 짚고 가는 것은 자연스러운 일이다.

아무튼 이번 사안은 원고 측이 주장하는 행정 절차상의 위법 사유에 대한 공방이 최대 관심으로 등장할 듯하다. 그것은 가처분신청 결정 문안 중 '신청인이 본안소송에서 승소할 가능성이 상당하다'는 언급에서 엿볼 수 있다.

허가관청이 절차상 잘못 여부와 판단은 사법기관으로 넘어갔다. 개발과 보전을 둘러싸고 자치단체와 주민 간 첨예하게 대립해 온 사안인 만큼 진행 과정을 유심히 지켜볼 일이다. 〈2000. 6. 7.〉

7. 송악산 송사 관련 엉뚱한 주장

제주도, 이중분화구가 아니다?

참으로 희한한 일이 벌어지고 있다. 송악산 개발을 둘러싼 찬반 논란이 급기야 '이중분화구냐, 아니냐'는 엉뚱한 논쟁으로 번지고 있음이 그것이다.

때아닌 논쟁은 제주도 당국이 입장을 돌변, 송악산 이중분화구의 존재를 폄하하면서 불거져 나오고 있다. 제주도가 송악산 개발 송사와 관련, "송악산은 이중분화구가 아니며, 도내는 물론 세계 도처에서 흔하게 찾아볼 수 있는 화산체다"라는 다소 엉뚱한 주장을 펴면서다.

이와 같은 주장에 대해 내로라하는 학자들이 일제히 반론을 펴고 있음은 물론이다. 한국지질학회를 비롯한 한국동굴환경학회, 백두산·한라산화산연구회 등이 공동의 의견서를 채택하면서까지 제주도 주장의 잘못을 통박하고 있다.

그들의 주장은 한결같이 송악산은 이중 화산구조를 가진 세계적으로도 희귀한 오름이라고 말하고 있다. 그런데 왜 제주도가 이를 인정하려 하지 않는지 그 까닭을 모르겠다는 것이다. 여기에 당국이 개발사업을 승인해줘 분화구 훼손을 부채질하고 있다고 타박한다. 제주도가 지난해 말 송악산 리조트 개발사업을 승인해 준 사실을 꼬집는 것이다.

사계의 권위 있는 학자들의 견해이기에 우리는 그것을 믿지 않을 수 없다. 그러기에 제주도가 지금에 와서 엉뚱한 주장을 펴는 저의와 배경이 무엇인지 궁금하지 않을 수 없다.

제주도의 엉뚱한 주장을 다소 이해 못 할 바는 아니다. 두루 알려진 사실이지만, 송악산 개발사업은 제주지법으로부터 이미 사업승인 효력정지가처분 결정이 내려져 있다.

송악산 개발과 관련, "도 당국을 비롯한 지방자치단체의 행정처분에 충분한 위법 소지가 있다"는 법원의 판단에 의해서다.

사업승인 기관인 제주도로서는 당황스럽고 다급한 일이 아닐 수 없다. 제주도가 법원의 결정에 불복, 극히 이례적인 방법을 동원하면서까지 상급법원에 항고하는 것으로 봐서도 미뤄 짐작이 가는 일이다. 송악산 분화구에 대한 비생산적인 논쟁이 벌어지고 있는 까닭이 여기에 있는 듯하다. 송악산 분화구는 '이중분화구가 아니다'는 주장은 바로 즉시항고를 위해 동원된 궁색한 변명이 아니냐는 것이다.

송악산 분화구가 세계적으로 희귀한 이중분화구라는 것은 관련 학자들의 주장에 앞서 제주도가 이미 자랑해온 터다. 그런 것을 지금에 와서 입장이 궁색해졌다고 말 바꾸기를 서슴지 않아 서는 안된다. 공신력의 문제일뿐더러 무책임한 처사다.

만에 하나 제주도의 이 같은 처사가 '편법을 동원해서라도 사업은 강행해야 한다'는 것에 집착한 것이라면 더더욱 위험한 발상이다. 말 바꾸기로 평지풍파를 일으키는 데 대한 제주도 당국의 분명한 해명이 있어야 한다. 〈2000. 6. 29.〉

8. 송악산 학술조사 화급(火急)한 일인가

이중분화구 시비(是非) 이은 조사 배경 '의아'

'송악산 이중분화구' 논쟁이 정말 엉뚱한 방향으로 튀고 있다. 제주도가 국내외 전문가와 학자들을 불러 이를 규명토록 하고 있음이 그렇다.

제주도가 송악산 및 도내 주요 오름에 대한 학술적 규명과 화산 지질학적 조사에 나섰다. 국내외 학자 5명이 참여, 현지답사 중에 있다. 송악산 화산암에 대한 시료 채취와 현장 지질 확인 등이 주요 활동 내용이다.

제주의 자랑이자 세계적인 희귀 자원인 제주 오름군群에 대한 학술적 조사이기에 굳이 토를 달 일이 아닐지 모른다. 하지만 고개를 갸우뚱거리지 않을 수 없다. 송악산 이중분화구 시비를 부른 당사자가 하는 진상 규명이어서 더욱 그렇다. 무엇이 화급火急했기에 만사를 제쳐 두고 학술 조사를 서두르고 있는 것인가.

사실 제주도가 집요하게 이중분화구 시비를 부르는 그 까닭을 두고 많은 의문이 제기되고 있다. 송악산의 자연 환경적 가치를 폄하하면서까지 그래야 하는 까닭이 과연 무엇이냐는 것이다. 이를테면 제주도 당국이 "송악산은 이중분화구가 아니다", "세계 도처에서 찾아볼 수 있는 평범한 화산체다"라는 주장들이 그렇다.

이 같은 제주도 당국의 느닷없는 주장은 그동안 많은 비판을 받아 왔다. 내 것이 훌륭하다고 말하지 못할망정, 아득바득 보잘것없는 것이라고 깎아내려야 할 이유가 무엇이냐는 것이다. "송악산은 보존 가치가 높은 오름이다", "세계적으로 희귀한 이중분화구다"라고 자랑해온 것은 정작 제주도였기에 더욱 그렇다.

제주도 당국의 저의를 의심치 않을 수 없다. 도대체 느닷없이 이중분화구 시비를 부르는 사연이 과연 무엇일까. 국내외 학자들을 초청하면서까지 비생산적인 논쟁을 가열시키는 까닭이 무엇이냐는 것이다.

송악산 개발에 따른 찬반양론을 잠재우기 위한 것일까. 법원으로부터 효력정지가처분 결정이 난 '송악산 난개발' 문제를 희석하기 위한 것은 아닐까. 아니면 또 다른 피치 못할 사정이 있는 것인가. 제주도 당국이 애써 부정은 하고 있으나 합리적 의심이 아닐 수 없다.

이중분화구 여부는 송악산 난개발 문제의 본질이 아니다. 국내외 학자를 동원하면서까지 이중분화구 여부를 가려야 할 만큼 중요한 사안은 아니다. 화급한 조사는 더더욱 아니다. 조사 배경에 대한 납득할 만한 설명이 필요하다. 〈2000. 7. 26.〉

9. 불투명한 송악산 지질조사

'어'와 '아'가 다른 보고서, 특별한 사연 있나

같은 대답일지라도 받아들이는 측에서는 '어'와 '아'가' 다르다. 송악산 분화구 개발과 관련한 최근의 학술조사 결과가 그 격이다.

송악산 분화구의 지질학적 가치에 대한 국내 학자들의 조사보고서와 외국인 학자의 조사보고서가 그렇다. 결론은 비슷한 것이면서도 풍기는 뉘앙스는 서로 크게 다르다. 국내 학자들은 대단하지 않은 것으로, 외국인 학자는 대단한 것으로 보고 있어서다. 특별한 사연이 있는 것인가.

보고서에 따르면, 학술조사에 참여했던 국내 학자들은 송악산의 지질학적 가치에 "특별한 가치를 부여하기 어렵다"는 견해를 밝히고 있다. 송악산과 같은 화산체는 제주에 20여 개나 있을 만큼 희소성을 논하기는 부적절하다는 주장이다.

그러나 외국인 학자들의 시각과 접근이 이 같은 국내 학자들과 다르다는 데 주목하지 않을 수 없다. 델리노 교수와 제임스 두 교수의 보고서 내용이 그렇다.

두 교수는 희소성 여부를 떠나 송악산은 전 세계의 화산들을 대표하고 있다고 말한다. 송악산이 이탈리아 시실리 섬, 카나리아 열도와 같은 현무암질의 세계적 화산지대로서 소중한 자원임을 암시하고 있다.

특히 화산지대의 관광자원 활용과 관련, 외국의 사례를 들어 주의를 환기시키고 있어서 주목된다. 충격으로부터 가장 민감한 화산지형을 보존하기 위해 보도 또는 특별한 운송시설만을 허용하고 있다고 함이 그렇다.

용도지구 변경 등을 거듭하며 송악산 분화구에 집단시설을 허용하고 있는 제주도의 입장에선 타산지석이 아닐 수 없다. 송악산 분화구 안에 자연 파괴 집단시설이 왜 필요한 것인지, 제주도 당국이 왜 이를 허용했는지 하는 송악산 개발 논쟁의 본질에 대한 해답일 수 있다는 생각에서다.

이번 학술조사가 과연 화급火急한 것인가에 대해 앞서 의문을 제기한 바 있다. 조사의 시의성은 물론 조사 목적과 배경이 불투명하다는 생각에서였다. 솔직히 말해 제주도가 송악산 분화구를 비롯한 제주의 기생화산의 가치를 폄하하고, 송악산 개발 논쟁의 본질을 희석시키기 위한 것이 아니냐는 것이었다. 지금 이 순간에도 그 같은 생각에는 변함이 없다.

최근 송악산 개발을 두고 물의를 빚은 사이버 여론 조작 사건이나, 이번의 학술조사에 대한 국내외 학자 간 접근방식의 차이를 통해서도 우리는 그것을 감지하고 있다.

송악산 분화구의 이중분화구 여부는 송악산 개발 논쟁의 본질이 아니다. 같은 맥락에서 불투명한 의도의 송악산 지질조사와 '어'와 '아'가 다른 지질조사 결과는 유감이다. 〈2000. 8. 3.〉

10. 정부, 국토이용체계 전면개편 천명

난개발 시대 막 내리나

정부가 국토이용 체계의 전면개편을 천명하고 나섰다. 난개발을 부추겨온 현행 준농림지를 용도폐지, 이를 보전 지역화한다는 것이다. 향후 국토정책이 개발 위주에서 환경보전 위주로의 일대 전환을 의미하는 것으로 지대한 관심사가 아닐 수 없다. 제주가 난개발 후유증을 앓고 있는 지역인데다, 준농림지 면적이 전체 면적 중 절대다수를 차지하고 있어서다.

준농림지 폐지의 국토 이용체계 전면개편은 관련 법의 정비를 통해 조만간 구체화 될듯하다. 정부가 올 정기국회 회기 중에 현행 국토건설종합계획법을 비롯한 도시계획법, 국토이용관리법 등을 통합한 국토이용 관리에 관한 기본법을 서두르고 있어서다.

통합기본법이 만들어지면 제주지역의 토지이용 관리에 큰 변화가 예상된다. 제주도 전체 면적의 60% 이상을 차지하고 있는 준농림지역이 향후 보전지역 또는 유럽식의 개발 허가지역으로 바뀌기 때문이다.

특히 시 지역보다는 군 지역이 상당 면적이 새로운 법의 저촉을 받게 될 것으로 전망된다. 이를테면 도시계획 지역인 제주시와 서귀포시인 경우는 준농림지가 미미하다. 반면에 북제주군과 남제주군인 경우는 절대 면적이 준농림지역이다. 이 때문에 준농림지 폐지에 따른 군지역 주민들의 반발이 없지 않을 것이다.

하지만 이들 준농림지 중 상당한 면적이 이미 통합기본법의 취지와 같은 개발 제한을 받고 있어 크게 문제 될 것은 없다고 생각된다. 제주도개발특별법 등에 의한 지하수, 생태, 경관 보전지역으로 지정 관리되고 있음이 그렇다.

조 만간 지리정보시스템(GIS) 구축이 완료되면 이들 지역에 대한 보전관리 수준은 한 차원 더 높아질 것이다. 따라서 제주지역으로서는 굳이 통합기본법이 크게 의미가 없을 수도 있다.

그러함에도 정부의 이번 발표에 큰 의미를 부여하고 관심을 표명하는 것은 중앙정부의 개발 정책에 대한 대전환이 지방정부에도 크게 영향이 미칠 것이란 기대 때문이다. 이른바 무늬만 친환경 개발이고, 실상은 난개발을 서슴지 않고 있는 지방자치단체들의 대오각성과 자세 전환을 기대하고 있음이 그것이다.

아무튼 정부의 이번 발표는 오랜 세월 관행처럼 굳어져 온 자연 착취, 자연 파괴의 개발은 '더 이상 안 된다'는 의지 표명으로 해석된다. 지방자치단체들도 개발지상주의 고정관념에서 탈피, 과감한 정책 전환을 해야 한다. 〈2000. 6. 1.〉

11. 잃은 것이 많을 '한라산 케이블카'

돈도 안 되고 자연 파괴만….

국내 대부분의 케이블카 설치 운영사업이 적자를 면치 못하고 있다. 현재 운영 중인 전국의 케이블카 중에서 단 한 군데를 빼고서는 그렇다고 한다. 한라산 케이블카 시설에 집착하고 있는 제주도 당국이 경청해야 대목이 아닐 수 없다. 돈이 안 되는 사업임은 물론 자연환경 보호에도 도움이 안 된다고 하니 더욱 그렇다.

최근 들어 전국의 지방자치단체들이 앞다퉈 케이블카 사업을 추진하고 있음은 널리 알려진 사실이다. 지역 내 시선을 끌 만한 곳이면 막무가내로 케이블카 시설을 하려 하고 있음이 그렇다.

이른바 수익성 사업을 통해 지방자치단체의 재정 수입을 늘리겠다는 것이 사업 명분이다. 신규 설치를 계획하고 있는 지방자치단체들이 저마다 세수와 영업수익을 장담하고 있다. 하지만 현실은 그렇지 못한 것 같다.

케이블카 사업은 투자 규모에 비교해서 그 수익성이 없는 것으로 판명되고 있다. 현재 운영 중인 전국의 케이블카 중에서 설악산 한 군데만이 예외다. 이를 빼고는 모두가 해마다 몇억 원씩의 많은 적자를 내고 있다는 언론보도다. 이 말은 곧 수백억의 공적자금을 투자한 대가가 적자운영이며, 결국 주민부담으로 부메랑이 되어 돌아온다는 뜻이다.

무엇보다 케이블카 사업은 자연환경을 크게 훼손하는 것으로 나타나고 있다. 이 말은 케이블카 사업이 환경보호 시설이란 지방자치단체들의 주장을 무색하게 한다. 케이블카 시설을 위한 현지 측량의 결과만으로도 산등성이 주변 환경이 쑥대밭이 됐다는 최근 언론보도에 비춰 그렇다. 사실이 그렇다면 시설 규모에 따라 수십 개의 철탑을 세우는 과정에서는 과연 얼만 큼의 자연환경이 파괴될 것인가.

철탑 하나에 1백 평방미터 안팎의 면적을 차지한다고 볼 때, 그 파괴력이 어떨 것인가는 짐작하고도 남을 일이다. 그러고도 케이블카 시설이 환경보호 시설이라고 할 수 있는 것인지. 더더욱 그것이 민족의 영산 한라산이라고 생각하면 정말 끔찍한 일이다.

케이블카가 이용시설이기에 앞서 환경보호 시설임을 강조해 온 제주도 당국으로서는 타산지석의 사례다. 막말로 돈도 안 되고 자연환경 훼손만 우려되는 것이 케이블카 사업이다. 한라산 케이블카 구상에 대한 전면 재검토가 바라진다. 〈2000. 8. 8.〉

12. 김정일 위원장의 환경철학

"금강산에 케이블카 안 된다"

예상을 뒤엎은 파격적 예우, 거침없는 대화와 행동….

남북정상회담에서 북한 김정일 국방위원장의 일거수일투족은 한마디로 경이로운 것이었다. 마치 동리 이장이 낯설어하는 서울 손님을 맞이하듯 농익은 모습이었다. 어쩌면 그것은 반세기 넘게 북한을 지배해온 김일성 주석으로부터 익힌 황태자 교육의 소산인지도 모른다.

숱하게 회자됐던 그때의 놀라움을 다시 언급하는 일이 식상한 일일지 모른다. 그러함에도 그때의 일을 떠올리는 데에는 까닭이 없지 않다.

은연중 자신의 환경철학을 내비친 김정일 국방위원장의 발언.

그의 금강산 케이블카 관련 언급이 생각나서다. 지금 우리의 주변 정황, 이른바 '한라산 케이블카 설치' 논란과 무관치 않게 보여서다.

2차 정상회담을 마친 남과 북의 정상이 만찬에 앞서 환담을 나누던 자리였다고 기억된다. 응접실에 걸린 금강산 대형사진이 화제였다. 김대중 대통령이 '금강산은 자연보호가 잘된 것' 같다고 운을 뗐다.

김정일 국방위원장이 자랑스럽게 말을 받았다.

"나이 든 사람들이 금강산에 못 올라간다며 금강산에 케이블카 놓자고 해도 내가 끝까지 반대했다. 나이 들어 못 올라가면 못 가는 거지, 환경 파괴를 왜 하느냐."고 했다.

그의 말은 일견 노인 경시의 비인간적 언행으로도 비친다. 하지만 환경 훼손을 하면서까지 인위적 시설을 해서는 안 된다는 소신의 일단을 피력한 것으로도 이해된다. 자연 중시는 곧 인간 스스로를 위한 것이며, 자연환경이 파괴되면 인간성의 파괴는 물론 파멸이 온다는 것은 분명한 이치이기 때문이다.

사실 관광개발이 목에 차올라 있기는 남과 북이 마찬가지다. 오히려 자본주의 사회인 남쪽보다 사회주의 체제인 북쪽이 더 다급할지 모른다. 그러함에도 그들은 자연 착취의 개발은 안 된다고 당당하게 말하고 있다. 한편으로는 케이블카 시설이 많은 관광객을 끌어모을 것을 알고 있을 것이다. 이에 따른 경제적 이익이 적지 않을 텐데도 그들은 그것을 마다하고 있다. 자연을 크게 훼손하면서까지 경제적 이득을 몰아세우는, 이른바 '카우보이'식 경제개발에는 흥미가 없다는 얘기다.

"자연보호를 위해, 관광객을 불러들이기 위해 민족의 영산인 한라산에 케이블카 시설이 불가피하다"고 역설하는 것과는 너무도 다른 생각이다. 노약자를 위해서도 케이블카 시설은 필수적이라고 말하고 있는 제주도의 생각과는 분명 그 철학이 다르다.

금강산에는 안 된다는 케이블카 시설이, 한라산에는 필수적이라는 평양과 제주의 상반된 시각. 그것마저도 남과 북의 체제가 다른 데 터 잡은 것이라고 하면 더는 할 말이 없다. 그리고 자연을 파괴해서라도 눈앞의 경제적 부를 우선하는 것이 자본주의 논리라고 강조하면 그만일지 모른다. 하지만 재생 불가능한 자연 자원을 두고는 문제가 달라진다. 이제 자연 자원의 이용에 기반을 둔 '카우보이식 경제'는 더 이상 존속돼서는 안 된다는 것이 세계적 추세다.

지난 세기까지만 해도 경제 개발, 경제 발전의 목표는 인간을 위해 자연을 정복하고 착취하는 것이었다. 하지만 지금은 사정이 달라졌다. 이미 인간은 지구상의 모든 생물자원의 절반 이상을 소모하고 있는 것으로 추정되고 있다. 그러하기에 이로 인한 재앙이 예고된 지도 이미 오래전의 일이다. 인간과 자연환경의 화해가 21세기 인류 공동의 과제로 등장하고, 또 강조되고 있는 까닭도 여기서 비롯된다.

금강산에 케이블카는 안 된다는 김 위원장의 얘기가 반드시 '자연과 환경의 화해'를 염두에 둔 것이라고 굳이 고집하고 싶지는 않다. 의례적인 정치 수사일 수도 있다. 하지만 한라산에 한번 올라보고 싶다고 했으니 언젠가 한라산을 접할지도 모른다. 그때 그는 한라산 케이블카 시설에 어떤 반응을 보일까. 그의 반응은 곧 한라산을 찾게 될 관광객들의 반응일 수도 있기에 궁금하다. 〈2000. 6. 26.〉

13. 제주 오름의 제 얼굴 찾기

제주 오름들이 제자리를 찾게 된다고 한다. 국립지리원이 위치와 명칭이 잘못 표기된 상당수의 제주 오름들을 지도상에서 바로잡는다고 함이 그것이다.

제주의 오름에 대해 국립지리원이 뒤늦게나마 관심을 보여주는 것이 매우 다행스럽고 고마운 일이다.

제주의 오름은 가히 세계적이다. 그 숫자가 3백 60여 개를 헤아려 단일 섬으로는 제주도가 세계에서 가장 많은 오름을 보유하고 있다.

세계적인 것은 비단 오름의 숫자만은 아니다. 제주의 오름은 오름마다 제주만의 신화와 역사, 삶의 애환을 지니고 있다. 제주도가 '오름의 왕국', '신들의 고향'이라 불리는 까닭이 여기에 있다. 신으로부터 물려받은 세계적 문화유산이자, 제주만이 가지고 있는 소중한 자원이다.

그러나 이 같은 우리의 자산이 언제부터인가 크게 위협을 받고 있다. 주변의 무관심과 몰이해로 '오름 왕국'이 서서히 무너져 내리고 있다. 무분별한 토석 채취와 각종 시설물이 마구잡이로 들어서고 있다. 거대한 송전탑들이 오름의 자연은 물론 중산간 전체 조망을 망가뜨리고 있다. 서부 산업도로 변 오름 경관은 이들 송전탑으로 인해 이미 절단이 났다. 그리고 제주 최대의 오름 군락지인 동부 중산간 일대마저도 송전철탑과 같은 시설물로 제모습을 잃어가고 있다. 세계적인 문화유산인 제주의 오름들이 훼손되고 있는 일은 매우 안타까운 일이다.

사정이 이러함에도 정작 팔을 걷어붙여야 할 당국은 강 건너 불구경인 데 문제의 심각성이 있다. 중산간 보존을 소리 높여 외치던 제주도 당국은 물론 지방자치단체들이 저마다 오름 훼손을 부추기고 있다. 분화구 깊숙한 곳까지 집단 시설물을 하도록 조장하고 있는 송악산 개발이 단적인 사례다.

제주만의 보물, 제주의 세계적 문화유산인 오름이 제자리를 찾아 주는 일은 지극히 당연하다. 하지만 보다 시급한 것은 상처받은 오름의 제 얼굴을 찾아주고, 보호하는 일이다. '오름 제자리 찾기'도 중요한 일이지만 '오름 제 얼굴 찾기'가 보다 시급하고 절실하다. 〈2000. 7. 12.〉

14. 천혜의 보배, 제주 해안선

제주를 감싸고 있는 해안선은 천혜의 보배다.

탁 트인 해변마다 지닌 독특한 개성과 청정한 멋은 절경의 연속이다. 이런 보배가 날이 갈수록 제 모습을 잃어가고 있다. 그러나 이 같은 변화가 인위적인 개발에 따른 것이며, 생태계에 악영향을 미칠 것이란 단순한 추정만 있을 뿐이다. 뚜렷한 원인 분석과 대책은 나오지 않고 있어 문제의 심각성이 있다.

제주시 도심 인근의 삼양, 이호 해수욕장이 수려한 옛 모습을 잃어가고 있는 것이 사례다.

시내 동쪽의 삼양해수욕장은 예로부터 검은모래 사장沙場으로 유명하다. 특유의 검은모래는 찜질 효과가 탁월하고, 도심과 가까워 여름철이면 도민들과 관광객들의 발길이 잦은 곳이다. 그러나 최근 달라진 조류의 영향으로 모습이 크게 달라졌다. 원래의 사장은 모래가 쓸려나가 암반을 드러내고 있다. 반면에 자갈밭이었던 곳은 새로운 모래밭이 광범위하게 형성되고 있다.

여름철 피서 인파가 몰리는 시내 서쪽 이호 해수욕장은 문제가 더욱 심각하다. 모래밭의 모래가 한쪽으로 쏠리거나, 쓸려나가고 있기 때문이다. 해마다 해수욕 철이 되면 임시방편으로 모자란 모래를 채워 놓기에 급급하다.

이 같은 해수욕장의 변화에 대한 정밀한 원인 분석이 아직은 없다. 지방자치단체 또한 무관심 속 '나 몰라라'다. 그저 지형변화와 조류 흐름이 바뀌어서, 주변 환경이 달라져서란 막연한 추정이 있을 뿐이다. 해수욕장 주변 방파제, 방사제, 수원지와 같은 시설물들이 들어섰기 때문이 아니냐는 것이다. 그러나 이 같은 문제들은 몇몇 해수욕장에 국한된 일은 아니다. 도내 해안가 전반의 문제다.

그러함에도 나날이 달라져 가는 해안환경에 관한 자료는 매우 빈약하다. 해안환경조사가 시급한 까닭이 여기에 있다. 해안 생태계에 대한 전반적인 문제점과 원인 분석이 선행되고, 이에 따른 대책을 서둘러야 한다는 얘기다.

도내 해안선을 따라 야기되고 있는 심각한 환경변화에 대해 제주도 당국이나 도민 모두가 경각심을 가져야 한다. 소중한 자연 자원인 해안 환경이 훼손되고 오염되는 것을 방치해서는 안 된다. 먼저 지방자치단체들이 발 벗고 나서야 한다. 해안환경에 대한 전반적인 실태조사가 시급하다. 〈2000. 6. 20.〉

제3장
자연자원, 자연자본주의

자연은 생물권에 뿌리를 두고,
사람은 공동체에 뿌리를 둔다.
재화와 화폐와 같이 자연 자원과
인적 자원 역시 자본이다.

〈폴 호큰, '자연자본주의'〉

1. 사람과 자연이 함께하는 자연자본주의

제주섬은 장풍득수의 명당자리다

천상의 바람소리, 지상의 돌소리와 물소리. 그 소리를 가두어 두는 겨레의 영산인 한라산. '삼신三神할망'의 치마폭처럼 동서 좌우로 펼쳐진 한라대간의 수많은 봉우리. 수백 길 그 밑으로 흐르는 강과 같은 지하수맥. 그리고 동서로 뻗어내린 한라대간과 이를 떠받치고 대양과 맞선 장대한 용암 바위들…. 여기에 제주섬을 마주한 동방의 영산이자 배달겨레의 성산인 백두산과 백두대간의 수많은 주산 봉우리들. 그렇게 편안히 펼쳐진 기름진 땅 한반도를 마주하고 있는 섬.

그렇다. 제주섬은 장풍득수藏風得水의 명당자리다.

대륙에서 아닌 섬에서 대륙을 바라보자. 한반도가 제주의 안산이다.

풍수지리를 빌자면 제주섬은 삼신산이자 조산祖山인 한라산이 등 뒤(현무)를 든든하게 받히고 있다. 백두산을 마주하고 있는 조산이다. 좌우로 한라대간과 중국 대륙, 일본열도가 내외로 좌청룡 우백호의 자리를 겹 싸고 있다. 그래서 한반도는 명당의 필수, 책상머리 격의 안산이다.

바람을 가두고 물을 쉬 얻을 수 있는 이 정도의 지세면?

물론 백두산을 현무로 할 때 한반도 역시 좌청룡(일본열도). 우백호(중국대륙)에 둘러싸여 있다. 그 형국 역시 제주섬이 안산 격으로 버텨주고 있으니 풍요로운 미래가 보장되는 명당자리다.

그러기에 어설픈 '작대기 풍수'나 '방 안 풍수'의 눈에도 제주섬은 없어서는 안 될 명당자리임에 틀림이 없을 터. 하지만 그것이 비과학적인 얘기요, 비현실적 공상이라면 현실로 눈을 돌려 보자.

사시사철 불어대는 시원한 바람과 바다. 흔치 않다는 지하 3-4 백 미터 아래로 흐르는 강 같은 지하수맥. 그것들과 잘 어우러진 오름과 들녘은 그 자체로 남들이 부러워하는 천연자원이자 자본이다.

그러하기에 제주섬은 안팎으로부터 자연 보물섬임을 공인받고 있다. 유엔기구인 유네스코가 제주를 세계의 자연유산, 세계의 생물권보전지역, 세계지질공원으로의 인정이 그렇다. 이른바 유네스코 3대 공인의 의미는 실로 크다.

세계는 지금 자연자본주의가 대세를 이뤄가고 있다. 국가 간 지방자치단체 간 소리 없는 각축전이 벌어지고 있다. 수백 년간 지탱해온 지금의 산업자본주의만으로는 더 이상 인류의 미래를 담보할 수 없어서다. 자연을 파괴하고 그 속을 헤쳐서 먹는, 지금의 산업자본주의가 한계를 보이면서다.

초원을 짓밟고 다시 다음의 초원으로 이어지는 이른바 카우보이식 산업자본주의. 자연자본주의는 바로 이 같은 산업자본주의가 끝내는 자연과 인간을 공멸의 길로 몰아낼 것이란 위기의식에서부터 비롯된다.

파괴와 훼손 대신 자연 복원과 재생, 이를 위한 통합적 설계와 관리를 통한 자연과 인간의 공생. 인간과 자연의 친화력 회복. 이는 마치 인간이 신에 의지하고, 신이 인간에 의지했던 먼 옛날처럼, 사람은 자연에 의존하고, 자연은 또 인간에 의지하지 않으면 안 되는 시대가 다시 도래하고 있음을 웅변해주고 있다.

세상이 부러워한 청정 대자연을 가지고 있는 제주는 분명 미래의 대자본가다.

대세를 이뤄가고 있는 자연자본주의에 비춰보면 그렇다. 그러함에도 돈 많은 부자가 그렇듯, 어쩐지 불안하고 조마조마하다. 자본관리가 제대로 안 돼서, 개념 없는 개발에서 비롯되는 일종의 트라우마일지 모른다.

사실이 그렇다. 금싸라기 같은 지하수 하나 제대로 관리하지 못해 겪고 있는 '수난水難'을 봐도 그렇다. 풍력발전 사업과 용암 해수 개발 등등을 둘러싼 작금의 시행착오들이 그것이다.

청정에너지 생산도 좋기는 하지만 도대체 섬 곳곳에 마구잡이로 철탑을 세워 어떻게 하겠다는 것인가. 그리고 밑도 끝도 없이 터만 골라놓고 땅장사나 하고 있으면 그것이 개발인가. 그러고도 탄소제로의 섬, 세계 환경 수도를 운운할 수 있는 것인가.

그냥 빨대를 꽂아 놓고 쉴 새 없이 빨아대고, 그러고 나서는 아무렇게 버려 버리는 어린이들 행태와 크게 다르지 않다. 자연자본주의 원칙을 무시한, 파괴적 산업자본주의 관행에 익숙한 탓이다.

누가 뭐래도 작은 부를 얻기 위해서 보다 많은 부를 소모하는 것은 어리석은 일이다. 자원의 크나큰 훼손이고, 아까운 자본의 낭비여서 그렇다. 그것이 아무리 '청정에너지'를 얻기 위한 것이라 해도 쉬이 용납되어서는 안 된다. 제주의 큰 자산인 청정 대자연, 대자본을 흠집 내는 소탐대실이기 때문이다.

이제 더는 이와 같은 '개념 없는 개발과 정책'이 당연시돼서는 안 된다.

최소한 자연 자원 생산성 향상이나, 자원의 재생, 자원 절약과 자연에의 재투자 같은 자연자본주의의 기본 원칙이 지켜져야 한다. 무엇보다 이를 위한 통합적 설계와 관리체계 구축이 시급한 과제다.

그 이전이라도 특정한 정책, 특정한 곳을 개발하기 앞서서는 최소한 다음과 같은 질문에 익숙해져야 한다.

"그것이 우리에게 무엇을 요구하고 있는가?"

"우리에게 무엇을 허락하고 있는가?"

"우리에게 어떤 도움을 주는가?"

이 같은 물음들은 자연자본주의를 지향하는 과정에서 시행착오들을 덜어주는 방편이 될 수 있다.

'사람도 없고 자연도 없다'는 것이 오늘날 산업자본주의 병폐로 일컬어지고 있다.

이제 자연자본주의가 그 대척점에 서고 있다. 그러기에 우리는 사람과 자연이 함께하는 눈앞의 인간적 자연자본주의를 결코 외면할 수 없다.

시대의 대자본을 가지고 있음은 더 없는 행운이다. 이제 천상의 바람소리, 지상의 물소리, 돌소리의 대자연에 시선을 거둬서는 안 된다. 때가 도래할 때까지는 지키고 보존해야 한다. 그것은 시대를 살아가는 모두의 다짐이자 때늦은 자성이어야 한다. 또한 천하명당을 꿰차고 있는데 대한 소임이기도 하다. 〈2013. 2. 27.〉

2. 자연의 대자본, 제주 바닷물

흔들리는 물 개발 이대로 좋은가?

예로부터 물을 다스리고 자연의 순리에 따르는 것은 정치의 근본이자 주요 덕목이었다. 이른바 치산治山, 치수治水는 말 그대로 치자治者의 본분이자 나랏일의 핵심 가치였다.

오늘에 이르러서도 그 핵심적 가치가 크게 달라지지는 않았다. 여전히 물을 다스리는 일, 자연을 다스리는 일이 치자의 핵심과제다. 특히 물 부족, 자연 자원 고갈현상이 세계적, 세기적 걱정거리가 되면서 더욱 그렇다.

다행스럽게도 제주도는 시대가 걱정하는 것에서 한발 비껴있는 듯하다. 먹는 물인 지하수가 풍부하고, 사면이 바다여서 자연 자원이 한결 여유롭다. 지금 당장은 그렇다.

하지만 오늘의 여유가 내일까지 이어지리라는 보장은 없다. 어제오늘의 관행처럼 물과 바람과 돌 같은 자연 자원이 무주물 상태이며, 영원한 무한재란 착각에서 벗어나지 못하면 그렇다. 더더욱 깊은 성찰이 없이 저질러지는 무개념 개발이 지속되는 한 그런 보장은 그림의 떡이 될 것이다.

제주의 지하수는 먹는 샘물로서 개발되면서 세계적 명성을 얻고 있다.

바닷물 역시 청정 제주 용암 해수란 차별성이 강조되면서 개발을 서두르고 있다.

이 역시 지하 담수 이상의 성과가 기대되고 있다. 자연 자원 개발의 새로운 원칙에 입각, 독과점적 지위를 일궈낸 '제주 삼다수' 개발의 선례가 있기에 그렇다.

제주 지하수 개발은 비교적 자연자본주의 이론에 근접한 것이었다. 가히 제주 자연자본주의의 원조 개발이라 해서 지나칠 것 없을 만큼.

자연 자원의 공개념에 입각, 자원의 생산성 향상, 자원의 재생 그리고 재투자를 염두에 두고 이뤄졌다. 공공개발을 앞세워 법적 제도적 장치를 마련함으로써 당시 민간기업들에 의한 경쟁적 난개발 의도를 차단했다. 그럼으로써 자연 자원, 자연자본의 낭비와 고갈을 사전 방지하려고 했다.

여기에 생산과 판매 과실 상환에 이르기까지 공공 관리토록 했다.

그야말로 개발 주체인 제주도민들의 삶과 직결시킨 개발의 수범적 사례였다. 의식적이든 아니든 자연자본 개발의 기본 원칙에 입각한 것이기에 그렇다. 이른바 통합적 설계와 통합적 관리가 있었기에 그것이

가능했다.

그러나 작금 시도되고 있는 또 하나의 자연의 대자본인 바닷물의 개발사업은 그렇지 못해 보인다. 제주 동부지역의 용암 해수 개발의 경우가 그렇다.

지하 담수 개발에 이은 이 사업은 현재 별다른 밑그림이 없이 토지개발 수준에 머물러 있다. 고작해야 기반시설이나 해주고 민간에 분양해 줄 태세다. 그야말로 전근대적 방식이 아닐 수 없다.

여기에 입주 희망업체들은 개발권을 놓고 암암리에 제주도와 줄다리기를 벌이는 모양 세다. 이대로는 큰 매력이 없으니 공공자원인 용암 해수 개발권을 넘겨달라는 눈치들이다.

한마디로 안 될 말이다. 용암 해수 개발권을 넘겨주는 것은 지하수 개발의 민간 개방을 의미, 뒷감당이 어려워진다. 자연 보물섬인 제주가 통제 불능의 '개발 난장'으로 변할 것이 불을 보듯 훤한 일이기에 그렇다.

모처럼 확보한 '자연자원의 공공개발'이란 독과점적 지위를 포기할 수는 없는 일이다. 용암 해수의 개발 역시, 통합설계를 바탕으로 통합관리가 가능한 공공 개발체제로 전환해야 한다. 뒤늦게 책임 있는 도백道伯이 재검토를 시도하고 있다니 불행 중 다행이다. 더 늦기 전에 서둘러 새 그림을 그려 내야 한다.

특히 용암 해수의 개발은 자원의 규모에 있어 지하 담수와 비교할 바가 안 된다. 광범하고 무한대 개발자원이란 측면에서 새로운 개발 모델을 그려낼 수도 있다. 단순히 자연자본의 소모적 이용이 아닌, 자연자본의 확대 재생산을 가능하게 하는 방식이 그것이다. 이를 통해 지역 자본을 축적하고, 지역경제에 활력을 불어넣을 수 있어야 한다. 이미 '삼다수 개발'이란 수범적 사례가 있지 않은가.

용암 해수 개발이 단순히 지구 내 개발사업에 그칠 것만은 아니다. 개발지구밖에 용암 해수 개발에 따른 유의미한 개발을 더불어 생각해야 한다.

도백의 의중이 무엇인지 아직은 그 속내를 알 수가 없다. 하지만 이대로는 안 된다는 진정성을 바탕으로 한 것이라면 믿고 기대하고 싶다.

지금 자연 보고라는 제주 바다는 심한 몸살을 앓고 있다. 쉴 새 없이 몰려드는 각종 문명의 찌꺼기들 때문이다. 특히 예전 같지 않은 오염된 빗물의 대량 유입은 제주의 대자본을 잠식하고 있다.

흐르던 대로 흐르지 못하고, 스며들 곳으로 스며들지 못해서 그렇다. 그러기에 다스림이 필요하다. 흐르던 곳으로 흐르게 해 줘야 한다. 어쩌면 유수지 건설, 습지 복원은 그것의 해답일 수도 있다.

습지 복원, 생태 재생은 제주의 대자연 복원에 크게 보탬 될 것이다. 아울러 그것은 대자연 자본의 축적은 물론 당장에 지역경제 활력화에 이바지할 것이다.

섬 일원에 숱하게 널려있던 연못과 같은 습지를 복원하거나, 유수지들을 만드는 일을 상상해 보자. 아마도 자연부락 단위의 두세 군데씩, 섬 전체로는 수백 군데에 걸쳐 '착한 건설'이 벌어지게 될 것이다.

새로운 일자리의 창출과 함께 무엇보다 지역의 영세 건설업체들이 살판이 날 것이다. 그 정도의 공사는 대기업의 하도급 설움을 받지 않고서도 실속을 챙길 수 있는 것이어서 더욱 그렇다. 이것이야말로 제주 자연 살리고, 제주 사람 살리고, 지역경제 살리는 '일석 삼조'의 대박이 아닌가.

물은 모든 생명의 근원이자 서식처다. 물은 생명 그 자체이며, 자연이다. 그런 까닭에 인간과 자연은 순리의 관계이며, 공생의 관계여야 한다.

인간과 자연이 순리의 관계여야 하는 까닭에 개발은 생명체인 인간을 생각하고, 자연을 우선해야 한다. 그것은 물을 다스리는, 또 하나의 제주 대자연 자본을 관리하는 자가 취해야 할 기본적 덕목이기도 하다. 무엇보다 물처럼 흘러야 할 곳에 흐르게 하고, 멈춰야 할 곳에 멈추게 해줘야 한다. 〈2013. 3. 14.〉

3. 물과의 전쟁

물 가진 자 흥하고, 못 가진 자 망한다

물은 흔한 것이면서도 가장 부족하고 가장 중요한 자연 자원이다. 그러하기에 물 가진 자 흥하고, 못 가진 자 망했다. 물을 잘 다스리고 잘 섬기는 자는 역사의 중심에 섰고, 그러지 못한 집단은 역사의 뒤안길로 사라졌다.

4대 문명의 발상지가 물로 번영했고, 수많은 세기의 제국들 역시 물로써 흥망성쇠를 거듭했다.

쌍둥이강이라고 일컫는 중동의 유프라테스와 티크리스강 유역.

이곳에 오리엔트 문명의 시원 '수메르 문명'이 자리했다. 훗날 세계의 대강인 나일강에 의지, 이집트가 오리엔트 문명의 중심에 섰다. 인더스와 갠지스강 유역에서 찬란한 인도 문명이, 동북아의 황하강 유역에서 중화 문명이 번창했다.

물이 이들 문명을 이끌었다. 물길이 잡히면서 인류는 비로소 최초의 산업혁명이라는 농경문화가 자리했다. 물을 끌어들여 농사를 짓는 관개농업灌漑이 발전하면서다.

특히 동북아에 치우쳐 있던 황하문명. 황하문명은 진나라 시대에 접어들어 비로소 중원에 자리잡았다. 진시황의 대운하 건설 치세治世에 힘을 얻고서였다. 대륙의 남과 북을 연결하는 물길이 중국을 중원의 진정한 주인으로 만들었다. 물과 물길을 기반으로 한 산업은 발전을 거듭했다.

중세기에 이르는 로마제국의 치세治世와 번영 또한 물에 기반을 둔 것이었다.

로마제국은 지중해와 나라 안의 물을 로마로 집중시켰다. 이른바 대수로水道 건설을 통해 물길을 틀어잡고 제국을 다스렸다.

해가 지지 않는 나라 대영제국. 그들 또한 대서양과 인도양의 물길을 손아귀에 넣으면서 '팍스 브리티시'를 구가했다. 근세 산업혁명의 총아라는 증기터빈을 앞장세우고서였다.

오늘날 세계 제일의 패권국가인 미국이라고 다르지 않다.

1930년대 루즈벨트 대통령 시절. 그들은 테네시강 유역의 대규모 댐건설(TVA)을 통해 치산치수에 성공했다. 물 부족 지역인 중서부지역을 물 부자로 바꿔놓은 것이다. 그리고 그들은 대서양과 태평양을 잇는 파나마운하를 개설했다. 이로써 미국은 오대양 육대주의 물길을 누비는 '팍스 아메리카' 시대를 열었다.

그러나 물 부자가 항상 부자인 법은 없다.

물로써 영화를 누린 문명의 발상지들이 하나같이 물로써 곤란을 겪고 있다. 쌍둥이강 주변의 화려했던 메소포타미아 문명.

인류 최초(BC 6000년)라고 하는 오리엔트의 문명은 일찍이 쇠락했다. 이민족의 잦은 침략과 함께 물 부족이 한 원인이었다. 급격한 인구집중과 이동, 자연 생태계 훼손 등이 물 부족 사태를 초래했다. 여기에 오염된 물 사용에 따르는 수인성 전염병까지 창궐, 수메르 문명에 이은 바빌론의 영화가 막을 내렸다.

나일강 주변 국가들 역시 근세기로 접어들면서 물 부족 국가로 전락했다.

나일강 수계 상류 지역의 에티오피아, 수단과 하류의 이집트.

나일강 상류를 틀어잡은 국가와 나일강 물을 선점한 나라 사이에 물 분쟁이 끊임없다. 물 주권, 물 안보를 내세워 전운이 감도는 지역이다.

로마제국의 멸망 역시 물, 물길과 무관치 않다고 한다. 지나친 물 소비문화와 과도한 수로 시설이 외부로부터 역삼투 작용을 일으켰다는 것이다.

황하문명의 후예인 중국과 인더스 문명의 인도 파키스탄. 그들 역시 심각한 물 부족으로 물난리, 물 전쟁을 치르고 있기는 마찬가지다.

중국과 인도는 안으로 물 부족, 물 수급 불균형으로 물난리를 겪고 있다.

중국은 고대문명이 원천인 황하강이 메말라 가고 있다. 물 여유 지역이었던 양자강 주변마저 생태계 교란으로 물 사정이 여의치 못하다.

인도의 경우는 더욱 심각하다. 잦은 홍수와 가뭄으로 물 수급이 최악이다. 정부가 치수와 치산에 속수무책이다. 인더스강 물 문명이 금세기 들어 물로서 빛이 바래지고 있다.

인도와 중국, 이들 두 나라의 나라 밖 사정 또한 심각하다. 두 나라는 현재 티베트고원을 둘러싸고 눈에 보이지 않는 물 전쟁을 벌이고 있다.

그 속사정은 이렇다. 티베트고원의 설원은 중국의 대강, 양자와 황하의 시원을 이루는 곳이다. 티베트를 잃으면, 티베트고원의 지배권을 내려놓으면?

중국으로서는 생각만 해도 끔찍한 일일 것이다. 양 대강은 중원의 생명수이기 때문이다. 게다가 티베트고원은 히말라야산맥을 사이에 두고 남쪽으로 인도와의 접경지역.

이것 또한 고원의 소수민족 티베트를 내려놓지 못하는 중국의 속사정이다. 겉으로는 티베트 독립을 둘러싼 갈등으로 비추어지고 있다. 그러나 그 내면에는 물 주권, 물 안보의 '물 전쟁'이 심각하게 자리하고 있다.

오리엔트 지역의 물난리, 물 전쟁이 또한 심각하다. 특히 팔레스타인, 요르단, 이집트 등 여러 나라가 20세기 들어 세계 최초의 물 전쟁을 치르고 있다. 물 수급이 원활하지 않은 지역으로 현재 또한 이스라엘을 상대로 한 물 전쟁이 치열하다.

이들 지역은 이스라엘 건국(1948년) 전후만 해도 비교적 물 여유 지역이었다. 그러나 이스라엘 건국 후 물 사용량이 갑자기 갑절로 늘었다. 이스라엘이 집단농장인 키부츠를 건설하고, 건조지에 물을 끌어다 관개농지를 조성하면서다.

이스라엘이 이 지역 물을 과점하면서 주변 국가들이 졸지에 물 부족 사태를 겪게 됐다. 요단강(나일강의 4% 수준)과 일부 지하 대수층에 의존하던 이들로서는 그야말로 비상사태가 아닐 수 없었다.

주변 국가들이 '이스라엘로부터 물을 도둑 맞고 있다.'고 하면서 일촉즉발의 전쟁 분위기로 치달았다. 이 지역 맏형격인 이집트가 전면에 나섰다.

미국이 중재에 나섰으나 소용이 없었다. 급기야는 팔레스타인 해방기구(PLO)가 이스라엘의 물 공급 시설을 공격하기에 이르렀다(PLO는 이때 저항단체로 부상했다).

이를 계기로 양측은 전면전쟁에 돌입했다. 1967년 샤론과 모세 다얀이란 전쟁 영웅을 탄생시킨 이른바 '6월 전쟁'이 그것이다.

이스라엘은 이집트 공군기지를 기습공격, 주력군인 이집트 공군의 전투력을 괴멸시켰다. 공군력을 앞세운 기선제압이었다. 사기가 오른 이스라엘군은 요르단군을 강 서안 지구에서 가볍게 물리쳤다. 또한 골란고원에 진격한 시리아 탱크 부대까지 격퇴, 연승가도를 달렸다.

'6월 전쟁'은 결국 이스라엘의 일방적 승리로 끝이 났다. 이집트, 요르단, 시리아의 연합군들이 힘 한번 못 쓰고서였다.

그리고 '6월 전쟁'은 중동의 지정학적 위상변화를 가져왔다. 이스라엘은 전쟁 전 자국 국토보다 4배에 이르는 영토를 확장했다. 전쟁 전 10%에 불과하던 요단강 수계를 전쟁 후에는 강 유역 대부분을 지배하게 됐다. 중동의 물 통제 국가가 된 것이다.

그뿐이 아니다. 이스라엘은 골란고원을 차지하면서 재생 가능한 수원까지 확보했다. 요단강의 젖줄인 아므르크강 전면을 수중에 넣은 것이다.

6월의 물 전쟁은 물을 가진 자와 그렇지 못한 자를 갈라놓았다. 승자와 패자 사이에 그 존재감이 하늘과 땅 사이의 차이를 드러내 보였다.

일례로 같은 지역에 사는 이스라엘 주민들은 수영장과 잔디밭을 가지고 살고 있다. 이에 반해 팔레스타인 사람들은 배급 물을 비싼 돈을 주고 산다. 철조망과 철판 하나를 사이에 두고서다. 더더욱 이곳 가자지구 1백 40만 명의 팔레스타인 주민들은 전염병에 노출된 오염수를 사용하는 지경에 이르렀다.

중동의 6월 전쟁은 무엇보다 최우선적 국가 안보가 물이란 것을 일깨워줬다. 6월 전쟁에서 패퇴한 이집트의 사다트는 서둘러 이스라엘과 굴욕적인 평화 협정을 맺었다. 그리고 그는 다음과 같은 명언을 남겼다.

"이스라엘의 국방력은 막강하다. 그러나 우리의 안보는 동쪽(이스라엘)이 아니라 남쪽(에티오피아, 수단)에 있다. 또다시 이집트를 전쟁에 나서게 할 수 있는 유일한 것이 있다면, 그것은 물이다."

그의 이런 발언은 나일강 수계에 있는 주변 국가들을 다분히 의식한 것이었다.

물론 공군력이 막강한 이스라엘이 위협적이기는 했다. 그러나 이집트의 생명선이나 다름없는 애스원 댐을 둘러싼 주변국(에티오피아, 수단)과의 갈등이 더 위협으로 다가섰다. 이들 국가는 이집트의 나일강물 독과점에 대항, 상류 지역에 제2의 애스원 댐을 추진하고 있었기 때문이다. 이집트로서는 국가 안위가 달린 문제가 아닐 수 없었다. 결국 사다트의 '평화협정'은 굴욕임에도 불구, 나일강의 물 주권, 물 안보가 더 소중함에서 비롯된 것이다. 〈2014. 8. 15.〉

4. 물과의 전쟁과 제주

물 안보, 물 주권 이상 없나

"20세기 많은 전쟁이 석유를 둘러싼 쟁탈전이었다면 21세기 전쟁은 물 쟁탈전이다."

21세기 물 위원회 의장인 이스마일 세르겔딘의 말이다.

그렇다. 석유 없인 살아도 물 없인 살 수가 없다. 세계가 바야흐로 물을 가진 자와 못 가진 자와의 '물 전쟁'에 접어들고 있다. 그의 말은 세기의 대전쟁이 눈앞에 다가섰다는 것이다.

가진 자는 보다 많은 부를 축적하기에, 못 가진 자는 생존을 위한 투쟁으로부터 모두 자유롭지 못하다는 말이다. 그리고 물을 둘러싼 생존투쟁은 인류 문명의 발생지가 최일선이다.

여유와 부족을 사이에 두고 벌이는 물과의 전쟁. 과연 대한민국 그리고 제주는 가진 자의 쪽일까, 못 가진 자의 편일까.

물의 혁명, 물은 대박이다.

지구촌의 물 걱정은 어제오늘의 새삼스러운 일은 아니다. 물은 흔한 것이면서도 쓸 만한 물이 넉넉하지 못해서다.

태양계에서 유일하게 물을 지닌 지구. 지구는 전체의 70%가 물로 구성되었다고 한다. 70% 중 지표수는 불과 2.5%다. 그것도 지표 수의 대부분은 바닷물이고. 사용 가능한 담수 비율은 만분의 일 정도라고 한다. 그런데다 지구촌의 지역에 따라 분포도의 높낮이가 큰 차이를 보이고 있다. 그것이 물 여유 지역과 물 기근 지역으로 나뉘어 물과의 사투를 벌이고 있는 까닭이기도 하다.

물과 물길에 대한 제1의 혁명은 고대 농경사회 관개시설과 대수로 건설이었다. 그리고 2차 물의 혁명은 20세기 전후 다목적 댐의 발명일 것이다.

미국은 루즈벨트 시절, 적극적인 국가 개입으로 테네시 강 유역(TVA) 개발에 나섰다. 미국은 이곳에 대규모 댐(후버 댐)을 건설, 물의 혁명을 일으키면서 세계의 산업을 주도했다.

여러 나라 지도자들이 그 뒤를 따랐다. 아랍의 나세르가 나일강 유역에 에스원 댐을, 중국의 모택동이 황하강 유역에 대규모 댐 건설에 나섰다.

신생 대한민국 역시 반도의 큰 강을 중심으로 한 물의 혁명을 시도했다. 군정과 3공화국 시절, 박정희가 주도한 다목적 댐 건설이 그것이다.

그리고 그의 이 같은 물의 혁명은 제주에서 나름의 실험을 거친 뒤였다. 한라산 기슭 어승생 댐 건설이 시초였다.

어승생 댐의 건설로 절대적 물 부족 지역이었던 제주가 물 기근에서 다소는 벗어날 수 있었다. 그리고 뒤이은 암반 지하 담수의 개발로 물 기근 지역에서 제주는 일약 물 여유 지역이 됐다.

여기에 용암 해수를 담수화, 지하수 담수와 함께 물 산업개발에 박차를 가하고 있다. 먹는 샘물의 국내 반출은 물론 주변 인구 대국인 러시아, 중국, 인도네시아 등지에 수출을 시도하고 있다. 물의 혁명을 통한, 가진 자로서의 '대박'을 기대하고 있다.

하지만 미국에 의한 '물의 혁명'은 지구촌 곳곳에서 위기를 맞고 있다. 신의 은총이라고 하는 지하 담수마저 말라붙는 사례들이 속출하고 있다.

중국과 인도는 세계에서 다목적 댐을 가장 많이 건설하는 나라다. 중국의 경우 지난 1950년대 이후 8만여 개에 이르는 크고 작은 댐을 건설했다. 그러나 여전한 물 부족과 함께 부작용을 빚고 있다. 각종 환경오염과 생태계 교란으로 문명의 이기인 댐이 오히려 시한폭탄으로 작용하고 있다.

중국이 미국식 '물의 혁명'을 겨냥하고 대규모 댐 건설에 나선 것은 1950년대. 4대 문명 발생지의 하나인 황하강 유역의 싼먼샤 댐이 그것이다. 그러나 모택동이 '위대한 인민의 승리'라고 한 물의 혁명은 실패로 끝났다.

저수지에 물을 채우기 시작하자마자 치명적인 결함이 나타난 것이다. 토사가 댐 가장자리에 쌓이면서 강 상류의 지류들이 홍수로 범람하는 사례들이 자주 발생했다. 심지어는 홍수로 댐이 무너져 인근 도시를 수몰시킬 우려가 커졌다.

완공된 댐을 공중 폭파하자는 의견까지 제시됐다. 결국 10여 년에 걸친 보완 공사로 마무리됐다. 하지만 댐 저수량이 당초 계획량의 5%에 그친 실패작이었다. 그뿐 아니라 세계가 놀랄 만한 부작용이 발생했다. 황하강 바닥이 드러나기 시작한 것이다. 수로 변경 등 대규모 토목공사로 강물이 자취를 감추기 시작한 것이다.

급기야는 유구한 역사를 지닌 황하강 물길이 바다로 흐르지 못했다.

다급해진 중국 정부가 북중국 일대의 지하수를 개발, 농업용수와 식수로 사용토록 응급조치를 했다. 그러나 이 같은 응급조치는 땅속 깊이 고여있는 지하 대수층의 물까지 위협하고 있다. 이곳 지하 대수층이 지속가능한 것이 아니어서 머지않은 장래에 이마저도 말라붙을 것이란 관측이다.

또 하나의 댐 부자인 인도 역시 물 기근의 난관에 봉착해 있다. 이미 인도는 두 차례에 걸쳐 물 전쟁을 치른 바가 있다. 파키스탄과의 '카슈미르 분쟁'이 그것이다.

겉으로는 이슬람인 파키스탄과 힌두교인 인도 사이에 종교전으로 알려져 있다. 그러나 내면을 들여다보면 물을 둘러싼 '물의 전쟁'이다. 카슈미르 지역은 히말라야산맥에서 발원한 인더스강의 지류들이 합쳐지는 곳. 인더스강물을 이용한 관개농업이 발달, 두 나라를 먹여 살리는 생명줄이나 다름이 없다.

인구 대국인 두 나라는 날이 갈수록 물 소비가 급증, 이에 따른 물 부족 현상이 심각하다. 더더욱 이들 두 나라 수원인 히말라야의 빙하가 빠르게 녹아내리면서 지하 수계를 위협하고 있다. 지구 온난화로 산상 저수지 역할을 하고 있는 설원과 빙하가 무너져 내리고 있기 때문이다.

물의 혁명인 댐 건설과 지하 담수의 개발에도 불구하고 지구촌의 물 부족 사태는 여전하다. 물 부족 사태에 따른 물 안보, 물과의 전쟁이 시대적 과제가 되고 있다. 대표적 사례가 풍부한 석유 자원으로 시대를 풍미한 산유국 사우디아라비아다.

산유국인 사우디는 사막에서 새로운 보물, 지하 담수 층을 발견했다. 물 기근 지역인 사우디로서는 '알라신의 은총'이 아닐 수 없다.

지하수의 발견으로 사우디 왕조는 석유처럼 물을 홍청망청 쓰기 시작했다. 국민들에게 지하수를 무상 제공, 사막에 물 대고 농사를 짓게 했다. 광대한 사막지대가 농경지로 바뀌면서 사우디는 한때 곡물 수출국으로까지 부상했다. 그러나 여기까지였다.

지하수의 재충전 양보다 많은 물 소비가 이뤄지면서 지하 담수 층이 메말라 갔다. 열 배에 가까운 물 소비로 대수층이 60%가 고갈 상태(2005년 기준)에 이르렀다. 이대로의 추세면 사우디 역시 수년 안에 지하수가 바닥이 날 것으로 관측되고 있다.

사우디 정부는 뒤늦게 석유에 이은 수자원부를 별도 설치, 물의 효율적 사용을 강조하고 나섰다. 나일강 상류의 에티오피아 등지에 농장 매입에 나서는 한편 바닷물 담수화 작업에 박차를 가하고 있다. 석유와 물을 맞바꾸고서라도 세계적인 물 부족 시대를 대비하겠다는 의지의 표현이다.

물과의 전쟁 와중에 제주의 지하수 개발은 대박 사건이다. 지하수 개발사업으로 물 기근 지역인 제주섬을 물 여유 지역으로 만들어 놓았다. 지하 암반수의 개발로 식수 공급은 물론, 1차 산업 발전의 원동력이 되기도 했다. 특히 여유를 넘어 먹는 샘물을 개발, 도외 반출은 물론 세계시장에 뛰어들고 있다. 물과의 전쟁 속 물 산업이 세계적 성장산업으로 각광을 받고 있어서다.

물 산업은 여전히 세계적 대박 산업이다. 그러나 그것은 물을 가진 자만의 여유다. 양질의 청정 지하수를 보유하고 있는 제주로서는 충분히 대박을 노릴 만하다.

세계의 물 산업은 연간 4천억 달러(2001년 기준) 규모로 알려지고 있다. 심상치 않은 성장추세에 금융의 본산 미국 월가에 물 전문 투자기관까지 등장했다. 특히 먹는 샘물인 생수 산업은 세계에서 가장 빨리 성장하는 산업 음료다. 전 세계적으로 1천억 달러 이상 팔리고 있다. 그리고 매년 10% 이상의 성장추세에 있다.

제주의 먹는 샘물 산업이 세계 시장 1%만 점유해도 제주를 먹여 살릴 수 있는 규모다. 물론 제주의 청정 지하수 생산이 지속 가능한 것일 때만 가능하다. 같은 맥락에서 세계의 물부족 사태를 겪고 있는 여러 나라는 제주의 반면교사다.

무엇보다 사우디는 여러 모에서 제주와 닮은 꼴이다.

물 기근 지역에서, 지하수를 개발, 물 여유 지역이 된 점이 그렇다. 무분별한 지하수 관정 시설 또한 그렇다. 그리고 그들이 '신의 은총'인 지하수를 흥청망청 낭비, 다시 물 부족 국가로 돌아가는 과정 또한 유사하다. 청정 지하수로 농사짓고, 도처에 지하에 구멍을 내는 지하 관정 사업이 그렇다. 사우디는 분수에 넘치게 청정 지하수로 방대한 사막에 농사를 지었다. 그리고 그들은 그 농산물을 수출까지 했다. 덕분(?)에 지금은 생명수인 지하수가 고갈 직전이다.

제주 농업 또한 암반 지하수에 크게 의존하고 있다. 인구 급증 추세인 지역인 것도 비슷하다. 인구 급증은 곧 천정부지의 물 소비를 의미한다. 여기에 환경 오염이 가중, 지하 천연수를 위협하고 있다. 제주의 형편이 사우디와 크게 다르지 않은 것이다.

또한 제주는 천만 관광객 시대를 맞이하고 투자이민까지 허용하고 있다. 고래의 사례에 비춰 제주 미래의 물 안보가 흔들릴 수 있다는 말이기도 하다.

그나마 사우디는 석유가 있어 물과 식량과 맞바꾸며 세기의 물 전쟁에 대비하고 있다. 반면에 제주는 물 소비 정책에서 크게 벗어나지 못하고 있다. 미래의 지속 가능한, 적어도 소비가 재생을 앞서지 않는 물 자원에 대한 보장이 불투명하다.

물론 청정 지하 담수만이 아닌 지하 용암 해수 개발에도 나서고 있다. 하지만 절박성이 없는 듯하다. 부지 개발에 그쳤을 뿐 지하수 활용에 대한 주체성, 주인의식이 미약하다. 지하수 개발권을 둘러싼 입주 업체와의 줄다리기가 일례다.

제주의 물 산업이 대박나기 위해서는 계량이 불확실한 지하수에만 의존해서는 안 된다. 석유보다 비싼 지하수의 오남용을 막아야 한다. 지하수에 의존한 환경 농업의 패턴을 바꿔야 한다(청정 지하수로 농사짓는다고 값을 몇 배 더 받는 것은 아니니다).

무엇보다 청정 지하수의 보전과 함께 제주만의 차별적인 물 자원을 개발, 미래를 담보해야 한다. 용암 해수 개발이 그 대안일 수 있다. 여타의 지역과는 다른 지하 부존 용암 해수여서 자원의 청정성에서 차별적이다. 보다 적극적인 개발이 이뤄져야 한다. 이 또한 청정 자연자원 보전을 위한, 좋은 물 개발을 위한 대양치안, 해양주권 확립이 전제되어야 함은 물론이다.

제주는 이미 제주 지하수 개발에 따른 경험 측을 가지고 있다. 물 주권, 물 안보를 토대로 한 먹는 샘물 개발이 그것이다. 자연자본주의 원칙에 입각한 통합적 설계와 통합적 관리체계를 갖춘 수범적 개발이었다.

원칙에 따른 설계와 관리가 잘 이뤄진다면 제주는 여전히 물 여유 지역이 될 수 있다. 청정 자연자원을 잘 지키고 보전하면 세계적 '물 대박' 역시 지속 가능할 것임은 물론이다. 〈2014. 8. 16.〉

5. 대양의 면모 잃은 해양경찰

제주 자연자본의 파수꾼, 국익 차원 지원해야

해양경찰이 관할 규모에 걸맞은 치안력을 확보하고 있지 못하고 있다. 대양을 관할하고 있는 해양경찰로서는 심각한 문제다. 어민들의 안전 조업은 물론 대양의 자연 자원과 각종의 국제 해상범죄로부터 사회가 안전치 못하다는 얘기다. 특히 한중일의 국제 수역을 끌어안고 있는 제주해경의 처지가 딱하다.

제주해양경찰서가 최근 동중국해를 비롯한 제주 부근 바다에서 경비활동을 강화하고 있다. 하지만 해상치안 유지에 속수무책이다.

최근 들어 중국어선 영해 침범은 물론 밀입국 등 부쩍 늘어나고 있다. 그러나 이 같은 해상범죄 추세에 비해 이를 감당할 장비와 인력이 턱없이 부족하다. 제주해경의 치안력은 현재 보유함정이 10여 척에 불과하다. 헬기 또한 1대가 고작이다. 그나마도 대부분 소형 함정들이어서 기상이 조금만 나빠도 출동 엄두를 내지 못한다.

사정이 그러니 어찌 대선단을 이끌고 종횡무진하고 있는 중국의 어선들을 감당할 수가 있을까. 국토 남쪽 대양의 치안을 담당하고 있는 우리 해양경찰의 면모로서는 한심스럽기 짝이 없다.

바다 치안력이 열악한 것은 어제오늘 새삼스러운 얘기는 아니다. 물론 3천 톤급의 구난함 등 최근 정부 차원의 배려가 없었던 것은 아니다. 그러나 그것으로 제주해경이 대한민국 전체 해역의 25%에 이르는 광활한 바다 영토를 담당하기에는 어림도 없다.

제주 부근 해역의 정상적인 치안 활동을 위해서는 3천 톤급의 대형구난함과 헬기의 추가배치가 시급하다. 누차에 걸쳐 지적해 온 바이지만, 그것 또한 제주 부근의 해역에 국한할 뿐 동중국해까지 커버하기에는 턱도 없음은 물론이다. 일본 해상보안청은 4, 5천 톤급 함선에 4만 명으로 준해군력의 규모이다.

바다 치안 유지를 위한 제주해경의 경찰력 확보는 현실적으로 시급한 과제다. 그것은 결코 특정 지역의 경찰력 지원의 문제가 아니다. 국가 치안, 국가안녕과 직결되는 국익 차원의 문제다.

정부가 해양 국토 관리 차원에 입각한 발상의 대전환을 가져와야 한다. 3면이 바다이고 대양을 끼고 있는 해양 국가의 면모를 갖춰야 한다. 제주해경 또한 대양을 지키는 최일선의 파수꾼으로서 그 면모를 갖춰야 함은 물론이다.

제주해경이 '대양경찰'의 위용을 갖출 수 있도록 국가 차원의 지원과 배려가 있어야 한다. 그래야 대양의 청정 자연 자원, 천혜의 자연자본을 지킬 수 있을 것 아닌가. 〈2000. 4. 28.〉

6. 거듭나는 제주 돌문화

돌박물관, 자연자원 재생 시험 무대

제주 정체성의 상징은 돌, 바람, 물이다. 제주의 삶은 생명의 근원인 돌소리, 바람소리, 물소리의 역사이기도 하다. 돌이 많아서, 바람이 드세서, 물이 귀해서 거친 삶을 살아온 제주다.

하지만 그 힘들게 하던 돌과 바람과 물소리가 오늘에 와서 그렇게 거칠게만 들리지 않는다. 그것들이 오늘에 와서 자연자본주의의 총아로 거듭나고 있어서다.

더불어 이들을 테마로 하는 통합설계의 필요성도 제기되고 있다. 제주의 정체성을 자연 속에, 그 자연을 담아보자는 욕구. 이른바 돌문화를 집대성한 자연공원 조성에 대한 바람이 그것이다.

제주 정체성, 돌을 테마로 한 제주 종합문화공원이 가시화되고 있다. 일명 돌 박물관 조성사업이 연내 착공된다는 소식이다. 최근 용역사업까지 마쳤다니 그 기대가 매우 크다. 계획대로라면 가장 제주도 적인, 그래서 세계적인 제주 종합문화공원을 가질 수 있다는 생각이 든다. 가장 지방적이고, 가장 세계적인 것이기에 그렇다.

제주 종합문화공원은 세계적인 수준의 문화공원을 만드는 야심 찬 계획이다. 제주 특유의 자연석과 독특한 민속자료, 미술품 등의 집대성을 바탕으로 하고 있다. 북제주군이 국비와 지방비를 지원받아 20년간에 걸쳐 단계적으로 추진된다.

돌문화공원의 조성은 한 민간인이 소장하고 있던 방대한 돌문화자료 기증이 계기가 됐다. '탐라목석원'을 운영하는 백운철이 30여 년간 수집해온 1만 2천여 점(대형 트럭 2백 70대분)을 무상으로 제공하면서였다.

자료기증자나 사업시행처 모두의 생각은 한결같아 보인다. 세계적인 문화 인프라 구축은 물론 후대에 물려줄 기념비적 문화유산을 집대성해 보자는 일념이다.

한편으로는 이 개발사업이 일반의 개발사업과는 달리 새로운 패턴이라는 데 각별한 관심이 있다. 대규모 쓰레기 매립장을 재활용, 자연자원의 재생을 추구하고 있어서다.

무엇보다 제주 종합문화공원은 제주의 자연과 돌문화를 중심으로 한 테마공원 조성사업이다. 그리고 일반적인 개발사업과는 다른, 이른바 지속 가능한 친환경적 개발의 시험 무대가 될 것이란 점이 그렇다. 물론 도내 기존의 공원 중에는 돌과 나무를 주제로 한 자연공원이 없지는 않다.

그러나 그것들이 제주 돌문화의 집대성이라고 하기에는 규모, 내용면에서 미흡하다. 반면에 제주 종합문화공원은 선사시대 이래 돌 민속품의 체계적인 전시를 기본으로 하고 있다. 이와 함께 제주의 돌, 흙, 나무, 쇠, 물을 주요 테마로 한 문화 박물관으로서 세계를 겨냥하고 있다는 점에서 그 기대가 크다.

또 하나의 주목 대상은 이곳에 들어설 각종 시설물이 자연환경을 있는 그대로 활용한다는 점이다. 시설물이 외부 돌출을 최대한으로 억제, 지하 또는 자연 형태화하고 있다.

이와 함께 70만 평에 이르는 자연 숲을 고스란히 생태공원으로 하고 있다. 그리고 시설물들은 쓰레기 매립장이었던 공간을 활용하고 있다. 과거 자연 파괴적 개발의 예에 비춰서 보기가 드문 개발사례다.

향후 지속 가능한 친환경 개발의 모범이 될 것이란 기대다. 가장 지방적인 것으로 세계화를 겨냥하고 있는 제주 종합문화공원 개발. 유종의 미를 거뒀으면 하는 바람이다. 〈2000. 2. 14.〉

7. 전략요충지, 제주

제주도가 전라남도의 부속 도서島嶼에서 도道로 승격된 것은 1946년 8월 1일부터다. 기록에는, 자치제도에 뜻이 있는 도내 몇몇 유지들의 건의에 따른 것이라고 했다. 하지만 몇몇 도민의 건의에 따라, 그것도 미군정 아래서 그렇게 도제가 실시됐다고 하는 것은 순진한 생각이다.

도제 실시가 단순치 않았다는 정황은 미군정 당국의 처신에서 드러난다.

러치 미군정 장관은 그해 7월 12일 직권으로 제주도 승격을 허가했다. 도민 건의를 받아들인 것이라고 했다. 하지만 속내는 달랐다. 제주도 유지들의 건의를 전후, 미군정 내부에서는 도제 실시를 강력하게 주장할 만큼 안달이 나 있었다.

미군정의 이 같은 속내는 '제주도는 지금이나 장래에나 중요한 곳임을 절실히 느꼈다'는 러치 군정장관의 발언에서 드러난다. 도 승격 허가 한 달 앞서 중앙기자단을 대거 동반, 제주를 직접 방문한 자리에서였다.

러치의 이 같은 고백은 도제 실시가 제주도민을 위해서라기보다는 그들의 이익을 위한 것임을 방증하고 있는 셈이다. 실제로 이 무렵 미군정은 제주에서의 경찰력과 군사력을 크게 강화했다. 제주도 승격과 함께 도 단위어야 가능한 군경비대 창설을 서둘렀다.

제주도가 외부 시각에 의해 중요시되기는 비단 미군정만은 아니다. 7백여 년 전 지구촌 최대의 제국 원나라는 당시 한반도의 고려를 짓밟았다. 그들은 수도 개성에 쌍성총관부를 두는 한편, 변방인 탐라에 탐라총관부를 설치해 섬사람들을 다스렸다.

원제元帝가 고려의 수도 버금으로 제주에 총관부를 둔 이유는 다른 데 있지 않았다. 개성의 그것이 고려의 속국화를 위한 것이라면, 탐라의 그것은 병참기지를 위한 것이었다. 이를테면 군마 양성과 군선 제작 등 일본 원정을 위한 전진 기지였던 셈이다. 다시 말해 원제국이 제주를 대륙과 주변 섬나라를 아우를 수 있는 전략요충지로 인식했다는 얘기다.

제주를 국제적인 전략요충지로 여기기는 지난 세기 일본제국주의도 마찬가지였다. 그들도 제주섬을 본토 방위의 최전방으로 여겼다.

세계사 최대의 제국인 원을 비롯한 일본, 미국과 같은 열강이 눈독을 들여온 제주. 그런 제주를 대한민국 정부는 우습게 여기고 있다. 동북아의 거점이라는 제주의 특성을 무시하고 단순히 인구 1%의 변방으로 보는 시각이 그렇다.

세계화를 지향하면서 제주를 우습게 여김은 국제감각이 고려 때 몽골사람만도 못하다는 말인가. 〈2000. 7. 10.〉

8. '동북아의 눈' 제주

자연자본이 살아 숨 쉬는 '평화의 섬'으로….

제주도가 동북아의 전략요충지임은 역사가 증명한다. 당대의 내로라하는 제국들이 제주섬을 전략기지화, 세계경영의 전진 기지로 삼고자 했다.

제주가 처음 군사 전략기지로서 세계무대에 알몸을 드러낸 것은 고려 때 일이다.

당시 몽골(원나라)에 맞서 싸우던 고려의 삼별초 군이 제주에 최후의 항전 보루를 구축했다. 지금의 제주시 애월읍에 있는 항파두성을 중심으로 한 항몽진지가 그것이다.

삼별초군이 여몽 연합군에게 격파당하면서 제주는 세기의 대제국 '대원大元의 군사기지'로 전락했다. 그들은 제주에 군사를 주둔시켜 중국 대륙의 남송南宋과 섬나라 일본 정벌의 전략기지로 활용했다. 금세기 들어서는 신흥 아세아 열강, 제국주의 일본이 제주를 군사기지로 활용했다.

제국주의 일본은 중일전쟁의 와중에 모슬포에 오무라 해군 항공대를 설치했다. 중국 대륙 폭격을 위한 것이었다. 더 나아가 제2차대전 막바지에 와서는 수세에 몰린 일본이 제주도를 대미對美 결전 최후의 보루로 삼았다. 이른바 '결 7호 작전'이라 명명된 작전계획이었다.

당시 제주섬에 주둔한 일본 병력은 6, 7만 명을 헤아리는 대병력이었다. 한라산 꼭대기에서부터 바닷가에 이르기까지 그들은 섬 곳곳을 요새화했다. 그리고 섬사람들에게는 죽창을 들게 해서 미군에 대항하도록 했다.

그들에게 있어 20만 제주도민은 총알받이에 불과했다. 물론 그들 또한 일본 본토 사수를 위해 옥쇄를 다짐하고 있었다. 미군과의 대치 속에 그야말로 섬사람들 운명은 바람 앞에 놓인 촛불이었다.

다행히 일촉즉발의 형세는 일본이 미국에 손을 들면서 무너졌다. 미국이 일본과의 전면전을 피해 일본 본토에 원자폭탄을 떨어뜨리면서였다. 비로소 섬사람들은 온 섬이 불바다가 될 뻔한 위기에서 벗어났다.

운명의 섬 제주는 지난 세기 또 한차례 강대국의 핵탄두의 가장자리에 놓일 뻔했다. 1970년 박정희 대통령이 미국에 "제주섬을 핵 전진기지로 만들자"는 제안이 그것이다.

최근 미국 상원의원 청문회보고서에 이 같은 비화가 소개되면서 섬사람들은 '자라 보고 놀란 토끼 가슴'이 되어야 했다.

시대를 잘 만난 덕인가, 박 대통령의 제안은 미국과 중국의 화해 무드가 조성되면서 핵기지는 없었던 일로 됐다. 이른바 '핑퐁 외교'의 그늘에 가리면서 무산된 것이다.

제주섬이 지정학상 군사전략 요충지라는 데는 이론의 여지가 없는 듯하다. 적어도 제주를 수중에 넣는 쪽에서 보면 그럴지도 모른다.

그러나 정작 그곳에 사는 섬사람들에게는 더없는 고통이다. 언제나 죽음의 공포로부터 자유스러울 수가 없기 때문이다. 멀리는 몽고의 지배, 가까이는 일본의 억압과 '4·3'의 공포로부터 시달려온 경험 측에 비춰 그렇다.

총과 칼, 핵탄두 앞에서는 사람도 대자연도 없다. 그런 엄연한 사실을 우리는 겪어 보아서 알고 있다. 시대마다, 고비마다 제주 섬사람들은 이 같은 위기 속에 살아왔다.

'동북아의 핵' 제주. 그런 제주를 '평화의 섬'으로 만들자는 섬사람들의 절규는 바로 이 같은 위기의식의 발로다. 평화 없이는 사람도 대자연도 없다. 평화 없이 자연 자원, 자연자본 역시 없다. 제주를 제주답게 지켜야 한다. 〈1999. 11. 15.〉

돌소리 바람소리

초판 1쇄인쇄 2022년 11월 25일
초판 1쇄발행 2022년 11월 28일

저 자 고홍철
발행인 박지연
발행처 도서출판 도화
등 록 2013년 11월 19일 제2013－000124호
주 소 서울시 송파구 중대로34길 9－3
전 화 02) 3012－1030
팩 스 02) 3012－1031
전자우편 dohwa1030@daum.net
인 쇄 유진보라

ISBN | 979－11－90526－98－2 *03810
정가 15,000원

도화道化, fool는

고정적인 질서에 대한 익살맞은 비판자,
고정화된 사고의 틀을 해체한다는 뜻입니다.